Arena-Taschenbuch
Band 2114

Eddy C. Bertin,

geboren 1944 in Hamburg. Der Sohn einer deutschen Mutter und eines belgischen Vaters wohnt heute in Gentbrugge und lebt ein aufregendes Doppelleben: Nachts arbeitet er als Schriftsteller und tagsüber als Bankangestellter! Seine erste Gruselgeschichte schrieb er mit dreizehn Jahren und seitdem liebt er es, seine Alpträume mit seinen Lesern zu teilen.

Eddy C. Bertin

MAGIER DES BÖSEN

Aus dem Niederländischen
von Manfred Schmeing

Mit Bildern von Wouter Olaerts
und Joyce van Oorschot

Arena

In neuer Rechtschreibung

1. Auflage dieses Sammelbands als Arena-Taschenbuch 1999

»Valentina und Die Dreizehnte Nacht«:
Der Titel der Originalausgabe lautet »De dertiende nacht« und ist bei Elzenga, Amsterdam, erschienen.

Aus dem Niederländischen von Manfred Schmeing

»Valentina und Die blutroten Zimmer«:
Der Titel der Originalausgabe lautet »Bloedrode Kamers« und ist bei Elzenga, Amsterdam, erschienen.

Aus dem Niederländischen von Manfred Schmeing
Der Verlag dankt dem flämischen Kultusministerium für die freundliche Unterstützung bei der Übersetzung.

Umschlagillustration: Sabine Lochmann
Gesamtherstellung: Westermann Druck Zwickau GmbH
ISSN 0518-4002
ISBN 3-401-02114-1

VALENTINA
UND
DIE DREIZEHNTE NACHT

SIR JAMES hat es tatsächlich gegeben. Er war ein mausgrauer Kater auf hohen Pfoten, ein intelligenter, oft ungezogener, aber lieber Freund. Er wurde von einem Auto überfahren, kurz nachdem ich dieses Buch beendet hatte.

Deshalb widme ich es ihm:

SIR JAMES, dem eigensinnigen Kater
(20.04.1991 – † 26.06.1993)*

INHALT

1. DAS UNSICHTBARE GRAB

Im Licht des Vollmonds sieht der Friedhof aus wie ein großer offener Mund voll schwarzer, abgebrochener Zähne. Kreuz und quer stehen die Grabsteine eingesunken in der Erde. »Könnten auch niederkauernde Zwerge sein«, denkt Valentina Hexibell. Wie kalter Atemhauch hängt leichter Nebel über den Gräbern.

Valentina zittert. »Hätte ich doch nur eine Jacke angezogen«, denkt sie. Der Schein ihrer Taschenlampe schweift über die Grabsteine. Sie sind mit Moos überwuchert und schon ziemlich abgebröckelt. Valentina kommt sich vor, als ginge sie durch ein riesiges Gebiss alter Zähne.

Im dünnen Lichtstrahl ihrer Lampe sucht sie sich einen Weg durch die Grabmäler. PLUMPF. Manchmal sacken ihre Schuhe im feuchten Boden ein. Ihr läuft ein Schauer über den Rücken. Sie denkt an einen alten Spruch: »Jemand spaziert über mein Grab!« Das sagten die Menschen früher, wenn sie plötzlich eine Gänsehaut bekamen. »Aber jetzt bin ich es, die über Leichen geht«, denkt sie.

»Ach, was soll's!«, sagt sie mit lauter Stimme. »Die Toten können mir nichts anhaben. He! Hört ihr mich? Ihr seid tot und begraben. Ich habe keine Angst vor euch!« Sie stampft entschlossen auf die nasse Erde. Kalter Moder spritzt an ihrem Bein hoch, nass und glibberig wie die Hand eines . . .

»Hör auf, Mädchen!«, denkt Valentina. »Du bist zwölf, da hat man keine Angst mehr vor . . . oder doch? Angst wovor? Wenn man sich selbst dauernd Fragen stellt, ist es nervig, auf einige keine Antwort zu finden.« Valentina kennt ihr Problem. Sie weiß, dass sie vor Toten, die unter der Erde liegen, keine Angst hat. Sie weiß auch, wovor sie sich fürchtet, und genau deshalb ist sie jetzt hier. Wenn man vor irgendetwas Angst hat, muss man sich dem einfach entgegenstellen. Und zwar zwischen elf und eins, ungefähr bei Punkt zwölf Uhr. Das heißt, sie muss sich beeilen. Sie darf nicht zu spät kommen, heute Nacht nicht! Valentina muss auf diesem Friedhof eine Antwort finden auf eine Frage, die sie sich selbst nicht zu stellen wagt! Aber irgendjemand will nicht, dass sie diese Antwort bekommt, jedenfalls jetzt noch nicht . . . Jemand will, dass sie die Antwort erst findet, wenn es ihm passt, und dann wird es zu spät sein. Zu spät für Valentina, vielleicht für die ganze Welt. Wenn sie sein Grab nicht findet, bevor . . .

Ihre Hand, mit der sie die Lampe fest hält, zittert. Aber Valentina beißt die Zähne zusammen. »Ich weiß, du willst mich hier weghaben!«, ruft sie. »Vergiss es, du Mistkerl! Ich komme!« In der Totenstille ringsum klingt ihre Stimme viel zu laut. Der Nebel fängt ihre Worte auf und wirft sie dumpf zurück. »Ich komme, komme, komme . . .«

Dann ist es wieder ruhig und ihre Füße platschen im feuchten Boden. Heute Nachmittag hat es heftig geregnet. Es wird eine Heidenarbeit sein, die Schuhe wieder sauber zu bekommen.

Valentina lässt den Lichtkegel über die Grabsteine schweifen. Dies ist der alte Friedhof, hier wird schon seit Jahren niemand mehr begraben. Viele liegen schon seit hundert oder zweihundert Jahren unter der Erde, vielleicht sogar noch länger ... »Man stelle sich vor: Sarg auf Sarg, all die Toten in ihren Gräbern. Und darüber setze ich jetzt einfach meine Füße«, denkt sie ...

Valentina schüttelt den Kopf. Nicht daran denken. Ein Name, sie muss einen Namen finden. Sie hält das Licht auf die Steine. Sie kann die Inschriften kaum lesen, die meisten sind verwittert. Aber den einen muss Valentina finden, und zwar schnell.

Ihr Atem geht schneller, sie wirft einen Blick auf ihre Uhr. Sie hat nur noch wenig Zeit. Sie muss sein Grab finden, bevor es dreizehn schlägt ... Mit blinzelnden Augen versucht sie die von Wind und Wetter angefressenen Inschriften zu lesen.

PAULUS LOHONAN, 1862–1936. Jemand hat mit roter Farbe einen kleinen Schulbus auf den Stein gespritzt. THYS EBBENHORSTIUS, 1872-1912. Neben den Namen hat jemand Vampirzähne hingemalt. CHARLOVUS BERTINOS, 1797–1851; der bekam ein auf den Kopf gestelltes Kreuz. RICARDO WAARSENBURGHIOS, 1814–1873; sein Grabstein ist mit einer grinsenden Teufelsmaske verziert. Die Friedhofsschänder haben ganz schön mit ihren Spraydosen gewütet, aber darauf achtet Valentina nicht. Ein Name, der Name ... das Problem ist, dass sie nicht weiß, welcher Name, und auch nicht, wo das Grab liegt. Ob ein Stein draufsteht? Trägt der Stein seinen Namen? Haben sie ihn oder Teile von ihm ohne Grabstein unter die Erde gebracht? War sein Name so schrecklich, dass sie ihn nicht einmal in Stein gemeißelt sehen wollten? Oder fürchteten sie, dass nicht einmal die Zeit seinen Namen verschwinden lassen würde?

Plötzlich flattert etwas über Valentinas Kopf. Sie schwenkt mit ihrer Taschenlampe herum und fängt es mit dem Licht ein: ein Flimmern von seidigen Flügeln, eine eckige Bewegung. Eine Fledermaus auf der Suche nach einem nächtlichen Mahl. »In meinen Haaren wirst du nichts finden, du Biest!«, ruft Valentina. Der Schein ihrer Lampe flattert jetzt über die Gräber wie die Flügel der Fledermaus: hetzend, suchend. Wo ist das namenlose Grab? Wo liegt er begraben?

Valentina weiß, dass sie seinen Namen erkennen wird, wenn sie ihn, in Stein gemeißelt, sieht. Und wenn sie seinen Namen kennt, wird sie endlich sicher sein, dass es ihn gibt. Dann kann sie ihn bekämpfen.

Die Gräber liegen hinter ihr, sie ist am Ende des Friedhofs angelangt. Valentina steht still, ihre Füße sinken erneut in den sumpfigen Boden. Vor sich sieht sie Gestrüpp, dahinter die dunkle Friedhofsmauer. Hier ist das Ende. Hier muss ...

Und dann hört sie es. DONG. DONG.

Die Uhr. Die schreckliche Uhr beginnt zu schlagen. Die Uhr, die in einem seltsamen, altertümlichen Zimmer steht, so weit weg von hier und doch so nah. So nah, dass Valentina die Schläge genau hört. Das runde Metallpendel schwingt hin und her. DONG und DONG. Drei und vier. DONG. DONG. DONG.

Hier muss es sein. Der Lichtkegel sucht die Erde ab, das Moos, die Sträucher. DONG. DONG. DONG. Acht, neun, zehn.

Da, eine Stelle, auf der kein Moos wächst, kein Unkraut; eine dürre, tote Stelle.

DONG. DONG. Elf und zwölf.

Der Strahl ihrer Lampe schweift über den Boden. Hier flattert nicht einmal eine Fledermaus drüber. Hier ist es: das Böse, das absolut Böse. Hier liegt er, dessen Namen sie noch nicht kennt, er, den Valentina sucht. Und dann . . . DONG. Dreizehn.

Die dreizehnte Stunde. Nach zwölf und vor eins. Die Stunde, die es eigentlich nicht gibt. Die Stunde, in der der Tod keine Macht hat. Seine Stunde.

Die Erde bewegt sich im Schein der Lampe. Sie rumpelt, sie brodelt, etwas gräbt sich aus dem Boden, in die Höhe, höher und höher. Valentina hat ihn gefunden.

Die Erde spaltet sich. Dünne weiße Finger recken sich empor. Sie krümmen sich wie Würmer, werden länger. Etwas Weißes sucht sich einen Weg nach oben zum Licht. Valentina schreit.

Der Schrei hallt noch in ihren Ohren wider, als sie aufrecht im Bett sitzt und das Laken fest umklammert, aber es ist ein Schrei aus einem Traum, kein wirklicher. Valentinas Hände zittern und der Schweiß steht ihr auf der Stirn. Ihr Rücken ist feucht.

Es folgt eine tiefe Stille. Nicht einmal ein fernes Echo ist zu hören. Gleich wird Mutter ins Zimmer gerannt kommen, um zu fragen, was ihr fehlt. Und Vater . . . nein, der ist nicht da. Daran muss sich Valentina noch gewöhnen.

Aber es kommt niemand. Das ganze Haus scheint zu

schlafen. Valentina hört nur das Pochen ihres eigenen Blutes in den Ohren.

»Ich habe überhaupt nicht geschrien«, sagt sie sich. Ihre eigene Stimme beruhigt sie. Sie ist nicht taub geworden. Sie wischt sich den kalten Schweiß von der Stirn. »Es war nur ein Alptraum, ein dummer Alptraum«, sagt sie. Aber das Zimmer rundherum ist voller Schatten, die ihr noch düsterer als sonst vorkommen. Die Digitaluhr steht genau auf 24:00, springt dann auf 00:01. Valentina knipst die Nachttischlampe an. Das grelle Licht tut ihren Augen weh, die bedrohlichen Schatten schrecken zusammen und verwandeln sich in vertraute Formen. Ihr Kleiderschrank, der Stuhl, ihr Schreibtisch, die Garderobe.

Valentina versucht sich an ihren Traum zu erinnern, aber er ist entflogen, als die Lampe anging. Er hatte etwas mit einem Friedhof zu tun, so viel weiß sie noch, und einer Uhr, die zu schlagen anfing, aber den Rest hat sie vergessen. Ihr Herz schlägt heftiger, als sie sich wieder hinlegt. Sie zögert das Licht auszuschalten. Bewegen sich da Schatten hinter dem Schrank, neben dem Stuhl?

»Heerje, was bin ich doch für ein Angsthase«, sagt Valentina und knipst das Licht aus. Sie zieht sich das Laken bis unters Kinn und schaut grimmig in die Dunkelheit. »Kommt ruhig näher, ihr Schatten!«, ruft sie.

Am nächsten Morgen ist sie schon wach, bevor der Wecker klingelt. Valentina schlurft ins Badezimmer. Sie kommt sich vor, als habe sie überhaupt nicht geschlafen. Sie erinnert sich nur vage, dass sie gegen Mitternacht kurz wach geworden ist, aber sie weiß nicht mehr, wovon.

24:00

Sie fährt sich mit der feuchten Hand durchs Gesicht und tut, als sähe sie die Seife überhaupt nicht. Sie reibt sich den Schlaf aus den Augen. Ihr dunkelblondes Haar fällt in Strähnen wirr durcheinander. Eigentlich hat Valentina von Natur aus kurze Locken, aber sie hat so lange genörgelt, bis ihre Mutter ihr erlaubt hat die Haare bei einem Friseur glätten zu lassen. Nun fällt es glatt bis fast auf die Schultern, aber wenn sie morgens vor dem Spiegel steht, sitzt es nie, wie es soll. Sie versucht die vorderste Locke gerade zu ziehen. »Valentina«, murrt sie, »du siehst aus wie ein Stachelschwein!«

Der Duft frischen Kaffees dringt von unten die Treppe hoch. Valentinas Mutter sitzt bereits fertig am Frühstückstisch, mit etwas zu viel Rouge auf den Wangen. Valentina sagt nichts. Mutter ist ziemlich kurz angebunden, seit Vater vor zwei Tagen weggegangen ist. Das war nach der Nacht, in der sich Mutter und er so fürchterlich angeschrien haben. Sie dachten wohl, dass sie schon längst schlafen würde, aber da haben sie sich geirrt. Valentina erschrak sehr über das, was sich die beiden gegenseitig vorwarfen. Wie können sich Erwachsene solche Sachen an den Kopf werfen? Und am nächsten Tag ging Papa.

Er gab Valentina nur noch einen Kuss und sagte: »Bis später!«

Und als er die Tür hinter sich zuknallte, rief Mutter noch hinter ihm her: »Beim Anwalt, meinst du!«

Mutters Aktenkoffer steht auch schon bereit. Daneben liegt ein Stapel mit Dokumenten.

Valentina trinkt ihre Milch und beißt in ein Brot mit Marmelade.

»Fährst du mich zur Schule, Mama?«

Mutter schüttelt den Kopf. »Nein, ich habe heute Morgen keine Zeit, Valentina. Ich habe schon um halb neun eine wichtige Besprechung. Du musst den Bus nehmen!«

Das Haus kommt ihr fremd vor, als sie jetzt mit Mutter allein beim Frühstück sitzt. Klar, das hat es schon öfter gegeben, immer wenn Vater für die Zeitung irgendwo in Paris oder London war, oder noch viel weiter weg, in China oder Brasilien. Aber dann hat Valentina gewusst, dass es nur für eine kurze Zeit war.

»Kommt Papa nie mehr zu uns zurück?«, fragt Valentina mit vollem Mund.

»Mit vollem Mund spricht man nicht! Und stell nicht solche Fragen! Du wirst deinen Vater bestimmt noch sehen. Aber momentan ist er anscheinend lieber bei seiner neuen Freundin.«

»Ich finde das nicht schön. Muss das wirklich sein?«

»Das musst du ihn schon selbst fragen. Vielleicht gibt er dir ja eine Antwort.«

Valentina kennt diesen Klang in Mutters Stimme und schweigt lieber. So sind Erwachsene nun mal, nie bekommt man eine klare Antwort, wenn man etwas fragt.

»Wir werden jetzt nicht schmollen, Valentina. Ich habe schon genug um die Ohren.« Mutter schaut auf ihre Uhr. »Bist du bald fertig? Sonst verpasst du noch den Bus. Hast du deinen Koffer gepackt?«

Valentina verschluckt sich und spuckt Milch über den Tisch. »O nein! Das habe ich ganz vergessen!«

Mutter seufzt. »Wozu habe ich dich darum gebeten, Valentina? Manchmal frage ich mich, wozu du deinen Kopf gebrauchst! Kannst du denn gar nichts behalten? Ich habe dir schon vor zwei Tagen angekündigt, dass du für eine Weile bei Oma wohnen wirst!«

Valentina verzieht das Gesicht. »Ich habe überhaupt keine Lust zu Oma zu gehen!«

»Oma Hennie ist sehr lieb und sie ist glücklich, wenn du bei ihr bist. Außerdem verstehe ich dich nicht. Sonst reißt du dich doch darum, bei ihr zu wohnen! Was ist denn los mit dir?«

»Ja, sonst ist es mal für einen Tag oder so, und dann in den Ferien. Greyshuysen ist ein kleines Bauernkaff, da ist nichts los! Es gibt nur ein Kino, wo sie uralte Filme zeigen. Und Oma hat nicht einmal Video!«

Mutter legt ihre Hand auf Valentinas Schulter. »Komm jetzt! Mach es uns beiden nicht so schwer! Es ist doch nur für eine Woche!«

»Mit dem Bus ist es auch viel weiter bis zur Schule!«, sagt Valentina. »Und in Greyshuysen kenne ich fast überhaupt keinen!«

»Na, na, du hast doch auch Freunde dort, nicht wahr? Dieses Mädchen, Vickie. Und wie heißt der nette Junge? Frederik oder so!«

»Freddie ist ein Ekel. Er läuft die ganze Zeit rum und protzt mit seinen Muskeln! Er hält sich für Schwarzenegger!«

»Valentina«, sagt Mutter, »mit deinem vorlauten Mund schaffst du dir nur Ärger und Feinde. Muss das denn sein? Übrigens, du hast doch auch noch andere Freunde, die ganz in der Nähe von Greyshuysen wohnen.«

»Ja, Mama«, sagt Valentina und murmelt leise vor sich hin: »Und Freddie ist doch ein Ekel!«

Mutter sieht wieder auf die Uhr. Sie stellt das Radio an und hört die Verkehrsnachrichten.

»Schön, nur die üblichen Staus«, sagt sie. »Da kann ich pünktlich im Büro sein. Es tut mir wirklich Leid, dass ich dich nicht zur Schule fahren kann, Valentina, aber diese Besprechung ist ganz wichtig für mich. Ich habe einen Termin mit dem Direktor eines großen japanischen Unternehmens. Er will mit meiner Firma zusammenarbeiten. Wir wollen gemeinsam eine neue Art von CD-ROMs produzieren, das heißt, wenn ich ihn davon überzeugen kann, dass wir die Besten sind!«

»Meine Firma«, macht Valentina ihre Mutter nach, leise, sodass sie es nicht hören kann. Jeder Termin ist wichtig für Mutter. Es hört sich immer an, als sei sie die Chefin. Dabei ist sie nur die Verkaufsleiterin der Computerfirma. Und doch benimmt sie sich ständig, als hätte sie da das Sagen. Valentina und ihr Vater haben schon manches Mal darüber gelacht und dann ist Mama immer böse geworden. Jetzt kann Valentina nicht mehr lachen. Auch das Brot schmeckt ihr nicht mehr.

»Vergiss nicht die Tür abzuschließen«, sagt Mutter. »Wenn du nach Hause kommst, kannst du dir in der Mikrowelle etwas zu essen warm machen. Bei mir wird es etwas später werden. Und kümmer dich darum, dass dein Koffer gepackt ist, wenn ich nach Hause komme. Ich bringe dich dann als Erstes zu Oma!«

»Können wir das nicht auf morgen verschieben, Mama? Dann sind wir heute Abend noch zusammen. Im Fernsehen läuft ein schöner Film, den können wir uns gemütlich zusammen ansehen!«

Mutter streicht einige widerborstige Strähnchen auf Valentinas Kopf glatt. »Tut mir Leid, mein Kleines, es geht wirklich nicht. Ich muss heute Abend noch zum Anwa ... mit jemandem sprechen.«

»Ist Papa dabei?«

»Nein, oder vielleicht doch! Ich muss ihn noch anrufen. Vom Büro aus.«

»Und warum telefonierst du nicht gleich jetzt?«

»Ich habe keine Zeit mehr. Und du auch nicht, Valentina. Iss rasch dein Brot auf!«

»Ich hab keinen Appetit.« Valentina steht auf. »Ich räum den Tisch ab, Mama, du kannst ruhig fahren.«

Mutter geht zur Tür. »Lasst ihr euch jetzt wirklich scheiden, Mama?«, fragt Valentina ohne sie anzublicken.

Mutter zögert. »Ich weiß es wirklich noch nicht, Valentina. Das hängt von ... von so vielem ab.«

»Aber ihr liebt euch doch noch?«

»Valentina, darüber möchte ich jetzt nicht sprechen! Es ist für mich auch nicht leicht. Dies ist keine Entscheidung, die man so einfach mir nichts, dir nichts treffen kann. Das gärt schon ziemlich lange. Wir werden darüber noch reden müssen.«

Die Tür fällt leise ins Schloss. Kurz darauf hört Valentina das Auto wegfahren.

»Ich will es nicht!«, schreit Valentina. »Warum bleibt ihr nicht zusammen?«

In Gedanken hört sie wieder die Stimmen, die in der Nacht so laut geworden sind, dass bestimmt auch die Nachbarn sie gehört haben müssen. »Mit Margie kann ich wenigstens noch reden!«, hat Vater gerufen. »Du hast doch nie Zeit für uns, nicht für mich, nicht für Valentina!«

»Wenn jemand keine Zeit hat, dann doch du!«, hat Mutter

zurückgeschrien. Aber das war nicht richtig. Vater ist viel weg, das stimmt schon. Er arbeitet für eine große Zeitung, schreibt Reportagen und interviewt bekannte Persönlichkeiten. Er ist manchmal wochenlang nicht zu Hause, aber wenn er zu Hause ist, hat er immer Zeit für Valentina. Dann hören sie zusammen Musik, spielen zusammen, gehen zusammen im Park spazieren oder ins Kino.

Aber das ist jetzt vorbei. Vater ist weg.

Irgendwo beginnt eine Glocke zu schlagen. Die Schläge hallen durch das leere Haus. Valentina wird es plötzlich kalt. Die Glocke! Es war etwas mit einer Glocke. DONG und DONG. Etwas, wovon sie heute Nacht geträumt hat. Aber als es ihr einfällt, will sie sich nicht erinnern. Es macht ihr Angst.

DONG und DONG. Es ist, als ob die Glocke ihr einen Befehl gibt. »Erinnere dich! Erinnere dich!«

2. GREYSHUYSEN

»Hör auf!«, schreit Valentina. »Ich will nicht! Ich will nicht!« Sie schlägt mit beiden Fäusten auf den Tisch, aber es sieht aus als würden ihre Fäuste nur ganz langsam und träge hinunterschweben. Das Glas kippt um und die Milch fließt über den Tisch. Aber sie fließt nicht, wie sie gewöhnlich fließen würde, sondern eher wie zähflüssiger Sirup. Es wird kalt im Zimmer. In der Dunkelheit ihrer Gedanken fühlt Valentina, wie eine Tür aufgeht. Eine Tür, durch die etwas Dunkles hinein will. Ihre Gedanken scheinen eine Treppe zu formen und etwas kommt die Treppe hoch, auf sie zu. Sie ist nicht mehr allein im Zimmer, sie fühlt fremde Augen in ihrem Rücken.

DONG . . . DONG . . . Die Glocke hört auf zu schlagen. Sie hört wieder die Geräusche auf der Straße. Das Gefühl der Kälte verschwindet. Valentina dreht sich um. Natürlich steht da niemand, sie ist allein zu Haus. Die Tür in ihren Gedanken schließt sich mit einem dumpfen Schlag. Valentina setzt sich, ihre Beine fangen plötzlich an zu zittern. Ihre Hände liegen in der verschütteten Milch. »Ich will nicht, dass Vater weggeht.« Es tropfen Tränen in die Milch.

Valentina verpasst den Bus; zehn Minuten muss sie auf den nächsten warten. Als sie einsteigt, sieht sie Anton. Anton ist in ihrer Klasse. Valentina findet ihn ziemlich langweilig, immer mit der Nase in Büchern. Er trägt Tag für Tag denselben alten karierten Sakko, während die anderen Jungen modische Jacken mit allerlei Schriftzügen haben. Valentina schaut sich suchend um, aber Anton winkt und es ist nur ein Plätzchen frei im Bus: neben ihm. Mit einem Seufzer setzt sich Valentina.

Anton fingert an seiner Brille mit den viereckigen Gläsern. »Hei, Val, auch den Bus verpasst?«

»Ja«, sagt sie, »du scheinbar auch. Ich dachte, du fährst immer mit der U-Bahn? Das geht doch viel schneller.«

Greyshuysen ist ein kleiner Vorort, eingeklemmt zwischen zwei Außenbezirken der Stadt. Der Bus kommt vom Stadtteil im Westen, fährt nach einem Umweg über Greyshuysen weiter in den südlichen Bezirk der Stadt, Richtung Zentrum und Schule. Anton wohnt im westlichen Stadtteil. Von dort kann er mit der U-Bahn direkt ins Stadtzentrum fahren, ohne den lästigen Umweg über Greyshuysen.

Anton lächelt, verzieht aber dann sein Gesicht. »Nein«, sagt er, »zurzeit nehme ich den Bus. Seit letztem Jahr bin ich nicht mehr besonders scharf auf die U-Bahn.«

Valentina erinnert sich, dass damals einige merkwürdige Geschichten über die U-Bahn erzählt wurden. Es stand sogar etwas in der Zeitung und Anton wusste eine ganze Menge zu erzählen. Aber das Wichtigste hat er nie jemandem erzählt. Das durfte er nicht, wegen der Polizei, behauptete er. Valentina hält ihn für einen Angeber.

Natürlich bleibt der Bus im Zentrum im Stau stecken. »Jetzt kommen wir bestimmt zu spät zur Schule«, stöhnt Valentina. »Das fehlt mir gerade noch!«

Anton blickt sie von der Seite an. »Ist was?«, fragt er.

Valentina schüttelt den Kopf. Sie denkt nicht daran, mit Anton über ihre Probleme zu Hause zu sprechen.

Der Eingang zur Schule ist bereits geschlossen. Sie müssen beim Hausmeister klingeln, um noch hereinzukommen.

»Ja, ja, da sind unser Schriftsteller in spe und unsere Hexibell!«, sagt der Hausmeister. »Wieder mal nicht pünktlich, Kinder, es ist ein Elend mit euch!«

Valentinas Stimmung sinkt sofort auf den Nullpunkt. »Ach, lass mich doch in Ruhe!«, zischt sie leise.

Der Hausmeister grinst breit mit fiesbraunen Zähnen. Die faulen Zähne erinnern Valentina an die abgeschliffenen Stümpfe in der Dunkelheit. Nicht daran denken! Eine glimmende Zigarettenkippe klebt an seiner Unterlippe. »Auch noch ein großes Mundwerk, wie immer!«, sagt er. »So eine lose Zunge verbrennt sich schneller, als man denkt! Denk an meine Worte!«

»Und Sie dürfen in der Schule nicht rauchen!«, sagt Valentina.

»Rauchen schadet der Gesundheit!«, ergänzt Anton.

»Passt bloß auf, sonst schadet meine Faust eurer Gesundheit, ihr vorlauten Schnösel!«, entgegnet der Hausmeister erbost. »Ab in die Klasse!«

Im Gang sagt Anton: »Ich würde dich nie Hexibell nennen. Diesen Spitznamen mag ich nicht.«

»Ach, der ist mir egal«, meint Valentina.

Anton kratzt sich am Kopf. »Manchmal plapperst du wirklich einfach drauflos. Damit kriegst du andauernd Schwierigkeiten!«

»Na und? Dann sind es halt meine Schwierigkeiten!«

In der Klasse werden sie nicht gerade freundlich empfangen. Die Lehrerin hat Arbeitsblätter ausgegeben. An die Klassenarbeit hat Valentina natürlich überhaupt nicht mehr gedacht. Sie vergisst im Moment so einiges. Antworten auf die Fragen fallen ihr schon ein, aber sobald sie sie zu Papier bringen will, muss sie an Mama und Papa denken. Und dann läuft nichts mehr. Jemand stößt sie mit dem Ellbogen an und drückt ihr etwas in die Hand. Ein Papiertaschentuch. Es kommt von Anton, der rechts von ihr sitzt. Er schaut nicht zu ihr rüber. Dann sieht Valentina, dass sich auf ihrem Blatt zwei feuchte Flecken befinden. Sie schnäuzt sich laut die Nase und reibt sich unauffällig die Augen trocken.

Die Lehrerin schaut hoch. »Ist irgendwas, Valentina? Oder warum musst du so laut trompeten?«

»Nein, nein! Nichts«, sagt Valentina, »die Fragen sind nur so leicht, dass mir davon die Tränen in die Augen schießen.«

Die Klasse fängt an zu lachen. Selbst Valentina fühlt sich ein wenig heiterer.

Am Abend sitzt Valentina zu Hause und wartet. Ihr Koffer ist voll gepackt mit Kleidung, Unterwäsche und einigen ihrer Lieblingsbücher von Roald Dahl, Horowitz und Paul van Loon, ihrer Zahnbürste und natürlich ihrem Kuschelpanda Duffie. Mutter kommt noch später nach Hause, als Valentina gedacht hat. Sie ist nervös, anscheinend ist die Verhandlung mit den Japanern nicht besonders gut verlaufen. Vielleicht ist sie aber nur so unruhig wegen des Anwalts.

»Hast du schon gegessen?«, fragt Mutter.

Valentina schüttelt den Kopf.

»Ich hab dir doch gesagt, dass du etwas in die Mikrowelle

legen sollst! Nun, dann gibt es eben nichts, ich hatte auch noch keine Zeit, etwas zu essen. Wir halten unterwegs irgendwo.«

Im Auto sagt Valentina: »Warum kann ich nicht einfach zu Hause bleiben, Mama? Warum muss ich nach Greyshuysen?«

»Weil ich in den nächsten Tagen selbst nur wenig zu Hause bin, Valentina. Und ich kenne dich, wenn ich nicht aufpasse, isst du zu den verrücktesten Zeiten, machst nichts für die Schule, nur als Beispiel.«

»Das heißt also, jemand muss mir auf die Finger schauen, stimmt's?«

Mutter gibt ihr einen kleinen Kuss. »Sei nicht so dumm, Val. Aber es ist wirklich besser, wenn du in den kommenden Tagen bei jemandem bist, der etwas auf dich aufpassen kann. Ich stehe so unter Druck, und . . . nun ja, auf jeden Fall gehst du zu Oma. Schluss, Punkt, keine Diskussion, junge Dame!«

Sie halten, kaufen sich einen Hamburger mit Pommes und fahren dann nach Greyshuysen.

Vom ursprünglichen Dorf ist nicht mehr viel erhalten, die meisten alten Häuser sind im Laufe der Zeit durch allein stehende Häuschen mit Vor- und Hintergarten ersetzt worden. Aber das Herz von Greyshuysen ist geblieben: eine kleine Kirche mit ein paar über hundert Jahre alten Häusern. Sie fahren am alten Friedhof vorbei, auf dem heute niemand mehr beerdigt wird.

Valentinas Augen nehmen ihn im Vorbeifahren wahr, ja, sie scheinen dorthin gezogen zu werden. Das alte stählerne Tor, schief stehende Grabsteine . . . Da blitzt es in ihrem Geist. DONG. DONG. Dunkelheit und eine Taschenlampe, etwas, was sich am Boden bewegt. Ihr Atem stockt. Dann sind sie schon vorbei, aber Valentina erinnert sich an ihren Alptraum. Sie hat den Friedhof wieder erkannt. Dort war sie letzte Nacht in ihrem Traum.

Oma freut sich, als sie Valentina sieht, und auch Valentina fühlt sich bei Oma schnell wieder wie zu Hause. Oma heißt eigentlich Henrietta, aber alle nennen sie Hennie. Sie ist eine kleine Frau, die noch kleiner wirkt, weil sie immer etwas vornübergebeugt geht. Sie hat ein rundes Gesicht voll feiner Falten und scharfe dunkle Augen. Ihre wirre grauweiße Haarmähne steht nach allen Seiten ab, als ob sie gerade von einem Blitz getroffen wurde. Sie ist ein Alptraum für jeden Frisör.

Oma benutzt einen Stock, wenn sie spazieren geht. Sie macht viel Aufhebens um ihn, aber jeder, auch Valentina, weiß, dass sie den Stock eigentlich überhaupt nicht nötig hat. Sie ist auch ohne Stock sehr gut zu Fuß.

»Er bringt mir viele Vorteile!«, behauptet Oma. »Im Bus bietet mir immer jemand seinen Platz an, wenn er mich kommen sieht. Und wenn er das nicht macht, erinnere ich ihn daran, indem ich mit meinem Stock gegen sein Bein klopfe.«

Omas Häuschen ist eines der ältesten im Dorf. Es ist aus grobporigen Steinen gebaut und hat nur ein Stockwerk. Die Fenster sind klein und die beiden obersten sind noch aus Bleiglas. Wenn man sich das Haus von außen ansieht, hat man den Eindruck in die Vergangenheit zu blicken. Aber innen ist alles modern und komfortabel: ein Elektroherd, eine Mikrowelle, ein Kühlschrank. »Man muss mit der Zeit gehen«, sagt Oma immer. Sie hat eine Hi-Fi-Anlage mit einem

CD-Spieler, in den sie keltische Popmusik von Clannad und Enya legt. Oma hat auch einen Fernseher, aber sie sieht selten fern, nur die Nachrichten. Sie findet die TV-Serien zu langweilig und die Filme zu gewalttätig.

Oma schläft unten, im Zimmer neben der Küche an der Rückseite des Hauses. Valentina bekommt immer das Gästezimmer im ersten Stock. Eigentlich sind es zwei kleine Zimmer unterm Dach, aber sie gehen ineinander über, sodass es doch wie ein großes Zimmer wirkt. Nach vorne heraus gibt es kein Fenster, nur nach hinten. Von dort blickt man in den Garten, in dem eine wuchtige Eiche mit vielen Ästen steht. Valentina bringt ihre Sachen im Schrank unter und Panda Duffie bekommt seinen Stammplatz am Fußende ihres Bettes. Sie hört, wie Mama und Oma unten lebhaft miteinander reden. Mutters Stimme klingt manchmal etwas laut, als ob sie sich verteidigen müsste. »Ich weiß, dass man das eigentlich nicht tut«, sagt Valentina zu sich selbst, »aber was soll man machen, wenn man neugierig ist?« Sie öffnet die Tür einen Spaltbreit.

»Ich sage dir, dass es schon angefangen hat!«, hört sie Oma sagen. »Ich habe das Zauberbuch befragt und in zwölf Tagen ist der dreißigste April, Walpurgisnacht.«

»Dreißigster April. Der Tag vor meinem Geburtstag«, denkt Valentina. »Aber was bedeutet Walpurgisnacht?«

»Mutter, ich halte nichts von all diesem Unsinn . . .« Das sagt Mama. »Es ist doch alles nur Aberglaube!«

»Ach ja?« Das sagt Oma. »Und der schwarze Rabe, der am Fenster deines Zimmers kratzte, kurz bevor Valentina geboren wurde, genau nach Mitternacht? Ich hab's dir gesagt, du kannst es nicht verhindern.«

»Valentina ist ein ganz normales Kind. Untersteh dich, ihr mit all dem Unsinn über die dreizehnte Stunde Angst einzujagen.«

»Tut mir Leid, dass du mir nicht glauben willst, aber in der Nacht zum ersten Mai dieses Jahres wird es sechshundertsechsundsechzig Jahre her sein, dass . . .«

Mutters Stimme hört sich schrill an, so wie immer, wenn sie über etwas böse ist – oder Angst hat. »Und was soll das? Das ist doch kalter Kaffee, ein Märchen! Ich habe nie viel darauf gegeben . . .«

»Es überschlägt jedes Mal eine Generation, das habe ich dir doch erzählt. Von mir geht es direkt über auf deine Tochter, meine Enkelin. Und dieses Jahr ist besonders wichtig. Sie waren dreizehn, die IHN gefangen nahmen und verurteilten. Dreizehn Teile waren es und Valentina wird am 1. Mai dreizehn. 666 Jahre nachdem . . .«

»Ich will nichts mehr davon hören, Mutter. Und wag es nicht, diesen Unsinn Valentina zu erzählen. Ich muss jetzt gehen!«

»Valentina! Ich muss weg! Kommst du kurz nach unten?«

In der Nacht wälzt sich Valentina unruhig im Bett hin und her. Sie kann das seltsame Gespräch nicht aus ihren Gedanken verbannen. Was hat das alles zu bedeuten? Was darf Oma Hennie ihr nicht erzählen? Und warum ist dieser Geburtstag so wichtig? Immer wieder fallen ihr die beiden Zahlen ein, die Oma erwähnt hat. 666 und 13. »Ich werde bald 13«, denkt Valentina. »An Walpurgisnacht, was das auch bedeuten mag. Morgen werde ich Oma einfach fragen«, beschließt sie. »Wenn sie es mir nicht sagen will, dann werde ich es schon selbst herausfinden.«

Sie knipst das Licht aus und die Schatten schließen sich um sie herum. Valentina döst ein ... und öffnet wieder ihre Augen. Sie hat etwas im Zimmer gehört, aber jetzt ist es wieder ruhig. Ein Geräusch? Ein knarrendes Dielenbrett? Ein Quietschen auf der Straße? Nein, wach geworden ist sie nicht durch ein Geräusch, sondern durch das Fehlen von Geräuschen. Valentina hört nichts. Es ist noch nicht so spät, normalerweise hört man um diese Zeit noch vorbeifahrende Autos. Jetzt hört sie nichts, über allem hängt eine kalte Stille. Durch eine Lücke in den Gardinen scheint das verschwommene Licht einer Straßenlampe herein. Doch das Licht bewegt sich, es wird heller und wieder dunkler. Valentina wirft das Deckbett von sich und steht auf. Wie kalt der Holzfußboden ist! Sie schaut auf ihre Füße. Sie steht nicht auf Holz, sondern auf grauen Fliesen. Valentina geht zum Fenster und zieht die Gardine beiseite. Erst sieht sie nur Dunkelheit mit gelegentlich aufflackerndem Licht. Dann merkt sie, dass es Fackeln sind. Drei, fünf und mehr brennende Fackeln, die auf sie zukommen. Der Baum und der Garten sind plötzlich weg. Valentina entdeckt einen Sandpfad, der zum Haus führt. Menschen kommen mit brennenden Fackeln zum Haus.

DONG ... DONG ... Eine Glocke beginnt zu schlagen.

Sie dreht sich um. Das Zimmer hat sich verändert. Ihr Bett, der Kleiderschrank, alles ist weg. In der Mitte des Steinfußbodens steht nun ein altertümlicher Schreibtisch. Die Tapete ist verschwunden, die Mauern sind weiß gekalkt. In einer Ecke steht eine große Standuhr mit einem großen Pendel aus Metall, das langsam hin- und herschwingt. DONG, DONG ... Wie spät ist es? Die Uhr hat keine gewöhnlichen

Ziffern, es scheinen römische zu sein, aber Valentina kennt sie nicht. Sie schaut auf die Stelle, auf die beide Zeiger hinweisen. Mitternacht.

Valentina geht zu dem Schreibtisch. Der Steinfußboden fühlt sich kalt an. Ein großes altes Buch liegt aufgeschlagen auf dem Schreibtisch. Jemand hat in dem Buch etwas niedergeschrieben. Valentina versucht es zu lesen, aber es sind Worte in einer fremden Sprache. Ungelenk hingekritzelte, unlesbare Buchstaben. Die Blätter sind auch nicht aus Papier, sondern aus Pergament, braun und körnig. Zwischen den Textstellen stehen seltsame Zeichnungen. Es sieht aus wie ein Buch mit chemischen Formeln oder Zaubersprüchen – für Valentina ungefähr das Gleiche.

Sie streckt eine Hand aus, um das Blatt umzuschlagen, und erstarrt. Sie sieht ihre Hand, ihre eigene Hand. Sie ist bleich und dürr und von Adern durchzogen. Es ist die Hand eines alten Mannes mit langen, abgebrochenen Fingernägeln.

Jemand klopft an die Tür. Valentina erschrickt. Oma stößt die Tür auf. »Ich dachte, ich hätte etwas gehört. Warum liegst du nicht im Bett, Valentina?«

Valentina schaut sich um. Da ist ihr Bett, der Kleiderschrank, Duffie. »Ich dachte . . .« Sie läuft zum Fenster und schaut nach draußen. »Wo sind sie hin?«, fragt sie. »Die Menschen mit den brennenden Fackeln?«

»Welche Menschen mit Fackeln?«

»Dort! Draußen! Es waren viele. Vorhin hab ich sie draußen gesehen! Sie kamen aufs Haus zu, durch den Garten, aber es gab keinen Garten mehr.«

Oma stellt sich neben sie und zeigt nach draußen. »Nun, jetzt sind sie verschwunden, wie ich sehe.«

»Aber ... da ist ja der Garten! Vorhin war alles ganz anders, es gab einen Sandweg oder so was, und ...«

Oma fasst sie am Arm und führt sie zu ihrem Bett. »Du hast geträumt, Kindchen, jetzt geh wieder schlafen. Ich bleib noch kurz bei dir.«

Valentina legt sich hin und zieht das Laken hoch bis unters Kinn. Panda Duffie kuschelt an ihrer Wange. Oma geht noch einmal durchs Zimmer und schaut in jede Ecke. Sie murmelt etwas. An einigen Stellen reibt sie mit ihrem Zeigefinger.

»Was machst du da, Oma?«, fragt Valentina.

Oma schrickt auf und lässt etwas in ihrer Tasche verschwinden. »Nichts, Kindchen. Ich habe nur nachgefühlt, ob irgendwo Feuchtigkeit durch die Mauer dringt. Das hat man manchmal in alten Häusern. Fühlst du dich schon besser?«

»Ja, ich kann jetzt einschlafen. Gute Nacht!«

»Gute Nacht!«

Valentina wartet, bis sie hört, wie Oma nach unten geht. Kurz darauf springt sie rasch aus dem Bett und schleicht auf bloßen Füßen zum Fenster. Draußen sieht sie die Äste der vertrauten Eiche, den kleinen Garten mit dem abgesägten Baumstumpf. Dort liegt die runde weiße Steinplatte, die sie als Tisch benutzen. Sie sieht die weißen Gartenstühle und dahinter die Mauer. Kein Sandweg, keine Fackeln.

Sie stützt sich auf die Fensterbank. Dann berührt etwas Klebriges Valentinas Finger.

3. DER VERFOLGER

Valentina zieht ihre Hand zurück. Etwas klebt an den Fingerspitzen. Es sieht aus wie Schleim und riecht eigenartig. Feuchtigkeit?

Valentina schaut sich das Fenster genauer an. Ja, da und da, und auf der anderen Seite auch. An drei Stellen sieht sie einen kleinen Kreis aus Schleim. Aber normaler Schleim riecht nicht so seltsam wie dieser. Sind das die Flecken, von denen Oma . . .? Aber warum sollte sie da etwas Schleimiges hingerieben haben? Valentina putzt ihre Finger mit einem Papiertaschentuch sauber, aber sie wirft es nicht weg.

Am nächsten Morgen, Dienstag, zeigt sie das Taschentuch Vickie, ihrer Schulfreundin. Vickie hat ein schmales Gesicht und kurze Haare. »Und sie steckte irgendetwas in die Tasche ihrer Schürze«, erzählt Valentina, »und die ganze Zeit redete sie mit sich selber.«

»Alte Leute benehmen sich manchmal seltsam«, sagt Vickie. »Mein Großvater brabbelte auch immer mit seinem kleinen Hund, obwohl der Köter völlig taub war.« Sie riecht an dem Taschentuch und verzieht das Gesicht. »Igitt! Das Zeug stinkt ja entsetzlich!«

»Hexibell ist wohl mit dem Finger durchs Papier gestoßen, in den Schiet«, donnert eine Stimme in Valentinas Ohr. Sie schrickt auf. Natürlich Freddie. Obwohl es bestimmt nicht warm ist, läuft er mit bloßen Armen herum, damit jeder seinen Bizeps sehen kann. Er trägt ein enges schwarzes T-Shirt, auf dem steht: METALROCK LIVES.

»Was würdest du davon halten, wenn ich dir diesen Schiet mal unter deine dicke Nase schmieren würde?«, sagt Valentina erbost.

Freddie hebt beschwörend beide Hände und weicht einen Schritt zurück. Er ist viel größer als Valentina, kennt aber ihre Reichweite. »Reg dich nicht auf, Hexibell, sonst fällt dir noch das Papier aus dem BH!« Grinsend läuft er weg.

»Was für ein Idiot!«, schimpft Valentina.

»Nun ja«, sagt Vickie. »ich finde ihn eigentlich ganz nett, er sollte nur etwas weniger aufschneiden.«

Valentina wirft ihr Taschentuch weg. Es stinkt tatsächlich fürchterlich. »Weißt du, es war so verrückt, wie eine Art . . . ich weiß nicht was.«

»Vielleicht war es eine Beschwörung«, meint Vickie. »Um die Spukgestalten aus deinem Traum fern zu halten. Du sagtest doch, dass es drei Kreise am Fenster waren?«

Anton ist, ohne dass sie es bemerkt haben, zu ihnen gekommen. »Könnte sein, dass sie magische Zeichen benutzt«, vermutet er. »Zeichen für eine Beschwörung gegen das Böse!«

»Funktioniert mit Schleim bestimmt«, schimpft Valentina.

»Auch noch mit stinkendem Schleim«, sagt Vickie.

»Nein, mit Kacke!«, ruft Freddie von weitem dazwischen.

»Ihr wisst nicht, ob oder was für ein Schleim es war! Ich glaube, es handelt sich um eine Art Salbe mit magischen Kräutern«, sagt Anton. »Früher hingen die Menschen Knoblauch vors Fenster und über die Tür, um Vampire fern zu halten. Dies ist vielleicht auch so etwas.«

»Was weißt du denn davon?«, fragt Vickie spöttisch. »Bist du ein Experte in Sachen Magie?«

»Nein, bestimmt nicht«, antwortet Anton etwas verlegen, »aber ich habe viel darüber gelesen. Für meine Geschichten und so.«

»O ja, du willst doch Schriftsteller werden. Wann dürfen wir mal etwas von dir lesen?«

»Ich habe noch keine Geschichte fertig, und wenn, dann lasse ich sie euch bestimmt nicht lesen. Ich schreibe andere Sachen als diese Mädchenromanzen, die ihr lest.«

»Nun komm schon, Anton, sei nicht gleich eingeschnappt, wir machen doch nur Spaß«, sagt Vickie. »Aber würde das nicht eine schöne Geschichte abgeben? Valentinas Oma ist in Wirklichkeit eine Hexe. Sie hat eine Menge Menschen auf dem Gewissen. Nachts kommen diese als Geister zurück, um sie zu holen, wenn sie ganz allein in ihrem Hexenhaus sitzt und zaubert.«

»Ja, ja, vielen Dank, und danach kocht sie eine Hexensuppe mit allen möglichen seltsamen Zutaten«, sagt Valentina. Da müssen sie alle lachen. Und während sie lachen, passiert plötzlich etwas Seltsames.

Ihr Lachen wird immer lauter und lauter, bis es Valentina in den Ohren wehtut. Sie bekommt ein seltsam prickelndes Gefühl auf der Haut. In den Ohren beginnt es zu pochen. Sie zwinkert ein paar Mal mit den Augen und dann hat sie das Gefühl, als ob sie aus sich selbst herausschwebt. Was sie nun sieht, wirkt wie ein schlechtes Foto, verschwommen und farblos. Sie sieht Vickie und Anton mit offenem Mund lachen, dann sich selbst neben ihnen stehend, sie lacht auch. Es ist, als stünde sie auf der anderen Seite des Schulhofs und würde sich selbst betrachten. Valentina schüttelt den Kopf und alles ist wieder normal. Rasch schaut sie zur Seite.

Auf der anderen Seite des Schulhofs bewegt sich etwas, flink und klein. Dann ist es weg.

Plötzlich wird es laut auf dem Schulhof.

»Was ist da los?«, fragt Vickie. »Oh, nichts Besonderes«, sagt Anton, »Freddie ist gerade dabei, einen Jungen zusammenzustauchen. Sieh nur, er hat sich den kleinen Dirk vorgeknöpft. Das gibt Ärger.«

»Glaub ich nicht! Freddie bekommt was vom Schulleiter zu hören, obwohl ihm das nichts ausmacht!«

Anton schüttelt den Kopf. »Nein, das habe ich nicht gemeint. Ich habe Dirks Bruder schon mal gesehen. Der ist einen Kopf größer als Freddie und hat Fäuste wie ein Schmiedehammer. Er arbeitet in einer Autowerkstatt. Muss ich noch mehr sagen?«

Vickie und Anton scheinen von Valentinas Schwindelanfall – oder was es auch gewesen sein mag – nichts bemerkt zu haben. Sie selbst erwähnt es mit keinem Wort, sonst könnten sie noch denken, sie sei krank.

Plötzlich merkt sie, dass Vickie etwas zu ihr sagt.

»Kommst du heute Abend zu mir? Im Fernsehen gibt es einen schönen Film . . .«

»Ja, NIGHTMARE IN ELMSTREET«, wirft Anton ein, »über den Mörder mit einem Handschuh voller Dolche als Finger. Den seh ich mir auch an.«

»Bist du verrückt?« Vickie ist entsetzt. »Wenn ich so etwas

gucke, kann ich anschließend kein Auge zumachen. Nein, es gibt einen lustigen Film mit Eddie Murphy.«

»Na, da bleibe ich lieber bei Freddy Krueger«, sagt Anton.

»Ich weiß nicht.« Valentina zögert. »Ich muss erst Oma fragen. Es darf nicht zu spät werden, sonst wird sie unruhig.«

»Der Film ist um zehn zu Ende, also klappt das schon. Und es ist auch nicht weit von unserem Haus zu deiner Oma. Abgemacht?«

»Es war tatsächlich ein lustiger Film«, denkt Valentina, als sie nach Hause geht. Es weht ein nasskalter Wind und sie bindet den Schal etwas fester um den Hals. Auf der Straße ist kaum noch eine Menschenseele zu sehen, es ist schon früh dunkel. Valentina beeilt sich. »Und wir haben keine Angst«, flüstert sie sich selbst zu.

Dann spürt sie, dass sie verfolgt wird. Sie bleibt abrupt stehen. Da ist das kalte, prickelnde Gefühl wieder. Sie weiß nicht, wieso sie es weiß, aber jemand folgt ihr. Da ist sie sich sicher. Sie hat das Gefühl, dass unsichtbare Augen ihren Rücken anstarren. Sie dreht sich langsam um. Die Straße hinter ihr liegt verlassen, wird aber hell erleuchtet durch das Licht der Schaufenster.

Valentina läuft weiter. Das Gefühl bleibt. Ein bedrohliches Gefühl, als ob jemand ganz dicht neben ihr läuft. Zweimal schaut sie schnell über ihre Schulter, aber sie sieht niemanden. Sie biegt um die Ecke. Hier gibt es keine Geschäfte, links liegt ein großes brachliegendes Grundstück, rechts erhebt sich eine mannshohe Mauer. Am Ende muss sie nach links, anschließend nach rechts, und dann ist sie fast zu Hause. Auf halber Strecke merkt sie, dass sie entlang der alten Friedhofsmauer läuft.

Sie bleibt stehen. Das Gefühl der stechenden Augen wird immer stärker. »Er ist ganz nahe«, denkt Valentina. »Er steht hinter mir, wer er auch ist.« Das kalte Gefühl ist noch stärker geworden, sie fröstelt. Valentina beißt die Zähne zusammen. »Wenn er versucht mich zu berühren, zerkratze ich ihm das Gesicht, ich habe lange Fingernägel. Vielleicht ist es ja dieses Ekel von Freddie.«

»Ich weiß, dass du es bist!«, ruft sie plötzlich laut. Niemand antwortet. Valentina dreht sich langsam um und formt ihre Hand zu einer Kralle. Niemand steht hinter ihr, da ist nur die kahle Mauer, schwach erleuchtet durch weit voneinander entfernt stehende Straßenlaternen. Aber das drängende Gefühl bleibt. Valentina blickt nach oben und blinzelt mit ihren Augen . . . Sie sieht sich selbst. Sie schaut von oben nach unten und sieht ihr eigenes Gesicht unterhalb der Mauer, die Augen weit geöffnet, bleich und ängstlich. Ihr Gesicht ist grau.

Valentina schrickt zusammen. Was ist das? Sie blinzelt wieder mit den Augen. Dann sieht sie eine Katze, die von der Friedhofsmauer auf sie herabblickt. Die Katze ist grau mit nur ein paar schwarzen Streifen an den Seiten. Das Tier steht hoch auf seinen dünnen Beinen mit weißen Pfoten und starrt Valentina aus tiefgrauen Augen an.

Valentina stößt einen Seufzer aus, so als würde sie damit all ihre Angst wegblasen. Auch das kalte Gefühl verschwindet. »Na, du hast mich ja ganz schön erschreckt«, sagt sie. »Was hast du hier auch ganz allein herumzustreunen? Hast du kein Zuhause? Da ist es doch viel wärmer als hier auf der Straße und dann noch beim Friedhof!« Sie streckt eine Hand nach der Katze aus. Diese reckt den Kopf nach unten und schnüffelt an Valentinas Finger. Sie lässt sich unter dem Kinn kraulen.

»Braves Miezchen«, schmeichelt Valentina, »aber jetzt muss ich wirklich gehen.« Sie läuft weiter. Am Ende der Straße schaut sie sich kurz um. Die Katze ist weg. »Mäuse fangen auf dem Friedhof«, denkt Valentina. »Doch verrückt, es war eben so . . . als ob ich . . . genau wie heute Morgen auf dem Schulhof.«

»Jetzt denk dir nicht solche Sachen aus, Val«, sagt sie laut, »sonst jagst du dir noch selbst Angst ein.«

Als sie nach Hause kommt, läuft auf dem Fernseher ein Quizprogramm. So was schaut Oma sich doch sonst nie an! Aber dann stellt Valentina fest, dass der Sender eingeschaltet ist, der zuvor den Film gebracht hat, den sie bei Vickie auch gesehen hat. Oma hat aufgepasst, wann er zu Ende war. Sie sitzt am Tisch und liest in einem dünnen Büchlein. Als Valentina hereinkommt, klappt sie das Buch zu und schließt es in den Schrank.

»Deine Mutter hat angerufen«, sagt sie, »ich soll dich grüßen.«

»Oh, wie schön, dass Mama so besorgt um mich ist!«

Oma sieht etwas unglücklich aus. »Das darf man nicht sagen, Valentina. Deine Mutter liebt dich sehr. Aber sie macht gerade jetzt eine schwere Zeit durch.«

»Sie macht immer eine schwere Zeit durch und hat nie Zeit für mich!«

»Komm, setz dich mal zu mir, Kindchen«, sagt Oma. Valentina findet es entsetzlich, wenn Oma »Kindchen« sagt, aber sie meint es ja gut.

»Manchmal entdecken Menschen erst nach Jahren, dass sie eigentlich nicht zusammenpassen«, sagt Oma. »Je länger sie zusammen waren, desto schwieriger ist es dann, die . . .«

»Aber müssen sie sich denn scheiden lassen? Ich will nicht, dass sie sich scheiden lassen! Gibt es denn keine andere Lösung?«

Oma zieht ihre Augenbrauen hoch. »Ich weiß, dass du das nicht gerne hörst, Valentina, aber ich habe mich nie hinter der Wahrheit versteckt. Und ich werde es auch jetzt nicht tun. Es ist nicht schön, bestimmt nicht, aber im Leben passieren viele Dinge, die nicht angenehm sind. Du bist kein kleines Kind mehr, du musst der Wahrheit ins Auge sehen.«

»Ich will, dass Mama und Papa zusammenbleiben!« Valentina weint jetzt, sie zerrt sich los und rennt nach oben. Sie wirft die Tür zu und lässt sich aufs Bett fallen. Sie zieht Duffie ganz dicht an sich heran.

Eine ganze Zeit lang später klopft jemand an die Tür. »Darf ich hereinkommen?«, fragt Oma. Sie steht schon im Zimmer. »Was ist denn nun schon wieder?«, denkt Valentina. »Eine Predigt?« Aber Oma sagt nichts über ihren Vater oder ihre Mutter.

Sie setzt sich neben sie aufs Bett. »Ich habe ein Geschenk für dich.«

»O ja«, denkt Valentina, »ein Geschenk, um mich zu bestechen.« Aber neugierig ist sie doch.

»Es ist ganz alt«, sagt Oma, »ein Familienerbstück. Ich habe es getragen, als ich so alt war wie du jetzt. Nun ist es an der Zeit, dass du es trägst.«

Valentina schaut sich an, was Oma um ihr rechtes Handgelenk legt. Es ist ein Armband, das ganz aus Metallplättchen besteht. Einige sind rund, andere viereckig oder dreieckig. Es sind seltsame Zeichen eingekerbt. Das Armband ist kalt und schwer.

»Es ist . . . schön«, sagt Valentina. Eigentlich findet sie es überhaupt nicht schön, aber das traut sie sich nicht zu sagen, denn Oma meint es ja gut.

Oma schüttelt den Kopf und streichelt Valentinas Hand. »Mir machst du nichts vor, Valentina«, lacht sie, »es ist wirklich nicht schön, es ist ein hässliches Ding. Das weiß ich selbst gut genug, ich habe es jahrelang getragen.«

»Aber warum hast du es getragen, wenn du es nicht schön fandest?«

»Aus dem gleichen Grund, aus dem ich es jetzt um dein Handgelenk gelegt habe, Valentina. Es gibt viele gute Gründe dafür.« Oma schaut Valentina direkt an. Ihre Augen sind felsgrau und Valentina muss kurz an die Augen der Katze auf der Friedhofsmauer denken. »Du musst dieses Armband immer tragen, Valentina!«, sagt Oma. »Du tust mir damit einen Gefallen. Aber auch dir selber. Als ich so alt war wie du, hatte ich auch einige Probleme. Ich konnte nachts kein Auge zutun, hatte fürchterliche Alpträume. Dieses Armband ist schon sehr lange in unserer Familie, mehr als sechshundert Jahre!«

»Was? So alt ist es? Und die Einkerbungen, die Streifen, was bedeuten die?«

»Das Armband ist aus Eisen«, sagt Oma, »kein Blech oder Stahl, sondern altes Eisen, ein Naturelement. Die Zeichen sind nicht einfach nur Ornamente, es sind Runen. Runen sind uralte Schriftzeichen, so wie Keilschrift oder Hieroglyphen. Manche Menschen behaupten, dass es sich um magische

Zeichen handelt. Früher, als die Menschen die Sonne, den Mond und die Naturkräfte anbeteten, gebrauchten sie diese Zeichen. Das gab ihnen Kraft und Mut. Und damals, als ich jung war . . . Ich glaubte an die Magie dieser Zeichen. Wenn ich mich schlecht fühlte oder jemandem böse war oder vielleicht böse auf mich selbst, dann rieb ich über dieses Armband. Dann dachte ich: Dies ist Magie. Mit Magie komme ich mit mir selbst ins Reine.«

Valentina muss lachen. Sie reibt über das Armband. Ein magisches Armband, mit alten Zauberzeichen. Es ist so ulkig, dass sie sich tatsächlich besser fühlt.

»Vielleicht hilft es schon«, sagt sie.

Oma lächelt. »Es ist ein magisches Armband, Valentina, glaub es mir. Ich weiß, dass du in den letzten Nächten böse Träume hattest. Dieses Armband wird dir Kraft geben, dir helfen, gegen diese Träume zu kämpfen. Aber es gibt noch etwas, was ich dir sagen muss, und zwar unter vier Augen. Damit meine ich: Erzähle davon nichts deiner Mutter. Sie wird es nur lächerlich und abergläubisch finden. Du kannst doch ein Geheimnis bewahren?«

»Ja«, denkt Valentina, »aber gegenüber Mama?«

»Es ist ein Geheimnis zwischen dir und mir«, sagt Oma. »Wenn du jemals irgendwo drei Ziffern siehst, in einem Buch, an einer Mauer mit Graffiti, es kommt nicht darauf an, wo, dann musst du es mir sofort sagen. Die Ziffern sind dreimal die Sechs. 666. Drei Sechsen hintereinander. Wenn du das jemals irgendwo siehst, will ich, dass du gleich zu mir kommst!«

»Das verstehe ich nicht«, sagt Valentina, »was hat es denn mit den drei Sechsen auf sich?«

Oma schüttelt den Kopf und Valentina sieht, dass ihr Tränen in den Augen stehen. »Du bist noch so jung, Valentina, und es gibt noch so viele Dinge, die ich dir erzählen will, die ich dir erzählen muss. Aber dazu ist es noch zu früh. Ich kann es dir jetzt noch nicht sagen, vielleicht in ein paar Tagen, wenn ich mir selbst sicherer bin.«

»Ich weiß nicht, was du meinst, Oma!«

Oma ergreift Valentinas Hände und dreht sie um, sodass das Licht auf ihre Handflächen fällt.

»Schau!«, sagt Oma.

Valentina sieht hin.

In beiden Handflächen sind fünfzackige Sterne gezeichnet, knallrot, glänzend wie Blut. Eine Sekunde, dann sind sie weg. Valentina reißt ihre Hände los und befühlt sie. Nichts Besonderes. »Was war das?«, fragt sie.

Oma fasst sie an der Schulter. »Nichts, wovor du Angst haben musst, Valentina. Aber du hast doch die beiden Sterne gesehen?«

»Ich weiß nicht . . . es ging so schnell. Ja, zwei Sterne, mit fünf Zacken, und jede Zacke war mit den anderen verbunden. Aber jetzt ist nichts mehr zu sehen.«

Oma nickt. »Die Sterne gibt es noch«, sagt sie. »Sie sind in deinen Händen verborgen. Es sind magische Zeichen, wie auf dem Armband. Es sind schützende Zeichen.«

»Aber ich habe sie nie vorher gesehen!«

»Nun, das konntest du auch nicht. Die Sterne sind jetzt da, weil du in ein paar Tagen dreizehn Jahre alt wirst, Valentina. Dreizehn ist ein magisches Lebensalter, nicht nur, weil du dann ein Teenager wirst. In unserer Familie haben alle die Sterne gekannt, seit Generationen.«

»Aber Mama hat nie . . .«

»Deine Mutter hat die Sterne niemals gehabt, Valentina, weil die Sterne immer eine Generation überschlagen. Meine Mutter hatte sie nicht, meine Großmutter aber wohl. Deine Kinder werden sie nicht haben, jedoch deine Enkelkinder. Wenn die Sterne dann noch nötig sein sollten.«

»Was meinst du damit, Oma? Wofür sind die Sterne nötig?«

Oma steht plötzlich auf. »Mehr kann ich dir im Moment noch nicht erzählen, Valentina. Dafür ist es noch zu früh. Aber merk dir bitte: Die Zahl 666 ist schlecht, bösartig. Die Sterne sind gut, sie schützen gegen das Böse. Ich weiß, dass sich dies alles sehr verwirrend anhört, aber vertrau mir. In ein paar Tagen werde ich dir mehr erzählen können. Geh jetzt schlafen. Das Armband wird dich beschützen.«

Etwas kratzt am Fenster.

4. ZWINKERN MIT DEN AUGEN

Valentina sitzt kerzengerade im Bett. »Nein«, denkt sie, »ich habe geträumt.«

Es muss der Ast des Baumes sein, der gegen das Fenster scheuert. Sie legt sich wieder hin und versucht weiterzuschlafen, aber sie hört erneut das Kratzen am Fenster. Diesmal steht sie auf.

Sie zieht die Gardine zur Seite – und weicht zurück. Zwei leuchtende Augen blicken ihr gerade ins Gesicht. Dann atmet sie erleichtert auf. »Du hast mich ganz schön erschreckt«, sagt sie. »Was machst du hier?«

Die graue Katze sitzt auf der schmalen Fensterbank und kratzt am Rahmen.

»MRRIIIIAAAAUUUU!«, miaut die Katze und kratzt weiter am Holz.

»Na, so spricht kein Kätzchen«, sagt Valentina. »So eine tiefe Stimme. Du musst ein Kater sein. Ich kann ja doch nicht schlafen, also komm rein. Aber benimm dich anständig, ich will hier keinen Dreck. Und mach keinen Lärm!«

Sie öffnet das Fenster und mit einem Windhauch kalter Nachtluft gleitet der graue Kater nach innen. Er schaut Valentina kurz an und schnuppert an ihren bloßen Füßen. Er leckt vorsichtig und beginnt dann das Zimmer zu erkunden.

Zunächst schnuppert er an den drei Flecken am Fenster, da

wo die seltsamen Schleimkreise sind. »Riecht das so schrecklich?«, fragt Valentina. Scheinbar zufrieden nimmt sich der Kater jetzt den Schreibtisch vor, den Stuhl und verschwindet dann unter dem Schrank. Anscheinend entdeckt er nichts, was ihm missfällt. Er springt aufs Bett, streckt seine Hinterbeine in die Luft und fängt an sich zu putzen. Er räkelt sich genüsslich.

»Schön so, sauberer Junge«, sagt Valentina. Vorsichtig streckt sie ihre Hand aus. Erfahrung und ein paar blutige Kratzer haben sie gelehrt mit unbekannten Kätzchen vorsichtig umzugehen.

Der Kater unterbricht seine Toilette, sieht sie an und lässt sich über den Kopf streicheln.

»Du gehörst wohl niemandem, wie? Du hast kein Halsband und wie mir scheint, hast du auch noch nie eins getragen. Hoffentlich hast du keine Flöhe, denn die möchte ich hier wirklich nicht haben. Allein unterwegs also. Na, dann sind wir jetzt zu zweit; ich bin auch allein.«

Der Kater schnurrt zufrieden und beißt in die gestreckten Krallen seines rechten Vorderbeins.

»Aber leider wirst du hier nicht bleiben können«, sagt Valentina. »Das findet Oma bestimmt nicht okay. Also werde ich dich wohl . . .«

Der Kater stellt sich hin und biegt seinen Rücken. »Was für lange dünne Beine du hast. Und so ein schönes graues Fell!«, sagt Valentina. »Du bist bestimmt aus guter Familie, nicht wahr? Siehst so adelig aus, wie ein echter Herr, ein Sir! Hm . . . Sir James! Der Name würde zu dir passen. Sir James, jetzt musst du . . .«

Sir James springt aus dem Bett und verschwindet dann unter der Matratze.

»He, komm da drunter weg! Miez, Miez, nun komm schon, sag ich!« Sie schaut unters Bett. Sir James dreht sich zu einem Knäuel zusammen. Sie hört ihn laut schnurren. »Es sieht wohl nicht danach aus, dass du gehorchen wirst«, sagt Valentina. »Also schön, aber nur diese Nacht. Morgen früh bist du verschwunden, ist das klar?«

Sir James rollt sich noch etwas behaglicher zusammen.

Valentina legt sich wieder ins Bett. Das Schnurren des Katers ist laut und einschläfernd. Ihre Augen werden schwer. Im Halbschlaf fühlt sie, wie sich das Bett leicht bewegt, und dann spürt sie den warmen Druck von Sir James, der sich zusammengerollt auf ihre Füße gelegt hat.

DONG . . .

Valentinas Augen blitzen auf und schauen ängstlich in die Dunkelheit. DONG . . . DONG . . .

Sie steht mit bloßen Füßen in kaltem, feuchtem Schlamm. Der Mond ist rund und wirft sein frostig silbernes Licht auf sie. Valentina steht am Ufer eines kleinen Flusses. Das Wasser ist schwarz, trotz des Mondlichts. Es klatscht gegen ihre Zehen und sie macht einen Schritt zurück, aber das Wasser folgt ihr.

DONG . . . Sie schaut hinter sich. Um sie herum ist Wasser, schwarz wie Öl und ganz still. Valentina blickt auf ihre Füße, sie steht jetzt auf dem Wasser. Einen Moment lang bleibt ihr das Herz stehen. »Gleich sinke ich ein«, denkt sie. Aber es passiert nichts.

DONG . . . DONG . . . wieder die ferne, drohende Glocke. Es ist, als ob eine Uhr zu ihr sprechen würde, ihr sagen würde, was sie tun soll. Valentina wehrt sich, sie weigert sich diesem Glockenschlag zu gehorchen, aber ihr Körper handelt wie von selbst. Langsam hebt sie beide Arme hoch, die Hände vor sich. Mit ausgestreckten Fingern, die Handballen offen nach unten. Dann dreht sie ihre Hände um, sodass die Handflächen nach oben gen Mond zeigen.

Zwei rote fünfzackige Sterne funkeln in ihren Händen. Sie sieht sie an und beobachtet, wie die Sterne zusammenlaufen, wie sich die Linien kringeln wie dünne rote Würmer und die Zahl 6 formen, eine in jeder Hand.

DONG . . . DONG . . . DONG . . . Das Wasser um Valentina herum bewegt sich, es wogt auf und nieder, dann wird es plötzlich durchsichtig. Das Licht des Mondes bricht durch das Wasser. Valentina sieht Wasserpflanzen, die hin und her schwingen wie winkende Finger. Zwischen den Pflanzen liegt etwas Glänzendes, eine seltsam geformte Vase oder ein Krug, mit einem Pfropfen obendrauf. Plötzlich fällt der Pfropfen heraus. Aus der Vase strömt eine dunkelrote Wolke an die Oberfläche . . . und dann höher! Dem Wasser entsteigt ein feuchter Dunstschleier aus Blut, der sich wie ein Mantel um Valentina zu schließen beginnt. Der Nebel aus Blut berührt nass und klebrig ihre Hände . . .

DONG . . .

Valentina schrickt auf. Ihr Hände sind tatsächlich nass und klebrig. Sir James leckt sie gerade ab mit seiner reibenden Zunge. Sie hat vergessen die Gardine zuzuziehen. Schemenhaft fällt das Mondlicht in ihr Zimmer. Sie wagt es nicht, sich zu bewegen, ihr Herz klopft ihr in der Kehle. Sie sieht ihre beiden Handflächen und die gewundenen Sechsen darin.

DONG . . . Dies ist kein Traum mehr!

Es bewegt sich etwas am Fenster, es steigt hoch, eine dunkle Wolke.

Sir James dreht sich um und krümmt seinen Rücken. Er springt vom Bett und rennt zum Fenster. Er stellt sich aufrecht hin, mit beiden Vorderpfoten auf der Fensterbank, und faucht wütend nach draußen. Sein dicker Schwanz schwingt hin und her. Die dunkle Masse am Fenster sackt weg. Es folgt kein weiterer Glockenschlag.

Sir James setzt sich auf die Fensterbank, mit dem Kopf nach draußen, wie ein Wachposten: So sitzt er noch am nächsten Morgen da, als Valentina wach wird.

Natürlich erzählt Valentina in der Schule alles über ihren nächtlichen Besucher. Die anderen haben ihn vorher noch nie gesehen. »Ein glatter grauer Kater mit weißen Pfoten? Der ist nicht von hier«, sagt Carla, »sonst würde ich ihn kennen. Wir haben drei Katzen zu Hause und ein paar Mal im Jahr bekommen wir alle Kater aus einem kilometerweiten Umkreis zu Besuch.«

»Du hast dich bestimmt die ganze Nacht mit dem Kätzchen beschäftigt«, vermutet Vickie. »Du siehst so müde aus.«

»Stimmt, ich habe nicht viel geschlafen«, sagt Valentina, »aber eigentlich eher wegen eines blöden Traums. Zum Glück war Sir James da und hat mich geweckt. Schade nur, dass ich ihn gehen lassen musste, denn heute Morgen wollte er mit aller Macht nach draußen.«

»Sein Morgenpipi«, grinst Freddie, »oder vielleicht erinnerte er sich daran, dass er sein Treffen mit der läufigen Katze vergessen hatte. Ich wäre wohl gern so ein Kater, scheint toll zu sein. Die ganze Nacht auf der Lauer nach Miezen zu sitzen . . .«

»Idiot«, sagt Valentina, aber sie muss doch lachen. »Sag

lieber, was mit deinem Auge los ist. Es ist so blau und schimmert . . .«

»Nichts ist damit«, murmelt Freddie und zieht sich schnell zurück.

Anton grinst. »Der kleine Dirk wartete heute Morgen vor der Schule auf ihn und hatte seinen großen Bruder mitgebracht. Aber jetzt berichte uns endlich von dem seltsamen Traum!«

Valentina zögert. Soll sie ihn den anderen wirklich erzählen? »Vielleicht lacht ihr mich ja aus!«, sagt sie vorsichtig.

»Nein, bestimmt nicht!«, erwidert Anton. »Ehrenwort!«

»Und ich werde auch nicht lachen«, versichert ihr Vickie. Also erzählt Valentina ihre nächtlichen Erlebnisse, macht es aber kurz.

Anton hört so aufmerksam zu, dass seine Brille herunterrutscht. »Was für Bücher liest du gerade?«, fragt er. »Zwei Sechsen in der Hand? Nur zwei?«

»Warum ist das so wichtig?«, fragt Vickie.

»Weißt du das wirklich nicht?«, fragt Anton. »Hast du nie den Film DAS OMEN gesehen? Wenn es drei Sechsen gewesen wären . . .«

Drei mal sechs! Valentina stockt der Atem. »Was bedeuten drei Sechsen?«, fragt sie vorsichtig.

»Das ist das Zeichen des Teufels«, sagt Anton. »Dreimal die Sechs ist 666 und das ist das Zeichen des Bösen. Es wird gebraucht für schwarze Magie.«

»Na, so teuflisch sehe ich doch wohl nicht aus«, sagt Valentina.

»Schade«, meint Anton bedauernd, »es hätte so gut gepasst. Gerade bei deinem Spitznamen Hexibell!«

Valentina hat sich über ihren Spitznamen nie Gedanken gemacht. Mit Nachnamen heißt sie Heckenbergh. Irgendwann kam jemand auf die Idee, sie Heckibell zu rufen und dann Hexibell.

»Aber vor den Sechsen waren es zwei Sterne«, sagt sie, »zwei gezeichnete Sterne mit fünf Zacken!«

Jetzt ist Anton nicht mehr zu halten. »Das sind Pentagramme!«

»Penta . . . was?«, fragt Vickie.

»So ein Stern mit fünf Zacken ist ein Pentagramm.« Anton spricht immer schneller, froh, dass die anderen sich endlich mal für seine Kenntnisse interessieren. »Das ist ein Schutzzeichen gegen das Böse. Wenn ein Magier einen bösen Geist aufrufen wollte, zeichnete er zunächst ein solches Pentagramm. Wenn er in der Mitte dieses Sterns stand, konnte der böse Geist ihm nichts anhaben.«

»Hör auf! Du machst Valentina Angst. Sie zittert ja schon«, fleht Vickie.

DONG . . .

Es ist nur der Schulgong.

Als sie in die Klasse gehen, murmelt Anton vor sich hin: »In den Handflächen. Das hat auch etwas zu bedeuten, das weiß ich sicher! Ich muss es nachprüfen.«

Im Geschichtsunterricht kann sich Valentina kaum wach halten. Normalerweise mag sie das Fach. Sie stellt sich immer genau vor, wie die Menschen früher gelebt und gewohnt haben. Die Jahreszahlen von Schlachten und Kriegen interessieren sie weniger. Aber jetzt kann sie überhaupt nicht aufmerksam zuhören. Die Stimme der Lehrerin kommt von ganz weit weg. Valentina döst kurz ein, aber plötzlich spitzt sie die Ohren.

»Im Mittelalter glaubten die Menschen tatsächlich an Teufel mit Bockshufen«, erzählt die Lehrerin. »Sie glaubten an Zauberer und Hexen. Das missbrauchten viele Menschen, um selbst reich zu werden. Viele unschuldige Menschen wurden als Hexen verurteilt, weil die Leute der damaligen Zeit es nicht besser wussten.«

»Ja, Fräulein, darüber habe ich etwas gelesen.« Das ist natürlich Anton. »Über die Hexenprozesse in Salem. Dort wurden unschuldige Menschen gehängt und verbrannt, weil man dachte, dass sie Hexen seien. Oder auch nur, weil sie eine schwarze Katze besaßen!«

»Das stimmt, Anton, aber Salem liegt in Amerika, und das war viel später. Dort waren die wahren Schuldigen ein paar junge Mädchen, denen man zu wenig Aufmerksamkeit geschenkt hatte und die sich auf diese Art wichtig fühlen wollten. In England gab es richtige Hexenjäger, die Unschuldige als Hexen – es gibt übrigens weibliche und männliche Hexen – verurteilten, weil sie dann ihr Eigentum beschlagnahmen konnten. So wurden sie selbst immer reicher. Aber Hexerei ist nicht immer bösartig. Selbst in unserer Zeit gibt es noch so genannte Hexenringe. Das sind Vereinigungen von jeweils 13 Hexen, weil die Zahl 13 als magische Zahl gilt. Die meisten betreiben weiße Magie. Sie glauben an die magischen Kräfte der Natur und daran, dass sie Menschen heilen können.«

»Vielleicht muss ich mal eine solche weiße Hexe aufsuchen, damit ich ruhig schlafen kann«, denkt Valentina.

»Hexerei gab es überall auf der Welt, lange vor Salem und den Hexenverfolgungen«, erzählt die Lehrerin weiter. »Selbst in dieser Gegend lebten Hexen. Kennt ihr den alten Friedhof in Greyshuysen? Dort wird schon lange niemand mehr beerdigt. Aber im ältesten Teil, ganz hinten, wo man keine Kreuze oder Grabplatten sieht, da wurden vor langer, langer Zeit die Hexen begraben.«

Valentina hört mit weit aufgerissenen Augen zu. Die Sonne scheint ihr ins Gesicht. Sie blinzelt ein paarmal.

Dann sieht sie ihr Schlafzimmer in Greyshuysen, in grauen Farben, als ob sie durch das Fenster nach innen blickt. Sie sieht das noch ungemachte Bett und Oma. Sie trägt ein dickes Buch unter dem Arm und ein kleines Töpfchen in der linken Hand. Sie läuft durchs Zimmer und steckt ihren Finger in das Töpfchen. Dann schmiert sie an bestimmten Stellen rund um das Bett etwas an die Wände.

Das Bild verschwindet, Valentina sieht jetzt die Äste eines Baumes. Sie fühlt sich seltsam, kleiner, als ob sie sich niedergekauert hätte. Sie klettert aus dem Baum, hackt ihre Krallen in die Äste ... ihre Krallen! Sie hat weiße Pfoten mit scharfen Krallen!

Dann schwebt sie durch die Luft und landet mit einem PLUMPS auf dem Boden. Sie sitzt im Garten und leckt mit ihrer Zunge über ihre scharfen Zähne.

Valentina zwinkert mit den Augen und ist wieder in der Klasse, in ihrem eigenen Körper. Die Lehrerin erzählt immer noch, aber Valentina hört nicht, was sie sagt. Sie hat durch die Augen von Sir James geblickt! Das weiß sie sicher. Er saß auf ihrer Fensterbank. Und sie war in seinem Kopf. Es war dasselbe Gefühl wie in dem Moment, als sie ihn zum ersten Mal auf der Friedhofsmauer sah. Und wie damals, als sie auf dem Schulhof dachte, dass ihr schwindelig würde.

Vickie stößt sie an.

»Fühlst du dich nicht gut, Val?«

»Geht schon, nur ein bisschen müde«, sagt Valentina laut, viel lauter, als sie eigentlich wollte.

Die Lehrerin unterbricht sich. »Valentina Hexibell, ist es nötig, die ganze Klasse zu stören? Wiederhole doch bitte, was ich gerade gesagt habe!«

»Öh . . .«

»Ja, das dachte ich mir schon. Vielleicht interessiert dich das alles nicht, aber würdest du höflichkeitshalber deine Aufmerksamkeit wieder dem Unterricht widmen?«

»Ach, lass mich doch in Ruhe«, sagt Valentina nicht sehr leise. Sie fühlt sich beklommen in der Klasse. Die Luft ist heiß und trocken. Valentina hat das Gefühl innerlich zu brennen. Sie hat Schwierigkeiten Luft zu bekommen und zu atmen. Sie steht auf. »Ich gehe mal kurz nach draußen.«

»Du meinst, du möchtest fragen, ob du mal kurz nach draußen gehen darfst«, sagt die Lehrerin.

»Nein, ich frage nicht!«, sagt Valentina. Sie macht ein paar Schritte und schwankt. Sie hält sich kurz an der Wand fest und geht dann schnell aus der Klasse. Hinter sich hört sie, wie Freddie ruft: »Ihr Vater hat eine Freundin, deshalb ist sie nicht gut drauf!«

Valentina rennt nach draußen auf den Schulhof. Dort setzt sie sich auf eine Bank. Ihre Arme fühlen sich kalt an, sie bekommt eine Gänsehaut, aber innen fühlt es sich immer noch so an, als würde sie glühen. Vor allem ihre Augen brennen.

Da legt sich eine Hand auf ihre Schulter. Die Lehrerin setzt sich neben sie.

»Es tut mir Leid, Valentina!«

Valentina traut ihren Ohren nicht. Die Lehrerin sagt, dass es ihr Leid tut? Noch immer brennen ihre Augen. Valentina dreht den Kopf weg. Das braucht die Lehrerin nicht zu sehen.

»Weißt du, Valentina, wir machen alle Dinge durch, die schwer zu verarbeiten sind, die uns Schmerzen bereiten. Dann sagen wir Sachen, die wir nicht so meinen. Manchmal sage ich auch etwas, was nicht so böse gemeint ist. Ich wusste nicht, dass . . . dass deine Eltern Probleme haben. Es geht mich ja eigentlich auch nichts an, aber wenn du darüber sprechen möchtest . . .«

Valentina schüttelt den Kopf. »Sie lassen sich scheiden«, sagt sie nur.

Die Finger der Lehrerin drücken sanft ihre Schulter. »Solche Sachen passieren im Leben, Valentina. Deine Eltern werden selbst wissen, was für sie am besten ist. Geht es wieder etwas?«

Valentina nickt.

»Ich muss wieder rein, bevor Freddie die Klasse auseinander nimmt. Ich habe übrigens noch ein Wörtchen mit ihm zu reden. Bleib ruhig hier sitzen, bis du wieder okay bist, einverstanden?«

Valentina nickt noch einmal.

Als die Lehrerin gegangen ist, putzt sich Valentina die Nase. Sie fühlt sich schon etwas besser. Wo mag Sir James sein? Jetzt weiß sie, wie sie es machen muss.

Sie versteht zwar nicht, wie es möglich ist, aber es geschieht einfach. Sie kann sich in ihn hineinversetzen. Sie blinzelt dreimal mit ihren Augen.

Sie schleicht durch das Gras. Flach auf dem Bauch. Sie fühlt die kräftigen Muskeln unter dem warmen Fell. Es ist ein ganz angenehmes Gefühl, sie spürt, wie das Gras den Bauch kitzelt. An ihrem Hinterteil schlägt etwas hin und her und dann wird ihr bewusst, dass es der Schwanz ist. Sie fühlt die Spannung in den Muskeln, sie ist voller Konzentration. Dann springt sie. Sie setzt sich mit allen vier Pfoten ab und fliegt durch die Luft. Es nimmt ihr den Atem. Ihr Maul öffnet sich und dann sitzt etwas drin, was klein und zart ist, das sich bewegt und sich windet. Die Kiefer schließen sich, sie fühlt, wie die Zähne in das Zarte eindringen. Sie schmeckt etwas Heißes und Schleimiges im Mund.

Valentina blinzelt mit ihren Augen und ist zurück in ihrem eigenen Körper. Für einen kurzen Moment glaubt sie sich übergeben zu müssen. Sie schluckt ein paarmal und das eklige Gefühl verschwindet. Aber der fiese Geschmack im Mund bleibt. Jetzt weiß sie, wie eine Maus schmeckt.

5. DER NÄCHTLICHE ANGRIFF

Auf den Unterricht kann sich Valentina für den Rest des Tages nicht mehr konzentrieren. Jetzt, am späten Abend, versucht sie herauszufinden, welche Hausaufgaben sie erledigen muss.

Sir James ist noch nicht zurück. Sie hat ihn nachts gern in ihrem Zimmer, das gibt ihr ein beruhigendes Gefühl. Soll sie mal kurz? Sie begreift immer noch nicht, wie es funktioniert, aber es klappt. Sie legt ihren Stift nieder und blinzelt mit den Augen. Dreimal, und tatsächlich . . .

Wie dunkel es hier ist. Sie spürt harten Boden unter den schnellen Pfoten von Sir James. Er ist doch nicht wieder auf Mäusejagd? Es ist schon schwierig, nur das zu sehen, was er sieht, sie kann ihn nicht zwingen seinen Kopf von rechts nach links zu drehen. Eine Katze sieht nur schwarzweiß, bemerkt sie. Alles grau also, wie sein Fell. Sie schaut nach unten, da hat sich etwas bewegt. Sir James setzt seine Pfote drauf. Er kratzt einen Käfer aus dem Boden. Er wird doch nicht! Jawohl! Der Kiefer klappt nach unten und HAPP. KNARTSCH. BÄH. Sir James leckt sich genüsslich über das Maul. Aber was ist das für ein Ort? Valentina sieht hier und da dunkle Gebilde, viereckige Blöcke, die im Boden stehen. Dann erkennt sie die Stelle. Sir James ist auf dem alten Friedhof. Seltsamer Platz für eine Katze. Aber Valentina steht der Sinn nicht nach weiteren Käfern oder vielleicht sogar Würmern oder Spinnen. Eine Katze frisst alles. Valentina blinzelt dreimal mit den Augen und kehrt zu sich selbst zurück, in ihr Zimmer. Da kann sie besser die elenden Hausaufgaben erledigen.

Einen Moment später: »MRIAAUUUOOO!«

»Du alter Streuner, da bist du ja endlich.« Sie steht auf und öffnet das Fenster. Sir James springt ins Zimmer. Sie sieht zu spät, dass er etwas im Maul hat. Er hat doch wohl keine Maus mitgebracht? Aber so etwas machen Katzen nun mal. Wenn sie etwas gefangen haben, wollen sie es auch zeigen und sind ganz stolz auf ihren Fang.

Sir James sitzt mitten im Zimmer. Etwas baumelt aus seinem Maul heraus. »Was hast du da gefangen?«, fragt Valentina und streckt ihre Hand aus. Sir James öffnet sein Maul. Valentina springt zurück. Es ist bleich und weiß, scharrt wieselflink über den Fußboden und verschwindet unterm Bett.

»Was war das?«, fragt Valentina. Sie schaut unter das Bett. Da liegt etwas Kleines im Dunkeln. »Armes Mäuschen«, sagt Valentina, »komm her!« Vorsichtig ist sie schon. Eine Maus kann sich im Finger festbeißen und dann wird man sie so schnell nicht los!

Das kleine Etwas bewegt sich und rennt auf sie zu. Valentina ist nicht schnell genug, das Etwas rennt über ihre Hand, ihren Arm hoch und springt ihr dann an die Kehle.

Es ist eine Hand! Eine grauweiße Hand mit dünnen Fingern und langen Nägeln, eine echte Klaue. Valentina fällt hintenüber auf den Boden, die Hand krallt sich in ihrer Kehle fest. Sie fühlt, wie die scharfen Nägel in die Haut eindringen. Sie greift nach dem Ding, es ist kalt und dürr, aber springlebendig.

Valentina rollt über den Boden, aber die Klauenhand lässt nicht locker. Sir James faucht. Seine Kiefer beißen sich in der Hand fest. Er schleudert sie durchs Zimmer. Die Hand fällt auf den Rücken, rappelt sich aber sofort wieder hoch. Die Katze und die Hand stehen sich gegenüber, Sir James aufrecht mit gebogenem Rücken und gesträubten Haaren, die Hand niedergekauert wie eine abwartende Spinne. Sir James geht auf hohen Pfoten vorsichtig nach vorn, die Hand weicht etwas zurück und streckt zwei Finger mit scharfen Nägeln aus. Sir James umkreist die Hand. Es sieht aus, als führten sie ein Ballett auf. Plötzlich macht Sir James einen Satz und die Hand zieht sich geballt zurück. Dann springt die Hand nach vorn und sticht mit ihren Nägeln nach Sir James.

»Das ist verrückt«, denkt Valentina. »Das träume ich. Das kann doch nicht wahr sein!«

Die Haut der Hand ist gelblich und dürr, wie eine tote Hand. Sie sieht, wie sich die Muskeln bewegen, das Ding lebt tatsächlich. »Sir James. Was hast du da nur mitgebracht?«, fragt sie.

Wieder umkreist Sir James die Hand. Valentina schaut sich um. Ob sie die Hand fangen kann? Womit? Sie hat keinen Papierkorb. Und sie sieht sich außer Stande, das Ding selbst anzufassen.

Plötzlich springt die Hand. Sie sieht aus wie eine Vogelspinne. Die Hand setzt sich mit all ihren Fingern vom Boden ab und krallt sich fest in das Fell von Sir James. Dieser schnaubt wild und rollt auf dem Rücken hin und her. Die Hand lässt sich nicht abschütteln. Valentina zögert nicht länger. Sie streckt ihre Finger aus und greift die Hand von oben. Sie fühlt sich kalt und eklig feucht an, wie etwas, das im Schlamm gelegen hat. Die Hand lässt Sir James los, aber im Nu drehen sich die Finger um und die Hand legt sich wie eine nasskalte Kralle um Valentinas Handgelenk. Valentina steht auf und schüttelt ihren Arm, aber die Hand bleibt fest. Sie läuft zu ihrem Schreibtisch und schlägt auf die Platte. Die Hand lässt nicht los. Valentina kreischt. Die scharfen Nägel bohren sich in ihr Fleisch. Sie versucht die Hand irgendwie loszuwerden, aber das Ding hält kräftig fest. Sir James knurrt und faucht, aber das hilft nicht viel. Valentina greift nach ihrem Bleistift und sticht ihn in den Handrücken. Die Hand krümmt sich und öffnet die Finger. Rasch reißt Valentina das kleine Monster ab und schleudert es auf den Boden. Sir James springt auf die Hand zu, aber sie ist schneller. Sie rennt über den Fußboden davon, die Wand hoch, und dann verschwindet sie durch das Fenster.

Da öffnet sich die Tür. »Was ist denn hier los?«, fragt Oma. »Müsstest du nicht schon längst im Bett liegen, Valentina? Warum schläfst du noch nicht?«

»Ich bin angegriffen worden! Von einer Hand!«, schreit Valentina.

Oma tritt ans Fenster. »Nun, dann ist sie jetzt wohl verschwunden«, sagt sie.

»Ich hab nicht geträumt«, sagt Valentina. »Ich habe sie wirklich gesehen. Guck nur, ich habe Kratzer an meinem Hals und an meinem Handgelenk. Es war eine weißgelbe Hand, ohne Arm oder Körper. Sie fühlte sich kalt an wie etwas, das . . .«

». . . schon lange tot ist. Tut mir Leid, Valentina, ich hätte dir mehr erzählen müssen«, sagt Oma. Sie schließt das Fenster. »Ich hatte gedacht, dass meine Sprüche und die magischen Kreise dich ausreichend schützen würden, aber ich habe mich anscheinend geirrt.«

»Wusstest du von alldem?«

»Nein, natürlich nicht. Ich hätte dich niemals einer solchen Gefahr ausgesetzt, wenn ich geahnt hätte, dass er noch so mächtig und so stark ist.«

»So stark? Wer?«

»Greys. Seine Hand hat dich angegriffen.«

Valentina muss sich hinsetzen.

»Komm nach unten, Kindchen. Ich setze uns einen Tee auf. Und dann müssen wir miteinander reden, du und ich. Das hätten wir schon viel früher tun sollen. Aber ich sehe, du hast einen Zimmergenossen?«

»Oh, das ist Sir James. Ich habe ihn oder er hat mich so ein bisschen unter die Fittiche genommen.«

Oma nickt. »Gut, dann hatten wir beide ein Geheimnis und brauchen uns nichts vorzuwerfen. Wir gehen jetzt nach unten, aber lass die Katze oben.«

»Du sagtest Greys.«

»Ebbelbuez Greys ist sein vollständiger Name. Vor mehr als sechshundert Jahren gehörte ihm dieses Dorf. Darum heißt es auch Greyshuysen, die ›Häuser von Greys‹. Der Name hat sich über die Jahrhunderte gehalten, obschon nur wenige wissen, woher er stammt.«

»Aber . . . ich wurde von einer Hand angegriffen. Ohne Körper!«

Oma nickt wieder. »Das war nur ein Teil von Greys. Es gibt

noch mehr Körperteile, Valentina. Insgesamt dreizehn, um genau zu sein.«

Valentina schüttelt den Kopf, sie zittert. »Ich versteh nichts mehr, Oma. Was bedeutet das alles?«

Oma nimmt sie bei der Hand und führt sie die Treppe herunter. »Ebbelbuez Greys wurde für Verbrechen, die zu schrecklich waren, um sie beschreiben zu können, verurteilt. Er betrieb schwarze Magie. Er wurde gefangen genommen und verurteilt und hingerichtet. Danach wurde sein Körper in 13 Stücke zerhackt und diese Teile wurden unabhängig voneinander begraben, Valentina. Das geschah vor mehr als sechshundert Jahren.«

»Aber was hat das zu bedeuten, wie kann die Hand leben und sich bewegen?«

»Nicht nur die eine Hand, Valentina. Greys wurde von unseren Vorfahren verurteilt und hingerichtet. Ich hatte gehofft, ich könnte dir das alles ersparen, aber in deinen Adern fließt das Blut unserer Familie. Du bist empfindsam für das Übersinnliche. Greys ist nicht völlig tot, Valentina. Meine Vorfahren haben ihn in Stücke gehackt, aber sie konnten sein böses Herz nicht vernichten. Und jetzt versucht Greys aus dem Grab zurückzukehren.«

Am nächsten Morgen, Donnerstag, bekommt Valentina einen Telefonanruf von ihrer Mutter. Sie sagt lediglich, dass sie am Abend kurz vorbeischaut. Das ist eine gute Nachricht. Valentina fühlt sich schon viel besser, als sie das hört. Aber als sie nach Vater fragt, verändert sich die Stimme ihrer Mutter sofort. »Da reden wir ein andermal drüber, Valentina«, sagt sie.

Das verdirbt Valentina die Laune schon wieder.

Auch Oma spricht wenig. Nach der gestrigen Nacht hat sie nicht mehr viel erzählen wollen. Valentina hat sie über Greys ausgefragt und auch über Oma selbst. Was die Salbe bedeutet, die sie an die Wand geschmiert hat. Aber Oma hat ihren Kopf geschüttelt. »Nein! Ich habe vielleicht schon zu viel gesagt. Ich muss erst in Ruhe darüber nachdenken. Das Armband, das ich dir gegeben habe, wird dich gegen Greys beschützen, solange er nicht stärker wird. Es ist nicht nötig, dass all die ekligen Dinge in deinem kleinen Kopf Platz finden.«

»Aber wenn er stärker wird, was dann?«

»Dann werden wir schon weitersehen.«

Damit ist die Sache erledigt. Und beim Frühstück ist Oma wieder sehr schweigsam. Das macht Valentina wütend. Warum zieht Oma sie nicht völlig ins Vertrauen? Sie ist doch kein kleines Kind mehr! Schließlich hat die Hand von Greys sie angefallen. Valentina hampelt mit dem Becher herum, bis sie die Milch verschüttet. Sie ist innerlich so sauer, dass sie Oma nicht erzählt, wie sie durch die Augen von Sir James sehen kann. Wenn Oma weiter nichts erzählen will, dann kann auch Valentina den Mund halten.

Als sie auf dem Weg zur Schule aus dem Bus steigt, prallt sie beinahe gegen Freddie.

»Hoppla«, sagt er, »auf dem Weg ins Kino? Film mit Murphy?«

Valentina schaut ihn verständnislos an.

»War nur ein Witz«, sagt Freddie. »Was guckst du so böse, und dann an so einem schönen Tag?«

Er hat Recht. Es ist wunderschönes Wetter, heute Mittag wird es bestimmt warm. Aber ihre Laune wird dadurch auch nicht besser. »Was mich angeht, kann es ruhig Bindfäden regnen«, schmollt Valentina.

»Hast wohl schlecht geschlafen«, sagt Freddie. Er trägt ein viel zu weites T-Shirt mit dem Schriftzug ROCK ALL OVER THE WORLD. »Du hast bestimmt nicht von mir geträumt, sonst würdest du dich besser fühlen.«

»Nein, danke!«

»Ich hab geträumt, dass ich in einem Film von Jean-Claude mitspielen durfte.«

»Jean-Claude wer?«

»Du weißt schon, Jean-Claude van Damme, der belgische Kickboxer, der in amerikanischen Actionfilmen spielt. Es war irgendwo in Hongkong und er und ich mussten eine Drogenbande aufdecken. Es war eine ganz schöne Knochenarbeit. Ich verteilte meine Fäuste, trat mit meinen Füßen, knallhart . . .« Freddie führt es vor.

Valentina findet ihn lächerlich.

»Ist das alles, woran du denken kannst, Freddie? Boxen und so?«

Freddie zieht seine Schultern hoch.

»Na und? Wir können nicht alle so poetisch sein wie unser Freund Anton, der immer nur über die Geschichte faselt, die er mal schreiben will.«

Valentina fühlt sich verpflichtet für Anton Partei zu ergreifen. »Er kann es bestimmt. Da bin ich sicher!«

»O ja, wenn er alt ist und in einem Rollstuhl sitzt, sicher. Ich hab noch nie gesehen, dass er etwas zu Papier gebracht hat. Warum verteidigst du ihn eigentlich?«

»Und warum versuchst du ihn lächerlich zu machen?«

»Schau einer an, du wirst ja rot! Wenn ich mal etwas sage, gehst du gleich auf die Palme!«

»Das stimmt nicht!«

»Stimmt doch. Jetzt schon wieder!«

Valentina hält ihren Mund. Schweigend gehen sie weiter zur Schule.

»Weißt du . . .« Freddie kratzt sich am Hals. Er sieht Valentina nicht an. »Weißt du schon etwas von deinen Eltern?«

Valentina schüttelt den Kopf.

»Nun ja, es wird schon gut ausgehen«, sagt Freddie.

Vor der Schule wartet Anton auf sie. Voller Ungeduld wippt er auf und ab.

»Da bist du ja endlich, Valentina!«, ruft er. Freddie übersieht er einfach.

»Auch ich wünsche einen guten Morgen!«, sagt der nur.

»Ich hab mich gestern Abend noch an meine Bücher gesetzt.« Anton ist völlig aufgeregt. »Und ich habe was entdeckt. Ich konnte nicht warten. Ich bin extra mit dem früheren Bus gekommen.«

»Du hast bestimmt irgendein Schauermärchen gefunden«, meint Freddie herablassend.

Anton schaut ihn wütend über seine Brille an. »Musst du nicht noch dringend deinen Körper und deine Muskeln trainieren oder so was?«

»Ich bleibe, wo ich bin!«, sagt Freddie und versetzt Anton einen Stoß. »Und sei nicht so frech, sonst presse ich dir deine Brille durch die Nasenlöcher!«

Erneut stößt er Anton an.

Anton wird sauer. »Du mit deinem dummen Gehabe«, sagt er und hämmert mit seinem Fuß gegen Freddies Bein. Das kostet ihn einen Schlag an den Kopf.

»Jetzt ist es aber genug«, sagt Valentina. »Hört damit auf oder ich schlage, kratze und beiße euch beide zusammen!«

»Er hat angefangen!«, murrt Anton.

Freddie zieht die Schultern hoch und verschwindet.

»Lass ihn doch«, sagt Valentina, »du weißt doch, wie er ist. Was wolltest du mir erzählen?«

»Nun, nicht sehr viel, eigentlich. Etwas über die beiden Sterne, die Pentagramme. Du sagtest, dass sie in deinen Handflächen aufgetaucht sind. Das ist ganz eigenartig. In einem meiner Bücher steht, dass so ein Zeichen in der Hand eines zukünftigen Opfers erscheint.«

»Opfer von was? Einer Hexe?«

Anton druckst etwas herum. »Nein, nein, von einem Werwolf.«

»Von einem . . . Anton, was hat ein Werwolf hiermit zu tun? Ich verwandle mich doch nicht in einen Wolf?«

»Nun ja, es war eine Werwolfgeschichte.«

»Geschichte? Ich dachte, du suchst was in ernst zu nehmenden Büchern. Werwolfgeschichte. Solch ein Blödsinn!«

»Warte mal, Valentina. Es stand noch etwas anderes darin, das wohl stimmt. Über die Walpurgisnacht. Das kommt von einem alten Aberglauben in Deutschland. Es ist die Nacht des Jahres, in der alle Hexen auf ihren Besen ausfliegen und bei einem großen Hexensabbat zusammenkommen.«

»Wie schön, ich sehe mich schon in der Luft. Entschuldigen

Sie, Frau Hexe, ich habe keinen Besen, kann ich auch mit dem Staubsauger kommen?«

»Ja, lach nur! Aber die Menschen haben lange daran geglaubt. Und weißt du, wann die Walpurgisnacht ist? Nein? Nun, wenn du doch alles so viel besser weißt, dann finde es selbst heraus.«

Valentina packt Anton an seinem Hemd. »Hör zu, du redest jetzt, klar? Oder ich . . .«

Anton sieht sie über seine Brille hinweg an. »Schon gut, es war nicht so gemeint. Die Walpurgisnacht ist die Nacht vom April in den Mai. Also die Nacht, die am 30. April anfängt.«

»Die Nacht, mit der mein Geburtstag beginnt«, sagt Valentina.

Als Valentina am Mittag aus der Schule kommt, wartet Mutter bereits am Schultor auf sie. »Hallo, Mama, was für eine schöne Überraschung«, ruft sie.

»Ich dachte mir, hol doch Valentina einfach mal von der Schule ab. Ich habe Oma schon angerufen und ihr gesagt, dass wir in der Stadt etwas essen werden.«

»Super, Mama. Dann sind wir fast den ganzen Tag zusammen, schon vom Mittag an. Es gibt ein paar Sachen, die ich dir unbedingt erzählen muss!«

»Es gibt ein kleines Problem«, sagt Mutter, als sie ins Auto steigen. »Es tut mir Leid wegen heute Abend, Kindchen, aber ich kann nicht kommen.«

»Warum nicht? Du hast es mir versprochen und was man verspricht . . .«

Mutter presst ihre Lippen zusammen. Valentina kennt das,

es bedeutet, dass Mama irgendwie in der Klemme sitzt. Meistens aus eigener Schuld, aber das würde sie niemals zugeben. »Lass mich im Moment etwas auf den Verkehr achten, Valentina«, sagt sie. Einige Minuten später parkt sie den Wagen vor einem kleinen Restaurant. »Jetzt werden wir erst mal lecker essen«, sagt sie. »Willst du nicht aussteigen, Valentina?«

»Was ist mit heute Abend?«

»Nun, du kennst die Japaner, die arbeiten immer. Jetzt muss ich heute Abend mit zwei Verhandlungspartnern essen gehen und danach eine Konferenz abhalten.«

Valentina beißt sich auf die Unterlippe. »Und unser Termin? Zähle ich denn überhaupt nicht mehr?« Valentina fühlt sich, als würde sie von allen im Stich gelassen. »Mama, es sind Dinge passiert, die wichtig sind, ich muss darüber mit dir sprechen!«

»Es tut mir Leid, Valentina, das sagte ich schon. Aber die Dinge laufen nun mal nicht immer so, wie wir . . .«

». . . so, wie wir es wollen! Die Melodie kenne ich schon, Mama!«, sagt Valentina. Sie steigt aus und schlägt die Wagentür mit einem lauten Knall zu.

»Valentina, wo gehst du hin?«

Ein Polizist tippt Mutter auf die Schulter. »Entschuldigung, gnädige Frau, aber Sie dürfen hier nicht parken. Haben Sie das Schild . . .«

Den Rest hört Valentina schon nicht mehr. Sie biegt um die Ecke. »Keine Zeit«, denkt sie, »keine Zeit, sie hat nie Zeit. Nur für ihre Arbeit, ihre Computer, ihren Chef, ihre Japaner, aber nie für mich!«

Was soll sie jetzt tun? Sie kann natürlich mit dem Bus nach

Hause fahren, aber da wird Mutter bestimmt schon auf sie warten und kochen vor Wut. Sie kann es nicht vertragen, wenn sich Valentina gegen ihre Verpflichtungen stellt. Valentina kauft sich ein Käsebrötchen und schlendert zum Park. Sie kann es sich genauso gut da bequem machen und essen, bevor sie wieder Richtung Schule geht. Sie muss noch über vieles nachdenken.

»Deine Mutter hat angerufen und sie war völlig außer sich«, sagt Oma, als Valentina nach Hause kommt. Valentina zuckt mit den Achseln.

»Das vergeht wohl wieder«, sagt sie.

Aber für sie geht es nicht vorbei. Sie fühlt sich im Stich gelassen. Sie kriecht früh ins Bett und macht durch die Augen von Sir James einen kleinen Spaziergang in der Umgebung. Die Fähigkeit, durch die Augen eines Tieres sehen zu können, ist toll, wenn man daran gewöhnt ist. Unglaublich, wie viele Katzen nachts herumstreunen, aber sehr freundlich sind sie nicht zueinander. Die Tiere führen ein richtiges Ritual aus, wenn sie sich treffen. Sie tun so, als ob sie sich nicht sehen, dann knurren und fauchen sie etwas. Sie drehen sich umeinander und dann gehen sie wieder weg. Valentina würde gerne mal einen Kampf auf diese Art mitmachen, aber schließlich nehmen die anderen Kater immer vor Sir James Reißaus. Vielleicht spüren die Katzen, dass noch jemand mitsieht.

Endlich schläft Valentina ein, aber es ist kein ruhiger Schlaf. Sie träumt, dass sie wach wird, tief unter der Erde. Sie ist lebendig begraben, sie fühlt die Wände des Sarges rund um sich herum. Sie scheuert mit ihren Fingernägeln den Sarg auf und gräbt sich dann wie ein Maulwurf nach oben. Aber als sie im Traum endlich oben ankommt, sitzen Vater und Mutter auf ihrem Grab und stoßen sie wieder hinein. Valentina fühlt ihre Hände auf ihrem Gesicht und dann wird sie wach. Duffie ist auf ihr Gesicht gerollt. Gerädert schleudert sie den Kuschelpanda aus dem Bett, dreht sich um und fällt endlich in einen traumlosen Schlaf.

6. VON TIEF UNTEN

Die Schule nervt. Zum Glück ist es Freitag. Nach dem Unterricht, am Mittag, schaut sich Valentina suchend um. Ob ihre Mutter da ist? Aber niemand wartet auf sie. Dann wird sie eben wieder in den Park gehen.

Im Stadtpark ist um diese Zeit viel los. Büroangestellte machen einen Spaziergang und rauchen eine Zigarette. Eine alte Dame führt ihre beiden Zwergpudel vor, geschoren und geschmückt mit roten Schleifen. Es sitzen noch mehr Kinder da und essen ein Brot, einen Hamburger oder Pommes. Es ist niemand da, den Valentina kennt, und sie hat gerade jetzt keine Lust allein zu essen. Wenn Vickie nur in der Nähe wäre.

Dann sieht Valentina einen vertrauten breiten Rücken, ein T-Shirt mit der Aufschrift THE TERMINATOR 2. Da sitzt Freddie. Er hat einen Schreibblock auf seinen Knien und kritzelt vor sich hin. Freddie arbeitet für die Schule, während der Mittagspause? Das kann nicht wahr sein!

Sie schleicht sich von hinten an und klopft ihm zwischen THE und TERMINATOR 2 in den Rücken. »Hei, ich bin Jan Kloot Vandam!«, brüllt sie ihm ins Ohr.

Freddie schrickt zusammen, Papierblätter fliegen herum. »Puh, hast du mich erschreckt!«, ruft er aus und rafft schnell die Papiere zusammen.

»'tschuldige, ich helfe dir.«

»Nein, das mach ich selbst!« Freddie sitzt in der Hocke und kramt die Blätter auf den Knien zusammen, die alle mit seiner fast unlesbaren Handschrift voll gekrakelt sind.

Valentina hebt eins auf.

»Gib her, Hexibell!« Freddie errötet leicht.

Valentina hält das Blatt hinter ihrem Rücken. »Was ist denn damit? Was soll daran so wichtig sein? Warum brüllst du so?«

»Ich brülle nicht«, brüllt Freddie, sodass die Dame mit den beiden Hunden zusammenschrickt. Die Pudel fangen an zu kläffen.

Valentina dreht sich um und bellt zurück. Die Hunde gehen sofort auf Abstand.

»Gib mir das Blatt!«

»Sofort«, sagt Valentina. Rasch liest sie, was draufsteht. Es geht um zwei einsame Vögel, die in der Abenddämmerung fliegen, um eine Sonne, die langsam untergeht, und den Himmel, der in Brand steht. Es ist ein Gedicht!

»Gib her!« Freddies Gesicht ist nun knallrot und er presst die Lippen zusammen. Eine Hand ist drohend ausgestreckt und greift nach den Blättern.

»Gut, schon gut. Hier hast du's«, sagt sie und gibt ihm das Gedicht zurück. Aber sie kann noch eben die letzte Zeile lesen: »Für Vickie«.

Freddie packt die Blätter zusammen und steckt sie in seine Tasche.

Valentina setzt sich und wickelt ihr Brot aus dem Papier. »Auch einen Bissen?«, fragt sie.

Freddie schüttelt den Kopf. Er weiß nicht, was er machen soll, setzt sich schließlich neben sie.

Valentina beißt ein großes Stück ab. Der Käse schmeckt gut. »Darf ich das noch einmal lesen?«, fragt sie mit vollem Mund.

»Warum? Um mich noch mehr auszulachen?«

»Wenn ich es noch einmal lesen kann, verrate ich Vickie nichts davon!«

»Was verrätst du Vickie nicht?«

»Nun, dass du sie nett findest«, sagt Valentina mit einem Grinsen voller Käse und Brot. »Sonst würdest du ja wohl kein Gedicht für sie schreiben. Komm, lass sehen!«

»In Kriminalfilmen nennt man so etwas Erpressung!«

»Das weiß ich.« Valentina nickt. »Also findest du sie nett!« Freddie gibt ihr das Gedicht. Valentina liest es noch einmal, es geht ein bisschen schwer, denn Freddies Schrift ist scheußlich. Dann gibt sie es ihm zurück.

»Es sind viele Schreibfehler drin«, sagt Valentina, »aber es ist hübsch.«

Freddie sieht sie überrascht an. »Was?«

»Hörst du nicht gut? Ich sagte, dass es schön ist«, sagt Valentina.

»Und du lachst mich nicht aus?«

»Nein.« Valentina isst in aller Ruhe weiter. Freddie rutscht auf der Bank hin und her.

»Willst du was sagen?«, fragt Valentina. Als Freddie nicht antwortet, fährt sie fort: »Ich hatte keine Ahnung, dass du Gedichte schreibst.« Immer noch keine Antwort. Valentina zuckt mit der Schulter und nimmt noch einen Bissen.

»Es sind nur Worte auf Papier«, sagt Freddie. »Jeder kann das, sogar ich.«

»Nein, das kann nicht jeder«, sagt Valentina und putzt sich

den Mund ab. »Warum schämst du dich für etwas, auf das du stolz sein müsstest? Nein. Lass nur, ich versteh schon. So etwas passt nicht zu deiner Großkotzerei, nicht wahr?«

Freddie grinst. »Du hast mir versprochen Vickie nichts zu erzählen.«

»Das tu ich auch nicht. Aber wenn du jemandem so ein schönes Gedicht schreibst, solltest du es ihm auch geben.«

»Nein, das trau ich mich nicht!«

Valentina streckt ihre Hand aus. »Gib es mir.«

»Was?«

»Gib's mir! Dein Gedicht. Ich werde es Vickie geben.«

»O nein!«

»Und ich werde nicht sagen, von wem es stammt. Noch nicht.«

Tief in ihrem Herzen hat auch Valentina eine romantische Ader. An diesem Abend hört sie sich mit Oma keltische Musik an von Musikern, deren Namen Valentina kaum lesen, geschweige denn aussprechen kann. Doch es ist schöne Musik, eine ferne Stimme, die sie nicht versteht, und eine ganz sanfte rhythmische Melodie.

»Diese Musik ist jahrhundertealt«, sagt Oma. »Sie erzählt von alten Göttern und Legenden, einer Welt, die einmal schön war und ohne das Böse.«

Das Böse. Daran muss Valentina später denken, als sie allein in ihrem Bett liegt. Sie wartet und wartet. Auf die teuflische Uhr. Die wird gleich bestimmt wieder schlagen. Oder nicht? Und auf Sir James. Wo steckt der übrigens, wieder unterwegs? Sie hat ihn nur kurz gesehen, als sie nach Hause kam, er hat ein Schälchen Milch aufgeschleckt, aber von dem Katzenfutter wollte er nichts wissen. Oma hat einen Plastikteller gekauft und ein Paket Katzenfutter. »Mal sehen«, denkt Valentina. Sie blinzelt mit ihren Augen, dreimal.

Nah am Boden. Es ist jedes Mal ein enormer Übergang, so als würde sie plötzlich durch ihre Beine sinken. Sie sieht die vertrauten schwarz-weißen Bilder durch die Augen von Sir James. Wo ist die Katze bloß immer? Er geht durch Sträucher, sie fühlt die Äste über seine Haut scheuern. Er schnuppert, als sei er auf der Suche nach irgendetwas.

Etwas, das sich plötzlich bewegt . . .

Ein Fuß in einem schwarzen Stiefel stößt nach Sir James. Der springt nach hinten. »Hau ab, du Katzenvieh«, zischt eine heisere Stimme. Sir James zieht sich zurück. Es ist ein in Lumpen gekleideter Mann mit einem großen Rucksack auf seinem Rücken. Er macht in den Sträuchern etwas fest, mit Holz und Eisendraht. Ein Wilderer?

Valentina weiß nun, wo sie sich, wo Sir James sich befindet. Auf der anderen Seite des Flusses, ein Stück vom alten Friedhof entfernt, liegt ein kleiner Wald. Er befindet sich in Privatbesitz, ist umzäunt mit Stacheldraht. Der Eigentümer, ein reicher Wirtschaftsanwalt, ist selten da. Die Greyshuysener nennen ihn den Advokaten. Der Landstreicher ist dabei, Schlingen auszulegen. Das ist natürlich verboten, aber wer soll ihn dabei erwischen?

Der Mann reibt mit einer dreckigen Hand, die in einem fingerlosen Handschuh steckt, Schnodder aus seiner Nase. Dann bleibt er regungslos stehen. Vor ihm in den Sträuchern bewegt sich etwas. Er zieht einen Knüppel aus seinem Rucksack und prüft ihn mit ein paar Schlägen in seiner rechten Hand. Er duckt sich und hebt den Knüppel. Dann springt er nach vorn und schlägt zu. Gleichzeitig springt etwas aus den Sträuchern, dem Landstreicher genau in die Magengrube. Der Mann sackt in sich zusammen, fuchtelt blindlings mit dem Stock umher, ohne etwas zu treffen. Er krabbelt sich langsam hoch und flucht. Er hat Schrammen im Gesicht. »Wo steckst du, Schuft?«, ruft er und schaut sich suchend um. Etwas Kleines und Dünnes kommt hinter ihm zum Vorschein und stößt ihn ins Hinterteil. Der Landstreicher dreht sich um und dann bekommt er einen Tritt in sein Kreuz.

Der Mann stöhnt und lässt den Knüppel fallen. Es folgt ein Tritt gegen sein Schienbein und der Landstreicher springt nun auf einem Bein durch die Gegend.

Valentina will mehr sehen. »Geh näher heran, Sir James!«, flüstert sie eindringlich. Sie konzentriert sich auf den Kater. Diesmal klappt es. Sir James schleicht sich dichter heran. Der Landstreicher hinkt auf einem Bein. Er hat wieder seinen Knüppel gepackt und versucht das umherspringende Etwas zu treffen. Aber es ist so schnell, so gelenkig, dass er es kaum sehen kann in der Dunkelheit. Dann taucht seitwärts von ihm etwas auf, was genauso aussieht. Sie hüpfen um ihn herum in einem grauslichen Tanz. Manchmal greift das eine an und tritt zu, manchmal das andere.

Sir James faucht zwischen seinen Zähnen und zieht sich zurück. Valentina hält den Atem an. Es sind zwei Beine mit großen Füßen, die in altertümlichen Schuhen stecken.

Das hat der Landstreicher jetzt auch gesehen. Er lässt den Knüppel fallen, dreht sich um und fängt an zu rennen. Die hüpfenden Beine verfolgen ihn. Der Mann strauchelt, fällt hin und schon sind die Beine bei ihm. Sie stoßen und treten, wo sie ihn nur treffen können. Der Wilddieb rappelt sich auf

und flieht aus dem Busch. Sir James faucht und rennt auf die Beine zu. Eins bekommt er zu packen und schlägt seine Zähne hinein. Das Ding zappelt wüst dagegen, aber Sir James lässt nicht los. Er kämpft ganz ruhig, doch plötzlich bekommt er einen heftigen Tritt in die Seite. Das andere Bein ist herbeigeeilt. Sir James lässt seine Beute los und macht sich aus dem Staub.

Valentina blinzelt mit den Augen und ist wieder in ihrem Zimmer. Eine knappe halbe Stunde später kommt Sir James nach Hause. Er klettert über den Baum und durch das Fenster. Er hinkt ein wenig, ist aber nicht weiter verletzt. Stolz legt er ein zerrissenes schmutziges Stoffläppchen vor Valentinas Füße.

»Hübsche Beute, Sir James«, sagt Valentina und sie denkt dabei: »Gut, dass er nicht das ganze Bein mitgebracht hat.«

»MRIAAAAUUUUOOO«, miaut Sir James zufrieden. Er gibt Duffie einen Schubs und fängt an sich zu putzen.

»Das war aber nicht nett, Sir James«, sagt Valentina. Sir James schaut sie kurz an und rollt sich dann in einem Knäuel an Duffie heran.

»Nun gut, diesmal darfst du noch auf dem Bett schlafen, aber wir wollen keine Gewohnheit daraus machen.«

Als Valentina am Samstagmorgen wach wird, hat sie nur eine vage Erinnerung an den bösen Traum, der aber nicht so schrecklich wie der vorherige gewesen sein kann. Es ging um zwei hüpfende Beine, doch wie unnatürlich das auch ausgesehen haben mag, sie bekam davon keine Angst.

Das ändert sich, als sie beim Frühstück einen Blick in die Zeitung wirft. Auf der dritten Seite steht ein kleiner Bericht.

Die meisten Leser werden wohl darüber lachen, aber Valentina nicht. In einem Kaff wie Greyshuysen ist jede Kleinigkeit eine Nachricht wert. Da steht:

LANDSTREICHER IM WALD SCHWER ANGESCHLAGEN

Der Dienst habende Polizist Gernot W. war höchst überrascht, als er Freitagnacht unerwarteten Besuch auf der Wache bekam. Es handelte sich um keinen Geringeren als Raul P., vielen bekannt als jemand, der es mit dem Gesetz nicht so genau nimmt. Der Ordnungshüter war umso verblüffter, als er feststellte, dass Raul einen Rucksack mit den Utensilien eines Wilderers bei sich hatte. Raul gab auch sofort zu im Wald Schlingen für Kaninchen ausgelegt zu haben.

Raul P. war schwer zugerichtet. Er hatte Verletzungen im Gesicht und an den Händen. Der Arzt, der ihn untersuchte, stellte zwei gebrochene Rippen und mehrere Quetschungen fest. Die Erklärungen des Wilddiebs waren sehr verworren. Es könnte sein, dass er von zwei Männern überfallen wurde. Er aber blieb dabei, dass ihn lediglich zwei Beine angegriffen hätten.

Ein Alkoholtest ergab, dass das Opfer wohl etwas über den Durst getrunken hatte. Nach der Untersuchung wurde er durch den Arzt zur weiteren Versorgung ins Krankenhaus überstellt. Danach wird er sicher noch eine Weile in einer Gefängniszelle zubringen müssen.

Valentina legt die Zeitung beiseite und geht zum Telefon. Sie ruft ihre Freunde an.

Sie treffen sich im Park. Valentina hat den Zeitungsbericht ausgeschnitten und liest ihn vor.

Selbst Freddie wird still. Bislang waren alles nur Erzählungen und Geschichten, über die er lachen konnte. Aber jetzt stand etwas in der Zeitung. Dann musste an dem Ganzen etwas dran sein.

»Aber du sagst ja selbst, dass der Kerl nach Aussagen der Polizei getrunken hatte«, wirft Freddie ein. »Er wird sich wohl alles eingebildet haben. Er ist mit seinem besoffenen Kopf gestürzt und vielleicht sogar in seinen eigenen Fallen gelandet und das war's.«

»Nein«, sagt Vickie, »wenn Valentina es gesehen hat, dann ist es auch passiert!«

»Gesehen, gesehen, in ihren Träumen! Das zählt nicht!«

»Diesmal nicht im Traum«, sagt Valentina, »sondern durch die Augen von Sir James.«

Jetzt kann sie darüber natürlich nicht länger schweigen. Freddie zweifelt immer noch, aber er findet das Ganze durchaus spannend.

»Was für eine Fantasie du hast«, sagt er.

»Ich glaube Valentina«, sagt Anton. »Es stimmt einfach alles, aber das wisst ihr noch nicht.«

»Oh, und was wissen Sie mehr als wir, Herr Schriftsteller?«

»Jetzt lasst uns bloß nicht wieder anfangen zu streiten«, sagt Valentina.

»Jede Hexe hatte früher einen Familiar«, sagt Anton. »Das ist eine Art Hausgeist, meistens ein Tier. Ein Rabe oder eine schwarze Katze.«

»Oh, jetzt ist Valentina auch noch eine Hexe«, sagt Vickie.

»Aber Sir James ist nicht schwarz und er sieht nicht wie ein Geist aus.«

»Ich habe schon immer gesagt, dass Hexibell ihren Namen verdient«, grinst Freddie. Valentina wirft ihm einen bösen Blick zu und Freddie hält sogleich den Mund. Er schaut Valentina argwöhnisch an. Valentina ist kurz davor, den anderen von Freddies Gedichten zu erzählen, aber sie lässt es dann doch. Es wäre unfair.

»Ich habe noch weiter gesucht«, sagt Anton. »Schaut her!« Er zeigt ein kleines Büchlein aus der Bibliothek. »Ich hab gestern Abend noch drin gelesen«, sagt er schwärmerisch. »Es heißt SAGEN UND LEGENDEN DER NIEDEREN LANDE und es stehen auch eine ganze Menge interessanter Sachen über Greyshuysen drin.«

»Da haben wir's wieder«, seufzt Freddie.

»Niemand verlangt von dir, dass du bleibst. Geh doch zum Fußball oder schau dir eines dieser Rambo-Videos an«, sagt Vickie.

Freddie zuckt mit den Achseln. »Jetzt bin ich schon mal hier, vielleicht wird's ja doch noch ganz aufregend. Los, Schreiberling, ich höre!«

»Wir hören«, sagt Valentina.

Anton kratzt sich am Hals und fängt an vorzulesen. »Greyshuysen war ursprünglich eine Gründung von Siedlern, die sich dort niederließen, um das Land zu bebauen. Das war zu Beginn des 14. Jahrhunderts, ungefähr 1313. Sie wählten den Ort, weil er als heilig galt. Viele hundert Jahre zuvor hatten in den Wäldern bereits Druiden gewohnt.«

»Drui . . . was?«

»Sie waren so etwas wie Priester. Der Wald war damals noch

viel größer, aber er verlief in einer fast geraden Linie. Und er endete am Fluss, sodass beide zusammen einen spitzen Winkel bildeten. Die Spitze dieses Winkels war nach Osten gerichtet, wo die Sonne aufgeht.«

»Was ist daran so wichtig?«, fragt Vickie. »Das ist doch alles uralter Kaffee.«

»Kommt sofort«, sagt Anton. »Ich lese nur das Wichtigste vor. Der Wald, der Fluss und das umliegende Land waren im Besitz eines Edelmanns, eines Ritters namens Constantinus Greys. Er gestand den Siedlern zu das Land zu bebauen und dafür waren sie ihm abgabenpflichtig.«

»Sie waren Leibeigene«, sagt Vickie. »Das war nun mal so im Mittelalter.«

»Ja, sie mussten einen Teil der Ernte und der Tiere an den Landesherrn abtreten«, sagt Valentina. »Du erzählst uns nichts Neues, Anton. Ich werde müde vom Stehen. Setzen wir uns?«

Es gibt genug Bänke, aber sie setzen sich ins Gras. Weil dort ein Schild steht: »Rasen betreten verboten«.

Anton schaut es etwas argwöhnisch an.

»Wir betreten nicht, wir sitzen«, sagt Valentina.

»Du weißt auf alles eine Antwort«, grinst Anton. »Aber vielleicht stehen im Buch noch Antworten, die ihr nicht kennt. Es sind viele Legenden der damaligen Zeit aufgezeichnet. Über Irrlichter, die nachts über dem Fluss spukten, wodurch Schiffe auf die Sandbänke liefen. Über einen Wassergeist, der ab und zu aus dem Fluss auftauchte. Und über magische Plätze im Wald, wo früher die Opfersteine der Druiden standen. Dort opferten sie Obst, Getreide und auch Tiere. Aber es wird noch interessanter. Dieser Constantinus

Greys war ein anständiger Kerl. Er beutete die Landbewohner nicht aus, er missbrauchte sie nicht als Sklaven wie viele andere Landesherren. Er gab dem Dorf auch seinen Namen: Greyshuysen. Aber er hatte einen Sohn.« Anton macht eine kurze Pause, um die Spannung zu steigern. »Erke, abgeleitet von Eric, das bedeutet ›der Große, der Mächtige‹«, erzählt er weiter. »Ein verwöhnter und hochmütiger Knabe. Der alte Greys starb, als Erke kaum siebzehn war. Sein Tod muss eigenartig gewesen sein. Über ihn wurden die unterschiedlichsten Versionen erzählt.«

»Brachte ihn sein Sohn um?« Vickie hängt an Antons Lippen. Sie liebt dramatische Geschichten.

»Einige sind davon überzeugt«, sagt Anton, »aber es wurde niemals bewiesen. Er starb an einer Lebensmittelvergiftung. Aber in der damaligen Zeit hatten alle bedeutenden Herren einen Vorkoster, sodass niemand ihn vergiften konnte. Was Constantinus Greys also gegessen oder getrunken hat, muss ihm von jemandem gegeben worden sein, dem er so vertraute, dass er auf seinen Vorkoster verzichtete. Und das war sein Tod. Wem also könnte er so vertraut haben?«

»Wie widerlich«, sagt Valentina. »Und was passierte dann?«

»Erke wurde neuer Herrscher und alles änderte sich«, sagt Anton. »Ich hab schon erwähnt, dass er hochmütig war, aber er war auch grausam. Er verlangte immer mehr Abgaben, und wer die nicht bezahlte, wurde ausgepeitscht. Manche Menschen, die nicht zahlen konnten, ließ er an den Schandpfahl binden oder in den Kerker werfen. Dort starben sogar Menschen vor Hunger und Durst. Dennoch war sein Verhalten in jener Zeit nicht besonders außergewöhnlich. Aber es gibt auch noch die Legende von dem nekromantischen Grimorium von Clavius . . .«

»Was für ein seltsamer Name. Was ist das, eine Art Schrank oder so?«, fragt Freddie.

Anton muss lachen. »Nee, Mann, das ist ein Buch. Ein Grimorium ist ein altes Buch mit Sprüchen und Rezepten. Und ein nekromantisches Grimorium ist ein Buch über schwarze Magie.«

»Aber dieses Grimorium stammte nun von einem gewissen Clavius?«

»Er nannte es nur sein ›Zauberbuch‹; erst Ende des vorigen Jahrhunderts gab man ihm seinen heutigen Namen. Clavius war ein Römer, der mit den Legionen von Julius Cäsar gekommen war, als dieser unsere Gebiete eroberte. Clavius war Arzt und interessierte sich auch für Magie und Zauberkünste. Er schrieb alles auf und so entstand sein Zauberbuch. Als das Römische Reich zusammenbrach und die Truppen sich zurückzogen, verlor Clavius das Zauberbuch. Der Sage nach wurde es später von den Druiden gebraucht. Niemand weiß, wie, aber auf irgendeine Art und Weise gelangte das Buch in Erke Greys Hände. Und dieser begann es zu benutzen. Er änderte seinen Namen aus nur ihm selbst bekanntem Grund in Ebbelbuez und rasch kam Greyshuysen in einen schlechten Ruf. Die Händler begannen das Dorf zu meiden, die Bewohner nagten am Hungertuch. Nachts hörten die Menschen Wesen durchs Dorf gehen, die nicht wie Menschen gingen oder sprachen. Man sprach von Kratzen, Gackern und Kreischen. Seltsame Lichter erschienen am Himmel und manchmal wurde der Mond bei Vollmond rot wie Blut. In manchen Nächten wurden Gräber geöffnet und

Leichen verschwanden. Beängstigende Gerüchte über das, was Greys aß, kamen in Umlauf. Viele Menschen rafften ihre Habseligkeiten zusammen und suchten in aller Stille das Weite.«

Anton legt eine kurze Pause ein. »Greyshuysen bekam einen immer schlechteren Ruf, aber niemand wagte einzugreifen. Benachbarte Landesherren wollten das Gebiet von Greys wohl übernehmen, aber sie fürchteten seine böse Macht. Ein Graf machte dennoch einen Versuch die Herrschaft von Ebbelbuez zu brechen. Er wurde wahnsinnig. Seine Diener behaupteten später, dass er in seinem Schlafgemach von etwas Unsichtbarem angegriffen wurde oder dass er das zumindest glaubte. Er warf sich vom Turm seiner Burg. Und dann begannen in Greyshuysen Kinder zu verschwinden . . . und der Ring griff ein.«

»Ring? Wer war das? Ein anderer Ritter?«, fragt Vickie.

»Nein«, sagt Anton, »ein Ring ist eine Gruppe von 13 Hexen, Männer und Frauen. Die weißen Hexen machten dem Terrorregime von Greys ein Ende. Mit weißer Magie arbeiteten sie gegen seine schwarze Kunst und nahmen ihn gefangen. Er wurde verurteilt und hingerichtet. Sie schnitzten drei große Sechsen in Eichenholz. Diese legten sie in einem Dreieck auf den Boden, mit der Spitze in Richtung aufgehender Sonne als dem Symbol des Guten. Daran banden sie Greys fest und hackten ihn in Stücke. Aber Greys war so voll des Bösen, dass er nicht sterben konnte. Er schrie, dass er zurückkommen und Rache üben würde. Als dreizehntes Stück entnahmen sie ihm das Herz und dann endlich schwieg er. Sie begruben jedes einzelne Teil an einer anderen geheimen Stelle. Das ist die Sage von Ebbelbuez Greys.«

Valentina läuft es eiskalt den Rücken runter. Antons Geschichte macht deutlich, was mit ihr geschieht, aber sie hilft ihr nicht. »Wo liegen all diese Körperteile begraben? Das müssen wir wissen!«, sagt Valentina. »Die Biester sind hinter mir her!«

Vickie fasst sie am Arm. »Sie bekommen dich nicht, Val«, beteuert sie. »Ich bin doch bei dir.«

»Ich beschütze euch alle«, sagt Freddie und spannt seinen Bizeps.

Anton schüttelt den Kopf. »Die Stellen waren geheim«, sagt er. »Die Mitglieder des Hexenrings trugen sie in eine Karte ein, die von Generation zu Generation weitergegeben wurde. Aber über die Jahrhunderte vergaß man wohl ihre Bedeutung. So glaubte wohl auch niemand mehr an Greys' Fluch. Aber 333 Jahre später ging der schwarze Tod durch das Dorf, die schreckliche Pest. Viele starben und Greyshuysen wurde bis auf die Grundmauern niedergebrannt, so wie man es mit allen Dörfern machte, in denen die Pest anders nicht gestoppt werden konnte. Es wurde erst viele Jahre später wieder aufgebaut. Wahrscheinlich ging auch die Karte in dem Feuer verloren.«

Valentina nimmt ihm das Buch aus der Hand und schaut auf das Datum. »Dann sind es in diesem Jahr am 30. April 333 Jahre nach der Pest. Und 666 Jahre nach dem Tod von Greys!«

»He, Valentina, da steht jemand und winkt dir zu«, sagt Vickie. Valentina dreht sich um.

»Vater!«

7. EINE WOLKE AUS BLUT

Sie sitzt mit ihrem Vater in einer Imbissstube. Vater trinkt Bier, Valentina Tee mit Milch. »Deine Oma hat mich zum Park geschickt«, sagt Vater, »sie meinte, du wärst mit deinen Freunden dort.«

»Warum hast du mich nicht früher angerufen?«, fragt Valentina. Sie findet, dass Vater müde aussieht, er hat dunkle Ränder unter den Augen. Und er hat sich in aller Eile rasiert. Vater kratzt sich durch seinen wilden Haarschopf den Kopf. Hier und da sieht Valentina einige graue Strähnchen. Sie erschrickt ein bisschen, als sie das entdeckt: Vater wird alt.

»Das war schwierig, Val. Deine Mutter . . . nun ja, wir hatten beschlossen, dass wir alles ein wenig ruhen lassen wollten. Du bei der Oma, und dann konnten Mutter und ich ein paar Sachen in Ruhe besprechen.«

»Über deine neue Freundin?«

Vater verschluckt sich an seinem Bier. Er hustet und wischt sich über den Mund. »Ja, das auch«, sagt er dann. Er schaut Valentina in die Augen. »Ja, Val, ich habe eine Freundin. Deine Mutter wusste das schon eine ganze Zeit lang, ich habe es ihr ehrlich erzählt.«

»Aber warum?«

Vater zieht seine Schultern hoch. »Warum geht die Sonne

auf und unter? Ich weiß es nicht, Val. Manche Dinge passieren eben. Ich bin immer unterwegs. Deine Mutter rackert sich ab für die Computerfirma. Ach; ich will ihr nicht die Schuld geben. Eigentlich kann man überhaupt nicht von Schuld sprechen. Ich habe jemanden gefunden, der besser zu mir passt, eine Fotografin, die regelmäßig mit mir Reportagen macht. Aus der beruflichen Beziehung wurde mehr, wir verliebten uns ineinander. Und ich wollte kein Geheimnis draus machen, also habe ich mit deiner Mutter darüber gesprochen.«

Valentina schiebt ihren Tee zurück, sie hat keinen Durst mehr. Sie kann nur mit Mühe klar denken. Erst die Sache mit den gruseligen Körperteilen von Greys. Jetzt Vater und seine Freundin. Sie fühlt einen seltsam kalten Schmerz.

Vater hebt seine Hände in einer hilflosen Gebärde. »So was passiert, Valentina. Vielleicht kannst du es nicht begreifen, aber deine Mutter und ich führten schon lange jeder für sich ein eigenes Leben. Ich interessiere mich absolut nicht für Computer oder Geschäfte und deine Mutter konnte meinen Hang zu Abenteuern nie begreifen. Ich kann mich nicht gebunden fühlen.«

»Also lasst ihr euch . . . scheiden.« Valentina presst das letzte Wort aus ihrem Mund. Es klingt so abscheulich.

»Ja«, sagt Vater. Kurz ab, ganz abrupt. Er ist gewöhnt, schnelle und endgültige Entscheidungen zu treffen. »Wir werden uns noch oft sehen, Val, du und ich. Jedes Mal wenn ich in der Stadt bin, besuche ich dich. Dann darfst du für eine Woche oder zwei bei mir wohnen.«

»Und bei deiner Freundin.«

Vater zieht die Augenbrauen hoch. »Das klingt nicht sehr

freundlich«, sagt er. »Aber so kenne ich dich ja, Hexibell.« Er legt sein Kinn in die Hand und stützt den Ellbogen auf den Tisch. »Hexibell, jetzt schau mich mal an und hör mir bitte genau zu!«

Valentina beißt sich auf die Unterlippe und starrt auf die Tischplatte. Vater grinst. »Hab's mir doch gedacht. Du traust dich nicht.«

»Doch!« Valentina schaut ihm in die Augen.

»Schön. Hör zu, Margie ist ein nettes Mädchen. Du wirst sie auch mögen. Dafür haben wir aber noch Zeit, später. Du bist alt genug, um zu wissen, dass es bei einer Scheidung viele unangenehme Sachen zu hören gibt, von Rechtsanwälten, über Gütertrennung und so weiter. Ich hole meine Sachen ab, deine Mutter wird weiter in unserem Haus wohnen. Ich weiß, dass du ein paar meiner Sachen magst, Bücher, Platten, CDs und so. Du kannst sie immer haben.« Er legt seine Hand auf Valentinas Arm. »Bitte, Valentina, eines sollst du wissen: Was auch geschieht, ich bin immer für dich da!«

Valentina wendet ihre Augen ab. Sie ist schon etwas neugierig geworden. Wer ist diese Margie? Wie sieht sie aus? Aber sie würde lieber im Boden versinken, als danach zu fragen. »Ich will weg!«, sagt sie.

Vater nickt und bittet mit der Hand um die Rechnung. »Ich bring dich zu Oma«, sagt er.

Im Auto druckst Valentina herum. Vater merkt es, aber er sagt nichts.

Dann fragt Valentina: »Vater, ist etwas mit mir?«

»Was meinst du?«

Valentina stößt die Worte heraus: »Oma, Mutter, Generationen, Greyshuysen.«

Vater schaut seitwärts. »Ich versteh nicht, Val. Was willst du damit sagen?«

»Warum kann ich nicht bei dir wohnen?«, platzt es aus Valentina heraus. Eigentlich hatte sie gar nicht vor das zu fragen. »Warum wollt ihr mich nicht? Ich werde Margie bestimmt nett finden, wenn es sein muss. Oder darf ich nicht, weil ich ein Hexenkind bin?«

»Valentina! Hat dir Oma wieder diesen Unfug erzählt? Wir . . . deine Mutter und ich haben ihr gesagt, dass sie dir gegenüber zu schweigen hat. Es ist alles Unsinn! Deine Großmutter ist eine liebe Dame, aber sie ist alt und lebt zum Teil in einer Fantasiewelt. Alles Quatsch. Sie denkt, dass sie von einer alten Hexenfamilie abstammt. Und du weißt ganz gut, dass ich dich nicht loswerden möchte, aber mit meinem ungeregelten Tagesablauf habe ich keine andere Wahl. Glaub mir, ich möchte dich schon bei mir haben; aber der Anwalt . . . nun ja, ich habe keine Chance. Die Mutter bekommt immer den Vorzug. Und ehrlich gesagt, ich finde es besser so.«

Valentina schweigt. Vater ist so praktisch, so vernünftig. Hexerei? Was wird er sagen, wenn sie ihm etwas über ihre Fähigkeit erzählt durch die Augen eines grauen Katers sehen zu können? Oder dass sie von einer Hand angegriffen wurde, die einem Mann gehört, der schon hunderte von Jahren tot ist? Welch ein Unsinn, wird er sagen. Valentina schaut auf ihre Handflächen. Sie allein sieht die beiden strahlenden roten Pentagramme. Das Zeichen der Hexe. Oder das Zeichen eines Opfers?

»Ich habe Angst«, denkt Valentina, »ich will weg von Greys. Ich weiß nur nicht, wohin.«

Ihr Vater lädt Valentina ins Kino ein. Gezeigt wird eine romantische Komödie. Valentina fühlt sich schon besser, als ihr Vater sie später bei Oma zu Hause absetzt. Aber in der Nacht träumt sie wieder von Körperteilen, die im Boden kriechen und versuchen nach oben zu kommen. Sie hört die teuflische Uhr, und je mehr Glockenschläge ertönen, desto stärker versuchen die Körperteile aus dem Boden herauszukommen.

Sie wird wach und ist völlig verschwitzt. »Greys«, denkt sie, »es ist Greys. Den magischen Blick habe ich nicht nur mit Sir James. Deshalb kommen diese Träume. Der magische Blick ist die Hexengabe, die ganz tief in mir sitzt. Wenn ich schlafe, sehe ich durch die Augen von Greys. Ich fühle, was seine ... Körperteile fühlen. Ich fühle, was sie wollen!« Das macht Valentina noch mehr Angst.

Sonntag. Valentina versucht Oma zum Sprechen zu bringen. Aber Oma Hennie will nichts mehr sagen. Sie ruft Anton an, aber der ist nicht zu Hause. Sie sieht durch Sir James' Augen, aber der liegt faul und schläfrig im Garten.

Schließlich rafft sie sich zu einem Spaziergang auf und landet bei Vickie.

Valentina erzählt ihr, dass sie glaubt in ihren Träumen durch Greys selbst zu sehen. Vickie schaudert. »Ich finde die ganze Geschichte so gruselig und ekelig«, sagt sie. »Es ist alles so bedrückend. Und wir können nichts tun. Ich meine, was machen wir, wenn all die zerstückelten Körperteile hinter uns her sind?«

»Ja, ja, vielen Dank, jetzt sind sie ja nur hinter mir her!«

»So meine ich es nicht, Hexibell, ich bin doch deine

Freundin. Ich lass dich nicht im Stich. Und Freddie wird uns schon beschützen. Er hat einen großen Mund, aber er kann auch ganz tapfer sein.«

»Du magst ihn wohl, was?«

»Jetzt hör auf, Val!«

»Und ich glaube, er findet dich auch sehr nett. Warum sollte er sonst dauernd mit uns zusammen sein?«

Vickie lächelt. »Ich dachte, er hätte ein Auge auf dich geworfen.« Darüber müssen beide lachen. Der Nachmittag mit Vickie bringt Valentina in etwas bessere Stimmung und vertreibt ihre angstvollen Gedanken. Auf dem Heimweg fasst sie einen Entschluss.

Kurz darauf steht sie an der Hecke des alten Friedhofs. Die Sonne strahlt. Was soll hier schon sein, wovor man Angst haben müsste?

Valentina beißt die Zähne zusammen und geht hinein. Wenn sie allein vor seinem Grab steht, wird sie schon beweisen, dass sie ihm gewachsen ist. »Ja«, denkt sie, »hier bin ich schon gewesen, ich erkenne die Gräber wieder, die Namen . . . hier war ich in meinem ersten Alptraum.« – »Aber jetzt machst du mir keine Angst mehr! Hörst du das?«, sagt sie laut. Sie geht an den alten eingesunkenen Grabsteinen vorbei bis ans Ende, zu dem Teil, wo keine Steine mehr sind. Dort bleibt sie stehen und wartet. Da ist die Stelle wieder . . . »Nun komm! Zeig dich!«, sagt sie. Aber nicht mit flüsternder Stimme. Keine Angst überfällt sie. Valentina fühlt sich völlig ruhig. Sie dreht sich um und geht zurück. »Vielleicht ist ja alles nur Unsinn«, denkt sie.

Als sie bei Oma ankommt, sitzt diese wieder über Papieren

mit eigenartigen Kritzeleien. »Ich lese auch ein bisschen«, sagt Valentina und geht in ihr Zimmer. Sir James wartet auf sie im offenen Fenster. Er hat etwas zwischen seinen Zähnen, das er voller Stolz vor Valentina niederlegt. Der treue Diener bringt seinem Frauchen ein Opfer dar: einige Büschel wilder grauer Haare.

»Wo kommt das her?«, fragt Valentina. Dann merkt sie, dass im Zimmer etwas verändert ist. Das Bett ist umgewühlt und man sieht Schlammspuren. Valentina blickt Sir James strafend an. »Du bist mit deinen Dreckpfoten aufs Bett gesprungen?« Aber da ist noch was. Der Wecker auf dem Nachttisch ist umgeworfen, einer von Valentinas Schlappen liegt in der Ecke, der Schrank steht einen Spaltbreit offen. »Sir James, was hast du hier bloß angestellt? Hast du mit einem Kätzchen rumgebalgt?«

Natürlich gibt Sir James keine Antwort. Er bleibt sitzen und schaut argwöhnisch umher. Valentina geht zum Schrank und plötzlich fängt Sir James an zu fauchen. Valentina schaut genau hin. An einem Fuß des Schranks sind Kratzspuren, als hätte jemand daran gekaut. »Ungezogener Kater«, sagt Valentina, »man beißt doch nicht in Möbel! Du bist doch kein Hund, Sir James!«

Sir James lässt seine Zähne sehen und faucht erneut. Valentina macht einen Schritt rückwärts, aber die Wut von Sir James richtet sich nicht gegen sie, sondern gegen den Schrank. Bewegt sich da etwas?

Valentina setzt sich aufs Bett. Für kein Geld der Welt traut sie sich den Schrank weiter zu öffnen. Sir James sitzt davor, seine Rückenhaare stehen aufrecht, er schabt mit den Klauen über den Fußboden.

Aber natürlich gibt es eine Möglichkeit, in den Schrank zu schauen, ohne ihn selbst zu öffnen. Valentina blinzelt mit ihren Augen und sieht den Schrank aus einem anderen Blickwinkel, tief vom Boden aus. Sir James schleicht auf ihn zu und steckt seinen Kopf hinein. Für einen Moment sieht Valentina nur Dunkelheit, aber es bewegt sich etwas. Eine Maus, eine Ratte, eine andere Katze? Sir James faucht noch einmal, springt hinein und schnappt zu. Valentina fühlt etwas Weiches und Haariges in seinem Maul. Sir James schüttelt es und das seltsame Etwas widersetzt sich mit aller Macht. Es zerrt Sir James hin und her. Sie fühlt einen heftigen Schmerz in seiner linken Vorderpfote. Durch den Schmerz blinzelt Valentina mit ihren Augen, gerade rechtzeitig, um zu sehen, womit Sir James aus dem Schrank kommt. Er hält es an Haaren fest, etwas, das wüst hin und her wirbelt und plötzlich in eine seiner Pfoten beißt. Beide rollen über den Boden, Sir James faucht und macht grunzende Kehlgeräusche, das Etwas zischt wie eine Schlange.

»Ich muss ihm helfen«, denkt Valentina, aber sie sitzt da, steif vor Schreck, sie kann keinen Finger rühren. Dann reißt sich Sir James los und springt rückwärts. Das Etwas rollt über den Boden, ein Kopf mit langen, wilden grauen Haaren. Er hakt sich mit seinen oberen Zähnen in den Boden fest und schleppt sich zum Bett, auf dem Valentina sitzt. Die Augenhöhlen sind leer, aber sie weiß dennoch, dass der Kopf sie sieht, dass er sie packen will. Sie schließt die Augen, will ihn nicht mehr sehen.

Ein Plumps, der Kopf sitzt bei ihr auf dem Bett. Valentina fühlt die Haare an ihren Beinen entlangstreichen. Sie schreit und rollt sich zur Seite. Die Zähne klacken trocken aufeinander und verfehlen knapp ihren Fuß. Blindlings schlägt sie nach dem Kopf und fühlt, dass sie ihn trifft. Er ist trocken wie Pappmaschee und bricht, als sie den Treffer landet. Sie hört einen dünnen Schrei und dann einen dumpfen Plumps. Der Kopf ist vom Bett gefallen und rollt zum Fenster. Er rollt einfach. Über das Gesicht läuft ein dunkler Striemen. Am Fenster rollt er die Wand hoch und lässt sich durch die Öffnung nach draußen fallen.

»Pah, eine schöne Hilfe bist du«, schimpft Valentina. Sir James blickt sie beleidigt an und leckt seine verletzte Pfote. Valentina springt aus dem Bett. »Entschuldige«, sagt sie, »ich werde die Wunde . . .« Aber Sir James läuft weg, springt aus dem Fenster, dem Kopf hinterher.

Die Tür wird aufgestoßen und Oma kommt herein. »Was war das für ein Gepolter?« Valentina fängt an zu zittern.

»Ich habe den Kopf von Greys gesehen.« Sie zeigt Oma die Haarbüschel auf dem Boden. »Er, es ist durch das Fenster geflüchtet.«

Oma schüttelt den Kopf.

»Du hast geträumt, Kindchen, das kann nicht sein, es ist noch Tag.«

»Doch, es war so.« Valentina wird wütend: »Ich sage, ich bin von einem Kopf angegriffen worden, er hatte keine Augen. Er hat Sir James gebissen und dann versucht mir ins Bein zu beißen. Aber mein Schlag hat gesessen. Er hat eine Wunde übers ganze Gesicht.«

Oma ergreift Valentinas Hand. »Du hast ihn besiegt, wenn auch nur vorläufig«, sagt sie. »Damit!« Sie zeigt auf das eiserne Armband an Valentinas Handgelenk. »Eisen, das alte Element. Silber gegen den Werwolf, Holz gegen Vampire und

Eisen gegen Zauberer. Vor allem, wenn Runenzeichen eingeritzt sind. Deshalb ist er verletzt.«

»Oma, du musst mir mehr erzählen!«

»Nein, nein. Das Armband hat dich beschützt und wird es auch weiterhin tun. Wie rasend Greys jetzt auch sein mag ... Er hat sich noch nicht wieder vollständig zusammengesetzt.«

»Was meinst du mit vollständig? Muss ich damit rechnen, dass mich jedes seiner Körperteile angreift?«

Oma zögert. »Hör zu, Valentina. Greys ist dabei, all seine Körperteile wieder zu vereinen. Er hat die Fähigkeit dazu, aber er benutzt vor allem die Kraft und Energie anderer Personen. Wie dich. Er nutzt deine Kraft aus. Je mehr ich dir erzähle, desto mehr wird er erfahren. Er benutzt Angst. Angst ist eine Art geistiger Energie für ihn, deshalb fällt er Menschen an. Jedes Mal, wenn er jemandem Todesangst bereitet, wird er selbst stärker. Deshalb ist es gut, dass du nicht ängstlich bist, sondern jung und stark.«

Valentina schüttelt den Kopf. »Was hat das alles zu bedeuten? Oma, alles, was du mir erzählst, weiß Greys schon. Er benutzt dieses Wissen und ich weiß nichts, habe überhaupt keine Ahnung. Stimmt es, dass du wirklich eine Hexe bist?«

Oma lächelt. Eine freundliche Alte mit strahlenden dritten Zähnen und Knopfaugen. »Ja, Valentina. Obwohl ich in meinem Leben nie besonders aktiv war. Aber bestimmte Kenntnisse sind mir überliefert worden. Und, sei beruhigt, die gebrauche ich jetzt, um dich zu schützen. Mehr brauchst du jetzt nicht zu wissen. Geh schön schlafen. Heute Nacht wird er dir nicht mehr zur Last fallen. Er liegt jetzt unter irgendeinem Strauch und leckt seine Wunden.« Oma verlässt das Zimmer und schließt leise die Tür.

»Ich glaub's einfach nicht«, schluchzt Valentina, »sie will mir nichts sagen.« Dann fängt sie an zu lachen. Sie kann nicht anders. Sie stellt sich den abgehackten Kopf von Greys vor, der in einem Gebüsch versucht mit seiner Zunge an die Stirnwunde heranzukommen. Sie drückt Duffie an sich und fällt lachend aufs Bett.

Unten sitzt Oma über ein Buch gebeugt, das voll ist mit fremdartigen Zeichen und Formeln in einer Sprache, die nur wenige Menschen verstehen. Drei brennende Kerzen stehen rund um das Buch. Omas dünne Finger knacken, wenn sie über die Worte gleiten, manchmal ist es schwer für sie, diese sauber auszusprechen. Das kommt auch daher, weil sie ihr Gebiss in ein Glas mit Wasser gelegt hat, und sie lispelt ein wenig ohne ihre Zähne. Aber sie findet es so bequemer. Ab und zu bewegen sich die Flammen, obwohl es keinen Wind gibt, so als ob sich unsichtbare Dinge durch die Luft im Zimmer bewegen.

»Erde und Wasser, Luft und Feuer!«, lispelt Oma. »Gebt mir die Kraft, die nötig ist dieses Übel zu bekämpfen! Götter der Erde, ihr habt Valentina den Familiar geschickt! Gebt ihr nun auch die Kraft, die sie brauchen wird, gebt ihr die Kraft des Felsens und der Wellen, des Orkans und des Feuersturms! Bewahrt ihre Reinheit, ihre Güte! Sie ist von meinem Blut, Schwestern der Zwischenwelt, sie ist unser Blut! Lasst sie nicht im Stich!«

Ein Windstoß fegt durch das Zimmer. Die drei Kerzen gehen aus, für einen Moment hängt Dunkelheit wie ein bleischwerer Mantel auf Omas Schultern. Dann aber scheinen unsichtbare Hände den Mantel hochzuheben.

Oma seufzt. »Es ist gar nicht so einfach, in meinem Alter eine Hexe zu sein«, murmelt sie. Dann stellt sie den Fernseher an, um die Nachrichten zu sehen und vor allem den Wetterbericht für morgen. Für ihre alten Knochen ist das sehr wichtig.

Die Nacht verläuft ruhig. Valentina wird nur einmal wach, von der Glocke. Sie scheint sehr weit weg zu sein, als ob sie Valentina nicht erreichen kann. Sie reibt über das eiserne Armband, ihre Finger streichen über die Runenzeichen. »Mich bekommt ihr nicht«, denkt sie. Das Fenster quietscht. Valentina setzt sich gerade hin. Etwas Haariges springt durch das Fenster ins Zimmer.

»MRIIIAAAUUOOO«, miaut Sir James und springt im nächsten Moment auf ihr Bett. Valentina lässt sich wieder nach hinten fallen und streichelt auf der einen Seite Duffie und auf der anderen Sir James. So schläft sie wieder ein. Tief und fest und ohne Träume.

Am nächsten Morgen liegt Sir James allein in ihren Armen, er hat Duffie aus dem Bett geworfen.

Valentina fühlt sich prima. Es ist ein schöner Tag, die Sonne scheint, und obwohl es erst April ist, ist es schon sehr warm. Oma spricht über das Wetter und über alles Mögliche, nur nicht über das, was Valentina so brennend interessiert. Das Telefon klingelt. »Ich nehme ab«, ruft Valentina.

»Vielleicht ist es Mama oder Vater«, denkt sie. Aber Anton meldet sich.

»Oh, hallo«, sagt sie.

»Das hört sich ja enttäuscht an«, sagt Anton.

Valentina schüttelt den Kopf, bis sie merkt, dass Anton das ja nicht sehen kann. »Ich dachte, mein Vater oder meine Mutter würden anrufen«, sagt sie.

»Entschuldige, so alt bin ich nicht«, sagt Anton. »Hast du schon die Neuigkeit gehört?«

»Welche Neuigkeit? Ich hab die Zeitung noch nicht gelesen.«

»Zeitung, ach was, hörst du denn nie die Nachrichten im Radio? Auf dem Lokalsender GH EINS? Ich höre sie immer jeden Morgen. Und heute Morgen sagten sie etwas, na ja, es war etwas dürftig, aber ich denke, es hat etwas mit dem zu tun, was du, was wir untersuchen.« Auf das Wir legt Anton Nachdruck.

»Heute Nacht hat jemand etwas Hässliches im Tierreich angerichtet. Etwas sehr Hässliches und Gruseliges!«

»Ich kapier nicht, was du sagen willst, Anton. Sprich mal etwas deutlicher! Deine Gruselgeschichten kannst du dir für deine Bücher aufbewahren.«

Anton hört sich etwas beleidigt an, aber das kümmert Valentina nicht. »Im kleinen Park hat jemand, oder etwas, heute Nacht mehr als zehn Katzen umgebracht. Du weißt, dass in dem Park dutzende Katzen herumstreunen? Leute, die heute Morgen ihren Hund ausführen wollten, haben sich schnell wieder umgedreht. Überall Katzenleichen, völlig zerfetzt. Es war so grauslich, dass sie es im Radio gebracht haben.«

Valentina denkt an den Kopf im Schrank.

»Man könnte den Eindruck haben, dass jemand plötzlich einen enormen Ekel vor Katzen bekommen hat.«

»Ja, ist das nicht verrückt?«

»Verrückt nicht, wohl ziemlich entsetzlich. Du hast Recht,

Anton, es hat etwas mit mir zu tun. Wir müssen miteinander reden, aber nicht in der Schule.«

»Okay! Im Stadtpark? Heute Nachmittag? Oder nein, da vielleicht besser nicht. Vielleicht sind dort auch . . .«

»Wir gehen wohl in den Stadtpark«, sagt Valentina und mehr zu sich: »Ich lass mir keine Angst einjagen!«

Wieder sitzen sie im Kreis auf dem verbotenen Rasen im Stadtpark. Valentina erzählt, was ihr am Tag zuvor passiert ist. »Na, dann ist klar, wer der Katzenmörder ist«, sagt Anton. »Dieser Greys, oder nein, der Kopf von ihm. Er wollte Rache üben, weil ihm dein Sir James in die Quere gekommen ist. Mir wird das langsam etwas zu verwirrend. Ist Greys nun ein Er oder Es? Wie sollen wir über ihn sprechen? Ich meine, es geht doch immer nur um Teile von ihm.«

»Er ist dabei, sich zusammenzusetzen«, sagt Valentina. »So hat Oma es genannt. Sie ist eine echte Hexe, hat sie gesagt, aber sie rückt nicht raus mit der Sprache. Ich glaube, dass sie selbst etwas ausprobiert, um Greys und seine Macht zu bekämpfen. Ich glaube, dass sie mich beschützen will, weil Greys mich immer wieder angreift. Nun ja, besser gesagt, die Körperteile von Greys.«

»Wir müssen herausfinden, wo all diese Teile begraben liegen«, überlegt Anton. »Wenn wir das wissen, dann . . .«

»Dann rücken wir ihm mit einem Hammer und einem spitzen Pfahl zu Leibe?«, fragt Freddie. »Ich sehe es schon vor mir: Anton, der Furcht erregende Vampirtöter.«

»Greys ist kein Vampir«, sagt Anton, »und, na ja, ich weiß auch nicht, wie wir diesen Greys bekämpfen können. Aber darauf finden wir schon eine Antwort. Wir brauchen unbedingt einen Plan. Wir zeichnen in einer Karte ein, wo Greys bereits aufgetaucht ist. So arbeitet die Polizei auch, wenn sie Verbrecher sucht.«

»Wir sollten uns heute Abend treffen«, sagt Vickie. »Meine Eltern gehen ins Theater. Kommt nach acht Uhr zu mir, dann sind sie weg.«

»Acht Uhr, das ist gut«, sagt Anton, »ich muss meine Schularbeiten für morgen noch erledigen.«

»Ach, damit bist du doch bestimmt schnell fertig«, sagt Valentina.

»Aber im Fernseher läuft ROCKY 4«, sagt Freddie, »den will ich nicht verpassen.«

»Oh, ist dir ein Film vielleicht wichtiger als wir? Vielen Dank!«, sagt Vickie.

»Das meine ich nicht so. Ich komme schon«, antwortet Freddie schnell. »Ich bringe Chips und Erdnüsse mit.«

Valentina lächelt und zwinkert Freddie zu. Der wird rot und dreht sich schnell um. »Äh, jetzt muss ich dringend nach Hause«, sagt er. »Bis heute Abend!«

»Was hat er plötzlich?«, fragt Anton.

»Lass ihn nur«, sagt Valentina.

Am Abend treffen sich alle bei Vickie zu Hause. Sie ist allein. Ihre Eltern sind im Theater. Anton breitet auf dem Tisch einen Stadtplan von Greyshuysen aus, er ist voll mit Linien und roten Punkten.

»Es ist etwas schwierig«, sagt Anton. »Seht mal, hier ist der alte Friedhof. Dort steht die Villa des Advokaten, rundum ist der Wald und da der Fluss. Das alles sind Stellen, an denen die Körperteile oder Stücke zum Vorschein gekommen sind.«

»Ja, das wissen wir schon«, sagt Freddie, »du hast noch den Park vergessen. Aber ich denke, dass wir damit nicht viel weiterkommen.«

Anton kratzt sich am Kopf. »In dem Brand nach der Pest ist natürlich viel verloren gegangen. Dies ist das neue Dorf. Aber wir wissen überhaupt nicht, wo das Haus oder die Burg von Greys gestanden haben.«

»Und«, sagt Vickie, »wir wissen auch noch nicht, wo sie seine Körperteile begraben haben. Das kann überall sein.«

»Nein, es muss ein System geben«, sagt Anton. »Und ich glaube, dass es eine Verbindung zwischen diesen Stellen gibt. In der Magie und Hexerei hat alles eine Bedeutung. Dreizehn, auf die Zahl stoßen wir immer wieder.«

»Dreizehn Teile«, sagt Freddie.

»Valentina, die dreizehn wird«, sagt Vickie.

»Dreizehn ist eine Zahl, die Glück oder Unglück bringt. Denkt nur an Freitag, den dreizehnten. Sie haben Greys festgebunden an einem Dreieck aus Holz mit der Spitze zur aufgehenden Sonne. Ich habe die Stellen angekreuzt, wo die Körperteile zum Vorschein gekommen sind. Wir können Valentinas Alpträume als Hinweise benutzen, um herauszufinden, wo die anderen Stücke liegen.«

Vickie rollt mit den Augen und tut so, als ob sie gleich in Ohnmacht fällt.

»Wie klug. Oh, Anton, was bist du klug. Leider wussten wir das alles schon.«

»Ich bin noch nicht fertig«, sagt Anton etwas irritiert. »Wenn wir zwölf Stellen einzeichnen können und die miteinander verbinden, dann finden wir das Zentrum. Dort muss sich das Herz von Greys befinden.«

»Wie clever«, sagt Vickie. Anton wird rot.

»Ganz gut, Detektiv«, meint Freddie, »aber wir wissen noch nicht, wo wir die Suche beginnen müssen. Du hast schon gesagt, dass es daran liegt, dass wir nicht genug darüber wissen, wie es hier früher aussah. Daran hab ich auch schon gedacht.«

»Du und denken?«, fragt Anton von oben herab.

Vickie stößt ihn an. »Lass Freddie auch mal was sagen.«

Freddie grinst. »Nun ja, Anton. Warum hat niemand von euch an das Heimatmuseum gedacht?«

Alle blicken ihn schweigend an.

»Da gibt es alte Karten und alte Fundstücke aus dieser Gegend. Und ich hab mich auch schon informiert. Es ist zwischen vier und sechs Uhr jeden Tag geöffnet. Wenn wir erzählen, dass wir eine Arbeit schreiben müssen über das alte Greyshuysen, können wir uns da in aller Ruhe umsehen.«

»Freddie, das ist genial!«, ruft Vickie. Freddie lächelt vergnügt.

Anton guckt etwas betreten. »Gute Idee«, sagt er anerkennend, »aber inzwischen sollten wir uns selbst auch schon auf die Suche machen.«

»Nicht im Wald«, entgegnet Vickie. »Ich will nicht auf die Beine treffen!«

»Jetzt?«, fragt Freddie. »Es ist völlig dunkel.«

Anton sieht ihn an: »Du hast doch nicht etwa Angst?«

»Angst? Ich? Natürlich nicht! Was denkst du wohl!«

»Ich habe kein gutes Gefühl dabei«, sagt Vickie.

Freddie stößt sie mit dem Ellbogen an. »Auch wenn ich dabei bin?« Vickie zwinkert Valentina heimlich zu.

Bis zum Fluss sind es kaum zehn Minuten zu Fuß. Aber viel

ist nicht zu sehen. Das Wasser schlängelt sich dunkel zwischen den Uferrändern. Zu viert schauen sie zum Fluss.

»Ich hatte was Spannenderes erwartet«, sagt Freddie. Seine Hand liegt auf Vickies Schulter.

»Meinetwegen braucht es das gar nicht zu werden«, sagt Vickie.

»Aber hier war es irgendwo«, sagt Valentina. »Ich sehe ihn noch vor mir, den dunklen Fluss, und im Wasser lag etwas. Ein Krug oder eine Vase, mit einem Pfropfen drauf.«

»Welchen Teil von Greys können sie denn in einen Krug gesteckt haben?«, fragt Freddie.

Anton kichert. Er ergreift einen Stock und rührt damit im Wasser. »Etwas, was man trinken kann, wenn einem der Sinn danach steht«, sagt er.

»O nein.« Vickie graust sich. »Du meinst doch nicht etwa . . .«

»Er meint Blut«, sagt Valentina laut. Was ist nur in ihre Freunde gefahren? Sie tun so, als wäre das alles nur ein Spielchen. Aber sie sind ja auch noch keinem Körperteil von Greys begegnet.

»Ich will weg«, sagt Vickie. »Ich kann nichts dagegen tun. Sein Blut, in einem Krug. O nein, das will ich nicht sehen!«

»Warte«, sagt Freddie, »ich bringe dich gleich nach Hause.«

»Ich sehe nichts im Wasser«, sagt Anton. »Bist du sicher, dass dies die richtige Stelle ist, Valentina?«

»Ich gehe jetzt«, sagt Vickie. Ihr schaudert. »Ehrlich gesagt, es ist mir hier zu unheimlich!«

Valentina tippt sie am Arm. »Keine Angst, Vickie«, sagt sie. Sie erinnert sich an das, was Oma erzählt hat. »Er benutzt die

Energie der Lebenden, von uns. Er benutzt Angst als Energie. Wenn du Angst hast . . .«

Das Wasser bewegt sich. Die Oberfläche kräuselt sich, Wellen breiten sich aus. Breite, immer breitere Wellen. Dann schießt das Wasser hoch. Wie eine Wolke, die aufsteigt, eine rote Wolke!

8. DIE SCHWARZE ZUNGE

Alle vier weichen zurück. »Bleibt weg von hier!«, schreit Valentina. Die rote Wolke kommt aus dem Wasser heraus, bleibt für einen Moment über der Oberfläche hängen, als ob sie sie herausforderte. Sie bleiben stehen und schauen gebannt zu. Die Wolke gleitet quälend langsam auf sie herab, sie formt lange nassrote Finger und streckt sie nach ihnen aus.

»Du hast mich nicht gesehen«, ruft Freddie, »hau ab, du Ungeheuer!« Dann zieht er es vor, die Beine in die Hand zu nehmen und zu rennen. Vickie zieht er mit sich.

Anton blickt wie hypnotisiert auf die Erscheinung. Er kommt näher. Er ergreift Valentinas Hand. »Komm mit, Val!«

Valentina bleibt stehen. »Ich gehe nicht weg«, zischt sie, »ich habe keine Angst vor ihm. Ich will keine Angst haben.«

Die Wolke schwebt auf sie herab und es fallen rote Tropfen nieder. Anton zögert einen Moment, dann entschließt auch er sich wegzulaufen. Direkt vor Valentina bleibt die Wolke hängen und verändert ihre Form. Sie streckt sich und beginnt eine menschliche Gestalt anzunehmen. Der obere Teil gleicht einem Kopf, in den jemand Löcher gestoßen hat. Eine breite Wunde bewegt sich und macht ein blubberndes Geräusch.

Valentina hebt ihr rechte Hand mit dem eisernen Armband und den Runenzeichen. Ihre Lippen bewegen sich automatisch, ohne dass sie es will. »Geht weg von mir«, lispelt sie. »Ihr seid aus dem Wasser gekommen und ich halte euch fern mit der Kraft der Erde, die Eisen hervorgebracht hat! Geht zurück!« Die rote Wolke steigt hoch. Rote Tropfen fallen nass und klebrig auf ihre Kleidung und auf ihre Haare. Valentina öffnet ihre Handflächen und flüstert: »Das Blut des Pentagramms, das Blut von dir, Balance und Gleichgewicht. Ich stoße dich ab!«

Die Blutwolke krümmt sich zusammen, sie rollt sich nach hinten auf wie ein Teppich. Sie treibt zurück und sinkt wieder ins Wasser.

»Weiche und ruhe diese Nacht!«, flüstert Valentina. Plötzlich steigt eine große Welle aus schwarzem Wasser hoch, schlingt sich um die Blutwolke und reißt sie mit in die Tiefe. Für einen Moment ist das Wasser in heftiger Bewegung, dann wird es wieder glatt und ruhig. Kurz danach begreift Valentina, dass sie mit Omas Stimme gesprochen hat. Ohne Zähne.

Schule ist bestimmt nicht angenehm, wenn man schlecht geschlafen hat. Valentina ist in der Nacht wohl fünf- oder sechsmal wach geworden durch die Spukglocke, die sie gerufen hat. Aber Valentina ist ihr nicht gefolgt. Das verdankt sie Sir James. Seine Anwesenheit scheint der Kraft der Glocke entgegenzuwirken. Valentina fühlt sein warmes Fell, spürt seine Gegenwart . . . und die Uhr zieht sich zurück. Aber Sir James hat ihr natürlich nicht geholfen, als sie gestern Abend noch versucht hat ihre Schularbeiten für heute zu erledigen. Für die Schule sind Blutwolken und ähnliche Zwischenfälle weder von Bedeutung noch eine Entschuldigung.

Das merkt Valentina, als die Lehrerin unerwartet eine Arbeit ansetzt. In der Klasse ist es totenstill, man hört nur das Geräusch der Stifte auf dem Papier, ab und zu ein Blatt, das umgeschlagen wird, und viele Seufzer. Valentina versucht sich zu konzentrieren, aber es gelingt ihr nicht. Ihr kommt es vor, als seien die Fragen in einer fremden Sprache gestellt. Sie liest sie, Wort für Wort, aber sie findet keinen Zusammenhang. Sie versteht einfach nicht, was sie bedeuten, die Buchstaben fließen alle ineinander.

»Na, das wird wohl ein Ungenügend werden«, denkt sie. Sie knabbert an ihrem Stift. Das kann doch nicht wahr sein, sie wird von einem Monster bedroht, das schon hunderte von Jahren tot ist, und jetzt sitzt sie hier und schwitzt über ein paar Fragen, zu denen ihr keine einzige Antwort einfällt. Heimlich wirft sie einen Blick zur Seite. Links sitzt Vickie, brütet vor sich hin oder tut nur so. Auf ihrem Blatt steht noch nicht viel geschrieben. Eine Reihe dahinter sitzt Freddie, der mit seinem Stift in seinem Ohr rumpult. Er lächelt Valentina kurz an und zuckt dann niedergeschlagen mit den Achseln. Von der Seite ist also ebenfalls keine Hilfe zu erwarten. Obendrein hört die Lehrerin außerordentlich gut. Ihre Ohren hören jedes noch so heimliche Geflüster.

Valentina schaut nach rechts. Anton schreibt tapfer. Schade, dass sie zu weit weg von ihm sitzt, um sehen zu können, was er niederschreibt. Der wird seine Hausaufgaben wohl wieder gründlich erledigt haben, wie spät es auch gewesen sein mag. Die Spitze seiner Zunge hängt aus seinem

Mundwinkel wie bei einer schlafenden Katze. Und plötzlich hat Valentina eine Idee. Zu verrückt, aber hat sie was zu verlieren?

Sie blinzelt mit ihren Augen. Alles dunkel. »Öffne deine Augen«, denkt sie angestrengt. »Sir James, öffne deine Augen!« Dann wird es hell. Sie hat Glück. Sir James liegt auf ihrem Bett und scheint es überhaupt nicht schön zu finden, geweckt zu werden. Er dreht sich um und fängt an die Spitze seines Schwanzes zu lecken. Valentina seufzt. Es muss klappen, aber sie hat so etwas noch nie versucht.

»Sir James«, befiehlt sie ihm auf Gedankenwege, »steh auf! Steh doch auf!« Sir James kümmert sich nicht um den Befehl, er leckt seine Vorderpfoten und fängt an seinen Kopf zu reinigen. So klappt es nie.

»Katzen gehorchen Befehlen nur selten«, erinnert sich Valentina. Vielleicht versteht er sie einfach nicht.

Trotz ihrer außergewöhnlichen Beziehung ist und bleibt er doch nur ein Kater.

Anscheinend versteht er die Gedanken von Menschen nicht. Valentina muss es anders anfassen. Aber wie? Wie kann man ein Tier dazu bewegen, das zu tun, was man will?

Essen! Valentina beginnt an Essen zu denken. Leckere Stücke rohen Fisch, ein großes Stück gebratene Wurst, eine Schale frischer Milch. Ganz intensiv denkt sie daran. Sir James hört auf mit seiner Toilette und stellt sich gerade hin. »Essen«, denkt Valentina, »auf meinem Schreibtisch gibt es was zu essen!« Sie stellt sich Essen vor, im Buch, das dort oben liegt und über dem sie gestern Abend noch lange gesessen hat.

Sir James springt vom Bett und läuft zum Schreibtisch. Mit

einem Satz ist er auf dem Stuhl und setzt seine Vorderpfoten auf das Buch. Valentina denkt weiter an Essen und schaut inzwischen durch die Augen von Sir James. Das Lesen ist etwas schwierig, Sir James sieht die Buchstaben nur verschwommen, aber es reicht, um hier und da etwas lesen zu können. Sie fühlt den Hunger in Sir James, er leckt an dem Buch, die Buchstaben kommen ganz dicht vor Valentinas Augen, sodass sie sie nicht mehr entziffern kann. Sir James schnuppert überrascht. Hier ist keine Milch, kein Fleisch. Er springt vom Tisch, aus dem Fenster und über den Baum nach unten auf die Erde.

Valentina blinzelt mit den Augen. Es war immerhin einen Versuch wert. Jetzt kann sie zumindest drei Fragen beantworten. Sie greift nach ihrem Stift und . . . da wird ihr das Blatt unter den Fingern weggerissen. »Die Zeit ist um, Valentina«, sagt die Lehrerin, »alle Blätter abgeben!«

»Aber ich wollte gerade etwas schreiben!«

Die Lehrerin lächelt.

»Eigentlich dachte ich, du schläfst tief und fest mit geschlossenen Augen, Valentina. Aber natürlich hast du nur nachgedacht. Das nächste Mal denke ein bisschen schneller!«

»So ein Pech«, sagt Anton.

Valentina wirft ihm einen bösen Blick zu. »Du hättest mir helfen können. Du hast doch alles gewusst!«

Anton zuckt mit den Achseln. »Du kennst die Lehrerin. Die hat Ohren wie eine Fledermaus!«

»Das kann man wohl sagen«, meint Vickie, »die hört sogar Mäuse im Keller, während sie unterrichtet!«

»Du machst Witze!«, sagt Freddie.

»Nein, wirklich!«, erzählt Vickie. »Nach dem Unterricht hab ich gehört, wie sie im Zimmer des Rektors herumgetobt hat. Sie sagte, dass er etwas unternehmen müsse, denn sie hätte Mäuse oder Ratten im Keller gehört. Wirklich wahr!«

»Na, das soll unser Problem nicht sein«, sagt Anton. »Sollen wir jetzt ins Heimatmuseum gehen? Vielleicht entdecken wir dort tatsächlich etwas Neues.«

Vickie schaut ihn etwas niedergeschlagen an. »Ich kann nicht. Ich muss sofort nach Hause. Wir bekommen Besuch!«

»Ich bringe dich noch zum Bus«, sagt Freddie.

»Ich ruf euch später an!«

»Ich bringe dich noch zum Bus . . .« Anton macht Freddie nach. »Dabei ist es für ihn ein ganz schöner Umweg, denn er wohnt auf der anderen Seite. Und das mit dem Museum war doch seine Idee! Was ist los mit ihm? Er ist doch sonst nicht so hilfsbereit und aufmerksam.«

»Lass ihn nur«, sagt Valentina. »Dann gehen wir beide eben ins Museum. Zu zweit ist immer noch besser als alleine.«

Das Heimatmuseum hat einen langen Namen: Greyshuysener Museum für Heimatkunde, Archäologie und Brauchtum. Es ist in einem kleinen Gebäude untergebracht, das von außen ein wenig heruntergekommen aussieht. Der Eintritt ist frei und es gibt nur drei kleine Säle. Anton und Valentina wissen nicht so recht, wo sie anfangen sollen. An den Wänden hängen große alte Bilder, in der Mitte stehen Vitrinen mit alten Büchern und Fundstücken. Zwischen den Bildern an den Wänden hängen alte Gerätschaften.

Anton steht vor einer der Vitrinen.

»Sieh mal, ein Druidenmesser«, sagt er, »das ist mehr als tausend Jahre alt. Es ist aus geschliffenem Stein. Und das da sind Töpfe aus der Zeit des schwarzen Todes. Und dieses Joch . . .«

Valentina interessiert sich mehr für die Bilder. Es sind Bleistiftzeichnungen und Drucke, die zeigen, wie Greyshuysen früher aussah und wie es sich die Jahrhunderte hindurch verändert hat. Sie kaufen ein kleines Buch mit Abbildungen und Erklärungen zu den Bildern. Mit dem Buch in der Hand finden sie schließlich das Haus des alten Greys. »Na ja, als Edelmann scheint er nicht besonders bedeutend gewesen zu sein«, sagt Anton. »Seine Burg ist auf jeden Fall etwas mickrig. Sie hat nur zwei kleine Türme und es gibt nicht mal eine Zugbrücke.«

»Hier steht, dass die Burg zu einer Ruine verfiel und abgerissen wurde. Und hier . . . das ist das Dorf. Schau, dort liegt der Wald und hier verläuft der Fluss. Dann muss hier der ›alte Begräbnisplatz‹ sein, links unterhalb des Dorfes. Der alte Friedhof ist also immer noch da.«

»Aber wenn hier der Friedhof ist und dort der Wald, dann schau mal, wo die Burg von Greys gestanden haben muss. Am Rand des Waldes, ganz nah am Fluss!«, sagt Valentina. »Das ist dort, wo jetzt . . .«

»Wo jetzt das Haus des Advokaten steht«, ergänzt Anton. »Lass mich mal weiterlesen. Steht da nichts über Ebbelbuez Greys? Das müsste doch eigentlich. Ja, in Saal drei. Komm, Val, lass uns da nachsehen. He! Was ist los?«

Valentina schüttelt den Kopf. »Mir wurde gerade so schwindelig«, sagt sie. »Ist schon vorbei. Aber ich friere so!«

»Dir ist kalt? Aber ich schwitze eher, so warm und stickig, wie es hier ist. Wirst du etwa krank?«

»Nein«, sagt Valentina. Sie folgt Anton. Dann streckt sie ihre Hand aus. »Fühl mal!«

»Deine Hand ist eiskalt! Wie kann das sein?«

»Saal drei. Je näher wir kommen, desto kälter wird mir!«

»Du fühlst etwas«, sagt Anton. »Vielleicht sollte ich besser alleine nachsehen. Bleib du hier sitzen!«

Valentina beißt sich auf die Unterlippe, um zu vermeiden, dass ihre Zähne klappern. »Nein! Wenn Greys mich frieren lässt, dann will er mich aus dem Saal fern halten. Weil sich dort etwas befindet, was uns helfen, was uns auf eine Spur bringen kann. Und das würdest du nicht erkennen, Anton. Komm mit!«

Sie betreten den Saal.

Valentina bleibt stehen

»Da«, flüstert sie, »da steht die . . .«

»Wo, was?«

»Die Uhr, die große Standuhr in der Ecke!«

Anton sieht sie überrascht an. »Welche Uhr in welcher Ecke?« Valentina zeigt mit ihrem Finger.

»Valentina, ich weiß nicht, was du zu sehen glaubst, aber da steht nichts in der Ecke. Schau nur. Ich stelle mich da hin. Siehst du?«

»Jetzt stehst du in der Uhr. Komm raus aus der Ecke, es sieht verrückt aus.«

Anton gehorcht. »Du siehst die Uhr also immer noch?«

»Ja, ich sehe sie so deutlich wie dich. Gerade sah ich dich in der Uhr, wie zwei Bilder, die zusammengeschmolzen sind. Es ist die Spukuhr aus meinen Träumen, das weiß ich sicher. Aber wieso kann ich sie sehen, wenn du sie nicht siehst?«

Anton blättert in seinem Buch. »Warte! Hier! Beschreib mir mal die Uhr, Valentina.«

»Sie ist fast zwei Meter hoch und aus dunkelbraunem Holz. Sie steht auf vier Füßen, die die Form von Klauen haben. Die Oberseite ist ein kleines Dach mit Nägeln aus Kupfer. Das Zifferblatt ist aus Metall, es stehen römische Ziffern drauf. Die Zeiger sind schwarz und mit vielen Schnörkeln verziert. Der untere Teil ist offen. Dort hängen Gewichte aus Kupfer oder Blei und ein großes, flaches, rundes Pendel mit seltsamen Zeichen. Das Pendel bewegt sich hin und her.«

»Sieh mal!« Anton zeigt ihr das Buch. »Siehst du die Zeichnung? Du hast genau die Uhr beschrieben, die in dem Buch steht.« Er liest die Erläuterung vor: »Zeichnung: Die Uhr, die im Haus des Hexenmeisters Ebbelbuez Greys gestanden haben soll. Das Pendel ist verziert mit alchimistischen Symbolen, die in der schwarzen Magie gebraucht wurden. Die Schnörkel aus Schmiedeeisen auf den Zeigern formen auf jedem Zeiger drei Sechsen!« Anton schaut Valentina an. »Drei mal die Sechs . . . 666! Nach der Legende schlug die Uhr von Greys um Mitternacht nicht zwölf-, sondern dreizehnmal. Zwischen zwölf und eins läutete diese Teufelsuhr damit die dreizehnte Stunde der schwarzen Kunst ein.«

»Ich habe sie gehört«, flüstert Valentina. »Immer wieder ruft sie mich. Wie kann sie nach so langer Zeit noch so viel Macht besitzen?«

»Aber die Uhr gibt es nicht mehr«, sagt Anton. »Hör zu:

›Es muss eine höchst ungewöhnliche Uhr gewesen sein, da derartige Standuhren eigentlich erst Jahrhunderte später in Gebrauch kamen. Nach der Hinrichtung von Ebbelbuez Greys soll dieses Meisterwerk der Uhrmacherkunst öffentlich verbrannt worden sein, zusammen mit dem fast vollständigen Mobiliar von Greys. Nur einzelne Kupferstiche und weitere Kleinigkeiten blieben erhalten, weil einige Dorfbewohner einige Stücke gestohlen hatten, um sie später zu verkaufen. Von dem berüchtigten nekromantischen Grimorium von Clavius wurden in Privatsammlungen eine Anzahl Blätter wieder gefunden – siehe Nr. 33. Aber man vermutet, dass der größte Teil des Grimoriums in den Besitz des Hexenrings gelangt ist, der Greys verurteilt hat. Wahrscheinlich gehören sie jetzt zu den Zauberbüchern eines noch bestehenden Hexenrings.‹«

Valentina geht zur Uhr und streckt ihre Hand aus. Sie klopft auf das Holz, dann auf das Pendel. Es fühlt sich alles so echt an.

»Ich höre was«, sagt Anton. »Ich sehe, wie du in der Luft auf etwas schlägst, und ich höre ein Klopfen auf Holz und danach auf Metall.«

»Für mich ist die Uhr wirklich da«, sagt Valentina. Dann springt sie erschrocken rückwärts und ergreift Antons Arm. »Das, das Ding hat nach mir gespuckt!«

»Was sagst du?«

»Plötzlich öffnete sich das Pendel und es kam eine schwarze Zunge heraus, die nach mir gespuckt hat!«

»Kein Wunder, dass du gefroren hast«, sagt Anton und blättert weiter in dem Büchlein. »Weißt du, wo wir jetzt sind? Ich sehe es gerade auf der alten Karte. Ebbelbuez Greys blieb nach dem Tod seines Vaters nicht in der alten Burg wohnen, er ließ sich im Dorf nieder. Nach seinem Tod wurde sein Haus in Brand gesteckt. Hier, die Lage ist klar. Man braucht nur zu gucken, wo der alte Friedhof und der Fluss sind. Das Heimatmuseum steht genau da, wo einmal das Haus von Greys stand. Wir stehen buchstäblich im Wohnzimmer von Ebbelbuez Greys!«

Valentina blickt misstrauisch auf die Uhr, die nur sie sieht. Das Pendel geht ruhig hin und her, die schwarze Zunge hat sich zurückgezogen. Aber dennoch scheint es, als grinse das Ding sie an.

»Deshalb ist seine Macht hier so stark«, sagt Valentina. »Von hier aus ruft er mich. Aber er kann sich doch nicht von hier aus wieder zusammensetzen!«

»Es geht um mehr«, sagt Anton und zieht Valentina mit zu einer Skizze an einer Wand. »Guck mal nach Nr. 37!«

Valentina sieht eine grobe Zeichnung eines Mannes, mit vielen darüber gezogenen Linien und römischen Ziffern. »Ich verstehe nicht, was das bedeuten soll!«, sagt sie.

»Die Hinrichtung von Greys«, sagt Anton. »Die Linien zeigen, in welche Teile er zerstückelt wurde. Sieh nur. I: der Kopf; II und III: die Augen; IV und V: die Hände; VI und VII: die Arme; VIII und IX: die Beine; X: der Rumpf; XI: die Zunge; XII: der Krug daneben, das ist das Blut. Und XIII: das Herz.«

»Bäh, wie eklig«, sagt Valentina.

Anton nickt. »Gut, Nr. 42 ist eine Kopie des Urteils, wie es vom Hexenring abgefasst wurde. Nr. 33: Das sind die Seiten aus dem Grimorium von Clavius. Nicht viel drauf zu sehen und wir können es ja auch nicht lesen. Was gibt es noch? Da, ein Tintenfass und eine Gänsefeder, die von Greys benutzt wurden. Ein Siegelring. Eine verzierte Dose aus Metall. Ring und Dose zeigen Brandspuren und wurden wahrscheinlich aus der Asche geholt, nachdem sein Hausrat verbrannt wurde.«

»Die Dose! Etwas ist mit dieser Dose!« Valentina geht näher an die Vitrine heran.

»Es ist nur ein hässliches Stück«, sagt Anton, »teilweise durch die Hitze eingeschmolzen. Man kann sogar die Verzierungen, mit denen sie geschmückt war, nicht mehr erkennen.«

»Es ist, als ob mich das Ding anguckt«, sagt Valentina. »Lass uns gehen! Ich habe genug gesehen!«

Am Abend bringt Oma einige seltsame Zeichen auf dem Boden rund um Valentinas Bett an. »Auch die sollen helfen«, sagt sie.

Valentina kann nicht einschlafen. Immer wieder sieht sie die Uhr vor sich, die Uhr, die ihr die Zunge herausstreckt. Langsam hat sie genug von Ebbelbuez Greys und seinen bösen Scherzen. Jetzt kann sie nicht einschlafen, so als müsse sie warten, bis die Glocke anfängt zu schlagen.

Wieder denkt sie an die drei Sechsen auf der Uhr. Vielleicht hätte sie Oma doch davon erzählen sollen. Aber Oma erzählt ja auch nichts.

Ab und zu wirft Valentina einen Blick auf ihre eigene Uhr. Es wird später und später. Sie gähnt.

Sie döst ein, ohne dass sie es merkt. Sie träumt. »He«, denkt sie plötzlich, »ich träume!« In ihrem Traum verlässt sie ihr Bett. Sie sieht ihre Fußschritte, aber sie hört sie nicht. Dieser

Traum ist lustig. Valentina geht nach unten, die Treppe abwärts und spaziert durch die Tür nach draußen. Wie komisch. Draußen ist es bestimmt kalt, denn sie sieht ihre Atemluft als weiße Wölkchen, aber sie fühlt nichts. Sir James wartet auf sie. Sie geht mit Sir James durch die Straßen. In den Häusern brennt kein Licht, es fährt kein einziges Auto vorbei, nirgendwo ist ein Geräusch. Greyshuysen ist völlig ausgestorben. Es ist dunkel. Was ist bloß mit den Straßenlaternen?

Laternen? Valentina schaut genauer hin, aber es ist so dunkel, dass sie sie nicht deutlich erkennen kann. Flackern dort elektrische Lampen? Sie ähneln eher altertümlichen Gaslaternen, wie in einem alten Film. Die Häuser sehen auch nicht modern aus. Valentina kann sich an diese Straße überhaupt nicht erinnern. Und einen Bäckerladen gab es hier doch auch nicht und bestimmt nicht einen, der »Brendall Gebäck und Brodt – Mitglied der Bäckerzunft« heißt. Es ist schon verrückt, in einem Schlafanzug durch die Straßen zu laufen. Aber auch lustig.

Ein Polizist kommt ihr entgegen, sie macht eine Verbeugung, aber er scheint sie nicht zu bemerken und schaut geradewegs durch sie hindurch. Er läuft einfach weiter, ein großer Mann in einer dunkelblauen Uniform mit zwei Reihen weißer Metallknöpfe, der einen großen Knüppel hin und her schwingt. Valentina dreht sich um und sieht ihm nach. Was hat er für einen seltsamen Helm auf, ganz anders als die Polizisten, die sie kennt!

Und das Licht der Laternen wird schwächer, ist das Gas zu Ende?

Nein, jetzt sind es keine Gaslaternen mehr, sondern

Fackeln, die in Halterungen aus Metall in den Wänden sitzen. Und es sind nur ganz wenige. Valentina geht weiter und Sir James bleibt ihr auf den Fersen. »Begreifst du das, Sir James?«, fragt Valentina. Sir James schüttelt den Kopf. Sein dünner, langer und haarloser Schwanz schleift über den Boden, seine Nägel machen tickende Geräusche auf den Pflastersteinen, die unregelmäßig gelegt sind.

Valentina biegt um die Ecke und geht an der Schule vorbei. Die Schule? Nein, das kann nicht sein, die ist doch noch ein ganzes Stück weiter weg. »Aber«, denkt Valentina, »im Traum sind Entfernungen natürlich ganz anders.« Auch die Schule ist anders. Der grell bemalte Zaun ist weg. Stattdessen sieht man einen hässlichen schwarzen Zaun aus Eisen mit scharfen Spitzen. Die Schule ist ein niedriges, armseliges Gebäude mit nur einem Stockwerk. Die Fenster sind klein und davor hängen sogar Gitter, man stelle sich das vor!

Valentina findet es gar nicht mehr lustig. »Aber sobald ich will, kann ich wach werden«, denkt sie. »Ich will wissen, wohin ich in diesem Traum gehe. Und Sir James ist bei mir, um mich zu beschützen.« Sir James läuft mit zu Boden geneigtem Kopf. »Was hat er für eine lange Schnauze bekommen?« Dann steht sie plötzlich vor der verschlossenen Tür des Heimatmuseums. »Oh«, denkt sie, »wollte ich wirklich davon träumen? Na ja, mir soll's recht sein, schließlich ist es mein Traum.«

Sie streckt ihre Hand aus und drückt gegen die Tür. Sie öffnet sich, oder besser gesagt, sie schwingt auf, obwohl sie doch geschlossen bleibt. Valentina zögert. »Kann man in seinem eigenen Traum Angst haben?«, fragt sie sich laut. He, der Traum ändert sich, sie kann jetzt hören. Und sie kann tatsächlich in ihrem eigenen Traum Angst bekommen!

Valentina geht einen Schritt nach innen. PLATSCH macht ihr bloßer Fuß auf den kalten Steinen. Kalte Steine, jetzt fühlt sie sie ganz deutlich. In der Ecke strahlt die teuflische Uhr purpurfarbenes Licht aus, wie eine bösartige Sonne. Das Pendel schlägt wild hin und her und verteilt das Licht nach allen Seiten.

»Komm zu mir«, sagt das Pendel, »steck deine Hand hier herein, ganz kurz nur.« In der Mitte des Pendels erscheint eine dünne, lippenlose Spalte und die dünne schwarze Zunge kräuselt heraus. »Du hast doch keine Angst, Valentina? Ich hatte nicht erwartet, dass Hexibell eine Hosenscheißerin ist. Haha! Valentina ist ein Angsthase, sie traut sich nicht, sie traut sich nicht!«

»Ich hab keine Angst!«, sagt Valentina. »In meinem Traum mache ich, was ich will!«

Die Zunge leckt über das Pendel, sodass es noch stärker glänzt. »Oh. Es ist dein Traum und da dürfen wir uns nicht einmischen.« Aber trotzdem traut sich Valentina nicht ...

Valentina geht kurzerhand auf die Uhr zu. »Ich wage alles«, sagt sie und steckt beide Hände in die Uhr. Sogleich schlängelt sich die Zunge um ihre Handgelenke, klebrig und fies. »Da hab ich dich, da hab ich dich!«, hört sie. Das Pendel zersplittert in zwei Teile, dahinter befindet sich ein qualmendes Loch voll roter Glut. Daraus kommt die Zunge, aus einer enormen Tiefe. Die Zunge ist wie ein dicker, fleischiger Wurm, es wachsen sogar dünne Härchen auf ihr.

»O ja, meine Valentina«, zischt die schleimige Stimme wieder in ihr Ohr. »Ich bin Wurm, der Eroberer, der Wurm, der schließlich alles Leben auffrisst, der Wurm, der sich in den Särgen einnistet und sich von Leichen ernährt. Ich, die Schlange, die ewige Schlange des Gartens Eden, das Böse selbst. Weißt du, Valentina, ich bin eigentlich alles, was du willst, das ich bin. Ich kann alles sein, was du willst!« Die Zunge leckt kurz über ihre Hände. »Ich kann lieb sein, wenn du es willst. Aber unsere Romanze ist von kurzer Dauer. Du bist das Gebrüt einer Generation von weißen Hexen und damit will ich nichts zu tun haben. Also . . .«

Die beiden Hälften des Pendels verändern sich, werden zu zwei Äxten, beide mit ihren scharfen Seiten nach innen gerichtet, auf Valentinas Hände.

»Adieu, Valentina«, zischt die Stimme des Bösen.

Die beiden Äxte fallen aufeinander zu . . .

9. RATTEN BEISSEN

Valentina schreit. Sie versucht ihre Hände loszuziehen. Die Äxte fallen, weißer Stahl blitzt auf in blauem Teufelslicht. Und dann ein knirschendes, scheuerndes Geräusch. Metall, das kreischt, das bricht.

Die beiden Äxte sitzen fest am eisernen Armband, das Valentina von Oma bekommen hat. Sie fallen in Stücke auseinander. Valentina zieht rasch ihre Hände zurück.

»Ich will aufwachen!«, schreit sie. Sie schlägt ihre Fingernägel fest in ihre Arme und kneift, es tut weh, aber sie wird nicht wach.

»Nein, nein, dies ist kein Traum, meine Valentina«, zischt die bösartige Stimme.

»Aber du bekommst mich nicht zu fassen, Schuft!«, zischt Valentina zurück. »Ich träume nicht, aber ich bin auch nicht wach«, denkt sie. »Wo mag ich sein? Irgendwo zwischen Traum und Wirklichkeit. Greys steckt dahinter, er hat mich gerufen, herbeigelockt, aber ich bin immer noch ich selbst und habe ihm gerade wieder eine Niederlage beigebracht!«

»Nein, du hast Glück gehabt, kleine werdende Hexe!«, zischt die Stimme. Valentina weiß jetzt, dass sie Greys gehört. Sie weicht ein paar Schritte zurück. »Ich muss logisch denken. Kein Traum, keine Wirklichkeit, sondern eine Zwischenzone.

Schlimmer noch: dies ist Kampfgebiet, Greys gegen mich. Und ich bin dabei zu gewinnen, dank Omas Armband. Also, warum hat er mich hergelockt? Nicht um mir die Hände abzuhacken. Es muss einen besonderen Grund geben!« Dann weiß sie es. Es ist etwas, das ihr Interesse geweckt hat, als sie das erste Mal zusammen mit Anton hier war. Die kupferne Dose, die durch das Feuer zusammengeschmolzen war.

Sie geht zur Vitrine und begreift plötzlich, dass sie auf der richtigen Spur ist. Die Zunge kräuselt hinter ihr her und versucht sie zu packen. »Bleib da weg!«, zischt die Stimme von Greys.

Valentina streckt ihre Hand durch das Glas der Vitrine; sie spürt das Glas nicht, nimmt einfach die Dose hoch. Sie weiß nicht, was an dieser Dose so wichtig ist, aber sie muss sie haben. Sie dreht sich rasch um und rennt davon!

An der Eingangstür des Museums sitzt Sir James. Aber es ist ein anderer Sir James. Er ist größer als eine Katze, mit struppigen grauen Haaren und einer schmalen Schnauze voller großer Zähne. Der kahle Schwanz geht auf den Steinen baumelnd hin und her.

»Rutsch mir den Buckel runter«, ruft ihm Valentina zu, »ich gebe dir die Dose nicht!« Sie schließt beide Hände um die Dose.

Das Rattenwesen stellt sich auf die Hinterbeine und zeigt die Zähne.

DONG. Ein einzelner Schlag. Es ist ein Uhr.

Das Rattenwesen kriecht zurück, es wird schemenhaft. Valentina kann das Skelett des Ungeheuers durch das Fleisch hindurch sehen.

»Ich will zurück«, sagt Valentina, »ich will wach werden!«

Sie öffnet die Augen. Das frühe Morgenlicht fällt durch die Gardinen. Valentina liegt auf dem Rücken, die Bettdecke unter sich. In ihren Händen hält sie die kupferne Dose. Der Deckel ist offen und die Dose blickt Valentina an.

Mit zwei großen Augen, die in ihr liegen.

Valentina erstickt einen Schrei und klappt den Deckel zu. Das Herz klopft ihr bis zum Hals, für einen Moment glaubt sie, sich übergeben zu müssen. Sie schluckt ein paarmal und das miese Gefühl geht weg. Aber am Frühstückstisch kann sie keinen Bissen herunterbekommen. Die Dose steckt in ihrer Schultasche.

Anton sitzt hinten im Bus. Sie haben keine Gelegenheit miteinander zu reden. Am Schultor wartet Freddie auf sie. Erleichtert sieht Valentina, dass die Schule wieder die alte ist, nicht das ekelhafte Gebäude aus ihrem Traum – wenn es denn ein Traum war –, das eher einem Gefängnis glich.

Freddie winkt überschwänglich. »Habt ihr schon Radio gehört?«

»Was gehört?«, fragt Valentina. »Ich hab andere Sorgen als den Wetterbericht.«

»Wetterbericht, ach was, du Dussel«, sagt Freddie. »Morgens bringt GH EINS immer Heavymetal!«

»Bäh, diese steindoofe Ätzmusik«, sagt Vickie, die gerade ankommt, »wer hört sich denn so was an?«

Freddie lässt sich nicht beeindrucken.

»Und zwischendurch bringen sie einige Kurznachrichten. Heute Nacht ist im Heimatmuseum eingebrochen worden. Niemand weiß, wie das möglich war, denn die Tür war abgeschlossen und ist nicht aufgebrochen worden. Nur in einem Zimmer wurde ein Fenster zerbrochen. Na, ich hab

Anton angerufen und der hat mir gesagt, dass ihr gestern noch da wart!«

»Und du rätst nicht, was gestohlen wurde!«, sagt Anton vergnügt lächelnd.

»O doch«, antwortet Valentina müde. »Das hier!« Sie zeigt die kupferne Dose.

Freddie und Anton schauen sich überrascht an. »Hast du sie geklaut?«, fragt Freddie.

»Nein, natürlich nicht«, sagt Valentina und berichtet von ihrem Traum. Sie erzählt auch, wie sich bei ihrer Wanderung im Traum die Stadt veränderte. Andere Lichter, andere Gebäude, alles war viel älter.

»Retrogression«, sagt Anton, »das ist es. Greys hat Macht über dich bekommen und dich in das Museum gelockt. Je näher du den Gegenständen gekommen bist, die einmal ihm gehörten, desto stärker wurde seine Macht und ließ dich die Stadt so sehen, wie sie früher gewesen sein muss. Er hat versucht dich in seine eigene Zeit zu holen.«

»Aber bin ich dort gewesen oder nicht?«

»Das wird ja wahnsinnig kompliziert!«, sagt Freddie.

»Wann ist ein Traum kein Traum?«

»Wenn er beides ist«, sagt Anton. »Valentina, deine Macht wird immer stärker, je näher dein Geburtstag rückt. In deinem Traum hat sich dein Geist von deinem Körper gelöst und sich durch die Stadt und durch die Zeit bewegt. Und inzwischen lag dein Körper in aller Seelenruhe schlafend im Bett.«

»Ach ja?«, sagt Valentina. »Dann erzähl mir mal, warum ich so viele Kratzer an meinen Fußsohlen habe! Und wie komme ich an die Dose?«

»Das wird interessant«, sagt Vickie. »Meinst du, dass jemand in seinem Traum Dinge tun kann, die dann auch wirklich passieren?«

»In diesem Fall schon«, sagt Anton, »das ist eine Art astraler Projektion.«

»Oh, wieder so ein Fachausdruck«, seufzt Freddie.

Aber Anton ist nicht mehr zu bremsen. »Der Polizist, dem du begegnet bist, hat dich nicht gesehen, denn eigentlich warst du ja auch gar nicht da. Aber um die Dose ergreifen zu können, musste dein Geist etwas Körperliches tun können. Du musstest das Glas zerbrechen können, um die Dose zu packen. Weil dein Geist etwas Physisches getan hat, bekam dein Körper auch ein paar Nebenwirkungen ab.«

»Aber ich erinnere mich nicht daran, dass ich mit der Dose nach Hause zurückgerannt bin, nachdem sich Sir James in die Ratte verwandelt hatte.«

»Du bist auch nicht zurückgerannt und es war auch nicht Sir James. Der Sir James, den du gesehen hast, war eine Illusion, hervorgerufen durch Greys, um dich zu beruhigen. Aber wir wissen jetzt, dass seine größte Macht zwischen zwölf und eins liegt, seiner eigenen Stunde.«

»Natürlich, die Uhr schlug eins und dann verwandelte sich das Biest. Ich wollte wach werden und . . .«

»Und du warst wieder im Bett, in deinem eigenen Körper, mit der Dose«, sagt Anton. »Ich glaube, wenn dein Geist aus deinem Körper steigt, bleibt er mit diesem wie mit einem starken Gummiband verbunden. Das wird gespannt. Als du den Traum beenden wolltest, zog das Band dich zurück, blitzschnell!«

»Ich finde das unheimlich«, sagt Vickie. »Was passiert, wenn so ein Gummiband reißt?«

»Ja, was wäre passiert, wenn das Band gerissen wäre?«

»Darüber denke lieber nicht nach«, sagt Anton. »Dann würde dein Geist wahrscheinlich durch die Gegend irren und seinen Körper suchen. Und dein Körper läge im Koma, scheintot.«

»Aber warum musste ich unbedingt die Kupferdose haben?«, fragt Valentina. »Das verstehe ich nicht. Warum wollte er, dass ich die Dose bekomme? Mit allem, was drin ist!«

»Aber Anton sagte doch, die Dose war zugeschmolzen?«, sagt Freddie. »Wie kannst du dann wissen ...«

»Ich konnte sie öffnen!« Valentina überlegt. »Hier, schaut mal kurz!« Sie öffnet die Dose.

Die anderen drängen sich um sie und blicken hinein. Dann weichen sie schleunigst zurück. Vickie wird kreidebleich um die Nase herum.

»Klapp sie schnell wieder zu«, sagt Anton.

Freddie schüttelt den Kopf. »Nicht zu glauben«, sagt er, »das sind ja seine Augen!«

»Wie ist es möglich, dass sie scheinbar noch okay sind?«, fragt Anton ganz pragmatisch. »Ich meine, jeder weiß, dass bei einer Leiche die Augen nach wenigen Tagen verrotten ...«

»Hör auf!«, sagt Vickie. »Ich möchte so etwas nicht hören!«

»Aber Anton hat Recht«, sagt Freddie. »Und wieso wollte Greys so gerne, dass du die Augen bekommst, und führte dich sogar selbst zu ihnen?«

»Saal drei steckt voll mit Greys' alter Zauberkraft«, sagt Valentina. »Ich glaube, dass sogar diese Dose und seine Augen voller Magie sind. Ich habe seine Hände und seinen Kopf gesehen. Sie sind alt und dürr, aber nicht verwest, wie man es nach hunderten von Jahren erwarten sollte. Seine böse Macht konserviert sie.«

»Ich gehe davon aus, dass er überhaupt nicht wollte, dass du seine Augen bekommst«, meint Anton. »Du hast doch erzählt, dass dieses Rattenbiest dich anfallen wollte, gerade als es ein Uhr schlug? Ich vermute, Greys selbst war nicht stark genug die Augen zu ergreifen und deshalb brauchte er dich. In dem Moment, als du sie hattest, versuchte er sie dir abzujagen, aber er hatte sich mit der Zeit verrechnet. Als es ein Uhr schlug, war es mit seiner Macht vorbei!«

In der Pause muss Freddie zur Toilette. Alle sind schon wieder in der Klasse, als er fertig ist. Er hetzt über die Flure zur Klasse und kommt an der Tür vorbei, die in den Keller führt. Hinter der Tür hört er ein seltsames Geräusch. Er bleibt stehen und lauscht. Es hört sich wie Geraschel auf der Treppe an.

Er erinnert sich an das, was Vickie erzählt hat. Die Lehrerin hatte beim Schulleiter protestiert, weil sie Geräusche von Mäusen im Keller gehört hatte. »Moment, das wäre eine Idee«, sagt Freddie zu sich. Er könnte eine lebende Maus fangen und sie vor den Füßen der Lehrerin loslassen.

Vorsichtig öffnet Freddie die Tür und lugt hinein. Stockdunkel. Er schaltet das Licht an.

Nichts zu sehen, aber die scharrenden Geräusche werden stärker. »Okay, Mäuse! Hier kommt Freddie!« Er geht die Treppe hinab und wickelt sich ein Taschentuch um die rechte Hand. Er will die Maus an ihrem Schwanz packen. Dabei muss man vorsichtig sein. Eine Maus windet sich herum wie eine Schlange und beißt sich dann mit ihren Nagezähnen im

Finger fest. Das tut nicht nur teuflisch weh, man kann sich dabei auch eine Blutvergiftung zuziehen.

Treppab, Stufe für Stufe, und dann um die Ecke zu den Kellerräumen, in denen die großen Heizungskessel und die Reinigungsmittel für die Putzkolonne untergebracht sind.

Freddie bleibt stehen. Das Taschentuch fällt von seinen Fingern.

Keine Mäuse. Was er sieht, ist viel größer! Wohl zehn oder zwanzig, groß und dick und haarig. Als ob sie auf ihn gewartet hätten mit ihren schwarzen Augen und ihren langen rosa Schwänzen.

Zwei von ihnen sitzen auf ihren Hinterbeinen, wie Kuscheltiere. Aber niemand würde Monsterratten so groß wie Pudel in die Arme nehmen. Beide haben etwas in ihrer Schnauze. Es ist lang, dünn und krumm. Jetzt lassen sie sich auf ihre Vorderfüße sinken und kommen nach vorn. Sie stürmen nicht einfach los, es sieht eher so aus, als würden sie in Reih und Glied marschieren. Freddie weicht zurück, dreht sich um und rennt die Treppe hoch. Das ist das Zeichen für die Ratten! Sie treten in Aktion. Wie eine einzige große Bestie stürmen sie vorwärts, ein graues Meer aus Schwänzen, Klauen und Zähnen, das hinter Freddie die Treppe hochsteigt.

»Wo steckt Freddie?«, fragt Vickie. »Gleich verpasst er den Unterricht!«

Valentina stößt sie an. »Dann kannst du ihm Nachhilfe geben!«

Vickie wird rot im Gesicht.

»Ich glaube, dass ihm die Augen nicht gut bekommen sind«, grinst Anton. »Der tapfere Freddie hat Sch . . .«

Er schweigt, als ihm die Lehrerin einen scharfen Blick zuwirft. »Sagtest du etwas, Anton?« Verlegen schüttelt Anton den Kopf.

Vickie stößt ihn in die Seite. »Da zeigt sich, wer wirklich tapfer ist, was?«, flüstert sie.

»Wenn sich alle ausgesprochen haben, können wir dann mit dem Unterricht fortfahren?«, fragt die Lehrerin.

In diesem Moment stößt Freddie schreiend die Tür auf und springt in den Klassenraum. Er will die Tür schließen, aber es gelingt ihm nicht mehr. Eine wimmelnde und piepsende Masse strömt hinter ihm her.

Krallen scharren über den Boden. Die Klasse kreischt in Panik. Stühle und Schultornister fallen um. Die Lehrerin schreit, dann packt sie ein großes Lineal und schlägt nach einer Ratte, die an ihren Beinen hochspringen will. Die Ratte erhält einen kräftigen Hieb und rollt auf ihren Rücken, krabbelt aber sofort wieder hoch. Freddie packt einen Tornister und schleudert ihn wie ein Hammerwerfer um sich. Die Ratten breiten sich in der ganzen Klasse aus, sie springen und beißen nach allem.

Ein paar haben es auf Valentina abgesehen. Die erste schnappt nach ihren Füßen. Valentina versetzt ihr einen kräftigen Tritt gegen die Schnauze. Die Ratte macht ein beleidigtes piepsendes Geräusch und weicht einen Moment zurück. Valentina springt auf ihren Stuhl. Die Ratte beißt in ein Stuhlbein und rüttelt daran. »Ich muss sie von mir fern halten«, denkt Valentina, »aber wie?« Sie blinzelt mit ihren Augen und schaut kurz durch die Augen der Ratte zu sich selbst hoch und schmeckt das Bittere des stählernen Stuhlbeins in ihrer Schnauze. Valentina zieht sich sofort wieder

zurück. Noch nie hat sie solche ekligen, grausamen Gedanken gefühlt wie in diesem Rattenkopf.

Der Schulleiter und ein paar Lehrer rennen in die Klasse, sie haben das Geschrei gehört. Für einen Moment schauen sie fassungslos auf die Unordnung, dann fangen sie an nach den Ratten zu treten. Ein Lehrer greift nach einem Papierkorb und schleudert ihn auf die Ratten. Es entsteht ein fürchterliches Geschrei und Gepiepe, die Ratten beißen sich in den Tornistern und Linealen fest, mit denen nach ihnen geschlagen wird. Sie schnappen nach Händen und Füßen, haken sich an Hosenbeinen fest und versuchen hochzuklettern.

Und dann plötzlich, wie auf ein unhörbares Signal hin, stoppen sie den Angriff. Sie halten kurz inne und strömen dann unter Tische, Stühle und Beine hindurch aus der Klasse nach draußen. In wenigen Sekunden sind sie verschwunden. Niemand verfolgt sie, die Lehrpersonen haben alle Hände voll zu tun mit den weinenden Schülerinnen und Schülern. Drei sind in die Beine gebissen worden, eine davon ist Vickie. Sie sieht ganz bleich aus, als ob sie gleich in Ohnmacht fallen würde. Der Schulleiter rennt in sein Büro, um den Arzt anzurufen.

Auch die Polizei erscheint und nimmt ein Protokoll auf. Freddie erzählt, wie er die Geräusche im Keller gehört hat. »Die Tür war zu und ich dachte, da ist jemand eingeschlossen. Also machte ich die Tür auf und schon kamen sie alle nach draußen.«

»Seltsam, es brannte Licht im Keller«, sagt ein Polizist. »Das war ich«, sagt Freddie schnell. »Ich habe die Tür aufgemacht, das Licht an, und dann kamen sie alle hintereinander die Treppe hoch.«

»Glücklicherweise ist die Sache noch einigermaßen gut

ausgegangen«, sagt ein Polizist zum Schulleiter. »Nach den Beschreibungen müssen es Kaventsmänner von Ratten gewesen sein. Wir haben in den Heizungskellern, hinter den Brennöfen, zwei große Löcher in den Wänden entdeckt. Die Mauern waren aufgekratzt. Kann das etwas mit den Ratten zu tun haben?«

Der Schulleiter zuckt mit den Schultern. »Vielleicht wollten sie dort ihr Nest bauen«, sagt er. »Wir hatten uns bereits bei einer Firma erkundigt, ob sie die Vernichtung eventueller Mäuse oder Ratten im Keller übernehmen kann.«

»Ich habe schon ein paarmal von unten Geräusche gehört«, sagt Valentinas Lehrerin, »und ich habe den Schulleiter davon unterrichtet.«

»Das ist richtig. Ich habe damals zusammen mit dem Hausmeister nachgesehen«, beeilt sich der Schulleiter zu sagen, »aber es war nichts, überhaupt nichts. Es ist mir ein Rätsel, wie die Biester reingekommen sind, und so viele!«

Der Hausmeister kommt aus dem Keller. »Darauf habe ich eine Antwort«, sagt er. »Ich habe ein weiteres Loch gefunden, ein richtiges Rohr. Und es stinkt abscheulich. Die Abflussrohre zur Kanalisation verlaufen unter dem Keller. In einer Ecke habe ich ein Loch entdeckt. Wahrscheinlich haben sich die Ratten durch die Kanalisation einen Weg gebahnt, um Nahrung und Wärme zu finden. Wirklich seltsam für Ratten. Selbst wenn sie noch so großen Hunger haben, fallen sie keinen Menschen an. Das Verrückte ist, dass sie das Loch versteckt haben, unter alten Lumpen, sodass wir es nicht gleich sehen konnten.«

Freddie nimmt Valentina und Anton kurz zur Seite. »Ich hab

nicht alles erzählt«, sagt er. »Jeder denkt, dass die Ratten einen Weg nach innen gegraben haben, um etwas zu fressen zu finden. Das glaube ich nicht. Ich glaube, dass sie gekommen sind, um etwas aus dem Keller zu holen.«

»Versteh ich nicht«, sagt Anton. »Was wollten sie denn hier holen?«

»Als ich nach unten kam, waren sie wahrscheinlich gerade fertig«, sagt Anton. »Die Polizei sagt, man habe zwei Löcher in den Wänden gefunden. Sie glauben, dass die Ratten dort Nester bauen wollten. Ich bin gerade mit nach unten gegangen, um zu zeigen, wo ich die Ratten gesehen habe. In Wirklichkeit wollte ich die Löcher sehen. Es waren zwei viereckige Löcher, verborgen hinter der Mauer. Die Ratten haben die Löcher nur geöffnet, um etwas herauszuholen. Zwei Sachen. Sie hatten sie in der Schnauze, als ich sie entdeckte. Ich dachte zuerst, dass es zwei krumme Stöcke waren mit Lumpen drum herum.«

»Aber wo sind sie jetzt?«, fragt Valentina.

»Die Ratten haben sie mitgenommen«, sagt Freddie. »Sie sind mir alle in die Klasse gefolgt, bis auf die beiden vordersten. Die sind mit ihrer Beute geflüchtet.«

»Aber was für eine Beute war es denn?«

»Könnt ihr euch das nicht denken?«, fragt Freddie.

»Greys, zwei krumme Sachen . . .«

»Seine Arme!«, ruft Valentina.

Freddie nickt. »Ja, das denke ich auch. Und beim Angriff auf die Klasse ging es nur darum, uns abzulenken. Die beiden sollten entkommen, um die Arme dorthin zu bringen, wohin er es wollte.«

»Das ist unlogisch«, sagt Anton. »Warum sollten sie uns

angreifen? Sie hätten doch besser alle miteinander fliehen können!«

»Vielleicht wollte Greys uns Angst einjagen«, sagt Freddie nachdenklich. »Zeigen, wie stark er ist. Vickie wurde schließlich gebissen und andere Schüler auch.«

Valentina rafft ihre Sachen zusammen, ihr Tornister ist umgefallen. Dann stößt sie einen empörten wütenden Schrei aus.

»Sie wollten uns keine Angst einjagen!«, sagt sie. »Sie wollten etwas ganz anderes. Seht nur. Die Dose, die Dose mit den Augen von Greys. Zwei Ratten hatten es besonders auf mich abgesehen. Während die eine mich anfiel, ist die andere in meinen Tornister gekrochen. Sie hat die Dose mitgehen lassen!«

An der Tür klopft es. Valentina und Freddie treten ein. Sie haben einen Strauß Blumen für Vickie mitgebracht. Vickie liegt im Bett. Sie hat eine Spritze bekommen, ihr Bein wurde desinfiziert und verbunden, aber es tut noch ziemlich weh.

»Du Glückliche, jetzt hast du ein paar Tage schulfrei«, sagt Freddie.

»Na, so glücklich fühle ich mich aber nicht«, sagt Vickie. »Ich bekomme immer noch eine Gänsehaut, wenn ich an die Ratten denke.«

»Es ist vorbei«, sagt Freddie. »Ich kann dir versichern, dass in der ganzen Schule keine einzige Ratte oder Maus mehr zu finden ist.«

»Freddie war wirklich sauer darüber, dass sie dich gebissen haben. Da hat er kurzerhand alle aufgefressen!«, sagt Valentina.

Vickie muss lachen.

»Kein Quatsch jetzt. Man hat keine einzige mehr gesehen«, erzählt Freddie. »Die Polizei glaubt, dass sie hinten längs der Schule zum Wald geflüchtet sind und von dort zum Fluss.«

»Wald und Fluss? Das sind die Stellen, wo . . .«

Vickie setzt sich gerade hin. Den Schmerz im Bein hat sie einfach vergessen.

»Ja, wir glauben auch, dass die Ratten von Greys gelenkt wurden«, sagt Freddie und erzählt Vickie die ganze Geschichte.

»Aber dann kann ich hier nicht krank liegen bleiben«, sagt Vickie. »Ich stehe auf! Ich muss euch helfen!«

»Du bleibst brav im Bett«, erklärt Valentina. »Wir kümmern uns schon drum. Dir muss es erst wieder besser gehen!«

»Und wo steckt Anton? Wieso ist er nicht bei euch? Konnte er nicht mitkommen?«

»Er ist dabei, einen Plan aufzustellen«, sagt Freddie. »Wir wissen jetzt, welche Teile von Greys aufgetaucht sind, und durch die Skizze im Museum wissen wir auch, was noch fehlt. Wir müssen die fehlenden Körperteile finden. Dann können wir verhindern, dass er sein Ziel erreicht und sich wieder vollständig zusammensetzt.«

»Aber wie kann Anton das schaffen?«

»Das erzählen wir dir später. Jetzt musst du dich erst ausruhen.«

Vickie seufzt. »Du hast Recht«, sagt sie, »ich bin müde und in meinem Kopf dreht sich alles.«

»Das kommt durch die Medikamente«, meint Valentina. »In ein paar Tagen bist du wieder ganz die Alte. Aber ich habe dir noch etwas mitgebracht.« Sie nimmt Vickies Hand und schiebt ein kleines Armband über ihr Handgelenk. »Das darfst du nicht ablegen!«, sagt sie.

Vickie sieht es sich an. Das Armband ähnelt dem von Valentina. Es sind ebenfalls seltsame Zeichen eingeritzt, ist aber schmaler.

»Danke! Woher stammt es?«

»Du brauchst mir nicht zu danken. Wenn es dir wieder besser geht, muss ich es zurückhaben«, sagt Valentina. »Oma hat es mir gegeben, es gehört ihr. Es soll dich schützen, falls Greys noch einmal zuschlagen will. Ich glaube nicht, dass er noch etwas gegen dich unternimmt, aber sicher ist sicher. Jetzt müssen wir wirklich gehen. Kommst du, Freddie?«

»Ja, ich komme sofort! Geh schon mal!«

Als Valentina draußen ist, sagt Freddie: »Ich hab noch etwas für dich!« Er drückt Vickie ein Blatt Papier in die Hand. »Erst lesen, wenn ich weg bin! Und werde rasch gesund!«

Er zögert einen Moment, winkt dann und verlässt eilig das Zimmer!

Vickie faltet das Papier auseinander und liest. Es ist ein ganz lieber Brief. Voller Schreibfehler, aber sehr lieb. Vickie dreht sich zur Seite und öffnete die Schublade ihres Nachttisches. Darin liegt ein anderes Blatt, das Valentina ihr vor einer Weile gegeben hat. Vickie vergleicht die Handschrift des Briefes und des Gedichts.

Später schläft sie mit einem Lächeln auf den Lippen ein. Beide Blätter liegen auf ihrer Brust.

»Was jetzt?«, fragt Freddie. Sie stehen draußen auf der Straße.

»Mit dem Bus zu Anton natürlich«, sagt Valentina. »Es ist schon Mittwoch und Freitag ist die Walpurgisnacht. Wir müssen noch eine Menge herausfinden. Lass uns sehen, ob Anton schon vorangekommen ist.«

Anton führt sie in sein Zimmer. Es ist klein, aber voll gestopft mit den gruseligsten Dingen. Große Farbplakate von Gruselfilmen mit Dracula und einem Werwolf. Maßstabgetreue Nachbildungen von Aliens und anderen Monstern. An der Innenseite der Tür hängt eine Grauen erregende Dämonenmaske. Anton hat drei Buchregale, die überquellen mit Taschenbüchern. An der Decke hängen drei Fledermäuse aus Gummi und ein Teufelchen mit einem langen spitzen Schwanz.

Freddie schaut sich die Bücher an. »Hast du die alle gelesen?«

»Natürlich«, sagt Anton, »manche wohl mehr als einmal.«

Freddie schüttelt den Kopf. »Du wirst noch einmal verrückt von all dem Horror!« Dann kichert er. »Schon verrückt, ich kapiere auf einmal, dass wir uns mit etwas beschäftigen, das viel Grauen erregender ist als dieser ganze Haufen zusammen.«

Auch Anton lacht. »Sag's nur, du hast Angst. Aber nicht nur du allein, ich habe auch Schiss!«

»Ich bin eher sauer als ängstlich«, sagt Freddie. »Greys hat Vickie wehgetan!«

»Aber jetzt kann ihr nichts mehr passieren!«, sagt Valentina. »Wir dürfen keine Angst haben. Wenn wir Angst haben, kann es uns wehtun. Er benutzt unsere Angst. Aber wir sind nicht zum Reden hier. Hast du schon was herausgefunden, Anton?«

»Etwas ja, aber nicht viel.« Antons Schreibtisch liegt voller Papiere und Skizzen. Darunter befindet sich auch das Büchlein aus dem Museum mit dem Ortsplan. »Seht her«, sagt Anton, »ich habe eine Liste gemacht und eine Skizze gezeichnet. Hier ist der Fluss, wo wir von seinem Blut angegriffen wurden. Der Fluss berührt an dieser Stelle den Wald des Advokaten, wo auch der Landstreicher von den Beinen zugerichtet wurde. Der Kopf: Wir können annehmen, dass er ursprünglich im Park begraben lag, denn dort hat er – nach dem Angriff auf Valentina – an den streunenden Katzen Rache genommen. Die Arme lagen im Keller der Schule, das ist hier. Die Augen waren im Museum, hier, und dort war auch seine schwarze Zunge. Die Hände ... Valentina träumte vom alten Friedhof und davon, wie die Hände dort aus dem Boden kamen. Also, der alte Friedhof, das ist hier.« Und dann schweigt Anton.

»Na und?«, fragt Freddie.

»Ja, was?«, fragt Valentina.

»Weiter komme ich nicht«, sagt Anton. Er zeigt gut dreißig Blätter mit derselben Skizze. Überall sind unterschiedliche rote Linien zu sehen, die bestimmte Punkte miteinander verbinden. »Ich habe versucht, in den Stellen, an denen die Körperteile von Greys begraben wurden, ein System zu entdecken. Aber das klappt nicht. Weil wir nicht sicher sein können, ob einige Teile wirklich dort begraben wurden, und weil wir die anderen noch nicht gefunden haben.«

»Na ja, gefunden«, meint Freddie, »sag lieber, dass die Körperteile andauernd versuchen uns zu finden. Oder besser: Valentina zu finden. Greys bastelt sich selbst zusammen.«

»Aber er benutzt mich und euch!«, sagt Valentina. »Anscheinend ist er doch nicht stark genug, um die Aufgabe allein zu erfüllen. Wir müssen schneller sein. Und wir haben noch

Sir James. Den habe ich übrigens schon eine ganze Weile nicht mehr gesehen.«

»Die Katzen sind läufig«, sagt Freddie.

»Das interessiert Sir James überhaupt nicht!«, sagt Valentina bestimmt.

Freddie zuckt die Achseln. »Mach was gegen die Natur«, sagt er, »ich möchte wetten, dass Sir James irgendwo auf ein Kätzchen lauert.«

»Glaube ich nicht«, sagt Valentina. »Anton, nimm doch mal das Gerümpel vom Stuhl. Ich möchte mich setzen.«

»Fühlst du dich nicht gut?«

»Kopfschmerzen.« Valentina setzt sich. Wenn Anton ein bisschen schauspielern kann, kann sie das auch. Sie nimmt eine der Skizzen von Anton. Sie legt diese vor sich auf den Tisch und drückt ihre Hände drauf, mit den Handflächen nach unten. Dann blinzelt sie mit den Augen, zwei-, dreimal.

»MRIAAAAUUU.« Vor ihr steht, so groß wie sie selbst, ein dicker schwarzer Kater mit hoch gerecktem dicken Schwanz.

»Oh, so ist das also. Kämpfen mit der Konkurrenz«, denkt Valentina. Sie merkt, dass Sir James sich erschrickt. Er reckt sich auf seinen vier Pfoten und biegt seinen Rücken durch. »Schluss mit der Balgerei!«, sagt Valentina bestimmt. »Zisch ab, blöder Kater!« Es ist völlig verrückt, sie spürt, wie das Maul von Sir James sich windet, um Laute hervorzubringen, aber bei menschlichen Worten klappt das natürlich nicht. Stattdessen bringt er eine Anzahl unverständlicher Geräusche hervor. Der schwarze Kater erschrickt fast zu Tode. Er macht einen Sprung rückwärts, dreht sich um und trabt davon. Sir James setzt sich und leckt seine Pfote.

»Jetzt hör mir zu, Sir James!«, denkt Valentina. Sie öffnet

ein Auge. Es ist irre! Mit einem Auge sieht sie die Karte vor sich, mit dem anderen die Pfote von Sir James. »Du musst mich verstehen!«, denkt sie, so intensiv sie kann. »Wenn ich durch dein eines Auge sehen kann, dann musst du doch durch mein anderes sehen können. Los, lahmer Kater, jetzt verdien dir mal dein Futter!«

Sir James sträubt sich. Was Valentina von ihm will, ist ihm völlig fremd. Valentina drängt weiter, sie zwingt ihn. Und dann spürt sie Sir James tatsächlich in ihrem Geist. Eine warme Person, ein Gefühl von Wohlbehagen, aber dann wird ihr offenes Auge eiskalt. Sie fröstelt, will das Auge schließen, kann es aber nicht. Sir James hält ihr Auge offen, es ist, als ob das Auge gefriert. Sie starrt auf die Karte und dann bewegt sich eine Hand. Ihre Finger öffnen sich und ziehen ihre Hand über die Karte. Plötzlich sticht sie mit einem Finger auf einen Punkt der Karte, so fest, dass der Nagel hindurchgedrückt wird.

Unmittelbar danach ist der Kontakt unterbrochen und Valentina wird wieder sie selbst.

»Das war Sir James«, keucht sie. Sie zieht ihren Finger aus der Karte, der Nagel ist abgebrochen.

»Dort müssen wir suchen!«

Sie schauen auf das Loch. Es liegt am Ende des Waldes, dort wo er auf den Fluss trifft.

»Das ist das Haus des Advokaten«, sagt Anton.

»Dann befindet sich dort etwas, was wir suchen!«

»Das ist wieder ein Anknüpfungspunkt«, sagt Anton. »Aber damit ist das Puzzle noch nicht fertig. Hätte ich doch nur ein Grafikprogramm.«

»Ein was?«

»Ein Grafikprogramm für den Computer«, sagt Anton. »So eins, das Architekten benutzen, um ein Haus zu entwerfen. Du gibst alle Daten ein und der Computer rechnet dir die verschiedenen Möglichkeiten durch und zeichnet sie.«

»Meine Mutter hat alle möglichen Programme«, sagt Valentina. »Sie arbeitet doch für eine Computerfirma. Aber ich kann ihr nicht erzählen, um was es hier geht. Übrigens, was haben wir von so einem Programm ohne einen richtigen Computer?«

»Aber ich habe einen, beziehungsweise mein Vater hat einen PC«, sagt Anton, »und einen Drucker, mit dem man auch Grafiken darstellen kann. Ich darf den bestimmt benutzen. Ich sage einfach, dass ich das für die Schule brauche. Ein bisschen damit umgehen kann ich auch.«

»Hast du denn selbst kein Grafikprogramm?«

»Nein, solche Programme brauchen sehr viel Speicher auf der Festplatte und eine Menge Arbeitsspeicher. Und sie sind teuer. Mein Vater braucht sie nicht für seine Arbeit.«

»Warum hat er überhaupt einen Computer?«

Anton grinst. »Zum Spielen!«

»Dann rufe ich gleich meine Mutter an«, sagt Valentina. »Dann können wir uns so ein Programm leihen. Aber du musst mitkommen, Anton, denn ich weiß nicht genau, was du brauchst. Und kein Wort über Hexerei und Greys und all den Trouble.«

»Überlass das nur mir. Ich sage, dass wir ein geometrisches Muster anhand einiger willkürlicher Referenzpunkte ermitteln müssen.«

»Welch eine Wortwahl«, staunt Freddie.

Anton schaut ihn böse an. »Es gibt nun mal Menschen, die mit mehr als ein oder zwei Silben kommunizieren können!«

»Könntet ihr bitte aufhören zu streiten?«, fährt Valentina dazwischen. »Wir haben wirklich Wichtigeres zu tun. Anton, kann ich kurz von hier aus telefonieren?«

Ihre Mutter ist nicht zu Hause, sie erreicht nur den Anrufbeantworter. Valentina teilt mit, dass sie kurz vorbeikommen will, weil sie etwas Dringendes für die Schule braucht.

»Und ich?«, fragt Freddie. »Kann ich denn gar nichts tun?«

»Du könntest Vickie etwas Gesellschaft leisten«, sagt Valentina. »Das kann sie gut gebrauchen. Warum wolltest du übrigens, dass ich vor dir aus dem Zimmer verschwinde?«

»Hab ich etwas verpasst?«, fragt Anton neugierig.

»Arbeite du an deinen Planskizzen«, sagt Freddie schnell.

»Ich versteh schon, es geht mich nichts an«, sagt Valentina. »Aber heute Abend, wenn Anton am Computer sitzt, machen wir beide uns auf den Weg, Freddie!«

»Oh, fein, und in welchen Film gehen wir?«

»Das vergiss mal. Du kannst beweisen, wie tapfer du bist. Wir werden einen Blick auf das Haus des Advokaten werfen«, sagt Valentina und beißt auf ihren abgebrochenen Fingernagel.

10. UNTER KELLERSTEINEN

Oma Hennie ist vollauf beschäftigt. Eine Pfanne schmort auf der niedrigsten Stufe der elektrischen Herdplatte vor sich hin. In der Pfanne brutzelt geschmolzenes Fett, darin eine Menge klein gehackter Stücke von Pflanzen und Wurzeln. Daneben steht ein großer Kessel mit Wasser. Ein dickes Buch liegt aufgeschlagen auf dem Tisch. Von Zeit zu Zeit wirft Oma einen Blick hinein, um sicher zu gehen, dass sie alles richtig macht. Es sind kleine Buchstaben, sie muss ihre Augen manchmal ein bisschen zusammenkneifen, um sie gut lesen zu können. Sie darf sich nicht vertun. Nur etwas zu viel oder etwas zu wenig und schon misslingt das Rezept. Neben dem Buch steht ein Teller mit langen weißen Würmern und auf kleineren Tellern hat Oma allerlei Kräuter klein geschnitten. Omas Gebiss liegt in einem Glas daneben, als ob die Zähne das Geschehen grinsend beobachten.

»So, jetzt kocht es fast, genau richtig«, lispelt Oma, »und genau zur rechten Zeit.« Sie nimmt eine Hand voll weißer Würmer und wirft sie in das kochende Wasser. Weißer Dampf kringelt sich in Kreisen um ihren Kopf. Oma nimmt kleine Mengen Kräuter und streut diese über die schmorenden Stücke in der Pfanne. Sie murmelt ein paar magische Formeln. »Eigentlich nicht nötig«, lispelt sie, »aber als meine Vorfahren Suppe in einem Hexenkessel brauten, taten sie es auch so.

Wenn's nichts nutzt, kann es auch nicht schaden. Das hoffe ich auf jeden Fall.«

Das Zeug schmort appetitlich und fängt an einen durchdringenden Duft zu verbreiten, den Oma einatmet. »Fast fertig«, sagt sie.

Dann nimmt sie eine Flasche und gießt eine rote, etwas abgestandene klebrige Flüssigkeit in die Pfanne. »Na ja, etwas zu dick. Das kommt davon, wenn man das Zeug eine Zeit lang stehen lässt«, lispelt Oma. Sie nimmt einen Holzlöffel und rührt alles durcheinander. Dann nimmt sie einen Löffel voll und probiert.

Oma schmeckt ab. »Herrlich!«, sagt sie. »Die beste Spagettisoße, die ich je gemacht habe. Valentina wird begeistert sein!«

Valentina lobt die Spagetti in höchsten Tönen und versucht dann Oma ein paar Informationen zu entlocken. Aber die schüttelt den Kopf. »Ich weiß, dass du Angst hast, Valentina, aber glaub mir, ich kann dir noch nicht mehr erzählen. Greys schleicht sich in deine Träume und alles, was ich dir erzähle, kann er aus dir herauslesen. Er ist so listig, er dringt in deine Gedanken, ohne dass du es merkst. Du darfst nichts über die Vorbereitungen, die ich treffe, wissen. Du musst dir nur immer wieder sagen, dass du die Macht unserer Vorfahren in dir hast. Die ist stärker als Greys, du bist nicht allein!«

»Nein«, sagt Valentina, »ich habe meine Freunde. Aber Vickie liegt im Bett mit einem Rattenbiss im Bein. Und die anderen zwei sind bestimmt keine Helden.«

Oma ergreift Valentinas Hände und schaut sie ernst an.

»Helden gibt es nicht, Valentina. Es sind immer ganz

gewöhnliche Menschen, die durch bestimmte Umstände begreifen, dass sie etwas tun können, was sonst niemand wagt. Heldenmut ist das Bewusstsein von einer inneren Kraft und davon, wie man diese einsetzt, wenn es nötig ist. Diese Kraft ist bei jedem Menschen unterschiedlich. Oh, ich kenne deine Freunde. Es sind gute Freunde, aber sie haben es schwer mit sich selbst, so wie du. Tapferkeit kann sich sowohl im Widerstand gegen einen Feind beweisen als auch im Durchhaltevermögen, Stunde um Stunde an einem Computerprogramm zu sitzen, um die Quelle des Bösen aufzuspüren.«

»Woher weißt du das von dem Computer, Oma?«

Oma lächelt. »Ich habe so meine Informationen. Du und deine Freunde, ihr seid nicht allein, Valentina. Ich habe auch Freunde. Über die Grenzen von Zeit und Tod hinweg sprechen sie manchmal zu mir. Sie sind beunruhigt, sie wollen helfen, aber das können sie nur, wenn sie stark genug sind. Dann, wenn der Mond sein volles Gesicht zeigt, in der Walpurgisnacht. In der Nacht, in der alle Seelen kurz freigelassen werden, um über die Erde zu wandeln und getanes Unrecht wieder gutzumachen. Die Nacht, in der . . . aber nein, ich erzähle dir schon zu viel. Vertrau meinen Worten, Valentina, aber vor allem dir selbst. Und auf die Kraft, die du in dir selbst entdecken wirst.«

Mehr ist aus Oma nicht herauszubekommen. Sie setzt sich mit einer Zeitschrift in ihren bequemen Sessel, aber Valentina merkt, dass in der Zeitschrift ein Buch liegt, ein dünnes Büchlein. Und das liest Oma.

Es wird Abend. »Ich gehe noch kurz zu Vickie«, sagt Valentina. Freddie wartet draußen schon auf sie. Sie machen sich auf den Weg zum Wald und zum Haus des Advokaten.

Der Wald ist abgegrenzt durch einen Zaun aus Stacheldraht, aber der hängt so locker, dass sie bequem durchschlüpfen können.

»Aufpassen! Wir wollen nicht in eine Schlinge oder Falle geraten, die irgendjemand zurückgelassen hat«, sagt Freddie. Valentina nickt, so ganz wohl fühlt sie sich nicht.

Der Wald ist rechteckig und lang, er geht fast bis zum Fluss. An der entferntesten Stelle steht der große alte Kasten des Advokaten.

»Der Mann wohnt hier schon seit Jahren nicht mehr«, sagt Freddie.

»Das Haus ist völlig heruntergekommen.«

»Will es denn niemand kaufen?«

»Davon habe ich nichts gehört. Ich glaube nicht. Vielleicht hat der Kerl Pleite gemacht und über die Eigentumsverhältnisse an Haus und Grund ist ein Rechtsstreit anhängig.«

Sie kommen immer näher. Das Haus ist groß und alt. Eine Steintreppe führt zu kräftig verriegelten Vordertüren. Zwei Glasscheiben sind zerdeppert.

»Vielleicht sitzen Landstreicher drin«, sagt Freddie.

»Um das zu erfahren, müssen wir erst mal rein.«

»MRIIAAUUUOOO.«

»Wen haben wir denn da? Sir James in Aktion«, sagt Freddie spöttisch.

Der Kater guckt ihn beleidigt an.

»Los, Sir James, du kannst uns helfen!«

Sir James dreht sich um und läuft um das Haus herum. Sie folgen ihm. An der linken Seite sind auch Fenster, einige mit Sprüngen. An der Rückseite befindet sich eine kleine Tür. »Der Dienstboteneingang«, meint Freddie, aber auch der ist fest verschlossen. Sie gehen einmal ganz herum. Noch mehr kaputte Scheiben.

»Na, dann müssen wir halt so rein«, sagt Freddie. Er schaut sich um und sucht einen dicken Ast. »He, was willst du denn da . . .«

»Not bricht Gesetz und ein Stock bricht Fensterglas.« Freddie schlägt mit dem Ast zu. Glas zersplittert. »Das Fenster war sowieso kaputt«, sagt Freddie. »Vorwärts, wir gehen rein.«

Innen ist es dunkel. Über allem hängt eine trockene, muffige Luft.

»Es stinkt hier. Da hat schon seit Jahren niemand mehr geputzt«, meint Valentina. »Und wir sehen nichts.«

Plötzlich scheint ein fahles Licht in ihre Augen. Valentina weicht zurück.

»Zum Glück hab ich daran gedacht, eine Taschenlampe mitzunehmen«, sagt Freddie. »Mädchen denken ja nie an so was!«

»Na, du hast mich ganz schön erschreckt«, sagt Valentina.

Freddie lässt die Lampe schweifen. Das Zimmer ist kahl, kein Bild an den Wänden, kein Teppich auf dem Steinfußboden. In der Mitte steht ein Tisch ohne Stühle, darauf liegt eine schmutzige, graue Decke.

»Sieht aus wie eine Totenkammer«, sagt Freddie. »Lass uns weitergehen.« Sie gelangen in einen Gang, von dem verschiedene Zimmer abgehen. Hier und da stehen Stühle oder Schränke, aber die sind alle leer. Es wird immer sonderbarer.

»In diesem Haus kann niemand mehr wohnen«, meint Valentina.

Freddie zuckt mit den Schultern. »Was soll's?«, sagt er. »Ich meine, wenn der Anwalt hier nie wohnt, warum sollte er dann alles eingerichtet halten?«

»Aber ist das nicht sonderbar?«

»Warum? Hör mal, mein Vater arbeitet in der Gemeindeverwaltung. Reiche Leute wie diesen Advokaten lässt man in Ruhe. So lange er jedes Jahr seine Steuern bezahlt, regt sich niemand darüber auf.«

Valentina schüttelt den Kopf. »Sir James hat sich geirrt«, sagt sie. »Ich spüre hier nichts. Hier gibt es nichts. Das alte Schloss mag hier ja mal gestanden haben, aber dieses Haus hat mit Greys nichts zu tun.«

»Und doch untersuchen wir es weiter. Wäre doch gelacht, wenn wir nichts finden. Vergiss nicht, dass hier im Wald seine Beine begraben lagen«, entgegnet Freddie.

Aber auch oben ist nichts zu finden. Nur leere Zimmer. Es ist ein totes Haus, ein einsames Haus. Es strahlt eine sonderbare Kälte aus, die auch Valentina ergreift. Sie reibt über ihre Arme. Sie fühlt sich müde und schlapp. Hat das alles noch Sinn? Was suchen sie hier?

»Ich glaube, dass ich mich doch geirrt habe. Lass uns weggehen«, sagt Valentina. »Dies Haus erstickt mich!«

»Du bist eigenartig«, sagt Freddie. »Erst willst du um jeden Preis das Haus untersuchen und dann einfach abhauen?«

»Ich will nach Hause«, denkt Valentina, »ich will ruhig in meinem Bett liegen und schlafen, alles vergessen, ich will schlafen, schlafen . . .«

Sie schwankt auf ihren Beinen. Freddie hält sie fest und schüttelt sie. Ihre Zähne klappern. Valentina schmeckt Blut in ihrem Mund, sie hat sich auf die Lippe gebissen.

»Werde wach, du machst mir Angst!«, ruft Freddie. »Was ist los mit dir, Valentina? Valentina Hexibell! Wach auf!«

»He? Was?« Valentina schüttelt den Kopf. »Was, wo bin ich? Ich lag so schön in meinem Bett und jetzt . . .«

»Du hast geschlafwandelt! Und plötzlich fingst du auch noch an ganz seltsam zu reden! Ich habe kein Wort verstanden . . .«

Valentina ist jetzt hellwach. Sie weiß noch, wie müde sie sich fühlte. »Das Haus«, sagt sie. »Es ist so tot und einsam, und so fühlte ich mich auch.« Sie blickt auf.

»Sir James hat Recht. Irgendetwas ist in diesem Haus, und dass wir es nicht finden, ist der Beweis, dass es hier ist. Es hat versucht mich zurückzudrängen, weg von hier! Nein, Haus, das gelingt dir nicht! Schade für dich!«

»Aber wir haben alles durchsucht«, sagt Freddie.

»Nein, nicht alles«, sagt Valentina. »Der Keller. Greys hat eine Vorliebe für Keller und alles, was sich unter der Erde befindet. Du weißt doch, alles von ihm, oder fast alles, lag unter der Erde.«

»MRIAAAUUUOO.« Sir James dreht sich vor ihnen hin und her. Dann streift er an Valentinas Beinen entlang. Er läuft weg, bleibt stehen und schaut sich kurz um.

»Er will, dass wir ihm folgen«, sagt Valentina.

So gelangen sie ganz hinten im Haus an eine große Tür, die zum Keller führt. Die Treppe ist aus Stein und schimmert feucht. Spinnweben hängen wie Gardinen über der Treppe, aber die Spinnen, die früher in ihnen auf Beute gewartet haben, sind tot und ausgetrocknet.

Valentina und Freddie wischen die Spinnweben zur Seite und gehen nach unten. »Das mag ich nicht, das mag ich überhaupt nicht«, sagt Freddie kleinlaut. »Ich säße lieber bei Vickie am Bett.«

»Der Terminator gibt auf?«

»Niemals! Aber eins weiß ich, danach schreibe ich Gruselgedichte!«

Sie steigen abwärts, ganz vorsichtig auf den nassen Stufen. Nichts bewegt sich, keine Spinne, keine Maus.

»Hast du, ich meine . . .«

»Was meinst du, Freddie?«

»Du weißt schon. Hast du das Gedicht je Vickie gegeben?«

Valentina rollt mit den Augen. Wie ist es möglich, dass Freddie jetzt über so etwas nachdenken kann? »Ja«, sagt sie.

»Und?«

»Was und?«

»Was hat sie dazu gesagt?«

»Sie fand es schön. Sie wollte wissen, wer es geschrieben hat.«

»Und was hast du gesagt? Was hast du Vickie gesagt?«

»Dass ich es geschrieben habe. Was hätte ich sonst sagen sollen?«

Freddie schweigt. »Schön«, sagt er dann etwas später. »Du hättest doch sagen können, dass du glauben würdest, es käme von Freddie oder so etwas.«

Valentina lächelt in der Dunkelheit. »Aber hast du nicht darum gebeten, dass ich das nicht erklären darf?«

»Nein. Ja. Stimmt.«

»Aber sie glaubte mir nicht. Ich denke, sie glaubt, dass Anton es geschrieben hat.«

»Anton? Ich breche ihm das Genick!«

Valentina schüttelt den Kopf. Sie wird Jungen nie begreifen.

Sie stehen unten an der Treppe, vor ihnen öffnet sich ein großer, dunkler Kellerraum. Das ist alles. In einer Ecke liegen alte Kisten und Gerümpel, in der anderen stehen ein paar leere Weinregale.

»Ein bisschen wenig«, meint Freddie.

»Was wollten wir hier auch finden?«

»Mich!« Eine zischende Stimme, mehr ein Flüstern.

Freddie schwenkt die Lampe herum. »Wer war das?«

»Hacke!«, sagt die Stimme. Freddie bückt sich und legt die Lampe auf den Boden. Er geht zu den Kisten.

»Was willst du machen?«, fragt Valentina.

Freddie gibt keine Antwort. Er nimmt eine Spitzhacke aus einer Kiste und geht wieder zu der Stelle in der Mitte des Kellers.

»Hacke!«, befiehlt die Stimme erneut, ein zischendes Echo wie von einer Schlange. Freddie hebt die Spitzhacke hoch und schlägt sie in den Boden. Er rückt Steine los und hackt weiter, immer weiter.

Valentina ergreift die Lampe und scheint in Freddies Gesicht. Seine Augen stehen weit offen, aber er scheint nichts zu sehen, er starrt einfach geradeaus. Dumpfe Schläge in den Stein, Staub wirbelt auf.

»Was machst du? Freddie! Wach auf!«

Freddie hackt weiter. Schweiß steht ihm auf der Stirn. Er bückt sich und wirft lose Steine zur Seite.

»SSSRGGRRR!« Sir James springt vor und an Freddie hoch. Er beißt sich mit all seinen Zähnen in Freddies Arm fest. Dieser schreit und lässt die Spitzhacke fallen. Er schüttelt Sir James ab. »Verfluchtes Biest!«, brüllt er. »Was machst du da?«

Valentina packt Freddie und zieht ihn nach hinten. »Was hast du gemacht?«, schreit sie und zeigt auf das Loch im Boden.

Da bewegt sich etwas, ein dicker, plumper Wurm, der versucht sich aufzurichten.

»Vielen Dank«, sagt die zischende Stimme. Valentina schleppt Freddie die Treppe hoch. Sir James folgt ihnen auf flinken Pfoten. »Wir müssen weg, raus aus diesem Haus!«, schreit Valentina. Freddie bewegt sich mühsam, er ist erschöpft. »Was habe ich da nur gemacht?«, fragt er völlig verwirrt.

»Später, später!«, ruft Valentina. Sie hört schnelle, trippelnde Geräusche im Haus hinter sich. Sie sieht sich um und sieht sie herbeieilen: Hunderte dunkler, haariger Geschöpfe. Die Ratten von Greys! Das Fenster! Wo ist das offene Fenster? Da. Sie schiebt Freddie hindurch und schnellt dann mit einem Tauchsprung hinter ihm her. »Au!«, ruft Freddie. »Mein Bein!«

Valentina zerrt ihn hoch. »Keine Zeit! Wir müssen weiter!« Sie schleift Freddie mit. Hinter sich hört sie kreischende Geräusche und das Fauchen eines wütenden Katers. Die Katze kommt etwas später zu ihnen, mit ein paar Schrammen, aber sonst höchst zufrieden mit der eigenen Kampfbereitschaft.

Es wird ein mühsamer Gang durch den Wald, unterwegs zum Loch im Stacheldrahtzaun. »Warum verfolgen uns die Ratten nicht?«, fragt Freddie.

»Nicht mehr nötig«, sagt Valentina bitter. »Greys braucht uns jetzt nicht mehr. Er hat erreicht, was er wollte. Oh, er ist so schlau! Ich dachte, dass ich selbst zu dem Haus wollte, aber er wollte nur jemanden dort haben, der einen seiner Körperteile ausgräbt.«

Freddie hat sich den Knöchel verstaucht. »Wir haben einen Spaziergang im Wald gemacht«, erzählt Valentina später Freddies Eltern. »Wir mussten ein paar Pflanzen und Blumen suchen.«

»Ja, ja, und das war so dringend, dass ihr dies abends im Wald machen musstet, der sich in Privatbesitz befindet!«, sagt Freddies Vater böse. »Mit dir habe ich noch zu reden, Freundchen. Du warst doch nicht mit einem Mädchen im Wald, um Blumen zu pflücken!«

»Pah, Valentina ist nicht meine Freundin«, erwidert Freddie, »und ich konnte wirklich nicht ahnen, dass ich über eine Baumwurzel straucheln würde. Es war ein Unfall!«

Freddie kann nicht mehr auf seinem Bein stehen. Er muss bestimmt für ein paar Tage ins Bett oder zumindest in einen Sessel. »Wie bei einem Abzählreim«, denkt Valentina. »Erst Vickie, jetzt Freddie.«

Valentina ruft Anton an und berichtet ihm von den letzten Neuigkeiten. »Wie unangenehm für Freddie«, sagt Anton. »Aber warum hat er das gemacht?«

»Greys hatte ihn in seiner Macht«, erklärt Valentina. »Er wirkte wie unter Hypnose. Zum Glück hat Sir James ihn gebissen, sonst wäre er nicht wach geworden.«

»Du hast nicht zufällig gesehen, was unter den Steinen lag? Das würde mir sehr viel weiterhelfen . . . obwohl, ich glaube, ich weiß es schon.«

»Ich habe nur gesehen, dass es etwas Großes und Unhand-

liches war«, sagt Valentina. »Es versuchte aus dem Loch zu kommen. Aber das klappte nicht. Und glaube ja nicht, du könntest von mir verlangen, dass ich da noch einmal hingehe, nur um mir das Ding genauer anzusehen.«

»Ist auch nicht nötig«, sagt Anton. »Was es auch war, Greys hat es längst wegbringen lassen, entweder von seinen eigenen Händen oder seinen Ratten. Es muss sein Rumpf gewesen sein. Das wäre nämlich logisch. Er fehlt noch in der Reihe. Hände haben Finger, ein Kopf hat Zähne, Füße haben Zehen . . . diese Körperteile konnten sich aus eigener Kraft befreien. Seine Augen hat er auch bekommen, wie für sie brauchte er für seinen Rumpf Hilfe.«

»Und die haben Freddie und ich ihm besorgt«, sagt Valentina bitter.

»Dafür könnt ihr nichts«, sagt Anton. »Dieser Greys ist unvorstellbar stark. Aber das Allerwichtigste hat er noch nicht.«

»Genau«, sagt Valentina, »und das müssen wir vor ihm finden. Wie läuft's mit dem Computerprogramm?«

»Macht langsam Fortschritte«, sagt Anton. »Ich kenne mich noch nicht so gut damit aus. Aber mein Vater hat mich auf eine gute Idee gebracht. Es läuft immer besser. Wusstest du, dass man mit dem Programm auch Farben bearbeiten kann? Ich zaubere dir die buntesten Linien und Zeichnungen hin und alles kann man leicht wieder verändern. Man kommt sich vor wie in einem Sciencefictionfilm.«

»Anton, du sollst damit nicht spielen«, schimpft Valentina.

»Das weiß ich, das weiß ich, ich bin konzentriert bei der Arbeit. Aber es gibt so viele Möglichkeiten, die ich durch das Programm laufen lassen muss. Ich erzähl dir morgen, was ich schon habe.«

Als Valentina den Hörer auflegt, steht Oma hinter ihr.

»Wie geht's deinem Freund, Val?«, fragt sie.

»Anton? Der arbeitet.«

Oma schüttelt den Kopf. »Nein, einer deiner Freunde hat sich verletzt«, sagt sie. »Ich fühle Schmerzen an seinem Fuß oder seinem Bein. Und du weißt mehr darüber.«

»Freddie hat sich den Knöchel verstaucht«, sagt Valentina, »als wir auf der Suche waren nach . . .«

»Nach Greys«, sagt Oma, »und weil ich dir nicht mehr erzählen wollte. Bist du deshalb böse auf mich, Val?«

»Ja, du weißt viel mehr, Oma, und doch willst du mir nichts sagen. Meine Freundin wurde von einer Ratte gebissen und Freddie liegt jetzt auch im Bett. Wann machst du Schluss damit?«

Oma schüttelt den Kopf. »Das kann ich nicht, Valentina. Wenn ich es könnte, hätte ich es schon längst getan. Aber das alles ist schon seit mehr als sechshundert Jahren in Vorbereitung.«

»Und die Macht des Hexenrings in all den Jahren?«

»All die Jahre sind nicht so einfach an uns vorbeigegangen, Valentina. Glaubst du wirklich, dass es noch einen Hexenring gibt? Menschen werden alt, Valentina, und sterben, sogar Hexen. Wir sind keine übernatürlichen Wesen, keine Supermenschen. Wir wissen nur etwas mehr als andere Menschen, wir glauben etwas mehr, als andere glauben wollen. Aber das ist auch alles. Ich bin die Letzte, Valentina. Die anderen des Rings sind gestorben und es gab niemanden, der ihre Nachfolge angetreten hat.«

»Wie kann das sein?«

»Es gibt Naturgesetze, Valentina, auch für die Weitergabe

magischer Kräfte und Energien. Wissenschaftler werden bestimmt mal eine Studie anfertigen, wie das alles mit den Genen oder dem Gehirn zusammenhängt. Ich weiß nur, dass jedes Mal eine Generation überschlagen wird, und in vielen Fällen gab es kein Mädchen, das im richtigen Alter war, um die Kraft zu übernehmen. Und jetzt bin ich allein übrig geblieben, Valentina, und ich bin alt.«

»Und ich«, sagt Valentina kämpferisch, »ich bin jung.«

Oma nickt. »Genau, und das hat Greys bereits erfahren. Weshalb, glaubst du, bedroht er dich weiterhin? Sei nicht übereifrig, Valentina. Greys ist mächtig und jemanden, der mächtig ist, muss man fürchten. Hab keine Angst, denn von Angst ernährt er sich wie ein Vampir. Wenn du ihm deine Angst zeigst, wird er dich damit vernichten. Aber eine begründete Furcht ist die Grundlage für Vorsicht. So musst du gegen ihn arbeiten, vorsichtig und behutsam.«

»Aber warum hilfst du mir nicht wirklich, Oma? Du sagst zwar ein paar Sachen, aber ich weiß nicht, wie ich sie gebrauchen kann. Ich will gegen Greys ankämpfen, aber ich habe keine Waffen!«

Oma streichelt ihr über die Haare. »Oh, die hast du wohl, Kindchen, nur begreifst du das jetzt noch nicht. Du hast alles, was Greys nicht hat: Jugend, Güte, Kraft, Leben! Das alles will er haben und das ist deine Waffe. Und ich helfe dir! Ich kann dir nur noch nicht sagen, wie. Das darf ich nicht, sonst verliert mein Schutz seine Kraft. Aber schon bald, am Freitag, am dreißigsten April, kann ich dir alles erzählen, was du noch wissen musst.«

»An Walpurgisnacht. Die Nacht, in der ich geboren wurde. Kurz nach Mitternacht, am ersten Mai.«

»Du hast dich schon anderswo informiert, höre ich. Ja, in der Walpurgisnacht, die Nacht, die am dreißigsten April beginnt und in den ersten Mai übergeht. Die Hexennacht, eine sehr mächtige Walpurgisnacht in diesem Jahr, denn in dieser Nacht wird Vollmond sein. Die Nacht, in der es 666 Jahre her ist, dass der Hexenring Greys für eine Zeit lang vernichtet hat, und deshalb auch die Nacht, in der er am stärksten sein wird. Aber auch die Mächte, die gegen ihn antreten, werden dann am stärksten sein. Merke dir eins, Valentina: Behalte stets dein eisernes Armband mit den Runen um. Deine Freundin Vickie ist mit ihrem Armband in Sicherheit, und Freddie, für ihn habe ich auch gesorgt. Er wird nicht mehr angegriffen werden. Ich habe Zaubersprüche benutzt, aber die brauchst du jetzt noch nicht zu kennen. Und merke dir auch, dass du nicht allein bist in deinem Kampf!«

»Das weiß ich, ich hab Anton und Sir James. Einen Jungen, der Gruselgeschichten schreiben will, und einen Kater. Muss ich damit auskommen?«

Oma grinst mit zahnlosem Mund. Ihre Zähne liegen wieder im Glas. Ihr Gesicht sieht aus wie ein fröhlicher Apfelkuchen. »Das merkst du schon«, sagt sie.

»Übermorgen kann ich dir mehr erzählen. Nicht früher. Und jetzt musst du schlafen. Morgen ist ein neuer Tag!«

Valentina muss über vieles nachdenken, bevor sie schlafen geht, und nicht alles hat etwas mit Greys zu tun. Sie mit Freddie im Wald – woran dachte Freddies Vater wohl? »Nein, danke!«

Sir James weicht nicht von seinem Platz unter der Fensterbank, er hält Wache, wie ein Standbild.

»Ich hab's noch nicht raus«, sagt Anton am nächsten Morgen. »Aber das schaffe ich schon, ich versprech's dir. Heute Abend lade ich wieder das Programm. Ich hab noch ein paar Möglichkeiten, die ich untersuchen will, und vielleicht habe ich dann die Lösung.«

Unter solchen Umständen ist es schon schwierig, die Gedanken auf Schule und Unterricht zu konzentrieren. In der Klasse steht ein neuer Lehrer, eine Vertretung. Nach dem Rattenangriff hat die Lehrerin einen Nervenzusammenbruch bekommen, sie ist für ein paar Wochen zu Hause. Die ganze Klasse hat ihr eine Karte geschickt.

»Morgen«, denkt Valentina, »morgen wird mir Oma mehr erzählen.«

Oma sitzt zu Hause in ihrem Zimmer. Vor ihr liegen ein paar Seiten aus ganz alten Büchern. Die Tinte ist an einigen Stellen kaum noch lesbar. Oma nörgelt vor sich hin. »Irgendwo steht es hier drin«, murmelt sie, »und ich werde es finden. Wir kriegen dich schon, Greys!«

Es sind die Seiten aus dem Grimorium von Clavius, die als vermisst gelten. Oma kann ein wenig Latein, aber es ist schon so lange her, dass ihre Großmutter sie gelehrt hat die Bücher zu lesen und gezeigt hat, was sie damit machen konnte. Sie hätte nie gedacht, dass sie das Grimorium noch einmal brauchen würde. Aber jetzt ist es der Fall. Sie muss eine Sache finden. Sie steht nicht im Grimorium selbst, sondern in den Notizen, die die Hexen des Ringes später dazugeschrieben haben, nachdem der Rest von Greys Besitztümern verbrannt wurde. »Dreizehn Körperteile«, murmelt Oma ärgerlich, »und ich weiß nicht, wie viele du schon wieder zusammengebracht hast, Greys, aber das letzte bestimmt nicht. Und wenn ich es eher finde als du, bist du der Dumme.«

Die Sonne fällt durchs Fenster ins Zimmer. Es ist ein schöner Tag. Aber es kriecht etwas Dunkles an der Decke entlang. Oma sieht es nicht, sie ist viel zu vertieft in ihre Studien. Mit vier Fingern und einem Daumen kriecht es an der Decke entlang und hakt sich mit langen Nägeln fest. Es kriecht zur Deckenlampe und fängt an, an den Drähten und dem Haken, an denen die Lampe hängt, rumzufummeln. Ganz vorsichtig, ganz langsam, das dunkle Etwas hat viel Zeit.

Oma hört das knackende Geräusch zu spät. Sie blickt hoch und sieht den kleinen schnellen Schatten an der Decke. Er sieht aus wie eine dicke graue Spinne. Im nächsten Moment kracht die Lampe nieder, genau auf Omas Kopf.

»Es wird alles wieder gut, Valentina«, sagt Mama. Sie hat vor der Schule gewartet. Die Polizei hatte sie im Büro angerufen. »Oma hat eine Gehirnerschütterung und muss ein, zwei Wochen im Krankenhaus bleiben. Aber sie wird bestimmt wieder ganz die Alte. Die Lampe hat sie nur an der Stirn getroffen. Ich mag gar nicht daran denken, was passiert wäre, wenn sie die Lampe mitten auf den Kopf bekommen hätte. Wahrscheinlich hat sie gehört, dass der Haken an der Decke nachgab.«

»Arme Oma«, sagt Valentina.

»Natürlich musst du jetzt wieder zu mir kommen«, sagt Mama. »Ich kann dich nicht allein lassen . . .«

»Aber das ist doch kein Problem, Mama!«, sagt Valentina. »Ich komme gut alleine klar. Es ist ja nur für ein paar Tage.« Mama zögert. »Ich hab heute Abend eine wichtige Besprechung«, sagt sie, »und morgen ist die Vorstandssitzung, da muss ich ebenfalls hin und das kann sehr spät werden. Bist du sicher, dass du alleine zurechtkommst, Valentina?«

»Natürlich, Mama. Ich brauche nur etwas Geld fürs Mittagessen. Ansonsten hat Oma alles im Haus.«

Mama seufzt. »Gut dann, aber sei vorsichtig, Valentina. Du gehst abends nicht alleine raus und schließt immer alle Türen ab!«

»Darf Oma schon Besuch haben?«

»Nein, jetzt noch nicht, sie braucht ein paar Tage absolute Ruhe. Ich bin schon bei ihr gewesen. Am Samstag, an deinem Geburtstag, besuchen wir beide zusammen Oma.«

Valentina liegt im Bett. Es ist warm, sie spürt eine sonderbar drückende Wärme. Sie hat ein Fenster geöffnet, aber es gibt keinen Wind, der etwas Erfrischung brächte. Sir James sitzt auf der Fensterbank und blickt nach draußen. Valentina blinzelt kurz und schaut durch seine Augen. Sie ist ein bisschen enttäuscht, sie sieht nicht viel mehr als die Äste des Baumes, den dunklen Garten, den weißen Stein auf dem Baumstamm. Sie hatte immer gedacht, Katzen könnten in der Dunkelheit so gut sehen, aber sie hat sofort festgestellt, dass es nicht so ist. Katzen spüren mit ihren Schnurrhaaren wie mit einer Art Radargerät Luftschwingungen. Sir James spürt nichts, alles ist ruhig da draußen. Valentina kehrt in ihren eigenen Körper zurück und zieht das Laken bis zum Hals. Die Decke hat sie schon längst weggestrampelt. Sie drückt Duffie an sich. Der Panda ist warm und weich und drückt plötzlich eine dünne klebrige Zunge an ihre Wange.

11. ETWAS FEHLT NOCH

Valentina schreit und rollt aus dem Bett.

Duffie krabbelt sich hoch. Seine Knopfaugen starren blind, aber aus seinem Plüschmaul hängt eine schwarze Zunge, die sich über das Laken schlängelt. Sein Mund steht offen, darin schimmern lange weiße Zähne. Der Plüschpanda watschelt über das Bett, als suche er Valentina.

Sir James springt von der Fensterbank, ist mit einigen Sätzen am Bett und packt den Panda im Nacken. Der Panda zischt und beißt nach Sir James. Sir James schleppt Duffie aus dem Bett und rennt mit ihm zum Fenster. Duffie windet sich mit aller Macht, aber Sir James wirft ihn nach draußen in den Garten. Valentina springt auf und rennt zum Fenster. Der Panda liegt auf dem Rücken am Boden, eine Plüsch-Bestie. Ohne Zunge, regungslos.

»Vielleicht hab ich's geträumt,« sagt sie, »aber du schläfst auf jeden Fall draußen.« Sie schließt das Fenster.

Panda Duffie liegt am nächsten Morgen noch immer brav auf dem Rücken im Garten. Er ist ein bisschen schmutzig geworden. Valentina nimmt ihn wieder mit nach oben, steckt ihn aber in den Schrank und schließt diesen ab. »Ich bin lieber etwas vorsichtig«, sagt sie sich.

»Es ist Freitag«, denkt Valentina. »Heute beginnt die Walpurgisnacht. Oma wollte mir heute alles erzählen und jetzt weiß ich nichts! Ich darf sie nicht besuchen und sie einfach fragen. Es ist zum Verrücktwerden.« Aber so fühlt sich Valentina eigentlich überhaupt nicht. Es ist seltsam, aber sie ist nicht besonders aufgeregt und nervös. Sie fühlt sich eher erleichtert, weil der ganz besondere Tag endlich da ist.

In der Mittagszeit ruft Valentina Vickie an. Ihr geht es schon viel besser. Freddie hat auch schon angerufen, erzählt Vickie kichernd, und sie hat ihm gesagt, dass sie seine beiden Gedichte schön fand.

Anton hat noch etwas herausgefunden. Nach der Schule geht er mit Valentina zum Haus von Oma Hennie.

»Ich musste ganz schön puzzeln«, erzählt er. »Aber mit dem Computer hab ich's endlich geschafft. Sieh mal.« Er gibt Valentina eine grob gezeichnete Karte von Greyshuysen mit eingezeichneten roten Kreuzchen.

»Hier ist der Wald«, sagt Anton. »Die beiden Kreuze, das sind Greys' Beine. Am Ende noch ein Kreuzchen. Hier steht das Haus mit dem Keller, in dem Freddie den Rumpf ausgegraben hat. Siehst du den Fluss? Auf halber Strecke ist die Stelle, wo uns das Blut angegriffen hat. Mehr zur Mitte hin befindet sich der alte Friedhof, von dem du geträumt hast. Hier ist der Park, hier das Museum und dort die Schule. Da lagen seine Arme.«

Er nimmt einen Stift und verbindet die Punkte. So entsteht ein sonderbares Bild, das ein bisschen wie ein Stern aussieht, dem aber einige Zacken fehlen.

»Das ist nicht vollständig«, meint Valentina.

»Stimmt!«, sagt Anton. »Deshalb musste ich auch so lange rätseln. Der Hexenring hat die Körperteile begraben und wir wissen, dass ein fünfzackiger Stern, mit der Spitze nach oben, sein Zeichen ist. Die Spitze muss nach oben zeigen, weil es um weiße, also positive Magie geht. Was ist oben auf einer Karte? Der Norden, immer! Aber ist das auch in der Hexerei so? Welches ist die größte Kraft in der weißen Magie?«

»Licht.«

»Licht. Die Sonne. Oben ist also nicht Norden, sondern dort, wo die Sonne aufgeht: im Osten. Als sie Greys hingerichtet hatten, legten sie drei Sechsen in ein Dreieck mit der Spitze nach Osten. Also muss man die Karte drehen, sodass die Spitze im Osten, also rechts liegt. Siehst du, so ist es ein Stern. Der Wald und der Fluss kommen an der Spitze dieses Sterns fast zusammen. Im Osten.«

Anton nimmt das nächste Blatt, einen Computerausdruck. Valentina sieht es jetzt schon deutlicher: Es ist ein fünfzackiger Stern. An jeder Spitze steht ein Kreuzchen, das eine Fundstelle andeutet.

»Aber es ist doch nicht vollständig«, sagt Valentina. »Es gibt keinen fünften Punkt am Stern und in der Mitte stehen auch Kreuzchen. Das stimmt alles nicht!«

Anton lächelt. »Deshalb brauchte ich ja auch so lange«, sagt er. »Ich suchte immer nach diesen fünf Punkten. Dann dachte ich an den Traum, in dem du die Augen aus dem Museum geholt hast. Das Museum und der alte Friedhof stehen hier wohl drauf, aber sie liegen nicht an einem der Punkte des Sterns. Und doch waren dort Teile von Greys begraben und verscharrt. Was glaubst du, wie lange unsere Schule schon da steht, wo sie jetzt ist?«

Valentina zuckt mit den Achseln. »Ich habe keine Ahnung. Ist das so wichtig?«

»Na und ob! Du sagtest doch, dass du im Traum an der Schule vorbeikamst, dass es aber nicht die Schule war, die du kanntest, und obendrein an einer anderen Stelle. Ich bin losgegangen und habe nachgesehen, im Gemeindehaus. Dort haben sie alle alten Stadtpläne mit allem, was sich in den letzten Jahren verändert hat. Unsere Schule war irgendwo anders, sie steht erst seit 1958 da. Davor hieß sie anders und stand hier.«

Anton zeichnet ein Kreuz in die Karte. »Siehst du, wo?«

Valentina nickt. »Der fünfte Zacken des Sterns«, sagt sie.

»Ja, eine alte Schule. Die gibt es jetzt nicht mehr. Später wurde dort eine Fabrik eingerichtet, die wurde wieder abgerissen, und jetzt steht dort ein Supermarkt. Greys hat zwei Arme. Die müssen ursprünglich an zwei Stellen begraben worden sein. Einer unter der alten Schule und einer an der Stelle, wo jetzt die neue Schule steht. Während der Umbauzeit muss Greys dafür gesorgt haben, dass der eine Arm zum anderen gebracht wurde, wahrscheinlich durch seine Rattenfreunde. Siehst du, die Stellen, wo seine Arme zuerst lagen, sind die obersten zwei Punkte des Sterns.«

»Aber damit haben wir noch nicht alles. Das sind bisher nur fünf Punkte und es müssen dreizehn Teile sein.«

»Kommt noch. Nicht ungeduldig werden. Wenn wir nun jeden Zacken des Sterns miteinander verbinden, was erhalten wir dann? Weitere fünf Punkte, in denen sich die Linien kreuzen. Das habe ich auf diesem Blatt ausgedruckt. Schau!« Voller Stolz zeigt Anton die Karte.

»Die Schnittpunkte oben liegen beide im Wald, wo die beiden Beine begraben waren. Zwei Schnittpunkte unten: der alte Friedhof, wo seine Hände herstammen. Ein Schnittpunkt links, gegenüber dem nach Osten zeigenden Punkt des Sterns: das Museum, wo Greys mal ein Haus hatte. Das ist ein wichtiger Punkt. Der Punkt des Sterns Richtung Osten ist die gute Macht, deshalb ist das, was ihm gegenüber liegt, genauso stark im Bösen. Im Museum lagen seine Augen und seine Zunge. Erinnerst du dich an die Uhr und wie dich seine Zunge angegriffen hat?«

Valentina geht der Zeichnung nach. »Zwei Arme, zwei Beine, der Rumpf, seine beiden Hände, sein Blut, sein Kopf, seine beiden Augen, seine Zunge. Das sind zwölf.«

»Der dreizehnte Körperteil fehlt«, sagt Anton. »Und der kann nur im Zentrum des Sterns liegen.«

Valentina stockt der Atem. »Aber das ist, das muss Omas Haus sein!«

»Genau. Was wir suchen, befindet sich hier. Ganz nah bei uns. Darum hat Greys immer versucht uns von hier fortzulocken. Aber wo ist es?«

Valentina reibt sich die Augen. »Ich kann's nicht glauben! Warum hier?«

»Weil dies der Ort war, an dem der Hexenring zusammentrat«, meint Anton. »Weil dies der Ort war, an dem Greys hingerichtet wurde.«

Valentina schaut sich um. »Wäre Oma bloß hier«, sagt sie. »Heute wollte sie mir alles erzählen, was ich wissen muss. Und jetzt hab ich nur das hier!« Sie übergibt Anton ein paar zusammengeknüllte Blätter aus altem Papier.

Er streicht sie glatt. »Was ist das?«

»Das lag auf dem Boden, als sie Oma gefunden haben.«

»Aber erkennst du das nicht, Valentina? Das ist alt, sehr alt. Es ist dieselbe Handschrift, die es auch im Museum gab. Das müssen die fehlenden Seiten aus dem Grimorium von Clavius sein. Sie waren also die ganze Zeit schon im Besitz deiner Großmutter.«

»Ja, das habe ich inzwischen auch begriffen«, seufzt Valentina. »Aber sie konnte sie lesen und wir nicht. Mach dir keine Mühe, ich hab's schon probiert. Es ist alles auf Lateinisch und was daneben geschrieben steht, ist fast unlesbar.«

»Verrückte Zeichen«, sagt Anton. »Aber doch erkennbar. Siehst du, das hier, die Kugel mit den Strahlen, das ist eine Sonne. Und hier, sieht das nicht aus wie eine Wiege?« Mit einem Seufzer legt er die Papiere zur Seite. »Viel Geld wert«, sagt er. »Wirf sie nicht weg, aber wir können damit nichts anfangen.«

Valentina erhebt sich. »Vielleicht doch«, sagt sie. »Möglicherweise ist ...« Sie nimmt die Papiere und rennt rasch zum Telefon.

»He! Wo brennt's denn?«, fragt Anton.

»Ich ruf meinen Vater an«, sagt Valentina. »Er kennt viele Sprachen, vielleicht kann er das übersetzen.«

Der Summton. Dann eine Frauenstimme in der Leitung. »Hallo, hier Margie.«

Valentina schluckt kurz.

»Hallo, ist da jemand?«

»Ich ... ich möchte kurz meinen Vater sprechen.«

»Oh, du musst Valentina sein. Einen Moment bitte, ich hole ihn.«

Dann kommt Vater ans Telefon. Valentina winkt Anton zu sich. »Paps, entschuldige, wenn ich störe, aber ein Freund von mir hat ein Problem. Für die Schule. Er muss einen alten Text übersetzen. Ich glaube, es ist Lateinisch. Hast du Ahnung von

Latein? Oh ... ein bisschen. Kann er es dir kurz vorlesen? Es ist wirklich wichtig. Ich geb ihn dir.«

Valentina drückt Anton den Hörer in die Hand. »Wiederhole laut, was mein Vater sagt. Ich schreibe es sofort auf.«

Anton liest die lateinischen Sätze so gut er kann vor und auch, was daneben geschrieben steht. Valentina schreibt die Übersetzung auf. Sie bedankt sich bei ihrem Vater, der verspricht, dass er am Samstag bestimmt zu ihrem Geburtstag kommt.

Dann beugen sich Anton und Valentina über die »Übersetzung«.

»Daraus werde ich nicht schlau«, sagt Anton. Er liest: »Mit dem Haupt demütig zur Mutter des Lichts, breiten wir das Böse tief unter der Erde aus, nach Licht und Schatten, wo es verborgen bleiben möge bis ans Ende der Tage; wir bitten flehentlich um Vergebung für diese Tat, denn jemandem das Leben nehmen ist niemals gut, aber siehe, so groß war sein Böses, dass der Brunnen durch das Feuer verdampfte und sich weigerte ihn völlig aufzunehmen. Darum überlassen wir es der Ruhe zwischen der Wiege des Lebens und dem Stein des Todes, wir verriegeln seine böse Zunge und schließen seine bösen Augen, damit seine Seele Frieden finden möge mit Augen, die das Böse vergessen im Licht der Sonne. Wir schließen das Pentagramm, um auf ihn Erde zu schütten für seine Bösartigkeit, in den Wurzeln des Lebens.«

»Was soll das nur bedeuten?«, fragt Valentina verzweifelt. »Schöne Worte und was noch?«

»Nein, nein, das hilft uns weiter«, sagt Anton. »Gib mir meine Karte, die letzte. Hier, mit dem Haupt zum Licht, also nach Osten gerichtet, zur aufsteigenden Sonne. Das ist der rechte Zacken des Sterns. Zwischen der Wiege des Lebens und dem Stein des Todes . . . ganz oben im Wald, das ist eine Wiege für neues Leben, und ganz unten liegt der alte Friedhof: der Stein des Todes. Zunge und Augen links, gegenüber dem Licht der Sonne rechts. Das stimmt alles. Aber jetzt kommt es: Wir schließen das Pentagramm. Der Stern ist völlig geschlossen, aber im Zentrum liegt dieses Haus. Papier und Stift! Schnell!«

Anton zeichnet ein Fünfeck. »Dies ist der Mittelpunkt des Pentagramms«, sagt er. »In der Mitte liegt dieses Haus. Wo ist hier Osten? Ja, in der Richtung liegt der alte Friedhof, da ist Süden, dann ist dort Osten, Richtung Garten. Dann . . .« Er kratzt über das Papier und zeigt Valentina das Ergebnis. »Hier«, sagt er. »Links ist die Straße und der Vordereingang, dann dieses Zimmer. Rechts ist der Garten, der wohl dreimal so weit reicht. Das bedeutet, dass das, was wir suchen, mitten im Garten liegt.«

Valentina steht auf und geht zur Hintertür. Sie reißt sie weit auf.

In der Mitte des Gartens steht der alte Baumstamm, auf dem die weiße Steinplatte liegt. Oben auf der Platte sitzt Sir James. Er schaut sie an, als ob er auf sie gewartet hätte.

»Eine runde weiße Platte«, sagt Anton, »wie ein Opfertisch.«

»Auf dem Stumpf eines Baumes, mit seinen Wurzeln fest im Boden. In den Wurzeln des Lebens«, sagt Valentina. »So schrieben sie es nieder, in einem geheimen Text, den niemand anders verstehen sollte. Ein Code aus Wörtern über das Gute.

Deshalb konnte Greys ihn nicht lesen. Die ganze Zeit war es so nah bei uns.«

Sir James springt von der Platte und fängt an mit seinen Klauen an dem Baumstumpf zu scharren.

»Irgendwo in der Küche liegt eine Schaufel«, sagt Valentina. »Hol die mal bitte, Anton!«

12. EBBELBUEZ GREYS

Wie ein kaltes weißes Auge steht der Vollmond am Himmel, als Anton, Valentina und Sir James zum alten Friedhof kommen.

Sie haben das mitgebracht, was sie zwischen den Wurzeln des alten Baumstumpfs in Omas Garten ausgegraben haben. Die Zweige an den Bäumen und Sträuchern schwingen wild hin und her, obwohl kein Wind weht. Unter ihren Füßen rumort es, als wolle die Erde selbst entfliehen.

»Jetzt kommt's auf uns an«, sagt Anton.

»Nein«, denkt Valentina, »auf mich, denn ich wurde durch ihn geweckt.« Es ist seltsam. Sie spürt keine Angst. Nur Wut, viel Wut über das, was Greys ihren Freunden und ihrer Oma angetan hat.

»Komm, Valentina, komm, meine kleine Hexibell. Ich warte auf dich!«

»Ja, ich weiß, dass du wartest, du Scheusal«, denkt Valentina. »Und sei unbesorgt, ich komme schon!«

DONG: Die Spukglocke beginnt zu schlagen. Sie schaut auf ihre Uhr. Zwölf Uhr. Mitternacht. DONG. »Ich bin dreizehn geworden, jetzt«, denkt Valentina. Es ist der erste Mai, Walpurgisnacht, und die Glocke schlägt. Eine Glocke, die durch 666 Jahre widerhallt. DONG. Die Glocke, die zwischen zwölf und eins läutet, die Zwischenzeit, die dreizehnte Stunde. Valentina geht durch den offenen Zaun auf den alten Friedhof, gefolgt von Sir James. Es kommt ihr vor, als würde sie ihren ersten Alptraum aufs Neue erleben, aber jetzt ist sie hellwach. In ihrem Pullover hält sie etwas verborgen, es ist schwer, und sie hat beide Arme darüber gekreuzt.

Aber wo bleibt Anton? Sie sieht sich um. Anton steht in der Mitte des offenen Tors, er hat seine Hände erhoben und schlägt gegen irgendetwas, was sie nicht sehen kann. Er tritt in die Luft. Valentina sieht, dass er seinen Mund bewegt, aber sie hört nicht, was er ruft. Anton ist von ihr durch eine unsichtbare Mauer getrennt.

Valentina schaut wieder nach vorn. Sie hat so etwas erwartet. Greys will sie alleine treffen, sie und Sir James. Schade für Anton nach all seiner Detektivarbeit, aber vielleicht ist es besser für ihn und er kommt schadlos davon.

DONG. Valentina läuft an alten Gräbern vorbei, die wie schwarze Zähne aus dem Boden ragen, weiter an Familiengruften bis zum hintersten Teil des Friedhofs. »Das ist sein Gebiet«, weiß sie, »dort wartet er auf mich!« Nicht im Museum, das einmal sein Haus war und wo sie ihn abholten, um ihn in dreizehn Stücke zu hacken. Dieser Friedhof, der alte Teil des Friedhofs, das ist sein Herrschaftsgebiet, das Herrschaftsgebiet des Todes.

Sir James schreitet auf hohen Pfoten neben ihr her. Entschlossen.

So gelangen sie gemeinsam zum letzten Stück der alten Begräbnisstätte.

DONG. Da ist die Mauer, dort der Boden, in dem Teile von ihm begraben lagen. Die Erde ist aufgewühlt, dürr und trocken, ein schwarzes Maul, das auf sie wartet. Valentina bleibt stehen.

DONG. Der sechste Schlag.

Es bewegt sich etwas in dem schwarzen Loch und dann kommen die Teile heraus. Zwei Hände scharren wie bleiche Spinnen. Ein dicker in Lumpen gekleideter Rumpf richtet sich im Loch auf. Der Boden um das Loch fängt an zu brodeln und spuckt rote Fontänen. Das Blut dampft in der Kälte und bildet einen rot funkelnden Nebel, der über dem Boden hängen bleibt. Die Hände bewegen sich, greifen in den Boden und heben etwas hoch, was sie auf den Rumpf setzen: seinen Kopf, den widerwärtigen Kopf mit den großen Ohren und dem dreckigen kurzen Bart. Die Augenhöhlen starren leer und schwarz auf Valentina und Sir James herab. Die Hände des Toten scharren erneut im Loch und bringen eine Dose zum Vorschein. Knackende Finger öffnen sie und holen zwei weiße Kugeln heraus. Der Hexenmeister drückt seine Augen in die Augenhöhlen, rollt kurz mit ihnen, bis sie an der richtigen Stelle sitzen.

DONG. Sieben. Er steht aufrecht und Valentina sieht ihn zum ersten Mal: Ebbelbuez Greys, 666 Jahre tot und doch noch lebend. Aber nicht ganz. Sein Mund spaltet sich zu einem breiten Grinsen, seine Zähne stehen krumm. Seine Zunge hängt wie ein trockener Lederlappen heraus. Seine Stimme ist rau und heiser. DONG. Acht.

»Willkommen, Valentina«, sagt Greys. »Nach all den Jahren komme ich endlich meine Rechnung zu begleichen. Mit dir und mit deinen Vorfahren, die mich ermordet haben!«

Sie James faucht ihn an.

DONG. Neun.

»Und du hast auch deinen kleinen Freund mitgebracht«, feixt Greys. »Willkommen auch du, Sir James. Oder vielleicht hörst du lieber deinen wahren Namen, Gabriel?«

Valentina guckt überrascht. Sir James macht einen gebogenen Rücken und faucht Greys erneut an. Greys lacht spöttisch. »Deine Geringschätzung macht mir nichts aus, kleiner Familiar. Ja, er und ich haben uns schon früher getroffen, Valentina, vor langer Zeit. Er war damals der Familiar deiner Ur-Ur-Ur-Ur-Ur-Ur-Großmutter. Oder so ähnlich. Du weißt doch, dass jede Hexe einen Gesellen aus der übernatürlichen Welt besitzt? Und jetzt hat Sir James dich gewählt. Glaubst du, er wird dich beschützen können? Sir James, ach . . . er ist nur der Familiar einer jungen Hexe, die gerade erst anfängt sich selbst zu entdecken. Deine Macht ist noch so winzig, kleine weiße Hexe, und du wirst keine Zeit mehr haben diese Macht zu entfalten. Ich werde dich vernichten mit einem Schnippen meines kleinen Fingers.«

Er hebt seine Arme hoch und öffnet den Mund. Der Nebel aus Blut tanzt um ihn herum wie ein Mantel und gleitet dann in seinen breiten Schlund.

DONG. Zehn.

Wolken bedecken den Mond, aber sie bringen keine Dunkelheit. Das Loch in der Erde stößt grünes Licht aus. Greys lacht. »In ein paar Sekunden schlägt meine Stunde, kleine weiße Hexe. Die dreizehnte Stunde, die Stunde, in der alle Alpträume, die es jemals auf der Welt gegeben hat, wahr werden. Durch mich! Die Stunde, auf die ich seit Jahrhunderten gewartet habe, die Stunde, die ich vor 666 Jahren kennen lernte, als deine Vorfahren mich nicht vernichten konnten. Oh, sie waren stark und sie waren viele!

Aber schon damals wusste ich, dass ich zurückkehren würde, dass ich nur die rechte Zeit abwarten musste. Und du? Was bist du? Ein Mädchen, das glaubt, dass sie die Macht einer Hexe hat. In meinen Augen bist du ein Fliegenschiss, klein und dumm!«

DONG. Elf.

Greys streckt einen dünnen Finger hoch. »Hörst du die Glocke, Valentina Hexibell? O nein, dein Beiname ist kein Zufall. Nichts ist Zufall. Alles kommt zusammen: 13, das Alter, in dem du die ersten Schritte ins Erwachsenenalter setzt. Weißt du, dass die jungen Mädchen, die wir dem Bösen opferten, 13 Jahre alt waren? Weißt du, was ich mit diesen Mädchen gemacht habe? Ich schnitt ihnen bei lebendigem Leibe das Herz heraus. Hörst du meine Glocke? Alsbald schlägt sie zwölf, und dann ... die dreizehnte Stunde. Die Stunde der Zwischenwelt, die Stunde der Walpurgisnacht. Wenn alle Dämonen der Hölle frei werden. Die Stunde zwischen zwölf und eins, in der die Seelen der Verdammten für eine Weile zurückkehren.«

DONG. Zwölf.

»Und ich warte auf sie, Valentina, ich, ihr neuer Herrscher, ich werde dieser Welt die größte Macht bringen, die sie je gekannt hat. Eine Welt des Bösen, mit mir als Herrscher! Und was wirst du tun, du und dein Sir James? Jaja, Valentina, du glaubst, du bist aus eigenem Willen hier, aber ich habe dich gerufen! Valentina wie Valentin. Du weißt doch, was sich Menschen am Valentinstag schenken?«

DONG ... Der dreizehnte Schlag, die schicksalhafte dreizehnte Stunde. Die Stunde, die keine Glocke jemals schlägt, keine, außer dieser, die des Teufels selbst. Die Zeit scheint

stillzustehen und der dreizehnte Schlag immerfort widerzuhallen.

Greys streckt seine Hände aus. »Gib es mir, Valentina. Ich weiß, dass du es hast! Ich habe dir befohlen es mir zu bringen. Der letzte Körperteil, der mir noch fehlt.«

Valentina zieht die kleine kupferne Dose hervor. Die Dose, die sie mit Anton zwischen den Wurzeln des Baumstumpfs in Omas Garten ausgegraben hat. Sie zeigt Greys die Dose.

»Gib mir mein Herz, Valentina!«

13. DIE DREIZEHNTE NACHT

»Du wusstest nie, wo es sich befand, Greys!«, sagt Valentina. »Und all die Zeit war es dir so nah: zwischen den Wurzeln des Baumstumpfs in Oma Hennies Garten, auf dem eine weiße Steinplatte liegt, die wir als Tisch benutzen. Ja, zwischen diesen Wurzeln lag dein Valentinsgeschenk, dein verfluchtes Herz!«

Sie nimmt die Dose in ihre linke Hand und presst sie an ihr eigenes Herz. Sir James streift mit seinem Rücken ihre Beine.

»Gib es mir, Valentina!« Grünes Feuer strahlt aus Greys' Augen.

Valentina erhebt ihre rechte Hand und weist mit der Handfläche auf Greys. Fahles weißes Feuer sprüht aus ihren Handflächen. Das Pentagramm erscheint. »Dein böses Herz liegt an meinem«, sagt Valentina. »Aber das meine schlägt und deins ist tot! Anton erzählte mir, dass sie es nicht verbrennen konnten, Greys. Das ist das Einzige, was dir Kraft gegeben hat, um all die Jahrhunderte am Leben zu bleiben. Sie konnten dein Herz nicht vernichten. Feuer, beißendes Feuer, nichts griff es an. Weil es so hart und trocken geworden war in all seiner Bösartigkeit. Aber ohne mich hättest du es nie gefunden, Greys. Du nicht, und auch nicht deine kriechenden Hände und deine suchenden Augäpfel. Und ich bin nicht hier, um es dir zu überlassen, sondern um es zu vernichten, und diesmal für immer. Geh zurück, woher du gekommen bist, Ebbelbuez Greys. Kehr zurück in die Hölle, wo du hingehörst. Ich befehle es dir, ich, Valentina Hexibell, im Namen des Hexenrings von Greyshuysen, mit der Macht, die meine Vorfahren mir gegeben haben. Geh zurück!«

Eine weiße Flamme spritzt aus ihrer Hand und schlängelt sich auf Greys zu. Die Flamme trifft ihn an der Brust und wirft ihn zu Boden. Er setzt sich aufrecht hin und schüttelt den Kopf.

»Du hast Talent, Valentina. Aber dies ist meine Stunde. Du glaubst, dass du stark bist, aber du vergisst etwas. Dies ist die dreizehnte Stunde. Du bist in meiner Welt.«

Der Boden fängt an zu beben. Grabsteine fallen um. Etwas versucht sich aus der Erde nach oben zu arbeiten. Greys hebt beide Hände hoch und drückt sie dann zusammen, seine Finger winden sich ineinander wie Schlangen. Die Luft ist erfüllt von Geräuschen und Bewegung. Ganz kurz wird im grünen Licht etwas sichtbar, groß und stark, mit Klauen und einem Gesicht, das nichts Menschliches hat. Das Wesen ist nur zum Teil zu sehen. Es versetzt Valentina einen Stoß, und während sie strauchelt, grapscht es die Dose aus ihren Händen und übergibt sie Greys.

Sir James springt. Seine Klauen haken sich in den Händen von Greys fest. Die Dose fällt zu Boden. Greys versetzt Sir James einen kräftigen Tritt und bückt sich, um nach der Dose zu greifen.

»Mein Herz, ich will mein Herz!«, ruft er. »Und niemand wird das verhindern!«

Valentina versucht sich aufzurappeln, aber unsichtbare

Hände halten sie am Boden fest. Feuchte Finger öffnen ihre Hände. Die Sterne verblassen, die Zeichen winden sich, verwandeln sich langsam in Sechsen.

»Dies ist meine Nacht!«, ruft Valentina. »Es ist die dreizehnte Nacht. Ich bin dreizehn geworden!«

Sie blinzelt mit den Augen. Dreimal, sechsmal, neunmal. Sie öffnet ihren Geist, sie sucht und findet Kontakt. »Noch nie probiert«, denkt sie. »Aber für alles gibt es ein erstes Mal!«

Sie ist ein kleiner Körper mit dünnen Hautflügeln und schwebt durch die Luft. Sie wird zu einem fliegenden Wesen mit großen Staraugen und Federn. Sie wird zu einem Käfer im Boden mit einem harten Schild und Klauenpfoten. Sie geht weiter, sie öffnet ihren Geist für alles, was lebt, alles, was sich bewegt, alles, was Natur ist.

Greys hebt die Dose auf und öffnet sie. Er nimmt sein Herz heraus, ein widerwärtiges, dürres, birnenförmiges Etwas. Mit seiner rechten Hand reißt er sich das Hemd vom Leib und Valentina sieht das schwarze Loch in seiner Brust. Dort wird er das Herz hineinstecken.

Valentina blinzelt mit den Augen. Schnell, immer schneller. Sie streichelt über ihr Armband. Die Worte kommen wie von selbst, von überall, als ob die Bäume, die Sträucher und die Erde sie ihr einflüstern. »Mit der Kraft von Mutter Erde widersetze ich mich diesem Entsetzen!« Sie weiß nicht, warum sie diese Worte ausspricht. Dann sieht sie sie kommen: Männer und Frauen, gekleidet in schwarzen Mäntel und weißen Gewändern. Sie sind halb durchsichtig, durch sie hindurch kann Valentina die Mauer und die Grabsteine ganz deutlich sehen. Es sind dreizehn und sie schauen alle auf Valentina. Ihre Münder bewegen sich und ganz vage hört sie ihre Stimmen und wiederholt ihre Worte. »Weiß zerschmettert Schwarz, Tag verblasst die Nacht, Sonne verbirgt den Mond! Erde, gib mir Kraft! Wasser, gib mir Bewegung! Feuer, gib mir Energie! Luft, gib mir Verstand!« Durch die Worte scheint sich Valentinas Geist zu öffnen, jetzt schaut sie durch dutzende, dann durch hunderte Augen. Sie spürt Pfoten, Klauen, Flügel. Sie sieht aus der Luft und aus der Tiefe der Erde. Sie fühlt Erde, wie Wesen die Erde fühlen, die keine Augen haben. Und all die Augen und Klauen richten sich auf Greys.

Ein Schwarm Fledermäuse flattert auf ihn nieder. Überall setzt sich der Boden in Bewegung. Tausende Würmer und Aaskäfer kommen aus den Gräbern hervor und kriechen über seine Füße und Beine. Hunderte Spinnen verlassen ihre Weben und eilen zu Hilfe. Eulen schreien ihm in die Ohren und schlagen ihre Flügel in sein Gesicht. Dutzende fauchender Katzen springen ihn an. Greys kreischt und schlägt wild um sich. Grüne Strahlen spritzen aus seinen Fingern, aus Augen und Mund. Sie versengen Fledermäuse und Käfer, aber es kommen hunderte, tausende mehr. Sie schwirren um ihn herum wie ein dichtes Netz. Greys erblindet und schwingt blindlings seine Arme.

Sir James springt nach vorn. Ein wohl gezielter Sprung, sein Maul schließt sich um das Herz. Dann reißt er es aus Greys' Hand. Sir James rennt zu Valentina und reicht ihr das böse Herz.

»Ein Valentinsgeschenk«, sagt Valentina, »dank dir, Sir James!« Sie nimmt das Herz und umschließt es mit beiden Händen. Ihre Hände werden eiskalt, dann glühend heiß. Sie spürt, wie die Pentagramme wie ein Feuer brennen, das so heiß ist, dass es kalt wird wie Eis. Als sie ihre Hände wieder öffnet, rieselt schwarze, rauchende Asche zu Boden.

Greys kreischt erneut, er schwankt nach vorn. Seine Finger greifen nach der Asche, die sich mit der Erde vermischt.

»Mein Herz! Mein Herz!«

Eine Hand fällt von Greys' Körper ab, dann ein Bein. Er brüllt vor Raserei, aber er fällt auseinander, das grüne Feuer nimmt ihn auf. Er sinkt in den Boden. Noch kurz schauen seine Augen Valentina an und in den Augen sieht sie jetzt keine Grausamkeit mehr, sondern Angst und Wahnsinn. Es sind die Augen eines Wesens, das tot ist, aber das dennoch leben will. Seine Augen flehen.

Der Erde erhebt sich, nimmt ihn in sich auf und schließt sich wieder.

Das grüne Licht ist verschwunden. Da sind nur noch ein namenloses Grab und eine kupferne, leere Dose.

»Du warst tot. Du hattest kein Recht auf das Leben, das du dir nehmen wolltest«, sagt Valentina, aber nicht mehr mit ihrer eigenen Stimme. Es ist, als ob dreizehn andere durch sie sprechen würden. Für einen Moment erzittert die Erde.

Die Fledermäuse und Nachtvögel flattern überrascht umher, dann schwirren sie um Valentina herum. Die Katzen, die Käfer und Spinnen bilden einen Kreis. Tausende Augen blicken sie an, als warteten sie auf einen Befehl.

»Ich danke euch! Ich danke euch allen!« Valentina weiß nicht, ob sie sie verstehen, aber sie denkt an sie, für einen Moment spürt sie sich wieder in allen. Sie denkt an die Tiere mit Wärme und Freundschaft. Dann flattern die Fledermäuse und Eulen fort. Die Katzen fauchen, knurren einander an und verlassen nacheinander den Friedhof. Die Insekten verschwinden wieder im Boden, die Spinnen suchen ihre Weben auf.

»Ich werde nie wieder Angst haben vor einer Spinne oder einem Käfer«, sagt Valentina überrascht.

»Sie sind lebende Wesen, Teil der Erde und der Natur, so wie du«, sagt eine Stimme in ihrem Kopf.

Sir James blickt sie an. Valentina blinzelt mit den Augen und durch ihn sieht sie sich selbst. Es umgibt sie ein unermessliches Gefühl der Wärme und Geborgenheit, der Liebe. Das Gefühl ist so stark, dass sie erschrickt, und sie kehrt zurück in ihren eigenen Körper.

»Sir James?«, fragt sie. »Oder Gabriel, oder wie nannte Greys dich?«

Sir James hebt eine Pfote hoch und fängt an daran zu lecken. »Mein Maul und meine Zunge sind nicht dazu gemacht, Menschenworte auszusprechen«, hört sie in ihren Gedanken, »aber auf diese Art und Weise geht es auch. Glaubtest du wirklich, nur du könntest in meinem Kopf sitzen und ich nicht in deinem?«

»Aber du denkst ja wie ein Mensch. Warum hast du denn nie etwas zu mir gesagt, so wie jetzt?«

»Das durfte ich nicht. Und ich denke nicht wie ein Mensch. Ich bin kein Mensch. Ich bin ein Familiar. Ich bin der Gehilfe vieler gewesen. Sie alle nutzten die Kräfte der Natur und waren in der Lage ihren Geist eins zu machen mit der Natur. Das ist die größte und stärkste Magie.«

»Und warum sprichst du jetzt mit mir?«

Sir James hört mit dem Lecken auf. »Weil meine Aufgabe beinahe erfüllt ist.« Er stellt sich auf all seine vier Pfoten und biegt behaglich seinen Rücken. »Ich muss sagen, dass dies ein sehr angenehmer Körper war, so jung und stark. Obwohl ich auch sagen muss, dass ich mich vor dem Geschmack von Mäusen ekele. Und es ist schade, dass Katzen keine Farben sehen können. Aber jetzt muss ich Abschied nehmen, Valentina.«

Valentina hockt sich auf ihre Knie. »Du willst mich doch nicht verlassen, Sir James?«

»Ich muss. Meine Aufgabe ist beendet. Es hat diesmal etwas lange gedauert. Und vielleicht muss ich noch einmal zurückkehren, wenn wieder eine böse Macht so stark wird wie Ebbelbuez Greys.«

»Greys nannte dich Gabriel und sagte, dass das dein wahrer Name sei.«

Es ist das erste Mal, dass Valentina eine Katze lachen sieht. Es ist ein ganz verrücktes Gesicht.

»Gabriel ist einer der vielen Namen, die ich getragen habe. Es ist der Name, den Menschen, die mich in meiner wahren Gestalt gesehen haben, mir gegeben haben. Es ist der Name eines Erzengels, aber ich bin kein Engel. Engel gibt es nicht, so wenig wie Teufel. Obwohl Greys dachte, dass er der Teufel sei. Hast du nie über seinen Namen, EBBELBUEZ, nachgedacht? Ordne die Buchstaben neu, was bekommst du dann?« Sir James leckt seine Schnurrhaare. »Greys war ein Mensch, der so bösartig wurde, dass er davon überzeugt war, der Teufel selbst zu sein. Und er kam ihm in der Tat sehr nahe. Aber das Gute und das Böse gibt es nicht wirklich, es gibt nur Kraft, Leben, Energie. Jede Kraft kann für das Gute oder das Böse eingesetzt werden, auch die Kräfte der Natur. Darauf musst du achten, Valentina. Du beginnst deine Kräfte kennen zu lernen. Lass dich nie dazu verleiten, sie für etwas Böses einzusetzen.«

»Aber wer bist du dann?«

Sir James kratzt seinen Nacken und plötzlich sieht Valentina, dass er sich nicht mit einer Pfote kratzt, sondern mit einer kleinen weißen Menschenhand, mit sieben Fingern.

»Nenn mich einen Wächter, einen Schildknappen. Gut und Böse sind wie eine Waage. Manchmal wiegt das Böse zu schwer und dann muss jemand die Waagschale wieder in ein Gleichgewicht bringen. So jemand bin ich. Aber eigentlich darf ich dir das alles nicht erzählen. Ich rede immer zu viel. Leb wohl, Valentina, gib mir noch rasch einen Kuss!«

Valentina nimmt Sir James in ihre Arme. Er streift seinen Kopf kurz unter ihr Kinn und dann fühlt sie, wie er sich verändert. Sein Fell wird weicher, es wird heller. Im nächsten Augenblick verschwindet er aus ihren Armen und sie sieht, ganz kurz, etwas über ihren Kopf fliegen, etwas, das weißes Licht ausstrahlt. Dann blitzt das Licht weg wie eine ausgeknipste Lampe.

Valentina ist allein auf dem alten Friedhof. Sie bückt sich und greift nach der kupfernen Dose. Sie fühlt sich plötzlich sehr müde und traurig. »In dieser Dose kann ich noch Briefmarken sammeln oder so etwas.«

Plötzlich bekommt sie einen fiesen Geschmack im Mund. »Bah«, sagt sie und spuckt etwas Speichel aus. Der Geschmack von einer Maus!

»So denkst du noch mal an mich«, klingt eine Stimme in ihren Gedanken. »Ich bin immer in deiner Nähe, Valentina!«

Valentina zögert. Dann geht sie zu der Stelle, wo die Erde Ebbelbuez Greys aufgenommen hat. Sie gräbt mit ihren

Händen eine kleine Grube, legt die kupferne Dose hinein und streicht wieder etwas Erde darüber. »Wenn es Gut und Böse eigentlich nicht gibt, kann selbst er nicht völlig bösartig gewesen sein«, flüstert sie. »Wo du jetzt auch bist, ruhe in der Erde endlich in Frieden!«

Dann erhebt sich Valentina. Sie verlässt den Friedhof. Am Tor kommt ihr Anton entgegen.

DONG. Ein einzelner Schlag. Ein Uhr. Die erste Stunde des neuen Tages.

Die dreizehnte Stunde ist endgültig vorüber.

Valentina ist dreizehn!

VALENTINA

UND

DIE BLUTROTEN ZIMMER

Dieses zweite (aber bestimmt nicht letzte) Valentina-Buch widme ich meiner Tochter Brenda (einem Fan der ersten Stunde), die es als Erste im Manuskript gelesen hat. Dies vor allem dafür, dass sie mein Buch »U-Bahn der Angst« (noch nicht auf Deutsch erschienen) wirklich meisterhaft auf Kassette gesprochen hat, aber auch als Glückwunsch für ihre Leistungen im Film und (angelehnt an dieses Buch) im Jugendtheater.

Von Herzen mit aller Liebe

Eddy C. Bertin

INHALT

ERSTER AKT

ZWEITER AKT

DRITTER AKT

ERSTER AKT

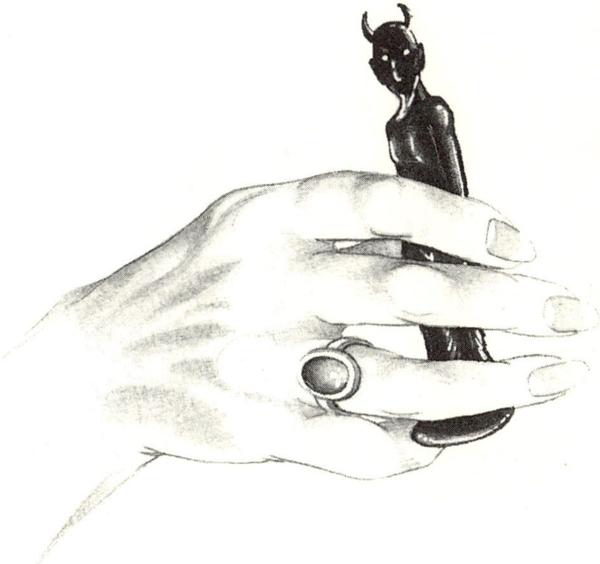

1. ROTE ZIMMER

Peggy ist sich bewusst, dass sie tot ist: Mir nichts, dir nichts kann sie durch eine Wand spazieren! Sie spürt eine ungeheure Kälte, vor allem als sie auf halbem Wege in der Mauer stecken bleibt. Peggy merkt, dass ihr Kopf und die rechte Hand in einem Zimmer sind, während das Bein noch im Zimmer hinter ihr steht.

Das Zimmer, in das sie jetzt schaut, ist wie das hinter ihr. Beide sind rot und kahl. Es gibt keine Möbel, keinen Teppich. Die Wände, die Decke und der Boden sind allesamt rot wie Blut.

Peggy bleibt stocksteif stehen. Sie kann sich nicht mehr bewegen, ihr Körper scheint in der Mauer gefangen zu sein. Es ist kalt in den roten Zimmern, aber sie sieht nicht den Hauch ihres Atems. Sie spürt, dass sie atmet, aber es kommt keine Luft aus ihrem Mund. Peggy versucht ihre Finger zu bewegen, dann ihre Hände. Ihre linke Hand sitzt in der Mauer fest, aber die rechte kann sie bewegen. Ganz vorsichtig tastet sie zu ihrer Brust. Sie fühlt ihr Herz nicht schlagen.

Ich bin tot!, denkt sie. ICH BIN TOT!

Einen Moment lang erfüllt sie dieses Wissen mit einem großen Gefühl der Angst, aber dann beißt sie ihre Zähne in die Unterlippe.

»Alles Unsinn!«, sagt sie laut. Die roten Wände fangen ihre

Worte auf und werfen sie zurück. Immer wieder. Ein Echo, das ständig hin- und hergeworfen und immer lauter wird. Unsinn, UnSINN, UNSINN! Die Worte werden zu einem Sturzbach an Geräuschen, die auf ihre Trommelfelle einprasseln und dann plötzlich wegebben.

»Wenn ich sprechen kann, bin ich nicht tot«, flüstert Peggy. Aber wo bin ich hier?, fragt sie sich. Und was ist mit mir passiert?

Sie versucht auch ihr linkes Bein und die linke Hand in das nächste Zimmer zu heben. Es geht ganz schwer, so, als wäre ein Teil ihres Körpers in der Mauer eingeklemmt. Auch die Rückseite ihres Kopfes sitzt fest, ihre Ohren schauen gerade aus der Wand heraus, aber der Nacken sitzt noch drin.

Peggy schaut sich um, aber in dem Zimmer gibt es nichts, woran sie sich festhalten könnte, um sich aus der Wand zu ziehen.

Kein Tisch, kein Stuhl. Sie windet ihren Körper und dann kommt ihr Kopf mit einem flutschenden Geräusch frei, als ob die Wand ihn mit einem Seufzer loslassen würde. Ihr Nacken fühlt sich eiskalt an. Sie windet ihre Schultern und Beine. Eine eisige Kälte blitzt durch ihre Gliedmaßen, es prickelt und tut weh. Dann lässt die Mauer einen erneuten Seufzer los, wie einen kalten Pups, und Peggy ist frei.

Sie schlägt die Arme um sich, aber davon wird ihr auch nicht warm. Die Kälte des Zimmers sitzt ganz tief in ihrem Körper und in ihrem Kopf. Peggy kann nur mit Mühe nachdenken. Ihre Gedanken sind wie träge fließendes Wasser voller Eisschollen. Ab und zu kommt ein klarerer Gedanke, aber sie kann sich nicht lange auf ihn konzentrieren. Wenn sie nachdenkt, tut es sowieso weh in ihrem Kopf. Derselbe kalte, prickelnde Schmerz, den sie fühlte, als sie durch die Mauer ging.

Peggy versucht sich zu erinnern, wie es passiert ist. Sie dachte gar nicht nach, sie ging einfach durchs Zimmer und plötzlich lief sie auf die Wand zu und durch sie hindurch. Aber was tat sie in dem anderen Zimmer? Und was will sie überhaupt in diesem?

Sie schaut sich um. Der Boden, auf dem sie steht, besteht aus breiten Dielen, die dick mit mattroter Farbe bestrichen sind. Die Wände bestehen aus roten Backsteinen, sogar die Fugen sind rot. Ebenso die Decke, die aus Beton zu sein scheint. Peggy merkt jetzt, dass sie auf bloßen Füßen steht. Sie krümmt ihre Zehen, aber sie fühlt die Unebenheiten im Boden nicht. Sie kneift sich in den Arm, dann tastet sie Mund und Nase ab. Sie leckt an ihren Fingern. Sie fühlt alles, aber es fühlt sich irgendwie nicht so an, wie es sollte.

So, als berühre man mit der Zunge das Zahnfleisch, kurz nachdem man vom Zahnarzt eine Betäubungsspritze bekommen hat. Man spürt, da ist was, aber das ist auch alles.

Sie schluckt einen Moment.

»Wo bin ich hier?«, fragt sie laut. Unmittelbar darauf hält sie sich mit den Händen die Ohren zu: Das Zimmer verstärkt ihre Worte und wirft sie zurück. Als ob jedes Wort einen Sturm an Geräuschen verursacht, der für einen Moment zur vollen Stärke anschwillt und dann plötzlich im Nichts verschwindet.

Ich halte wohl besser meinen Mund, solange ich hier bin, denkt sie. Solange ich hier bin? Wie lange bin ich hier schon? Sie schließt die Augen und versucht angestrengt nachzudenken. Ich heiße Peggy!, denkt sie. Peggy Veerstra! Ich bin zwölf

Jahre alt. Ich wohne . . . Weiter kommt sie nicht. Vom Nachdenken bekommt sie Kopfschmerzen, ein rotes Band, das sich rund um ihre Gedanken legt. Sie hört ein seltsam kicherndes Geräusch und spitzt die Ohren. Aber das Geräusch ist schon wieder weg.

Sie dreht sich um und schaut zu der Wand, durch die sie gegangen ist. Nirgendwo sieht sie eine Tür oder ein Fenster.

Vielleicht gibt es irgendwo eine Geheimtür? Aber sie sieht nirgendwo einen Spalt. Überhaupt, wieso kann ich eigentlich sehen?, fragt sie sich. Nirgendwo gibt es eine Lampe oder Kerze oder sonst etwas, das Licht verbreitet, aber dennoch sieht sie alles scharf und deutlich, obwohl die Mauern kein Licht abgeben.

Sie streckt eine Hand aus und tastet mit ihren Fingern an den Steinen. Hart und kalt. Peggy drückt und sieht, wie ihre Finger in den Stein gleiten, aber unmittelbar darauf spürt sie einen Schmerzstich, als ob die Mauer in ihre Finger beißen würde. Sie zieht ihre Hand zurück und mit einem Flutschgeräusch kommen ihre Finger wieder frei. Was auch immer los sein mag, es scheint keine gute Idee zu sein, durch die Mauer zurückzugehen. Überhaupt, das Zimmer, aus dem sie gekommen ist, ist ganz genau wie dieses.

Wenn ich lange und angestrengt nachdenke, weiß ich wohl wieder, wie ich hierher gekommen bin, denkt sie. Aber das macht sie lieber nicht, denn das rote Band in ihrem Gehirn zieht sich sofort enger zusammen und schmerzt noch viel mehr.

Sie dreht sich um und macht ein paar Schritte in die Mitte des Zimmers. Seitlich von ihr bewegt sich plötzlich etwas. Sie wendet den Kopf. Ein mageres Mädchen mit einem langen, bleichen Gesicht blickt sie direkt an. »Wer bist du?«, fragt Peggy und gleichzeitig öffnet auch das Mädchen den Mund und fragt dasselbe.

Peggy steht vor einem Spiegel. Der Spiegel ist dreieckig und hängt mit der Spitze nach unten. Nein, er hängt nicht, sieht sie jetzt, er ist in die Wand eingearbeitet. Der Rahmen ist aus rotem Holz und voll seltsamer Zeichen. Der Spiegel ist nicht aus Glas, sondern aus irgendeinem Metall, Bronze oder Kupfer. Hinter dem Mädchen im Spiegel sieht Peggy ein anderes, kleineres Mädchen, und noch eins, und noch eins. Sie dreht sich um. An der Wand hinter ihr sieht sie jetzt auch einen Spiegel und an den anderen Wänden sind auch welche. Sie spiegeln rot und sind so in die Wände eingelassen, dass man sie erst bemerkt, wenn man genau zwischen ihnen steht. Peggy schaut nach oben und nach unten. Auch in der Decke und im Fußboden sind Spiegel. Sechs insgesamt. Peggy steht in der Mitte des roten Zimmers und sieht sich selbst hunderte Male widergespiegelt, kleiner und kleiner, in jeder Richtung. Wieder hört sie das verrückte, kichernde Geräusch.

Eine der Peggys im Spiegel lacht mit offenem Mund. Eine andere streckt Peggy ihre rosa Zunge raus.

»Ich werde verrückt!«, sagt Peggy. Diesmal wirft das Zimmer ihre Worte nicht zurück, sie klingen hohl, als würden sie unmittelbar aus dem Zimmer herausgezogen. Die Spiegelbilder blicken sich an und schnattern: »Verrückt. Sie sagt, dass sie verrückt wird. Wie kann sie verrückt werden?«

Sie schüttelt den Kopf. Ein Spiegelbild folgt ihr, aber ein anderes popelt in der Nase, ein drittes schaut einfach böse. Peggy bewegt sich nicht mehr. Nach einer Weile verstummt das Geschnatter aus den Spiegeln und die Spiegelbilder schauen sie ruhig an. Ich trage ein hellblaues Kleid, merkt Peggy, zumindest glaube ich, dass es hellblau ist, denn mit all dem Rot, das die Spiegel zurückwerfen, ist das schwer festzustellen.

Rot wie der Fleck auf ihrer Brust. Der ganz dunkle, getrocknete Fleck rund um das Loch in ihrem Kleid.

Peggy will nachdenken, sie muss nachdenken, sie muss wissen, was passiert ist. Aus dem Eis tauchen Erinnerungen auf, wie dunkle Fische, die für einen Moment nach Luft schnappen. Ein Geschäft, ein dunkles Geschäft voller Bücher. Sie wollte ein Buch kaufen. Ein Mann, der die Tür hinter ihr verschloss und die Gardinen zuzog. Ein Messer.

Peggys Kopf fängt an sich zu drehen. Sie will nicht mehr nachdenken.

Die Spiegelbilder lassen sie sehen, was sie macht. Sie knöpft ihr Kleid auf und sieht die große Wunde unter dem Fleck.

Das Gekicher im roten Zimmer wird lauter.

Peggy setzt sich auf den Boden und hält sich die Hände vor die Augen. Sie merkt, dass sie weint, aber es fließen keine Tränen. »Wo bin ich hier?«, schluchzt Peggy. »Was mache ich hier? Wer bin ich?«

»Wer bin ich?«

Das Echo dieser Worte hängt noch im Zimmer, als Valentina ihre Augen öffnet. Sie weiß, dass sie diese Worte soeben selbst gesprochen hat.

Valentina steht in ihrem Schlafzimmer vor dem Spiegel. Ihre Augen fühlen sich kalt und starr an, als ob sie ganz tief geschlafen hätte. Obwohl es warm ist im Zimmer, hängen einige Eistropfen am Spiegelglas, an dem ihr Atemhauch sofort gefroren ist. Valentina zittert, sie fühlt sich durch und durch kalt. Als sie sich vom Spiegel abwendet, nimmt die Kälte ab. Für einen Moment glaubt sie, dass sie im Spiegel eine schwache rote Glut sieht, aber dann ist die Glut schon verschwunden. Sie sieht nur sich selbst, in ihrem Pyjama, auf bloßen Füßen. Kein blaues Kleid, kein rotes Zimmer.

Was für ein ekliger Traum, denkt sie. Ich bin davon wach geworden. Sie schaut auf die Uhr. Es ist gerade drei Uhr am Morgen. Als Valentina wieder in ihr warmes Bett springt, fragt sie sich, warum sie vor dem Spiegel stand. Sie bekommt das bange Gefühl, dass dies nicht nur ein unheimlicher Traum war!

2. DAS SCHREIENDE ETWAS

Anton steht vor dem Spiegel in seinem Zimmer und zieht seinen neuen Sakko an, der kein Revers hat und verborgen eingenähte Taschen. Völlig hipp! Leider sind die Taschen nicht tief genug. Sobald sich Anton bewegt, fällt alles heraus. Die Jacke hat auch nur eine Innentasche, gerade groß genug, um seine Brieftasche und die Monatskarte für den Bus dort unterzubringen.

»Verflixt, wo lass ich jetzt mein Notizbuch?«, murrt er. Anton hat die Angewohnheit, überall sein kleines Schreibheft mit hin zu schleppen, in das er zu passender und unpassender Zeit, am liebsten während der Schulstunden, Ideen für seine Geschichten einträgt. Anton will später Schriftsteller werden, aber weiter als mit dem Aufschreiben der Ideen ist er eigentlich noch nicht gekommen. Oh ja, es gibt schon eine ganze Menge voll geschriebener Blätter in einer Schublade seines Kleiderschranks, sicher versteckt unter seiner Unterwäsche. Aber das sind keine richtigen Geschichten, eher Wunschträume und Briefe, die er geschrieben, aber nie abgeschickt oder weitergegeben hat. Die meisten dieser Wunschträume haben etwas mit einem Mädchen zu tun, das Valentina heißt und das von allen Valentina Hexibell genannt wird.

Der Spiegel zeigt auch das Zimmer hinter Anton.

Sofort ins Auge springen die großen Filmposter von Christopher Lee als »Die Mumie« und Boris Karloff als das Monster in »Frankenstein«. Das Letztere ist eine Fotokopie, für die Anton eine ganze Menge Geld hinblättern musste. Das Original war unbezahlbar, aber ein guter Freund in einem Geschäft, das Gruselvideos verleiht und verkauft, hat ihm diese Kopie besorgt. Und natürlich hängen dort die großen Poster von »Bram Stokers Dracula« und darunter »Love never dies«. »Liebe stirbt nie«, sagt Anton mit einem Seufzer. Aber manchmal ist sie schwer zu erobern. Dracula starb wenigstens in den Armen seiner Geliebten. So weit würde Anton es allerdings wohl nicht treiben wollen. Er wäre schon ganz zufrieden, wenn er in einem Kino Valentinas Hand halten könnte. Am liebsten bei einem Gruselfilm natürlich, bei einem wirklich unheimlichen, sodass Valentina sich eng an ihn heransetzen würde. Dann würde er seinen Arm um ihre Schulter legen und sagen: »Keine Angst, ich beschütze dich doch!«

Alles Unsinn natürlich, als ob Valentina bei einem Film Angst bekommen würde. Sie hat Sachen mitgemacht, die viel horrormäßiger waren als ein Gruselfilm. Anton übrigens auch.

Anton setzt seine Brille mit den viereckigen Gläsern auf seine Nase, sodass er sich selbst besser sehen kann. Er nimmt eine Pose ein, die eine Schulter etwas hoch, als ob unter der Jacke ein Holster mit einem Magnum-Revolver stecken würde. »Mein Name ist Bond«, sagt er, »James Bond!«

Keine Ähnlichkeit. Der Filmheld James Bond, Geheimagent 007, ist groß und schlank. Anton dagegen ist klein und eher etwas pummelig. Außerdem sitzt die neue Jacke nicht besonders. Mit Wehmut blickt Anton auf seinen alten karier-

ten Sakko. Soll er doch wieder seine vertraute Jacke anziehen? Aber er hat seine Eltern so lange bekniet, bis sie ihm diesen teuren modernen Sakko gekauft haben, jetzt muss er ihn wohl tragen. Und überhaupt, Valentina hat schon verschiedene Male gesagt, dass er mit »diesem karierten Teil« unmöglich altmodisch aussehe.

»Na, dann mal los! Gehen wir!«, murmelt Anton. »Ende der Ferien! Zurück zur Schule!«

Im Bus legt er seinen Rucksack neben sich, um einen Platz besetzt zu halten. Eine ältere Dame steigt ein und wirft ihm einen bösen Blick zu. Anton hört sie laut brummeln: »Unverschämte Bengel! Glauben, der ganze Bus gehört ihnen!« Anton wird etwas rot im Gesicht, aber er nimmt seinen Rucksack nicht weg. Zum Glück findet die Dame weiter hinten im Bus noch ein Plätzchen. Anton sitzt kribbelig auf seinem Sitz. Zwei Haltestellen, drei. Da steht Valentina und wartet auf den Bus.

Als sie einsteigt, winkt Anton heftig und stellt schnell seinen Rucksack auf den Boden. Valentina ist klein und zart gebaut. Sie hat hellgrüne Augen und kleine Zähne, mit denen sie manchmal auf ihre etwas zu dick geratene Oberlippe beißt. Aber heute scheint es eine neue Valentina zu sein, die sich neben Anton setzt.

»He, was hast du mit deinen Haaren gemacht?«

»Findest du's hübsch?«

»Na ja, man muss sich erst dran gewöhnen«, sagt Anton. Valentinas Haar ist jetzt rot und lockig. »Es ist schon ein großer Unterschied zu den schwarzen Strähnen, die du vorher hattest.«

»Ich wollte mal was ganz anderes. Etwas Aufregendes! Meiner Mutter ist alles ziemlich egal. Also sagte ich, dass ich rote Haare haben will!«

»Stehen dir gut, vor allem die Locken.« Er findet wirklich, dass Valentina mit diesen Haaren hübsch aussieht, ihr Kopf erinnert ihn an einen Sonnenuntergang. Die roten Locken umrahmen ihr schmales Gesicht mit dem kleinen Näschen wie eine flammende Wolke.

»Na, da sind wir wieder, unterwegs zur Schule«, sagt Valentina. »Was hast du in den Ferien gemacht? Ich hab ein paar Mal angerufen, aber du warst nicht zu Hause.«

»Nein, wir sind gestern erst zurückgekommen«, sagt Anton. »Meine Eltern wollten nach Frankreich, durch das ganze Weingebiet. Du weißt, dass mein Paps verrückt danach ist. Ich hab mich zu Tode gelangweilt. Ich bin zweimal in einem neuen Gruselfilm gewesen, aber die waren auf Französisch und ohne Untertitel. Zum Glück hatte ich Bücher mit.«

»Schön«, sagt Valentina. »Dann konntest du wenigstens lesen.«

»Und du?«, fragt Anton. »Wie waren deine Ferien?«

Valentina schüttelt den Kopf. »Auch nicht besonders toll.«

Anton hakt nach. »Wieso? Was hast du denn so gemacht?«

»Ach, eigentlich nichts. Mama war die ganze Zeit ziemlich beschäftigt mit ihrer Arbeit. Ständig brachte sie Akten mit nach Hause und hackte auf ihrem Laptop rum, als ginge es um ihr Leben. Ich bin zwei Wochen bei Papa gewesen, aber ich konnte nicht besonders gut mit der Tante auskommen, mit der er jetzt zusammenwohnt. Diese Margie, bah, was für eine dumme Ziege. Ich kapier nicht, was Papa an der findet!«

Anton sagt lieber nichts dazu. Valentinas Eltern sind schon

eine Zeit lang auseinander und Valentina spricht nicht gern über die Scheidung.

Es gibt noch mehr Sachen, über die Valentina nicht gerne redet.

Zum Beispiel über das gruselige Abenteuer mit Ebbelbuez Greys* im Frühjahr. Anton hat noch immer nicht alles verstanden. Valentina wollte nie erzählen, was in der letzten Nacht auf dem Friedhof in Greyshuysen passiert ist. Valentina war damals allein mit ihrem grauen Kater Sir James durch das eiserne Friedhofstor gegangen, während Anton von einer unsichtbaren Wand zurückgehalten wurde, die er nicht durchbrechen konnte.

Valentina schaut aus dem Fenster. »He, Vickie ist nicht eingestiegen«, sagt sie, als der Bus wieder anfährt. »Wo ist sie?«

»Die kommt nicht mehr mit dem Bus«, sagt Anton. »Sie fährt jetzt mit dem Fahrrad zur Schule, mit Freddie. Durch den Wald gibt es jetzt einen neuen Weg. Wohl 'ne ziemlich dicke Sache zwischen den beiden!«

Valentina sagt nichts. Und Anton schweigt auch. Er sieht Valentina von der Seite an, bis sie es plötzlich merkt und ihm geradewegs in die Augen schaut. »Was sitzt du da und glotzt mich ständig an?«, schimpft sie.

Anton wird rot. »Oh, nichts! Nur so!«, sagt er. Der Bus fährt durch die Einkaufsstraße von Greyshuysen und vorbei am alten Friedhof. Anton sieht, dass Valentina zum Tor schaut.

»Hast du deinen grauen Kater schon mal wieder gesehen?«,

---

* Valentina und Die dreizehnte Nacht

fragt er. »Du hast mir nie erzählt, was mit Sir James passiert ist.« Valentina schüttelt den Kopf. Sie kreuzt die Arme über ihre Brust und schließt für einen Moment, völlig in Gedanken, die Augen.

»Er ist weg, aber auf eine ganz bestimmte Art ist er doch immer bei mir.« Sie schluckt kurz, als ob sie etwas Unangenehmes schmecken würde. »Ich hätte schon gerne, wenn er mir das auf eine andere Art und Weise zeigen würde«, murmelt sie.

»Was meinst du damit?«

Anton bekommt keine Antwort. Sie fahren an brachliegenden Grundstücken vorbei. In der Ferne sieht Anton das Rathaus von Greyshuysen und das Museum, dann macht der Bus einen weiten Bogen um den westlichen Rand des Waldes.

Da ist die Schule.

»Da sind wir wieder!« Freddie grinst. »Endlich wieder ein paar vertraute Gesichter!«

Er hat sein Haar ganz kurz geschnitten und trägt ein weißes T-Shirt, auf dem ein monsterartiges Wesen ein Krokodilmaul aufreißt und lange graue Krallen ausstreckt. »Alien War – London« steht darauf.

»Wir haben dich in den Ferien ja fast überhaupt nicht gesehen«, sagt Vickie zu Valentina. Sie hat kurze, dunkelblonde, glatte Haare und ein schmales Gesicht.

»Ich hatte nicht viel Zeit«, murmelt Valentina.

»Aber du hättest doch mal anrufen oder vorbeikommen können!«, sagt Vickie. »Wir sind doch deine Freunde!« Sie ergreift Freddies Hand und kneift hinein. Freddie zieht seine Hand zurück. Er grinst etwas verlegen.

»Oh, diese Turteltäubchen!«, sagt Valentina. Sie dreht sich um und geht weg.

Freddie und Vickie schauen ihr überrascht nach.

»Was ist denn mit Hexibell los?«, fragt Freddie.

»Ach, zwischen ihren Eltern klappt's nicht so«, sagt Anton. »Sie lassen sich jetzt definitiv scheiden. Und Valentina Hexibell kann anscheinend die neue Freundin ihres Vaters nicht leiden!«

»Tja, das kann ich schon verstehen«, sagt Freddie. »Aber deshalb muss sie doch uns gegenüber nicht so nervig sein!«

»Was kapiert ihr schon, ihr Dösköppe!«, sagt Vickie. Sie geht Valentina nach.

Freddies Mund bleibt offen stehen. Dann gibt er Anton einen kräftigen Schlag auf die Schulter.

»Du sagst doch immer, dass du so schlau bist. Dann erzähl mir mal, was für ein fürchterliches Verbrechen ich jetzt begangen habe!«

Anton reibt über seine Schulter. »Also, erstens musst du etwas weniger hart zuschlagen und zweitens bist du tatsächlich ein Döskopp, wenn du nicht kapierst, wie man mit Mädchen umgeht!«

Freddie schaut ihn böse an. »Nenn mich noch einmal einen Döskopp und ich schlag dir aufs Maul!«

»Döskopp!«

»Okay! Schon kapiert! Weiberkram und so, natürlich!« Freddie blickt sich um. Er sucht einen anderen, mit dem er sich auseinander setzen kann. Der kleine Dirk. Wäre prima, aber der hat einen Bruder, der größer ist als Freddie. Das hat er schon mal am eigenen Leib zu spüren bekommen. Den kleinen Dirk sollte er besser in Ruhe lassen.

Anton reibt sich die Nase. Da steht er nun mit seinem neuen Sakko und keinem ist er aufgefallen.

»Komm schon, Valentina, was ist los?«, sagt Vickie, als sie Valentina eingeholt hat.

»Och, alles. Mama will nicht mal, dass ich zu Hause Papas Namen ausspreche. Sie deckt sich mit Arbeit für ihre blöde Computerfirma ein. Die Verkaufsdirektorin will an nichts anderes mehr denken. Und wenn ich bei Paps bin, ist die dumme Ziege von Margie immer in der Nähe. Sie hängt dauernd um ihn herum, damit er ja keinen Schritt alleine unternimmt! Und Paps findet das auch noch toll!«

Vickie nicht verständnisvoll. »Tja, ich kapier schon, dass das für dich ätzend ist. Ich hab so was auch schon mal mitgekriegt. Eine ganze Menge Freunde meiner Eltern haben sich scheiden lassen. Dann rief der Mann meinen Vater an, um sich zu beklagen, und seine Exfrau telefonierte mit meiner Mutter, um über ihn herzuziehen. Weißt du, was das Verrückteste war? Letztendlich kam keiner der beiden noch mal bei meinen Eltern zu Besuch. Erwachsene wollen immer Menschen gegeneinander ausspielen. Als meine Eltern sagten, dass das eigentlich nicht ihre Sache sei und dass sie für keinen Partei ergreifen wollten, blieben sie alle beide weg. Für immer!«

Valentina wischt sich über die Augen. »Aber ich sitze zwischen allen Stühlen. Es sind nicht einfach nur Bekannte, es sind meine Eltern! Es kommt mir vor, als würden alle von mir verlangen, dass ich mich für einen von ihnen entscheide. Und das kann ich nicht! Ich liebe sie doch beide! Wie kann ich da wählen? Ich will das nicht! Ich werd davon noch todkrank! Außerdem hab ich seit heute Morgen wieder meine Tage!«

»Oh, dieser Nervkram!«

Valentina seufzt. Sie zögert einen Moment, aber dann muss sie es loswerden. »Ich hab sie zum ersten Mal bekommen, als ich dreizehn wurde. In der Nacht, als ich von diesem alten Friedhof wegging, nachdem ich Greys endgültig begraben hatte.«

»Aber du wusstest doch . . .«

»Natürlich!«, schimpft Valentina. »Ich bin doch keine dumme Kuh! Mama hat mir alles erzählt, was ich wissen muss. Aber es kam so unerwartet. Als ob es was mit der Sache in Greyshuysen zu tun hatte, mit der Walpurgisnacht und all den Geschichten über Hexerei und Sir James, der gerade davonlief! Einmal muss natürlich das erste Mal sein, das weiß ich auch, aber . . . aber . . .«

Vickie legt ihre Hand auf Valentinas Schulter, die plötzlich anfängt leise zu schluchzen. Sie führt sie zu einem ruhigen Plätzchen, wo die anderen sie nicht beobachten können. »Ich hatte solche Angst«, schluchzt sie, »und es war niemand da! Du und Freddie wart verletzt, Sir James war weg und Anton mochte ich nichts sagen!«

»Na, das versteh ich, dieser dröge . . .«

Valentina wischt sich die Tränen aus den Augen. Sie schluckt einige Male. »Anton ist ganz in Ordnung«, sagt sie, »aber mit einem Jungen kann man über so etwas nicht reden. Vickie, ich weiß mir selbst keinen Rat. Ich würde sie am liebsten anschreien. Sie sind so blöd zueinander! Und jetzt wieder meine Tage! Und . . . und . . .«

»Was denn noch, Val? Raus damit!«

»Diese Träume, Vickie! Ich habe wieder seltsame Träume. Du weißt, was Oma Hennie mir erzählt hat, über das Erbe der Hexerei, das ich antrete. Ich besitze besondere Fähigkeiten und Oma sagt, dass ich lernen muss sie zu gebrauchen. Aber ich weiß nicht, wie. Oma will mich nicht unterrichten und Mama glaubt sowieso nicht daran. Und jedes Mal, wenn ich meine Tage habe, fang ich auch an zu träumen!«

»Aber haben die Träume nicht nach der dreizehnten Nacht aufgehört? Ist denn nicht alles vorbei? Greys ist endgültig tot! Er hat keine Macht mehr! Das hast du mir selbst erzählt!«

»Dies sind andere Träume. Es sind Träume über Blut! Sie begannen letzten Monat. Du warst in den Ferien. Ich konnte mit niemandem darüber sprechen. Ich träumte von Zimmern, in denen das Blut von den Wänden strömte, und in meinem Traum bin ich in diesen Zimmern und ich bekomme Angst, unheimliche Angst!«

»Ach. Das sind ganz normale Träume. Wenn du deine Tage hast, fühlst du dich übel und krank. Das ist alles!«

»Wenn das so wäre! Die Träume kommen zurück. Immer wieder. Vielleicht hast du Recht. Wenn meine Tage vorbei sind, hören auch die Träume auf!«

»Siehst du? Nichts Besonderes. Vergiss die Träume einfach. Nach ein paar Tagen fühlst du dich wieder okay. Und wenn es etwas gibt, bin ich immer für dich da!«

»Ja«, sagt Valentina, aber sie sagt nicht alles, was sie denkt. Du hast Freddie, denkt sie, du bist nicht allein. Du hast jemanden, dem du alles erzählen kannst, jemanden, der deine Hand hält. Aber ich habe niemanden mehr. Papa und Mama haben sich völlig verändert, sie kapseln sich ab. Ich bin allein, ganz allein mit meinen Träumen von blutroten Zimmern.

Und in diesen Zimmern gibt es etwas, das schreit, etwas, das Angst hat und versucht mich zu erreichen. Und ich weiß nicht, was es ist. Es macht mir nur schreckliche Angst!

3. EISIGER TRAUM

In der Nacht liegt Valentina mit offenen Augen im Bett und schaut in die Dunkelheit. Sie hat Bauchschmerzen, sie ist müde und will schlafen, aber sie liegt da und ist wütend auf sich, weil sie nicht einschlafen kann. Sie hat sogar ihren Kuschelpanda aus dem Bett getreten. Und wie kalt es im Zimmer ist! Valentina hat über ihren Pyjama noch eine Jacke gezogen, aber sie fühlt sich immer noch ganz durchgefroren.

Valentina legt sich auf die Seite, sodass sie zum Fenster schauen kann. Entlang der schweren Übergardine fällt etwas Licht von der Straße nach innen. Seltsam, denkt Valentina, mir ist nie aufgefallen, dass das Fenster dreieckig ist.

In dem Moment, als ihr bewusst wird, dass es nie dreieckig war, beginnt das Fenster sich zu drehen, bis es mit der Spitze nach unten zeigt. Dann wird es größer und kommt langsam auf Valentina zu. Ein eisiger Wind aus dem schwarzen Dreieck bläst die Bettdecke zur Seite. Valentina schlägt die Arme um sich, die Kälte fährt ihr bis in die Knochen. Dann spürt sie, dass das schwarze Dreieck sie anzieht. Sie setzt sich aufrecht hin und versucht hineinzuschauen, aber sie sieht nur Finsternis. Aber was sie sieht, ist nicht das, was sie fühlt. Etwas in dieser Dunkelheit ruft nach ihr. Das spürt Valentina mit Sinnesorganen, für die sie keinen Namen hat. Dann glaubt sie ein Geräusch zu hören, ein seltsam kicherndes Geräusch.

Valentina hat Angst und ist gleichzeitig doch neugierig. »Aber warum hab ich Angst?«, fragt sie laut. »Ein dreieckiges Fenster. Dies ist ein verrückter Traum. Ich wecke mich besser selbst auf!« Sie kneift sich in den Arm. »Aua!«

Valentina bekommt noch mehr Angst. »Aufhören! Ich will wach werden!«, ruft sie. In diesem Moment gleitet das schwarze Dreieck genau über sie und saugt sie ein. Die Kälte ist enorm, als würde sie durch einen See aus Eis gleiten. Dann fällt sie ins Nichts. Für einen Moment hat sie das Gefühl, ihr Magen versuche durch ihren Mund nach außen zu gelangen.

Dann wird aus dem Fall ein Gleiten und plötzlich erblüht die Dunkelheit in rotem Licht.

Valentina will ihre Augen schließen, aber ihre Augenlider scheinen erfroren zu sein. Sie weiß jetzt, wo sie ist. Hier war sie früher schon mal. Bei den letzten Malen blieben es vage Träume, an die sie sich nur in Bruchstücken erinnern kann, aber jetzt sieht sie alles scharf.

Sie steht in einem der roten Zimmer. Sie lehnt mit einer Hand an der Wand, ihre Füße stehen auf dem Boden, aber sie fühlt nichts. Und sie ist nicht allein im Zimmer.

Ein Junge sitzt zusammengekauert in einer Ecke. Er scheint etwas älter als Valentina zu sein und hat dunkelbraunes Haar, das unordentlich herunterfällt. Er trägt eine altmodische, zugeknöpfte Jacke. Der Junge hält sich mit beiden Händen die Ohren zu.

»Hau ab!«, sagt er. »Ich hab keine Angst! Und ich will nicht wach werden!«

»Na, ich schon!«, sagt Valentina.

»Ihr könnt mich nicht zwingen wach zu werden!«, ruft der Junge. »Und ich schau euch lieber nicht an!« Valentina hört wieder das kichernde Geräusch. Sie dreht sich um, aber außer ihnen ist niemand in dem roten Zimmer. Dann hört sie weitere Geräusche: kleine nackte Füße, die über den Holzfußboden tapsen, dann kratzende Geräusche, als ob die Füße Krallen hätten. Der Junge tritt plötzlich mit seinen Füßen nach links, wo nichts zu sehen ist.

»Lass mich in Frieden!«, ruft er.

»Das sagst du doch nicht zu mir, oder?«, fragt Valentina.

»Oh, unsere Stimmen verändern sich«, sagt der Junge. Er schaut hoch, aber er blickt auf eine Stelle direkt neben Valentina, als würde er sie überhaupt nicht sehen.

»Wir kichern nicht mehr, nicht wahr?«

»Ich kichere nie, nur wenn etwas lustig ist«, sagt Valentina, »und das hier ist nicht lustig!«

Der Junge sieht sie jetzt an. Er hat hübsche graublaue Augen. Dann schüttelt er den Kopf. »Ich hab gewusst, dass ich hier verrückt werden würde«, sagt er. »Nun, ihr Kichermonster, ihr habt's geschafft. Jetzt hör ich schon eine Mädchenstimme!«

»Siehst du mich denn nicht?«

Der Junge kneift die Augen etwas zusammen. Dann zieht er gelassen die Schulter hoch. »Was soll's? Wer du auch bist, du bist kein Kichermonster. Die kann ich sehen, wenn ich mir Mühe gebe. Vor allem, wenn ich ihnen einen Tritt verpassen will. Aber hier waren schon andere Besucher, die ich auch nicht sehen konnte. Also bist du eine neue Art von Quälgeist, oder ich rede mit mir selbst.«

Er kratzt sich an der Nase. »Obwohl, das mache ich schon eine Zeit lang, aber es wäre das erste Mal, dass ich mir selbst auch Antworten gebe. Und dann noch mit der Stimme eines

Mädchens. Na schön, meine geheimnisvolle Stimme, hast du auch einen Namen?«

»Ich heiße Valentina. Und wer bist du?«

»Rob!« Der Junge steht auf. »Ich bin Rob, beziehungsweise war Rob, das hängt davon ab, wie man's sehen will. Wo stehst du?«

»Ich steh jetzt dicht vor dir.«

Rob streckt seine Hand aus. Valentina sieht, wie sie näher kommt und in ihr verschwindet. Sie hat für einen Moment das eklige Gefühl, dass etwas Leichtes und Kaltes durch sie hindurchfährt.

»Na ja, das ist alles«, sagt Rob, »ich hör dich, aber ich sehe und fühle dich nicht.«

»Ich denke, dass ich träume«, sagt Valentina.

Rob lacht. Es ist kein angenehmes Lachen. Er steckt seine Hände in die Jackentaschen. »Na, wenn das deine Vorstellung von einem Traum ist, dann vergiss es. Für dich ist es vielleicht ein Alptraum, aber für mich ist es die Wirklichkeit. Also, du glaubst, dass du von mir träumst, Valentina?«

»Ich hab schon früher von diesen Zimmern geträumt«, sagt Valentina. »In diesen Zimmern war etwas, das schrie, aber das Schreien hör ich jetzt nicht.«

»Na ja, das werde ich wohl gewesen sein. 'tschuldige, dass ich deine Träume gestört hab!«

»Das ist überhaupt nicht lustig«, sagt Valentina. »Ich bin hier nicht zum Spaß! Ich weiß selbst nicht, wie ich hier gelandet bin. Aber da ich schon mal da bin, müssen wir uns nicht auch noch gegenseitig beschimpfen!«

»So würde ich nie zu mir selbst sprechen«, sagt Rob nachdenklich. »Bist du vielleicht wirklich echt?«

»Das kann ich dich auch fragen. Wo bin ich hier eigentlich?«

»Gute Frage«, sagt Rob, »die stell ich mir selbst schon seit Jahren. Aber eine Antwort hab ich nicht.«

»Jahren? Wie lange bist du denn schon hier? Wie alt bist du?«

»Vierzehn. Die bin ich schon ein paar Jährchen. Hier zu sein hat den Vorteil, dass man nicht mehr älter wird.« Rob lacht spöttisch. »Sieh dir die Wände an, die Spiegel, spielst du mit? Am Anfang hab ich ein Spielchen mit mir selbst gemacht: Such die Tür! Aber es gibt keine Tür!«

»Nein«, sagt Valentina, »und frag mich nicht, wie ich hereingekommen bin, denn das weiß ich nicht. Ich lag im Bett, ich träumte und dann kam ich her. Von den anderen Zimmern habe ich nur geträumt.«

»Andere Zimmer? Gibt es noch mehr davon?«

»Das glaub ich schon, ja.«

»Magerer Trost«, sagt Rob, »trotz des Komforts. Ich trinke nicht, ich esse nicht, ich muss nicht zur Toilette. Aber langweilig ist es schon, außer wenn die Kichermonster kommen, um mich zu triezen. Du musst sie da nur sitzen sehen, die Typen!«

»Kichermonster? Haben die diese Geräusche gemacht? Ich meine, dieses verrückte Lachen und das Kratzen mit den Nägeln?« Valentina sieht sich um, aber sie und Rob sind allein im Zimmer. Dann hört sie unterdrücktes Kichern, es kommt von verschiedenen Seiten.

»Siehst du sie nicht?«, fragt Rob. »Na, das muss dir nicht Leid tun. Ich wünschte mir, dass auch ich sie nicht sehen könnte! Meistens bleiben sie unsichtbar, aber manchmal machen sie sich einen Spaß draus und zeigen sich für einen Moment. So wie jetzt, ich seh sie da sitzen, überall im Zimmer. Wie eine Bande verwöhnter, ätzender Kinder!«

Valentina fröstelt. Die verschwommenen kichernden Geräusche rufen in ihr ein Gefühl von Widerwillen hervor. Und aus ihren Augenwinkeln nimmt sie manchmal eine Bewegung wahr, aber wenn sie richtig hinsieht, ist dort nichts!

»Wer sind sie? Was machen sie hier? Wie sehen sie aus?«

»Die Antwort auf die ersten beiden Fragen: Ich weiß es nicht«, sagt Rob. »Sie kamen ganz einfach. Ich war schon eine Weile hier. Und wie sie aussehen? Nun, da sitzt eins mit vier Armen, die bis auf den Boden reichen. Und den da in der Ecke nenne ich den Sabberer. Ihm hängt seine grüne Zunge immer aus dem Maul. Sie haben lange dünne Köpfe mit runden Augen, wie Eulen. Runde, pechschwarze Augen ohne Pupillen. Und da . . .«

»Hör auf! Ich hab genug!«, sagt Valentina. »Nur gut, dass ich sie nicht sehen kann!«

»Tja, ich hab mir meine Gesellschaft auch nicht selbst ausgesucht. Schön, dass du jetzt da bist, wenn ich auch gleich vielleicht wach werde. Na ja, es war auf jeden Fall ein schöner Traum.«

»Du schläfst?«

»Natürlich schlafe ich, zumindest glaube ich, dass ich ab und zu schlafe. Nach all den Jahren in diesem Zimmer weiß ich es manchmal selbst nicht mehr.«

»Aber wie bist du hierher gekommen? Warum bist du hier?«

»Hast du das noch nicht kapiert, Valentina? Ich bin hier aufgewacht, einfach so. Erst dachte ich, ich sei entführt worden. Ich schrie und hämmerte gegen die Wände. Aber es kam niemand. Nach einer Weile entdeckte ich, dass ich nichts zu essen und zu trinken brauchte. Vielleicht hatte ich etwas ausgefressen, aber ich weiß nicht, was! Ich wusste nichts mehr! Und dann, so nach und nach, fing ich an mich an Sachen zu erinnern. Das tat ziemlich weh, eine Zeit lang dachte ich wirklich, ich wäre verrückt geworden, aber schließlich lernte ich damit zu leben, wenn man es so nennen kann.«

Rob knüpft seine Jacke auf und steckt seine Hand in das große Loch in seiner Brust. Valentina hört, wie sich Knochen übereinander schieben. »So, das fühlt sich besser an«, sagt Rob. »Wenn ich längere Zeit unbequem an der Wand sitze, verschieben sich manchmal die Rippen. Das fühlt sich nicht gut an, aber jetzt ist es wieder in Ordnung.«

Valentina weicht zurück.

»Weißt du, ich hatte mir das Totsein auch anders vorgestellt«, sagt Rob.

Das Gekicher wird plötzlich lauter, es ist überall, überall um Valentina herum. Vor Rob steigt etwas hoch, ein schattenartiges Etwas, das Valentina mit runden schwarzen Augen anstarrt. Es öffnet einen breiten Mund und kichert. »Geh noch nicht weg, Valentina«, flüstert es, »wir wollen mit dir spielen!«

Diese heisere, flüsternde Stimme klingt Valentina noch in den Ohren, als sie aufrecht in ihrem Bett sitzt. Die Decken liegen auf dem Boden und es ist ihr kalt, sehr kalt.

An diesem Nachmittag fährt Valentina mit dem Bus nach Hause, aber sie steigt am Museum in Greyshuysen aus. Zwei Straßen weiter, und dann kommt sie zu dem vertrauten

Häuschen ihrer Oma. Oma Hennie freut sich sehr Valentina wieder zu sehen.

»Hallo, ich hab gerade Suppe gekocht. Sie steht auf dem Herd, möchtest du etwas?«

»Ja, gerne!«, sagt Valentina.

Oma Hennie schöpft zwei Teller voll. Sie essen schweigend. Dann sagt Oma Hennie: »Ich werde lieber nicht fragen, wie es deinen Eltern geht. Das seh ich deinem Gesicht an. Nicht so großartig.«

Valentina nickt.

»Aber du bist wohl gekommen, um mich etwas zu fragen«, sagt Oma.

Valentina legt ihren Löffel hin. Es ist einfach, mit jemandem wie Oma Hennie über seltsame Phänomene und Dinge zu sprechen. Oma Hennie weiß darüber viel mehr als Valentina, aber sie gibt nie von sich aus Informationen preis.

»Ich habe wieder Träume«, sagt Valentina. »Bange, aber gleichzeitig . . . aufregende Träume.« Sie denkt an Rob und wird rot im Gesicht.

Oma grinst und lässt ihr rosa Zahnfleisch sehen. Ihr Gebiss liegt in einem Glas neben der Suppenschüssel. Suppe schmeckt viel besser ohne Zähne, sagt sie immer.

»Deinem Gesicht nach zu urteilen, sind die wohl aufregend«, sagt Oma. »Aber bang? Was meinst du damit genau, Valentina? Träume von einem Jungen, bang?«

Valentina weiß nicht so recht, wie sie anfangen soll. Sie möchte Oma nicht alles erzählen, denn das macht Oma auch nicht. »Es ist ein Junge in meinen Träumen«, sagt sie. »Er heißt Rob. Aber . . . in meinen Träumen ist er tot. Und doch lebt er.«

Oma steckt einen Finger in die Nase, holt etwas heraus, das sie zu einem Kügelchen zusammenrollt und auf den Boden schnippt. »Das ist schon verwirrend, Valentina. Er lebt oder ist tot. Aber du träumst von ihm. Du willst mich, eine alte Frau, doch nicht wegen eines Jungen um Rat fragen?«

»Nein«, sagt Valentina. »Der Junge ist nur einmal in einem Traum vorgekommen. In den Träumen geht es immer um Blut. Blut in Zimmern, in roten Zimmern.«

Oma schiebt ihren Teller zur Seite und rülpst einmal kräftig. Sie nimmt ihr Gebiss aus dem Glas und stopft es sich in den Mund. Sie klappert mit den falschen Zähnen gegeneinander. »So, um reden zu können, ist es doch besser«, sagt sie. »Du musst schon etwas deutlicher werden, Valentina. Ich bin zwar eine Hexe, aber alt und gebrechlich. Sind die Zimmer in deinem Traum voller Blut und deshalb rot, oder sind sie rot und du denkst deshalb an Blut?«

»He? Machst du dich über mich lustig, Oma?«

Oma schaut sie ernst an. »Nein, Valentina, und das weißt du! Nicht, wenn es um derartige Dinge geht. Und genau deshalb, weil ich deine Träume wichtig nehme, ist es auch wichtig, dass du sie mir ganz genau und detailliert erzählst. Meine Frage ist nicht witzig gemeint. Manche Dinge können einem durch die Umstände anders erscheinen und manche Ereignisse können durch nahe liegende Dinge eine buchstäblich andere Farbe bekommen. Du glaubst, dass du schon so klug bist, mein kleines, liebes Hexchen, aber du fängst erst an zu lernen!«

Wie so oft, wenn sie mit Oma Hennie spricht, fühlt Valentina, wie sie sich ärgert. Oma Hennie weiß, dass Valentina gewisse Talente von ihr hat. Sie sagt, dass Valentina irgendwann eine weiße Hexe werden wird. Aber Oma will ihr nie etwas wirklich klar und deutlich beibringen. Valentina hat den Eindruck, dass Oma sie andauernd auf den Arm nimmt.

Oma steht auf und tritt ihren Spazierstock zur Seite. Den gebraucht sie nur auf der Straße und auch dann nur zur Show. Sie möchte gerne aussehen wie eine alte gebrechliche Frau. Niemand würde glauben, dass sie die letzte Überlebende eines echten Hexenrings ist, eines so genannten Zirkels. Oma ist die letzte und einzige noch Lebende der dreizehn, die zu diesem Ring gehörten.

Oma geht zum niedrigen Wandschrank. Darauf steht eine Madonnenfigur unter einer Glasglocke. Die hat Oma in Lourdes gekauft, sagt sie. Valentina fand ein katholisches Heiligenbildnis im Haus einer Hexe immer schon etwas verrückt. Oma zieht die Glasglocke ab und bläst kurz den Staub ab. »Ich sollte wirklich mal eine Putzfrau einstellen«, murmelt sie. »Aber du kennst das, die kramt dann in meinen Sachen rum. Dann könnte sie ein paar unangenehme Dinge finden. Stell dir vor, sie steckt ihre Finger in die schwarze Schublade mit meiner Unterwäsche . . . und dann, HAPP, ein paar Finger weg!«

Valentina spitzt die Ohren. »Was sagst du da, Oma?«

Oma lacht schallend, ihre Augen leuchten. »Nichts für deine kleinen neugierigen Öhrchen, Valentina. Du bist noch lange nicht so weit, dass du eine schwarze Lade haben müsstest, um bestimmte . . . Sachen aufzubewahren. Sachen, die beißen und sehen.« Oma stellt die Figur auf den Tisch zwischen die Suppenteller. »Was siehst du hier, Valentina?«, fragt sie.

Was für eine dumme Frage. Aber das sagt Valentina nicht. Oma stellt nie dumme Fragen, immer haben sie einen Hintergrund. »Eine Figur, eine Madonna. Die Heilige, die die Katholiken als Mutter von Jesus verehren«, sagt sie. »Ich hab mich schon oft gefragt, warum du so eine Figur im Haus hast. Aber was hat sie mit dem zu tun, wonach ich gefragt habe?«

»Du hast meine Frage noch nicht beantwortet!«, sagt Oma streng. »Die Madonna ist nicht nur eine Figur, sie ist ein Symbol, das den Menschen viel bedeutet: Mutterschaft, Mutterliebe, aber auch Unschuld, Reinheit, Vergebung. Ob man an ihre Existenz glaubt oder nicht, ändert nichts an den guten Werten, die sie symbolisiert. Das verstehst du doch?«

»Ja, natürlich!«

Oma hebt die Figur von einem vierfüßigen Sockel. Die Madonna ist innen hohl und darin steckt eine kleinere, schmalere Figur. Sie ist schwarz wie Ruß. Sie stellt ein männliches Wesen dar, mit einem schmalen und spitzen Gesicht und einem Spitzbärtchen. Es hat kleine Hörner auf dem Kopf, der ganze Körper ist kräftig behaart. Und es hat Bockshufe.

»Der Teufel«, sagt Oma. »Satan, Beelzebub, Luzifer. Er ist einer und viele. Es gibt tausende von Teufeln, die alle einen eigenen Namen tragen, aber alle stehen für das gleiche Symbol: das Böse, das Verderben. Sogar der Name von Ebbelbuez Greys war ein Schüttelwort aus dem Namen des Teufels: Beelzebub.«

Omas Stimme wird hart, als sie über Greys spricht. Sie tippt mit ihrem Finger auf den Kopf des Teufelchens.

»Es ist nicht wichtig, ob man an Teufel glaubt. Er ist ein Symbol für alles, was bösartig, übel und verdorben ist. Und wie du gesehen hast, war er verborgen unter der Unschuld, unter der Reinheit. Nichts ist so, wie es zu sein scheint, jedes

Gesicht kann eine Maske sein und ein ganz anderes Gesicht verbergen.«

Valentina rutscht auf ihrem Stuhl hin und her und fragt sich, wann Oma zur Sache kommen wird.

Oma fährt fort: »Wir sind daran gewöhnt, uns nach dem zu richten, was wir sehen, was wir gewohnt sind zu sehen. Du musst lernen durch die Masken hindurchzusehen, zu sehen, was sie verbergen. Es ist wie mit Matroschka, der russischen Puppe, Valentina, du weißt schon, die Puppe in der Puppe in der Puppe.«

Oma legt nun den kleinen schwarzen Teufel hin. Darunter, verborgen zwischen den Bockshufen, steckt ein drittes Püppchen, ganz klein. Ein elfenbeinweißes Figürchen eines Babys, mit offenen Augen und einem Finger im Mund.

»Was siehst du?«, fragt Oma.

»Na, eine kleine Figur von einem Baby«, sagt Valentina, »von einem kleinen Jungen, der an einem Finger saugt.«

Oma schüttelt den Kopf. Valentina beugt sich vor und guckt genauer hin. Dann sieht sie, dass der Finger auf seinem Mund liegt, als wolle er PSSST sagen. Die Spitze seines Fingers schiebt seine Nase hoch, sodass die Nasenlöcher groß und weit erscheinen. Seine Öhrchen, wie klein sie auch sein mögen, sind für seinen Körper zu groß und leicht gespitzt. Und auf seiner Stirn, genau über der Nase und zwischen den beiden Augen, hat er ein drittes, das geschlossen ist.

»Was zum Teufel ist denn das?«, fragt Valentina.

Oma stellt die Teufelsfigur zurück, dann die Madonna darüber und schließlich die Glasglocke. Sie schüttelt einen Moment den Kopf. »Ich müsste das Glas wirklich mal sauber machen«, sagt sie. »Aber der Staub erinnert mich daran, wie

zeitlos das alles ist.« Sie stellt die dreifache Figur wieder auf den Schrank.

»Dieses etwas unheimliche Wesen, Valentina, bin ich«, sagt sie. »Und das bist auch du. Die drei Figuren übereinander, zwei, die jeweils eins verbergen, das sind Menschen wie du und ich. Du musst lernen die Dinge in ihrer Gesamtheit zu sehen, nicht in einzelnen Teilen. Dieses Baby sieht auf den ersten Blick aus wie ein gewöhnlicher kleiner Mensch, aber wenn man genau hinsieht, sieht man etwas anderes. Ein Baby heult und schreit, aber dieses schließt seinen Mund bewusst. Die Öhrchen dieses Babys sind ganz leicht gespitzt, so wie Ohren von Feen, von Elfen.«

»Nein, bitte keine Märchen, Oma«, sagt Valentina. »Elfen! Gleich fängst du noch an mit Zwergen, Gnomen und Trollen!«

Oma setzt sich. »Na und? Woran denkst du, wenn du an einen Zwerg denkst, Valentina? An einen lieben Gartenzwerg aus Ton? Oh nein, die Kerlchen waren ganz anders, jähzornig und bösartig. Und ich könnte dir ganz schöne Geschichten über einen Gnom erzählen . . . Aber nein, ich schweife ab. Was ich sagen will, ist, dass du von dem, was einmal auf der Erde gelebt hat oder noch lebt, eine ganze Menge weißt. In vielen der schönen alten Volksmärchen steckt eine Menge Wahrheit, aber die ist beim Weitererzählen über die Jahrhunderte verändert und verfälscht worden.«

»Aber Elfen, Oma, du glaubst doch nicht, dass ich an Elfen glaube!«

Oma schüttelt den Kopf. »Du bist ganz und gar nicht so klug, wie ich dachte, Valentina. Als du gegen Ebbelbuez Greys gekämpft hast, glaubtest du damals, dass er der Teufel sei?«

»Nein, natürlich nicht. Das glaubte er selbst, aber er war nur ein ganz bösartiger Mensch, der über bestimmte Fähigkeiten verfügte.«

»Aber der auf Grund seiner Fähigkeiten als Teufel angesehen werden konnte. So ist es auch mit Elfen. Sie sind wie diese Puppen: ein Symbol für Wesen, die menschlich sind, aber noch etwas mehr. Dieses Baby hat drei Augen, mit zweien sieht es wie ein Mensch. Das dritte ist geschlossen, weil es noch so klein ist. Wenn es größer wird, öffnet es das Auge und es lernt zu sehen wie eine Elfe. Es lernt die Dinge hinter den Dingen, die Menschen sehen, zu sehen. Und dann hat es die Wahl. Wenn es größer ist, kann es die Gestalt wählen, die es will, das Gute oder das Böse. Du und ich sind Menschen dieser Art, Valentina. Wir tragen in uns das Erbe der Elfen. Wir sind auch verbunden mit der Natur, mit allem, was lebt.«

»Mit allem, was lebt? Wie mit den Tieren, durch deren Augen ich sehen kann. Meinst du das?«

»Ja, und noch viel mehr, Valentina. Du bist immer böse auf mich, weil ich dir meine Kenntnisse nicht beibringen will. Aber das mache ich bereits die ganze Zeit, doch nicht wie auf der Schule! Ich gebe dir Informationen mit auf den Weg und dann musst du sie verarbeiten!«

Valentina fühlt an ihren Ohren. »Aber meine Ohren sind nicht spitz. Ich bin keine Elfe!«

»Ich hab nie behauptet, dass du eine bist, Kind. Du musst lernen zuzuhören. Du hast nicht umsonst den Beinamen Hexibell bekommen. Schließ deinen Mund und hör zu. Denk an die Figur des Babys: Mund zu, Ohren auf!«

Valentina öffnet den Mund, dann schließt sie ihn. Sie legt

beide Hände hinter ihre Ohren und drückt sie nach vorn. Oma fängt an zu lachen.

»Ein verrücktes Huhn bist du!«

Valentina wird ernst. »Aber meine Träume? Was bedeuten die?«

»Blutrote Zimmer. Die sind auch nicht das, was man glaubt, das sie sind. Ich glaube, dass sie eine Warnung bedeuten, aber es ist noch zu früh, um zu wissen, wovor.« Sie seufzt und knackt mit ihren Fingerknöcheln. »Etwas ist im Anzug, Valentina. Ich spüre es in meinen Knochen. Sei vorsichtig!«

4. THEATER NOSFERATU

»Mama, würdest du mir endlich mal einen Moment zuhören?«, fragt Valentina.

Mama schaut kurz von ihrem Laptop hoch, einem tragbaren Computer, der kleiner ist als eine Schreibmaschine. »Du weißt doch, dass ich immer Zeit für dich habe, Val.«

Valentina rollt mit den Augen. Oh ja, denkt sie, wenn du nicht über der Arbeit hockst, wenn du mal nicht mit den Gedanken bei deiner Computerfirma bist.

Mama wartet, ihre Hände mit den sorgfältig lackierten Fingernägeln übereinander gelegt. Sie sieht aus wie eine Direktorin, die einen Angestellten empfängt, denkt Valentina. Sie fühlt, dass sie wütend wird, es brodelt in ihr, sie kann nichts dafür.

»Nun, Val, ich höre!«

Sie wirkt wie eine Maschine, denkt Valentina. Ich höre! Die Frau Direktorin schaufelt sich mal kurz etwas Zeit für ihre Tochter frei und denkt sich selbst: ›Wenn es nur nicht zu lange dauert!‹

»Warum muss ich in diese dämliche Schule?«, fragt Valentina. »Ich hab sie satt bis oben hin. All der Kram, der mich nicht interessiert.«

Mama zieht die Augenbrauen hoch. »Du gehst zur Schule, weil ich will, dass du zumindest eine gute Basis bekommst in deinem Leben. Du weißt so gut wie ich, dass du bis zu deinem sechzehnten Lebensjahr zur Schule gehen musst. Danach sehen wir weiter!«

»Wenn ich sechzehn bin, such ich mir sofort eine Arbeit!« Valentina meint das nicht so, es ist nur das Erste, was ihr einfällt und von dem sie weiß, dass sich ihre Mutter drüber ärgert. »In dem Hamburgerladen suchen sie immer wieder neues Personal.«

»Das schlag dir mal sofort aus dem wilden Köpfchen. Meine Tochter wird keine Pommes oder Brötchen mit Ketschup austeilen. Ich hab andere Pläne mit dir. Wir werden darüber im Laufe einiger Jahre noch zu reden haben. Hat dir dein Vater so verrückte Ideen in den Kopf gesetzt?«

»Nein!«, schimpft Valentina. »Das hat er nicht! Er hatte keine Zeit, er musste sofort weg und ich saß da allein mit der Schnalle von Margie! Wir haben zusammen ferngesehen, diese blöden Seifenopern und Quizsendungen. Das war aber schön!« Sie imitiert Margies Akzent.

Mama seufzt. »Valentina, ich verstehe ganz gut, dass diese Situation nicht so angenehm für dich ist, aber glaub mir, für mich ist sie das nicht weniger. Seit unsere Scheidung läuft, hat dein Vater das Recht, dass du die Hälfte der Zeit bei ihm bist. Meine Schuld ist es nicht, wenn er dann nicht da ist. Sogar als wir noch alle zusammen waren, musste er alle naselang wegen einer Reportage weg!«

Valentina sagt nichts.

»Und zum Thema Margie«, fährt Mama fort, »will ich nichts mehr sagen. Ich kenne diese Frau nicht so gut und ich will sie auch nicht näher kennen lernen. Sie hat uns deinen Vater weggeschnappt, diese Ziege, die zehn Jahre jünger ist als ich und dein Vater. Jetzt fühlt er sich freier und jünger. Dafür opfert er mich und dich!«

Ist das wirklich so?, denkt Valentina. Aber sie sagt es nicht laut. Sie weiß nicht, was ihr Vater wirklich will, und manchmal denkt sie, dass er es selbst auch nicht so genau weiß. Er hat immer einen Drang nach Abenteuern gehabt, war immer auf der Suche nach etwas Neuem. Mama dagegen ist immer so ... bodenständig gewesen, so bedacht auf ihren festen Job, das Haus, die Familie.

»Hat die Idee, von der Schule zu gehen, zufällig etwas mit Oma Hennie zu tun?«

»Oh nein, überhaupt nicht! Wie kommst du darauf?«

»Na ja, fiel mir nur so ein. Valentina, du bist in einem Alter, in dem du leicht zu beeinflussen bist. Ich weiß nicht, welchen Unsinn dir Oma Hennie in deine kleinen Ohren geblasen hat, du weißt schon, über Hexerei und weiße Magie und all diesen Schnickschnack. Valentina, vergiss das bitte! Das ist alles Unsinn! Hexen gibt es nicht, Magie ebenso wenig. Oma Hennie ist eine liebe Frau und mir eine gute Mutter, aber sie ist ein bisschen senil. Das musst du begreifen! Sie ist alt, sie glaubt an Phantastereien, die nichts mit der Wirklichkeit zu tun haben und die sie auf dich überträgt.«

»Lass nur, Mama«, sagt Valentina, »das kapier ich selbst wohl.« Aber Valentina weiß, dass Oma Hennie nicht senil ist. Sie weiß nur zu gut, dass es Hexerei gibt. Das hat sie in den dreizehn Nächten, die der letzten Walpurgisnacht vorangingen, gelernt. In der Zeit hat sie entdeckt, dass sie selbst über besondere Kräfte verfügt, aber darüber kann sie mit ihrer Mutter nicht reden.

Erwachsene sperren sich manchmal gegen eine Wirklichkeit, die sie nicht hinnehmen, an die sie nicht glauben wollen. Wie kann ich meiner Mutter je erzählen, dass in meinen Träumen etwas um Hilfe schreit?, denkt Valentina. Mama will einfach über Dinge nicht sprechen, die sie nicht begreift. Sie tut einfach so, als ob sie nicht existierten. Sie würde mit blutroten Zimmern in Träumen nichts anfangen können und wollen!

Valentina seufzt und steht auf. Mit Mama kann sie momentan nicht reden. »Ich geh mal eben um den Block«, sagt sie. Sie zieht ihre Jacke an, steckt den Schlüssel in die Tasche und verlässt das Haus.

Es ist schon ungewöhnlich frisch draußen. Valentina zieht ihre Jacke zu. Sie wohnen in einer breiten Allee mit Bäumen. Es ist dort angenehm und ruhig. Es gibt wenig Verkehr. Die Bäume stehen noch im Spätsommerschmuck, frische Luft dringt in ihre Nase, der Geruch von frischem, lebendigem Grün.

Valentinas Schatten wandert vor ihr her, bis sie sich der nächsten Straßenlaterne nähert. Dann verschwindet er allmählich und taucht wieder auf, sobald sie an der Laterne vorbei ist. Sie unternimmt regelmäßig solche Spaziergänge, als müsse sie weg aus geschlossenen Räumen, hinein in die frische Luft, um ihre Gedanken und Gefühle zu ordnen. Jetzt scheint es so zu sein, als seien ihre Gedanken völlig durcheinander geraten. Sie muss etwas unternehmen, um sich zur Ruhe zu bringen.

Valentina schließt einen Moment die Augen und zwinkert damit. Dreimal, so muss es sein für den Kontakt. Oma Hennie hat ihr einiges darüber erzählt, aber Valentina weiß noch nicht genau, was sie damit alles machen kann. Valentina hat ihr Talent für den Doppelblick entdeckt, als sie merkte, dass sie durch die Augen ihrer Katze sehen konnte. Es ist etwas, was kein anderer kann, auf jeden Fall niemand, den sie kennt. Dreimal mit den Augen zwinkern und dann steckt ihr Geist plötzlich im Geist eines anderen Wesens. Am Anfang fand ein solcher Kontakt aufs Geratewohl statt, aber durch Übung beherrscht sie den Doppelblick jetzt schon besser, aber immer noch nicht so gut, wie sie es sich wünscht. Es gibt noch so viel, was sie darüber lernen muss, so viel, was Oma Hennie ihr erzählen könnte, aber Oma Hennie verlangt, dass Valentina alles selbst herausfindet.

Jetzt nimmt Valentina Platz in den Augen der Nachtinsekten. Fliegen, Mücken, Motten, sie sieht die Straße und sich selbst durch hunderte kleiner, facettierter Augen. In den Insekten gibt es keine Emotionen, nur das Bestreben zu existieren. Insekten stellen keine Fragen, sie haben keine Probleme. Deshalb fühlt sich Valentina gut, wenn sie kurz in den hunderten kleinen Geistern Platz nimmt. Sehen, wahrnehmen, ohne selbst denken zu müssen, ist herrlich. Sie sieht sich selbst zehnmal, hundertmal aus der Höhe. Ihr Geist fächert sich auf.

Ihre niedrigen Absätze schlagen unwirsch auf das Straßenpflaster.

Ihr Schatten spaziert weiter vor ihr her.

Valentina bleibt stehen. Der Schatten geht weiter und stoppt dann plötzlich, als ob er seinen Fehler bemerkt hätte.

Valentina steht still, die Arme gekreuzt.

Der Schatten breitet die Arme aus.

Valentina macht einen Schritt zurück. Der Schatten bewegt sich nicht, er verändert sich nicht. Er bildet ein schwarzes

Kreuz auf dem Bürgersteig. Valentina blinzelt mit den Augen und kehrt in ihren Körper zurück.

»Hilf mir! Wer du auch bist, hilf mir!«

Eine Stimme klingt in ihrem Ohr und verschwindet sofort wieder.

Auch der Schatten vor ihr ist weg. Die nächste Straßenlaterne ist ganz nah, ihr Schatten liegt wieder hinter ihr.

»Das Zimmer ist rot, rot!« Wieder die Stimme.

Valentina blickt sich um, aber da ist niemand zu sehen. Wer spricht zu ihr?

Niemand antwortet. Ein vages Brummen, ein Licht, das stärker wird. Da kommt der Bus.

Valentina steigt ein. Was mache ich?, denkt sie. Was mache ich in diesem Bus?

Sie weiß es nicht. Ganz tief in ihrem Herzen weiß sie, dass sie einsteigen muss. Etwas zwingt sie den Bus zu nehmen. Der Bus fährt Richtung Zentrum und biegt dann nach Westen ab. Valentina setzt sich nicht hin. Ihr Herz klopft heftig, sie weiß nicht, warum. Der Bus fährt durch den Park, der auf der Grenze zwischen der Stadt und Greyshuysen liegt. Valentina drückt auf den Halteknopf. An der nächsten Haltestelle steigt sie aus. Sie weiß nicht. Warum, was soll sie hier?

»MIAAAUUU!«

Am Straßenrand sitzt eine graue Katze.

Valentinas Herz fängt noch heftiger an zu schlagen. Das ist unmöglich, das kann nicht sein!, denkt sie.

Sie schließt die Augen, zwinkert und prallt auf eine Mauer aus grellweißem Licht, die sie nicht durchstoßen kann. Sie kommt in den Geist der Katze nicht hinein.

Sie öffnet die Augen. Die Katze sieht sie an und grinst. Eine grinsende Katze sieht völlig verrückt aus. Einen solchen Anblick vergisst man nicht. Valentina hat einmal eine Katze gekannt, die grinsen konnte.

»Sir James, bist du es wirklich?«, flüstert Valentina.

»MIAAAUUU«, sagt der Kater und schlendert weiter. Valentina folgt ihm. Das ist nicht möglich, denkt sie. Sir James war der mausgraue Kater, den Valentina adoptiert hatte. Na ja, eigentlich hatte er Valentina aufgesucht, um ihr im Kampf gegen Ebbelbuez Greys beizustehen, dem bösartigen Zauberer, der in Körperteile zerlegt in Greyshuysen begraben lag. Sir James war ein sehr intelligentes Wesen, das in der Gestalt einer Katze erschien. Nachdem sie entdeckt hatte, dass sie eine Hexe war, hatte Valentina gedacht, Sir James würde ihr Familiar werden. Denn jede Hexe hat einen Familiar: eine Katze, eine Eule, eine Fledermaus, einen Raben. Ein Tier, das in Wirklichkeit ein Schutzgeist ist. Aber nachdem Greys geschlagen war, hatte Sir James behauptet, seine Aufgabe hier wäre erfüllt. Er hatte sich in ein Licht spendendes Wesen verwandelt und war verschwunden. Diese Katze kann nicht Sir James sein, denkt Valentina, sonst würde ich seine Gedanken lesen können!, und doch folgt sie der Katze.

Die Katze biegt in eine Seitenstraße ein und geht zum Lageschelfluss. Valentina folgt der Katze, die sie manchmal kaum sehen kann.

Warum bekomme ich keinen Kontakt?, denkt sie. Mit dieser Katze klappt es nicht, dies ist keine gewöhnliche Katze. Das Wasser ist dunkel und schimmert wie Öl. Die Häuser sind nicht beleuchtet. Bis auf eines. Da bleibt die Katze sitzen. Über dem Haus hängt ein großes Schild, auf das zwei Scheinwerfer gerichtet sind: THEATER NOSFERATU.

Valentina bleibt stehen. Was mache ich hier?, denkt sie. Ich folge einer Katze, weil sie grau ist und weil ich einen Moment lang dachte . . .

Die Katze sieht sie an und dann das Theater. Die Katze verändert sich, sie wird größer, dünner, bis es aussieht, als würde dort eine menschengroße Katze sitzen und sich umschauen. Valentina kommt einen Schritt näher, die Katze schaut zur Seite und hebt eine Vorderpfote hoch. Die scharfen Krallen spreizen sich, die Katze öffnet ihr Maul und faucht. Valentina erschrickt sich und bleibt stehen. Aber die Katze will nicht angreifen, sie hat Valentina gewarnt.

Plötzlich wird es Valentina sehr kalt. Sie schlägt die Arme um sich, aber das wärmt sie auch nicht. Es ist, als fühle sie die Kälte tief in sich brennen. Es ist mehr als ein Gefühl der Kälte. Etwas oder jemand scheint sie zu berühren, zu suchen. Eine kalte tastende Hand. Die Scheinwerfer über dem Schild mit dem Namen des Theaters gehen an und aus. Die Buchstaben auf der Tafel verschwimmen, als ob die Farbe flüssig und zäh zusammenklumpen würde. Neu gestaltete Buchstaben wandern über das Schild, sie bilden andere Wörter: HILFE, HILFE NÖTIG!

»Wie kann ich helfen, wenn ich nicht weiß, wer du bist?«

Die Buchstaben flackern hin und her.

WER? WERWERWER?

»Ich bin Valentina!«

VALEN TI NA? DU VALENTINA?

»Ja, ich bin Valentina, na und?« Das Ganze ärgert sie. Sie weiß nicht, warum sie hier ist, wer sie gerufen hat, und wenn Valentina etwas nicht versteht, wird sie böse.

MIR HELFEN. GEFANGEN. MIR . . .

Und in diesem Moment brummt das Haus. Ein tiefes, knurrendes Brummen. Die Buchstaben werden wie durch eine unsichtbare Hand vom Schild weggefegt und dann steht dort wieder:

THEATER NOSFERATU.

Der Kater stellt sich auf seine vier Pfoten. Aufrecht stehen die Haare auf seinem runden Rücken. Sein Schwanz ist dick und geschwollen wie ein haariger Knüppel. Er faucht mit entblößten Zähnen.

Plötzlich hört man ein Geräusch am Eingang des Hauses und die beiden Flügel der großen Tür schwingen einladend auf. Die Dunkelheit dahinter wirkt wie ein großer, offener, schwarzer Mund, ein bodenloses Loch. Das Loch zieht Valentina magisch an.

Auf dem Schild erscheinen neue Buchstaben. Sie sind nicht formlos, aber rau gezeichnet, harte gefühllose Buchstaben in Knallrot, als ob sie mit Blut geschrieben wären.

DU WAGST ES NICHT!

»Eine Hexe wagt alles! Was denkst du wohl, was du bist, du dummes Haus?« Sie macht zwei Schritte nach vorn.

DU TRAUST DICH BESTIMMT NICHT,
DU SCHWACHES MÄDEL!
GROSSE KLAPPE! GLAUBT, SIE SEI EINE HEXE.
DUMME GANS!

»Ich werde dich . . . «, ruft Valentina und rennt auf die offene Tür zu. Die Wut steckt wie eine knallrote Flamme in ihrem Geist. Valentina hat die Fäuste geballt. Dann springt ein schweres Gewicht hinten auf ihren Rücken und sie schlägt vorwärts auf das Straßenpflaster. Sie reibt sich die Nase und versucht wieder auf die Beine zu kommen. Der große Kater sitzt auf ihrem Rücken und drückt sie nieder. Seine gespreizten Krallen reißen ihre Jacke auf.

»Lass mich los, du dumme Katze!«, ruft Valentina. Und dann dringt das weiße Licht plötzlich in ihren Geist. Eine vertraute Stimme flackert durch das weiße Licht, eine Stimme, die keine Stimme ist. Gedanken, die Valentina nicht als Worte hört, die sie dennoch gut versteht. »Nicht hineingehen! Das wollen sie gerade!«

»Ich werde es ihnen zeigen . . .«

»Sei still und öffne deinen Geist«, sagt die weiße Stimme in ihrem Kopf wieder. »Du musst lernen, Valentina, ich hab dir das schon gesagt! Du bist noch immer zu impulsiv!«

Valentina bekommt einen fauligen Geschmack im Mund und spuckt Speichel aus. Den fiesen Geschmack kennt sie gut: Es ist der Geschmack einer toten Maus. Ihre Wut ebbt weg und wird ersetzt durch Glück.

»Sir James, du bist es wirklich. Ich wusste doch, dass du zurückkommen würdest!«

Das weiße Licht ebbt weg, die Gedankenstimme wird zu einem Flüstern. »Keine Zeit. Schön, dich wieder zu sehen, aber jetzt keine Zeit. Öffne deinen Geist und hör zu!«

Der Kater steigt von ihr ab und Valentina setzt sich auf ihre Knie. Sie streckt ihre Hand aus und streichelt einen Moment das sanfte Fell des Katers, aber dann setzt dieser sich ein Stück weiter weg und fängt bedachtsam an seine Hinterpfote zu lecken, als sei dies das Allerwichtigste der Welt.

KLEINE DUMME ZIEGE, sagen die Buchstaben auf der Tafel, und dann tropfen sie herab wie dicke Klumpen geronnenen Blutes. Die beiden Flügel der Tür schlagen mit einem lauten Knall zu und schließen die Finsternis drinnen ein.

THEATER NOSFERATU steht nun wieder in ordentlichen Buchstaben auf dem Schild. Die Scheinwerfer bleiben an.

Valentina erhebt sich und klopft den Staub aus ihrer Kleidung. Sie reibt sich die schmerzende Nase. Auch ihre Knie tun weh, das werden morgen wohl blaue Flecken sein. Und wie soll sie ihrer Mutter die Risse in ihrer Jacke erklären? »Beim nächsten Mal gehst du etwas sanfter vor«, schimpft sie mit Sir James.

Der Kater spitzt die Ohren und schaut sie an, als würde er nicht begreifen, was sie meint. Er hat wieder seine normale Größe und sieht aus wie eine ganz normale streunende Katze. Valentina schüttelt den Kopf. Sie blickt zu dem stillen Theater. »Ich hab mir alles wohl nur eingebildet«, seufzt sie, »das Theater, Sir James, ich muss laut geträumt haben!«

Das weiße Licht blüht kurz in ihren Gedanken auf. »Aber nicht doch!« Dann ist es weg. Der Kater reckt seinen Rücken und verschwindet plötzlich mit schnellen Sprüngen die Straße entlang.

»Komm zurück!«, ruft Valentina. »Ich muss dich noch so viel fragen!« Aber sie weiß schon, dass sie jetzt keine Antworten bekommen wird. Was Sir James auch immer sein mag – er selbst behauptet, er sei ein Wächter zwischen unserer Welt und der des Übernatürlichen –, er hat das Benehmen eines sehr eigensinnigen Katers. Er lässt sich von niemandem Befehle erteilen.

Mit welcher Absicht er mich hierher gebracht hat, ich werde es heute Abend nicht erfahren, denkt Valentina. Außerdem muss ich über vieles nachdenken. Jemand braucht meine Hilfe. Der Schatten, der sich veränderte, die Stimme, die ich hörte, und dann die Worte, die aufgetaucht sind. Die waren ganz anders als das, was danach kam. Die ersten flehten um Hilfe, die zweiten drohten. Aber wer hat meine Hilfe nötig? Die Stimme, die ich hörte, war nicht die von Rob. Seine Stimme kenne ich aus meinen Träumen.

Sie schaut zum Theater, das jetzt dunkel und unschuldig aussieht. Aber Valentina weiß, dass das nur Schein ist. Im Theater lauert etwas Bösartiges, etwas, das sie in eine Falle locken will. Sie fragt sich, was passiert wäre, wenn Sir James sie nicht aufgehalten hätte. Hätte das Haus sie verschluckt, aufgefressen, um danach ihre Knochen wieder auszuspucken?

5. HÄNDE DURCH SPIEGEL

Valentina lässt das Theater hinter sich. Weiter oben sieht sie die Beleuchtung der Hauptstraße. Sie kommt an die Fußgängerbrücke über den Lageschel. Das Wasser sieht wie schwarzer Brei aus, fade erhellt von einigen Laternen, die alle fünfzig Meter auf den Seitenstreifen stehen. Etwas bewegt sich im Wasser, nahe am Ufer. Das Wasser kommt zähflüssig hoch. Da steigt etwas aus dem Wasser hoch, wird vom Wasser geformt. Es sind zwei Hände, die sich hoch tasten, als ob sie nach der Luft greifen würden.

Valentina schaut auf die kleinen Hände, die aus dem Wasser steigen, Hände wie die eines Kindes.

Wie kann ich das sehen?, denkt Valentina. Ich bin wohl zwanzig Meter weit weg und es ist dunkel. Und doch sieht sie alles ganz scharf und deutlich. An einem der Finger steckt ein Ring, die Nägel sind kurz geschnitten. Die Finger öffnen und schließen sich wie zu einer inständigen Bitte. Sie steigen weiter hoch, das Wasser formt Arme, Ellbogen. Und noch etwas anderes! Unter der schwarzen Oberfläche sieht Valentina etwas entstehen, das ein Gesicht sein könnte, mit offenen Augen und offenem Mund. Kurz bevor das Gesicht aus dem Wasser kommen kann, hört sie wieder die schwache Stimme aus ihren Träumen, verhalten und wie von ganz weit weg. »Hilf mir, Valentina! Hilf mir!« Dann scheint die Stimme alle

Kraft verloren zu haben, das Gesicht sinkt in die Tiefe. Arme und Hände werden wieder zu Wasser, das herunterplätschert und von der schwarzen Oberfläche des Flusses verschlungen wird.

Die Stille ist erdrückend, wie ein bleierner Mantel, der Valentina niederdrückt. Sie hört das Pochen ihres eigenen Herzens, wie ein Tamtam, so schnell und laut. Die Stille wird kalt, eine Kälte, die sich in Valentinas Nacken krallt. Es *ist* eine Kralle! Valentina bleibt stocksteif stehen, sie kann sich nicht mehr bewegen. Eine eiskalte Hand hält ihr Genick mit einem harten Griff von frostigen Fingern fest. Valentina hört ein ekliges, kicherndes Geräusch, ein Kichern mehrerer hoher Stimmen, die nichts Menschliches haben. Die Stimmen sind durch und durch bösartig, voller Spott und Gift, und mächtig! Sie zwingen, sie fordern, und die Hand zieht und dreht Valentinas Kopf herum, sodass sie nach hinten blicken muss.

Das Theater öffnet die Augen. Unten sind zwei große Fenster, links und rechts der Flügeltür, und oben gibt es nochmals drei. Die Rollläden gehen fast gleichzeitig hoch, dahinter sind keine Fenster, sondern große runde Augen. Augen ohne Weiß oder Pupillen, rund und pechschwarz. Fünf Augen, die Valentina anstarren, ohne Hass oder Wut, eher spöttisch, als lache das Theater sie aus.

KLEINE DUMME ZIEGE, steht auf der Tafel, UNSER SPIEL!

Das Gekicher wird lauter und die Worte spritzen offen in Valentinas Geist: UNSER SPIEL! UNSER SPIEL!

Dann fallen die Rollläden mit einem dröhnenden Getöse nach unten, als würde sich das Theater vor ihr verschließen. Die unsichtbare Hand gibt Valentina einen Schubs, der sie

drei Meter über das Straßenpflaster rollen lässt. Als sie sich wieder aufrappelt, ist die Kälte weg. Sie hört das Geräusch der Einkaufsstraße, neben ihr plätschert das Wasser. Das Theater ist ein ganz normales Haus.

»Du Aas!«, ruft Valentina! »Wer du auch bist, ich kriege dich schon!« Aber tief in ihrem Herzen ist sie sich da gar nicht so sicher. Das Theater hat anscheinend eine andere Meinung.

»Spiel, Spiel!« Valentina zischt zwischen ihren Zähnen wie eine Katze. »Ich bin eine weiße Hexe. Ich werde alles lernen, was nötig ist, um dich hereinzulegen! Du weißt nicht, mit wem du es zu tun hast!«

Ein Rollladen geht für einen Moment auf und zeigt ein rundes Auge, das ihr zuzwinkert.

DOCH! GENAU DESHALB, KLEINES MÄDCHEN!

Zwei Stunden später liegt Valentina im Bett. Sie fühlt sich sehr behaglich und warm mit ihrem Kuschelpanda neben sich, aber sie kann noch nicht einschlafen. Es gibt so viel, worüber sie nachdenken muss. Und wo ist Sir James? Warum ist er zurückgekommen und dann sogleich wieder verschwunden? Weiß er denn nicht, wie sehr sie ihn vermisst hat? Ja, vielleicht schon. Aber Sir James hat bestimmt andere Aufgaben, denen er sich widmen muss, was auch immer sie sein mögen. Und doch muss es einen Grund geben, warum er zurückgekommen ist.

Und alles hat mit dem unheilvollen Theater Nosferatu und der immensen hungrigen Finsternis zu tun, die sich darin verborgen hält. Valentina versucht sich darüber klar zu werden, was sie mitgemacht hat, aber es ist alles zu verworren. Es gibt Stimmen, die wollen, dass Valentina ihnen hilft, aber sie weiß nicht, von wem sie kommen. Dann gibt es andere Stimmen, die bösartig kichern, und diese Stimmen haben große runde pechschwarze Augen. Wie können die in diesem Theater zusammenleben? Und ihre Träume? Sie kennt Rob aus ihren Träumen, aber wer ist das Mädchen, von dem sie manchmal träumt? Gehört zu ihr eine der anderen Stimmen?

Die Fragen kommen immer wieder, aber es gibt keine Antworten.

Auch nicht, als Valentina endlich, den Kuschelpanda Duffie an sich gedrückt, in den Schlaf gleitet. Und in ihrem Schlaf in eine andere Welt sinkt.

Diesmal verläuft die Verwandlung wie von selbst. Valentina spürt, wie die Dunkelheit des Schlafs sich um sie schließt. Plötzlich steht sie in dem roten Zimmer und sieht Rob.

»Hallo, Rob«, sagt sie.

Er spaziert durch das rote Zimmer, seine Fingerspitzen gleiten über die Wände. »Oh, eine bekannte Stimme«, sagt Rob. »Tag, Valentina, oder guten Morgen oder gute Nacht, ich hab keine Ahnung. Weißt du, jede Wand dieses Zimmers muss ungefähr zwei Meter breit und zwei Meter hoch sein. Das Zimmer ist ein perfekter Kubus. Es gibt 1279 Steine, ich hab sie alle gezählt, und 173 halbe Steine oder Teile davon, in den Ecken. Wenn du alle Zeit der Welt hast, wenn du tot bist, was kannst du dann anderes machen als Steine zählen? Ich weiß nicht, ob hinter den dreieckigen bronzenen Spiegeln auch Steine sind, wahrscheinlich wohl, aber die Spiegel sind genau in die Wände eingepasst, also werde ich das niemals erfahren.«

»Tot zu sein muss eine ziemlich öde Angelegenheit sein.«

»Das kannst du wohl sagen. Ich hab lange darüber nachgegrübelt, aber ich begreife es nicht. Gut, ich hab gelernt damit zu leben, dass ich tot bin. Nein, das stimmt nicht, ich kann damit toten, dass ich tot bin. Juchhu, ich hab einen neuen Begriff entdeckt. Toten! Aber was mache ich dann hier in diesem Zimmer? Weißt du es, Valentina?«

Rob schaut hoch und bleibt plötzlich stehen. Er streckt seine Hand aus und zeigt auf Valentina. »Da! Stehst du da?«

»Na ja, dein Finger zeigt genau auf meine Nase. Also siehst du mich?«

Rob schüttelt den Kopf. »Nein, nicht wirklich. Ich sehe durch Nebelwölkchen. Warte mal kurz. Ein kleiner Test.«

Er geht zwei Schritte zurück. »Du wirst deutlicher«, sagt er. »Ich glaub, ich sehe deine Augen.«

»Ich versuch es auch mal.« Valentina geht zwei Schritte rückwärts und spaziert in den Spiegel hinter ihr. Plötzlich sieht sie das rote Zimmer nur noch in einem Dreieck. Ganz deutlich und klar.

»He, jetzt seh ich dich deutlich«, ruft Rob erfreut. »Ich seh dich wie lebendig, in dem Spiegel. Dann bist du doch kein Traum.«

»Wie sehe ich aus?«

Rob fährt sich durch seine Haare. »Nun, graue Augen, rote lockige Haare, und deine Nase ist etwas platt.«

»Und du hast große Ohren.«

Darüber müssen beide lachen. Aber nicht lange.

»Das ist sehr seltsam«, sagt Valentina. »Ich kann nur hierher kommen, wenn ich träume. Aber ich weiß, dass dies mehr ist als ein Traum!«

»Ich hab schon lange die Hoffnung aufgegeben, dass ich

träume«, sagt Rob. »Ich weiß, dass ich hier gefangen bin. Aber warum? Und wer hat mich hier eingeschlossen? Vielleicht hab ich etwas Schlechtes getan in meinem Leben, sodass ich zum Bleiben verurteilt bin. Aber was kann ich wohl getan haben, das so schlecht war, dass sie mich dazu verurteilt haben, hier zu bleiben? Und ich frage mich, ob dies meine Seele ist oder mein Körper?«

»Hast du denn überhaupt keine Erinnerungen?«

»Manchmal, aber die tun weh, und deshalb denke ich nicht gerne nach. Manchmal sehe ich Blitze von einem Messer, flimmernden Stahl, und dann fühl ich einen plötzlichen Schmerz in meiner Brust.«

»Jemand hat dich ermordet!«

»Ja, das weiß ich jetzt auch schon. Aber wer und warum? Was hab ich früher gemacht, ging ich zur Schule, wer waren meine Eltern? Ich kann mich an rein gar nichts erinnern von allem, was gewesen sein muss, bevor ich gestorben bin.«

Rob zeigt auf den Spiegel, in dem er Valentina sieht. »Warum ein rotes Zimmer, warum die Spiegel, in denen ich mich in allen Richtungen sehe? Es sieht aus, als könnte ich an allen Seiten heraus, links, rechts, vorwärts, rückwärts, nach oben, nach unten. Überall sehe ich mich selbst, aber die Spiegel halten mich wohl in diesem roten Zimmer gefangen!«

»Aber durch die Spiegel kann ich zu dir kommen«, sagt Valentina.

»Und darüber bin ich eigentlich froh. Du weißt nicht, wie einsam ich hier war. Jemand anderen zu sehen, mit jemandem zu sprechen . . .« Rob streckt seine Hand aus und berührt den Spiegel. »Kalt wie Eis«, sagt er. »Ich sehe dich, aber du bist kein wirklicher Teil von meiner Welt.«

Valentina hebt ihre Hände hoch und legt sie auf seine Fingerspitzen, die sie von der anderen Seite des Spiegels sieht. Sie spürt seine Finger an ihren, durch den Spiegel hindurch.

Ein ungläubiger Blick zieht sich über Robs Gesicht.

»Ich . . . ich fühle dich«, flüstert er. Seine Finger schließen sich um die von Valentina. »So warm, so sanft«, sagt Rob. »Finger von jemandem, der lebt.« Plötzlich strömen Tränen über seine Wangen. »Lass mich nicht los«, fleht er. »Geh nicht weg!«

»Das hab ich noch nicht vor«, sagt Valentina, »aber deshalb brauchst du meine Finger nicht zu Mus zu drücken.« Sie bekommt etwas Angst vor Rob, er reagiert so heftig. »Vielleicht solltest du mich jetzt besser loslassen.«

Rob schüttelt den Kopf. »Nein, nein, noch nicht. Du kannst nicht begreifen, wie einsam es hier ist mit all den Kichermonstern und den anderen Biestern, die mich quälen. Ich lass dich nicht mehr los. Du bist jetzt bei mir. Ich kann dich berühren, ich fühle dich. Komm durch den Spiegel. Warum versuchen wir es nicht? Vielleicht kannst du jetzt durch den Spiegel kommen, während ich dich festhalte!«

Wie hübsch er ist, denkt Valentina. Hübscher als Freddie. Außerdem träume ich ja nur! Wenn ich aufwache, bin ich wieder zurück in meiner Welt.

»Und wenn du nicht mehr aufwachen kannst?«, zischt eine laute Stimme in ihr Ohr. Eine Stimme, die sie nicht wirklich hört, aber die wie eine weiße Flamme in ihren Gedanken entsteht. Stimmen kichern im roten Zimmer durch die Mauern hindurch.

In den Steinen hinter Rob öffnen sich Augen, schwarze Augen ohne Pupillen. Sie blicken Valentina an. »Bleib!«, kichern sie. »Warum nicht, Valentina? Rob ist ein hübscher Junge, nicht wahr, wir kennen ihn schon sehr lange. Du wirst es hier bei ihm schön finden. Ganz weit weg vom Wasser!«

Rob fröstelt. »Mir wird plötzlich so kalt«, sagt er, »ich fühl mich . . . nass. Verrückt, nicht wahr?«

»Nein«, sagt Valentina. »Du bist klitschnass, das Wasser tröpfelt von deinem Körper.«

»Komm und trockne ihn«, kichern die Stimmen. »Dies ist nur ein Traum, Valentina, komm durch den Spiegel und trockne den armen Rob!«

Valentina sieht wieder die beiden Kinderhände, die aus dem Wasser aufsteigen. Einen Ring. Rob trägt keinen Ring. Es waren nicht seine Hände. Die Stimme, die um Hilfe flehte, war nicht die von Rob.

»Komm!«, kichern die Stimmen. Die Augen zwinkern, aus den Wänden gleiten schemenhafte Gestalten mit zu vielen Armen und Beinen.

»Komm und spiel mit uns! Unser Spiel!«

Valentina zieht ihre Finger von Rob weg.

»He, was machst du? Du lässt mich doch hier nicht allein?«

Valentina muss überlegen. Ich bin eine weiße Hexe, denkt sie. Ich müsste so viel können, aber ich kann es noch nicht. Aber Rob ist nicht der, der um Hilfe bat. Er will sie hier behalten? Wozu? Ist er wirklich ein Gefangener oder ist er etwas anderes, ein Teil des Bösartigen, das sie im Theater Nosferatu hereinlegen wollte? Ich muss zurück, denkt Valentina, zurück in meine Welt. Sonst werde ich zu einer neuen Gefangenen in den blutroten Zimmern.

Rob klopft mit seinen Händen gegen den Spiegel. »Geh nicht weg, Valentina, lass mich nicht allein!«

Sein Bild wird schemenhafter, als lege sich ein Nebel zwischen ihn und Valentina, ein Nebel, der Augen und Krallen hat, ein Nebel, der kichert und spottet.

»Du bist nicht allein!«, ruft Valentina noch. »Es gibt noch mehr rote Zimmer!« Aber sie weiß nicht, ob Rob sie noch hören kann.

Das Dreieck wird schwarz, Valentina hat ein ekliges Gefühl im Magen, und dann wacht sie auf, neben ihrem Bett.

»Was ist nur mit Val?«, fragt Freddie. »Da hab ich mal einen interessanten Zeitungsartikel und sie will nicht mal zuhören!« Freddie hat jetzt ein T-Shirt an, auf dem ein Monster mit einem langen, eisenartigen Maul und drei Zahnreihen abgebildet ist. *»Attack force«* steht darauf. Freddie ist ganz stolz auf das T-Shirt, ein Onkel von ihm ist in London gewesen, war in der »Alien-War«-Zone und hat dort das T-Shirt für Freddie gekauft. In dieser Zone kann man selbst in einem Sciencefictiongruselstück mitspielen, in dem man von Aliens angegriffen wird. Es sind natürlich nur Schauspieler in Gummikostümen, aber die sind gut gemacht. Anton findet das T-Shirt auch ganz dufte, er hätte am liebsten eins für seine Sammlung. Aber das ist es nicht, womit seine Gedanken momentan beschäftigt sind.

Freddie winkt immer noch mit seinem Zeitungsschnipsel.

»Das musst du hören, Mann . . .«, fängt er an, aber Anton schneidet ihm das Wort ab. »Gleich, Freddie«, sagt er. »Ich würde dich gerne mal kurz sprechen. Du weißt schon!«

Freddie zieht die Augenbrauen hoch. »Nein, ich weiß von gar nichts!«

Anton wird etwas rot im Gesicht. Aus seinen Augenwinkeln

sieht er, dass Valentina und Vickie zusammenstehen und miteinander reden. Anton packt Freddie am Arm und zieht ihn mit zu einer ruhigeren Ecke des Schulhofs.

»Okay, was ist los?«

Anton weiß nicht so genau, wie er am besten beginnen soll, es ist so schwierig, über solche Sachen mit jemandem zu reden. »Nun«, fängt er zögernd an, »du und Vickie, du weißt schon!«

»Ja, Vickie, natürlich kenne ich Vickie«, grinst Freddie. »Ich kenne Vickie sogar ganz gut. Musst du deshalb rot werden wie eine Tomate?«

»Na ja, zwischen dir und Vickie, da läuft doch was. Du verstehst schon. Du und Vickie, ihr geht doch zusammen.«

Freddie nimmt sofort eine Verteidigungshaltung ein. »Ja und? Hast du was dagegen?«

»Natürlich nicht, Freddie, das weißt du doch. Wir kennen uns doch ganz gut. Vickie ist ein hübsches Mädchen und ich finde es sehr schön, dass du und Vickie so gut miteinander auskommt.«

»Das hätte ich dir auch geraten, sonst müsste ich dir eine Packung verabreichen! Was willst du überhaupt damit sagen, Kumpel?«

Anton windet sich hin und her. Wenn er Geschichten schreibt, geht das alles so einfach. Er und sie finden sich, werden automatisch voneinander angezogen und so. Dann küssen sie sich und gehen zusammen. So läuft das in Antons Geschichten, aber die stimmen nicht mit der Wirklichkeit überein. Und es ist so verdammt schwierig, darüber mit jemandem zu reden, selbst mit einem guten Kumpel wie Freddie.

»Nun, wie ist das gelaufen? Wie kam das? Ich meine, hast

du Vickie ganz einfach gefragt, ob sie mit dir gehen will, oder was?«

Freddie kneift ein Auge zusammen und packt Anton an seiner Jacke. »Hör mal zu, du hast wohl eine schnieke Jacke, aber trau dich bloß nicht weiter! Du hast doch nicht zufällig ein Auge auf Vickie geworfen?«

»Nein, nein, überhaupt nicht!« Anton schluckt. »Tolles Mädchen und so, aber sie gehört zu dir!«

»Gut!« Freddie lässt Anton los. »Merk dir das nur! Übrigens, 'ne dufte Jacke. Ganz hipp und so. Viel besser als das altmodische karierte Ding, das du sonst immer getragen hast.«

»Ja«, sagt Anton geschmeichelt, »aber Valentina hat noch nichts darüber gesagt.«

»Oh! Ach so! Daher weht der Wind«, sagt Freddie. Irgendwo in seinem Gehirn schalten sich ein paar Windungen zusammen. Freddie mag nicht so gescheit aussehen, aber dumm ist er nicht!

»Valentina hat nichts dazu gesagt. Du kaufst eine neue Jacke, um bei Valentina aufzufallen!« Er drückt seinen Zeigefinger auf Antons Brustkasten. »Du bist verliebt in Val!«

»Leise, leise! Nicht so laut!«, sagt Anton und nimmt seine Arme beschwörend hoch. »So würde ich das nun auch nicht sagen.«

»Ach nein? Wie würdest du das denn sagen, Herr Schriftsteller? Übrigens, warum sonst stehen du und ich hier rum und tuscheln?«

Anton zieht die Schultern hoch. «Na ja, ich hab mich nur gefragt, du und Vickie, das klappte doch früher auch nicht. Und dann plötzlich hat's gefunkt. Einfach so.«

»Und jetzt willst du wissen, wie das lief, stimmt's? Du, der kluge Schriftsteller, hast keine Ahnung, wie man ein Mädchen anmacht. Das stimmt doch, Anton? Du willst, dass Valentina bei dir anbeißt, und du weißt nicht, wie.«

Anton reckt die Schultern gerade. Er hat genug davon. Freddie spottet nur rum, und er kann nichts dagegen tun und sich nicht wehren.

»Lass nur«, sagt er kühl. Er dreht sich um und will weggehen. Er wird schon selbst eine Lösung finden. Freddies große Hand plumpst auf seine Schulter und zieht Anton zurück. »Komm schon, Mann, tu nicht so blöd. Natürlich will ich dir helfen. Aber . . . weiß Valentina davon? Hast du ihr schon mal . . . na ja, du weißt schon, einen Kuss gegeben oder so?«

»Nein, natürlich nicht!«

»Tja, das ist ein Problem«, sagt Freddie. »Du bist also verliebt in das Mädchen, aber sie weiß es nicht. Dann brauchst du tatsächlich Hilfe!«

Freddie erinnert sich, wie er und Vickie sich näher gekommen sind. Er hatte einige Gedichte geschrieben, aber er hätte es nie gewagt, sie Vickie selbst zu geben. Dafür hat Valentina gesorgt. Freddie denkt einen Moment nach. Er weiß nicht, ob Anton der richtige Typ für Valentina ist, ehrlich gesagt, er zweifelt daran. Anton ist ganz in Ordnung, aber meistens doch ein bisschen langweilig. Ganz anders als Valentina. Aber Anton ist sein Freund. »Du musst das nicht direkt machen. Ich werde mal mit Vickie drüber reden. Vielleicht hat sie eine Idee!«

Vickie und Valentina unterhalten sich über ein ganz anderes Thema. »Der Traum in der letzten Nacht war so echt«, erzählt Valentina, »genau wie die Träume, die ich früher von Greys hatte. Dieser Junge, Rob, der wirkte so real!«

»Hübsch?«

»Ja«, sagt Valentina, »ein sehr hübscher Junge. Aber er war gefangen in diesem verrückten roten Zimmer, er kam da nicht raus. Er wollte, dass ich ihm helfe, aber ich wusste nicht, wie. Und dann begann in meinem Traum dieses Kichern, ich wurde weggezogen und dann wurde ich wach.«

»War's ein gewöhnlicher Traum?«

»Nein. Es war mehr. Es kann nicht einfach nur ein Traum gewesen sein, nach dem, was ich am Abend schon gesehen hatte. Das hab ich dir noch gar nicht erzählt, aber es hängt alles zusammen!«

»He, warte einen Moment, bevor du weitererzählst. Da kommen Freddie und Anton.«

»Hallo«, sagt Freddie, »hör mal, Valentina, heute Morgen hab ich eine interessante Anzeige in der Lokalzeitung gelesen. Vickie und ich gehen nach der Schule direkt dorthin und fragen nach.«

»Ja«, sagt Vickie, »vielleicht wollt ihr zwei ja auch mit. Das scheint echt toll zu sein!«

»Anzeige? Wovon redet ihr? Erzählt schon!«

Freddie wedelt mit seinem Zeitungsschnipsel. »Das musst du hören!« Er liest vor: »›Neues Theater sucht junge Talente für ein neues Stück. Keine Bühnenerfahrung erforderlich.‹ «

»In einem Theaterstück mitspielen! Das wollte ich immer schon«, sagt Vickie. »Das muss super sein!«

»Es ist ein neues Theater«, sagt Freddie. »Es stand ein ganzer Artikel darüber in der Zeitung. Es ist ein altes Gebäude am Fluss. Ich hab meinen Vater gefragt. Er sagt, dass dort früher ein Geschäft war mit alten Büchern. Du weißt schon, so 'n Dinges . . .«

»Antiquariat«, sagt Anton.

»Genau«, sagt Freddie, »so 'n Anti-Dinges, voll mit alten staubigen Büchern. Danach haben sie ein Mietshaus draus gemacht und jetzt haben sie alles renoviert zu einem Theater. Die Leute wollen eine eigene Theatergruppe aufbauen und suchen dafür Kandidaten. Sie wollen keine professionellen Schauspieler.«

»Nein«, meint Anton, »die können sie wahrscheinlich nicht bezahlen!«

»Sie suchen Amateure«, sagt Freddie. »Und auch ein paar jüngere. Ist das nicht toll? Sag schon!«

»Wir gehen nach der Schule hin«, sagt Vickie. »Kommt ihr mit? Kommt schon, das ist doch was ganz anderes als die Schule. Mitspielen auf einer richtigen Bühne!«

»Tja. Und hat das Stück schon einen Namen?«

»Ja, tatsächlich, er steht hier. Es ist ein Krimi oder so etwas. Es heißt DIE ROTEN ZIMMER DES TODES. Spannender Titel, nicht wahr? Da können wir bestimmt Spaß bekommen!«

Valentina verschluckt sich.

»Wenn wir genommen werden«, sagt Vickie.

»Natürlich«, sagt Freddie. Er spannt seinen Bizeps. »Bei meinem Äußeren nehmen die mich bestimmt!«

»Aber nicht als Butler«, sagt Anton. »Vielleicht als Leibwächter oder Gärtnergehilfe.«

»Darauf kannst du Gift nehmen!«

»Steht auch eine Adresse dabei?«, fragt Valentina.

»He, was siehst du plötzlich so bleich aus«, sagt Vickie. »Geht's dir nicht gut, Valentina?«

Valentina schüttelt den Kopf. Bislang hat sie gehofft, dass

ihre Träume wirklich nur Träume sind. Aber das sind sie nicht. Sie will die Bestätigung von jemand anderem hören. »Wie heißt das Theater?«

»Oh ja, hier steht's. Es ist im Lageschelwall Nr. 7, Theater Nosferatu.«

6. AUGEN EINER KATZE

Peggy zieht sich in die Wand zurück. Mit etwas Mühe klappt es. Erst hat sie eine ganze Zeit geschrien, bis sie endlich merkte, dass niemand kam und dass es überhaupt nichts half.

»Gut«, sagt sie laut. »Ich bin tot. Was soll's? Es gibt bestimmt Schlimmeres, als tot zu sein.«

»Ach ja?«, flüstert ein kicherndes Stimmchen in ihrem Geist. »Was denn wohl?«

»Schert euch zum Teufel!«, sagt Peggy. »Ich will euch nicht hören!«

Die Kicherstimme schweigt, als sei sie überrascht. Verfluchte Stimme! Alles verfluchte Stimmen, diese Kichermonster. Es gibt ihr ein Gefühl von Macht, dass es ihr gelungen ist, diese verfluchte Stimme zum Schweigen zu bringen. Wenigstens für kurze Zeit. Sie werden zurückkommen. Sie kommen immer zurück.

Eigentlich hat Peggy Angst vor den Kicherstimmen. Es ist das erste Mal, dass sie sich ihnen widersetzt, und ihr kleiner Erfolg sorgt dafür, dass sie sich sehr stark fühlt. Aber wie lange wird das anhalten?

Peggy hat intensiv nachgedacht. Das ist etwas, was sie schon lange nicht mehr getan hat. Seit sie hier aufgewacht ist, denn jedes Mal, wenn sie sich fragte, wie sie überhaupt hierher kam, kamen diese fürchterlichen Bilder.

Peggy geht durch die Wand. Es ist eigentlich ein ganz einfacher Trick, wenn man ihn einmal entdeckt hat. Jetzt tut es fast überhaupt nicht mehr weh. Die Mauern sind solide, jeder Spalt zwischen den Steinen ist abgedichtet. Aber Peggy ist ein Geist. Zwischen den Steinen gibt es mikroskopisch kleine Öffnungen. Es kommt darauf an, als Geist den Körper so zu drehen und zu winden, dass er durch diese kleinen Öffnungen hindurchgleitet. Ein Körperteil nutzt Öffnungen zwischen den obersten Steinen, ein anderer Teil die unteren, und auf der anderen Seite setzt man sich, wenn man es gut macht, wieder zusammen. Peggy denkt lieber nicht darüber nach, was passieren würde, wenn sie es mal nicht gut macht. Vielleicht muss sie dann in mehreren Teilen weiter existieren. Nein, wie blöd. Man stelle sich vor: Sie würde mit ihrem Kopf denken und ihre Beine gingen in einem anderen Zimmer spazieren. Würden diese dann auch denken? Das wäre schon schwierig.

Peggy findet es eigenartig, dass sie zum ersten Mal ihren Platz wechseln konnte, obwohl sie doch schon so lange hier ist. Es scheint, als habe sie die Zeit davor einfach voller Todesangst im roten Zimmer verbracht. Und sie weiß auch, warum das so war.

Sie wollte nicht glauben, dass sie tot ist. Das weiß sie jetzt. »Ich bin hierher gelockt und ermordet worden«, sagt sie. So, sie hat es gesagt. Es macht ihr keine Angst mehr. Sie ist tot, ihr kann nichts mehr passieren. Jemand hat sie irgendwohin gelockt, in die Dunkelheit, und mit einem Messer erstochen. Dann ist sie in einem roten Zimmer aufgewacht, um sich herum die Kichermonster. Vor allem diese Stimmen haben ihr Angst gemacht. Sie weiß noch immer nicht, wer sie sind, aber sie spürt, wie bösartig sie sein können. Bösartig und eifersüchtig, böse auf sie, obwohl Peggy nicht versteht, warum. Die Kichermonster wollen etwas von ihr, das sie nicht bekommen können! Darum sind sie eifersüchtig und böse.

Aber es hat sich etwas verändert. Etwas in der Sphäre um sie herum, etwas, das Peggy gleichsam wachgerüttelt hat. Sie weiß nicht, was verändert ist, aber es hat ihr einen Teil der Angst genommen. Als habe jemand die Angst abgezogen, irgendwo anders hin.

Peggy geht zu einem der dreieckigen Spiegel. Sie beobachtet sich selbst. Schmale Nase, scharf geschnittenes Gesicht, glatte blonde Haare. Eine Lippe ist etwas dick, aber sonst sieht sie sehr hübsch aus, wenn man nicht auf den roten Fleck auf ihrer Brust achtet.

»Warum sollte jemand mich ermorden wollen?«, fragt sie den Spiegel, aber der gibt keine Antwort.

»Ich weiß jetzt, dass es mehrere rote Zimmer gibt in diesem . . . na ja, wo das auch ist«, sagt sie laut. Eigentlich verrückt, sie spricht, sie hört sich selbst, aber ihre Lungen arbeiten nicht.

Ihre Zunge bewegt sich, aber sie bringt keine Luft nach außen. Wie kann sie dann sprechen? Vielleicht bilde ich mir ein, dass ich spreche, denkt sie, aber das ist ja auch egal!

Die tausende von Mädchen im Spiegel bewegen ihre Lippen wie sie, vielleicht hallt ihre Stimme durch tausende von roten Zimmern wider, eine Ewigkeit von roten Zimmern, in denen ein Mädchen wie sie tausendfach gefangen ist und nicht weiß, warum. Und das ist genau das, was Peggy jetzt herausfinden will.

»Wer bin ich? Wer bin ich?«, fragt Peggy die tausende von

Mädchen, die ihr Ebenbild sind. Die Spiegelbilder antworten nicht, sie wiederholen nur dieselbe Frage. Es ist alles so sinnlos, so absurd. Wütend schlägt Peggy mit ihrer Faust gegen den Spiegel. Ihre Faust trifft die glatte Oberfläche und dann – schmilzt sie. Peggy bleibt regungslos stehen. Ihre Hand breitet sich im Spiegel aus, ihre Finger werden länger und länger, sie bilden einen Stern mit fünf Punkten.

Peggy versucht ihre Hand zurückzuziehen, aber das geht nicht. Ihre Finger scheinen im Spiegel festgeschmolzen, mit ihm eins geworden zu sein. Um sich herum hört sie böse Kichergeräusche, aber sie klingen jetzt verwirrt, als hätten sie Angst, die Kichermonster.

Im Spiegel verändert sich etwas. In der Mitte, da, wo ihre Handfläche ist, erscheint ein schwaches Licht, als wenn eine Kerze angezündet würde. Aber es ist keine Kerze, nur ein Lichtpunkt, der greller wird. Plötzlich bricht das Licht wie durch eine unsichtbare Mauer und verzweigt sich in purpurnen Schichten entlang ihren Fingern, erreicht den Rand des Spiegels, und für einen Augenblick ist der ganze Spiegel eingefasst von grellem, purpurfarbenem Licht.

Das Zentrum des Lichts pulsiert, es wird stärker, schwächer, stärker, schwächer, und dann bricht etwas durch das Licht hindurch, etwas kommt aus dem Spiegel, umgeben von dem grellen Licht, sodass Peggy für einen Moment nicht sieht, was es ist. Es ist der Kopf einer Katze.

Eine Katze, die sie mit großen Augen anstarrt, als sei sie ebenso überrascht wie Peggy. Aber die Augen, die sie anschauen, sind keine Katzenaugen. Sie sind geschliffen, sie haben Facetten. In jedem dieser Augen sieht Peggy sich selbst hundertfach, genau wie im Spiegel. Dann brechen die

Facetten, sie schmelzen zusammen und werden plötzlich zu zwei Menschenaugen. Menschenaugen im Kopf einer grauen Katze.

Die Katze grinst mit einem verschmitzten Lächeln und plötzlich leckt die Katze an Peggys Nasenspitze. Eine raue, harte Zunge, die dennoch feucht leckt.

Der Kopf verändert sich: Die Menschenaugen werden zu gewöhnlichen Augen einer Katze.

Im nächsten Moment zieht sich die Katze zurück in den Spiegel und gleichzeitig flackert wieder das purpurne grelle Licht auf, gleitet an Peggys Fingern entlang und verschwindet in der Mitte ihrer Hand. Peggy zieht ihre Hand aus dem Spiegel, diesmal geht es wie von selbst. Sie weicht zurück in die Mitte des Zimmers.

Sie hat keine Angst. Eine Katze mit Insektenaugen, die zu Menschenaugen werden. Ihre Hand fest im Spiegel. Das alles vermittelt ihr eine Botschaft.

Du bist nicht allein! Die Katze hat nicht gesprochen, aber das Naselecken war mehr als deutlich. Wer oder was die Katze auch war oder ist, sie ist ein Freund!

7. ERZÄHL MIR, WAS DU SIEHST

Kommst du wirklich nicht mit?«, fragt Vickie. »Das könnte doch ganz schön werden!«

»Nein, geh du nur mit Freddie. Ich bin keine Schauspielerin und werde nie eine sein. Das liegt mir nicht.«

»Na, mir schon«, sagt Freddie. »Ich bekomme bestimmt mal den Oscar!«

Vickie zieht die Stirn kraus. »Übertreib nicht so! In der Anzeige stand nichts davon, dass sie eine Tarzanimitation brauchen!«

Freddie schaut überrascht. »Warum sollte jemand einen wie mich mit so einem Körper ablehnen?«

Anton grinst. »Nun, ganz einfach, wenn er einen mageren, langen Typen sucht zum Beispiel. Was machst du dann?«

Vickie zieht Valentina am Ärmel. »Geh doch mit, Valentina, wir machen doch immer alles zusammen. Vielleicht bist du genau der Typ, den sie suchen!«

»Ja, als Aschenputtel oder so was«, witzelt Freddie.

Vickie versetzt ihm einen Schlag in den Rücken. »Halt die Klappe!«, sagt sie.

»Aber irgendwie ist der Name schon etwas seltsam für ein Theater«, sagt Anton. »Nosferatu, so hieß der erste Vampirfilm von Murnau, 1922 in Deutschland gedreht.«

»Das stimmt nicht«, sagt Freddie, »ich hab vor ein paar

Jahren ›Nosferatu‹ in der Glotze gesehen, und der war mit Klaus Kinski als Vampir, also, der Typ konnte die Rolle bestimmt 1922 nicht gespielt haben.«

»Das war eine neue Version von Werner Herzog«, erklärt Anton, »und die hieß auch ›Nosferatu‹. Nosferatu bedeutet wörtlich ›Spuk der Nacht‹, und der Regisseur hat die ganze Geschichte aus Bram Stokers ›Dracula‹ geklaut. Die Erben von Stoker strengten einen Prozess an, sodass alle Kopien vernichtet werden mussten.«

»Aber das ist natürlich nicht passiert«, sagt Freddie.

»Woher weißt du das?«, fragt Anton.

Freddie sieht Anton an. »Du denkst doch, dass du immer so clever bist, nicht wahr? Wenn sie alle Kopien vernichtet hätten, wie hättest du dann davon wissen können?«

»Okay«, sagt Anton. »Es blieben einige Kopien erhalten und wurden sogar rekonstruiert und auch gezeigt. Was ich sagen will, ist . . .«

»Wer benennt sein Theater nach einem Vampir?«, vollendet Vickie den Satz.

»Gemach, gemach!«, ruft Freddie. »Der Titel in der Zeitung, der mit den roten Zimmern, der lässt doch an eine Mordgeschichte denken. Und wenn das Theater nun Mord- und Gruselgeschichten auf die Bühne bringen will? Dann ist der Name doch perfekt!«

Freddie legt seinen Arm um Vickies Schultern und zieht sie an sich. Freddie hat sich verändert, denkt Valentina, so was hätte er früher nie getan. So eine zärtliche Geste, fast schon erwachsenenmäßig.

»Es ist doch nur Theater«, sagt Freddie. »Gehen wir jetzt oder nicht?«

»Na ja, ich finde das eigentlich schon interessant«, sagt Anton.

Er hat die Verbindung zu den Vampiren hergestellt und ist jetzt natürlich nicht mehr zu halten. »Komm, Valentina, begleitest du uns? Was ist los mit dir? Warum willst du nicht?«

Ich kann es ihnen nicht erzählen, denkt Valentina. Nicht nach dem, was ich von diesem Theater gesehen habe. Da drinnen steckt etwas, das fürchterlich bösartig ist. Vielleicht werden sie mir glauben, wenn ich alles erzähle. Wir haben schon einiges mitgemacht, also wissen sie, dass ich kein dummes Zeug träume.

»Valentina, stell dich nicht so zickig an. Geh jetzt mit!«, sagt Freddie.

Da fällt natürlich eine Klappe. Zickig, nein danke! Sie werden schon noch sehen, wer zickig ist, wenn sie selbst erst ahnen, was da los ist. »Nein, ich stell mich auf keine Bühne!«, sagt sie. »Geht ihr nur!« Sie weiß, dass sie Vickie damit verletzt, aber sie kann Vickie noch nicht alles über ihre Träume erzählen. Valentina glaubt, dass es sich um mehr als Träume handelt, aber ist das wirklich wahr? Sie hat keinen Beweis. Vielleicht hat sie ihren Spaziergang zum Theater nur geträumt. Vielleicht vermisst sie Sir James so sehr, dass sie um ihn ein Phantasiegebäude errichtet und ihn zurückgeträumt hat.

»Na gut, dann gehen wir«, sagt Freddie. Vickie zögert noch einen Moment, aber dann folgt sie ihm.

Valentina hält Anton auf. »Warte mal, Anton«, sagt sie. »Willst du etwas für mich tun?«

Anton strahlt. Er reckt sich in seiner Jacke, aber darauf achtet Valentina nicht. »Natürlich, immer, Valentina«, sagt er, »das weißt du doch!«

Valentina schaut für einen Moment überrascht. Weiß ich das?, fragt sie sich. Was meint er denn jetzt? Anton kann manchmal merkwürdige Sachen sagen.

»Ich möchte, dass du in deinen Büchern nach etwas suchst«, sagt Valentina. »Das Theaterstück heißt doch ›Die roten Zimmer des Todes‹?«

»Ja, das sagte Freddie. Er hat es aus diesem Zeitungsschnipsel«, sagt Anton. »Was ist damit?«

Valentina zögert, aber dann entschließt sie sich Anton ins Vertrauen zu ziehen. Sonst stellt er doch nur immer wieder Fragen. »Gut, ich werde es dir erzählen«, sagt sie, »aber es bleibt unter uns, okay?«

»Natürlich!« Anton strahlt noch mehr.

»Was bedeuten rote Zimmer?«, fragt Valentina. »Das will ich wissen!«

Anton zuckt mit der Schulter. »Na ja, das sind . . . nun, rote Zimmer«, stammelt er und schämt sich sofort für seine Antwort. »Du weißt schon, Zimmer, die rot angestrichen sind.« Und er begreift, dass sich das noch bescheuerter anhört.

Valentina sieht ihn direkt an, so wie sie ihm noch nie in die Augen geblickt hat. Anton fühlt sich wie im Himmel. Was hat sie schöne Augen, groß und grün mit grauen Sprenkeln. »Siehst du etwas Merkwürdiges an mir?«, fragt Valentina.

»Nee, was, wieso, warum?«

»Du guckst mich an, als säße eine Fliege auf meiner Nase.« Das rüttelt Anton wach aus seinen romantischen Träumen. »Rote Zimmer«, erinnert ihn Valentina. »Du liest doch ständig Gruselgeschichten und diese Bücher, in denen alles über Vampire und Werwölfe steht, so wie das, na, wie heißt das Buch noch wieder, das auch ganz lustig geschrieben ist.«

»*Das Gruselhandbuch* von Paul van Loon«, sagt Anton. »Wusstest du, dass dieser Paul in Kürze in unserer Schule eine Lesung halten wird? Ganz dufter Typ. Ich hab ihm geschrieben und sogar Antwort bekommen mit seiner Unterschrift und einem Kapitel aus dem allerneusten Buch, an dem er gerade arbeitet.«

»Das will ich nicht wissen«, sagt Valentina. »Ich will wissen, was rote Zimmer bedeuten. Es ist so, Anton. Das Stück, für das Schauspieler gesucht werden, heißt so. Und in der letzten Zeit träume ich regelmäßig von roten Zimmern. Nicht einfach so ganz gewöhnliche Träume, ich hab in diesen Träumen . . . Nein, das ist nicht so wichtig.« Sie beschließt, dass sie Anton besser noch nicht alles erzählen kann. »Aber könntest du herausfinden, ob rote Zimmer etwas Spezielles zu bedeuten haben?«

Für einen Moment guckt Anton überrascht. »Hast du wieder diese spannenden Träume, Valentina? Rote Zimmer, ich weiß es nicht. Es gab mal etwas in einem dieser Filme, in dem ersten aus der Serie über ›Amityville‹, dieses amerikanische Spukhaus. Da gab es ein verschlossenes Zimmer, unten im Haus, das ganz rot gestrichen war. Da wurden früher Menschenopfer dargebracht, aber mehr weiß ich wirklich nicht.«

»Dies hat nichts zu tun mit diesem Amita – Amitydingens!«

»Amityville«, sagt Anton. »Sechs Filme wurden über das Haus gedreht und . . .«

Valentina macht sein Geschwätz krank. »Find es mal heraus«, sagt sie. »Du solltest dich jetzt lieber beeilen, deine Freunde warten auf dich.« Mit diesen Worten dreht sie sich um und geht weg.

Deine Freunde, denkt Anton. So, als seien sie nicht mehr ihre Freunde. Aber was soll's. Valentina hat ihn um etwas gebeten. Heute Abend wird er all seine Bücher durchforsten, um herauszufinden, was sie wissen will.

Im Laufschritt folgt er Vickie und Freddie.

Etwas später sitzt Valentina wieder bei Oma Hennie am Tisch. »Oma, du hast mir noch keine Antwort auf meine Frage gegeben, die ich letztes Mal gestellt habe.«

Oma zieht ihre buschigen Augenbrauen hoch. »Wirklich? Das habe ich dann vergessen. Oder vielleicht hast du vergessen die Frage zu stellen.«

»Nein, du hast das Thema gewechselt.«

»Ja, was möchtest du denn wissen, Valentina?« Oma lacht. »Ich bin ein alter Mensch. Manchmal gehen die Gedanken bei mir etwas durcheinander.«

Valentina glaubt nichts davon. Omas Augen sind klarer als Wasser. Wenn jemand nicht wirr im Kopf ist, dann Oma Hennie.

»Und manchmal muss eine Frage auch ganz genau gestellt werden«, sagt Oma. »Manchmal liegt die Antwort bereits in der präzise formulierten Frage!«

»Wie eine Puppe in einer Puppe«, sagt Valentina.

»Ganz genau. Du hast also doch etwas verstanden.«

»Oma, dies ist nicht der Moment für Scherze!«

Oma seufzt. »Den gibt es nie. Die Finsternis schläft nicht, wir müssen immer wachsam bleiben. Ich hab eine Ahnung von dem, was du mitmachst, Valentina, etwas kommt, ich spür's am Stechen meines Daumens. Aber ich weiß auch nicht, was es ist oder was es von dir will. Bislang hast du

Fähigkeiten gebraucht, die innerhalb der Grenzen gewöhnlicher Menschen liegen. Wenn du die Augen schließt und mit den Augen zwinkerst, kannst du durch die Augen von Tieren sehen. Du kannst ihnen sogar ein wenig deinen Willen aufzwingen. Aber nicht mehr, weil du noch so jung bist. Sie haben noch keine Bedeutung für dich bekommen, oder vielleicht doch. Du hast in der dreizehnten Nacht deine Tage bekommen, nicht wahr?«

Valentina wird rot.

»Oh, du brauchst nicht rot zu werden, das ist völlig normal. Jedes Mädchen wird mal eine junge Frau. Aber sie sind verrückt nach Blut. Sie scheinen es zu riechen, diese Biester. Blut ist eine mächtige Waffe, sie bekommen sofort Interesse.«

»Jetzt kapier ich gar nichts mehr. Wer sind ›sie‹?«

»Oh, denk noch mal an die dritte Puppe, das Baby. Was tat es mit seinem Finger?«

»Nun, es hielt ihn sich vor den Mund!«

»War das alles?«

Valentina denkt scharf nach. Sie schließt einen Moment die Augen, unbewusst zwinkert sie. Und dann sieht sie plötzlich dasselbe Bild haarscharf vor sich, wie ein Foto des Babys, das sie gesehen hat.

Sie öffnet wieder die Augen. »Das war verrückt«, sagt sie, »ich sah es komplett vor mir. Es drückte seine Nase etwas hoch.«

Oma nickt. »Geruch«, sagt sie, »es öffnet seine Nase für den Geruch des Bösen. Das wirklich Böse stinkt. Priester, die Teufel austreiben, benutzen dieses Wissen. Jemand, der von einem Dämon besessen ist, fängt an eklige Dinge zu riechen, die nicht echt sind. Aber wie wir das Böse riechen können, so hat das Böse einen Geruchssinn für das Gute. Und für jeden, der gut und stark ist und der ihm in den Weg treten kann.«

»Heißt das, dass ich mich vor jedem in Acht nehmen muss, der Körpergeruch hat?«, fragt Valentina scharf. Sie hat den Eindruck, dass Oma sie zum Besten hält.

»Oh nein, den Geruch des Bösen riechst du erst, wenn du schon besessen bist, und das ist etwas ganz anderes als Körpergeruch. Es ist ein Geruch von Kotze, Schimmel, Scheiße und verfaulten Eiern. Das hast du doch noch nicht gerochen?«

»Nein, zum Glück nicht!«, sagt Valentina schaudernd.

»Das kann auch nicht sein«, murmelt Oma, »sie sind viel raffinierter. Oh ja, sie sind so schlau, die kleinen Dreckskerle!«

»Von wem redest du jetzt, Oma?«

Oma schrickt auf. »Oh, hab ich noch geredet? Vergiss es, Valentina. Darüber erzähl ich dir ein anderes Mal mehr. Ich bin ein bisschen vom Thema abgekommen, ich werde halt ständig ein paar Tage älter. Du hattest mich was gefragt!«

Oma ist überhaupt nicht abgewichen, denkt Valentina, aber sie weicht wieder dem aus, was ich wissen will! Sie weiß so viel und sie will mir nur so wenig erzählen! Warum erzählst du mir nicht alles, Oma? Muss ich denn alles selbst herausfinden?

Plötzlich bohrt Oma ihre Augen in die von Valentina. Ihre unschuldigen Knopfaugen sehen aus wie schwarze Kohlen.

»Ja«, sagt Oma.

Aber Valentina hat überhaupt nicht laut gesprochen.

Für einen Moment ist es still im Zimmer.

»Du liest meine Gedanken!«

Oma schüttelt den Kopf. »Entschuldige, nein«, sagt sie, »das kann ich nicht. Und selbst wenn ich es könnte, würde ich es niemals tun. Aber die letzte Frage war so intensiv in deinem Kopf, dass ich sie auffing.«

Valentina glaubt ihr das nicht, aber sie entschließt sich es dabei zu belassen. »Ich habe dich etwas über rote Zimmer gefragt«, sagt sie.

»Lass es sie sehen!«

Die Stimme schneidet wie ein Messer durch Valentinas Kopf, eine Stimme, die rau ist und wie Kreide an der Tafel kratzt. Sie erschrickt sich und blickt zur Seite.

Auf der Glasglocke der Figur sitzt ein Vogel. Er ist größer als eine Taube und hat einen scharfen langen Schnabel. Seine Federn sind so weiß wie Schnee.

Ein Rabe, denkt Valentina. Ein weißer Rabe ohne Augen. An Stelle der Augen hat er auch Federn.

»Ich denke nicht daran!«, sagt Oma Hennie.

Der weiße Rabe öffnet den Schnabel. »Los, Hennie, Liebling. Mach mir und dem Kind die Freude und gib ihr einen Tipp in die richtige Richtung!«

Oma guckt böse. »Ich hab's nicht gerne, wenn du mich so ansprichst, wenn jemand dabei ist, Basil! Valentina ist noch viel zu jung. Sie muss alles langsam, ganz langsam lernen!«

Der Rabe pickt zwischen seinen Flügeln. »Genau! Sie ist jung! Deshalb sind sie ja auch hinter ihr her. Sie ist noch wehrlos, sie weiß nicht, wie sie das, was in ihr steckt, benutzen kann! Blut ist ein mächtiges Symbol für ein Ritual. Und darum geht es! Dies ist nicht der richtige Moment für die Langsam-langsam-Methode!«

Der Vogel wendet ihr seinen Kopf zu und plötzlich weiß

Valentina, dass der weiße Rabe ohne Augen sie tatsächlich sieht! Der Rabe faltet seinen Schnabel zu einem Grinsen und Valentina muss sofort an Sir James denken.

»Du bist immer ein Tyrann gewesen, Basil!«, sagt Oma Hennie.

Der Rabe nickt. »Und du warst immer eine widerspenstige Schülerin. Aber du hast es doch weit gebracht.«

Oma lacht. »Ach, scher dich fort, alter Schmeichler!«

Der Rabe spreizt seine Flügel, sie wachsen und füllen das ganze Zimmer mit ihrem flaumigen Weiß. Für einen Moment glaubt Valentina, dass sie mitten in einer Wolke sitzt, dann vernimmt sie ein plumpsendes Geräusch in den Ohren. Der weiße Rabe ist weg.

»Wer war das?«, fragt sie mit leiser Stimme.

Oma zuckt mit den Achseln. »Ein alter Freund, der mal kurz zu Besuch kam.«

»Aber es war ein weißer Vogel ohne Augen!«

»Weißer Vogel? Hast du geschlafen und geträumt, Valentina?« Oma macht sich wieder lustig, aber dann wird sie ernst. »Wer oder was er ist, spielt keine Rolle, Valentina. Er gehört zu den Wesen, die über uns wachen.«

»Er ist dein Familiar!«, sagt Valentina. »Er ist dein Lehrmeister, streite es nicht ab, ich hab's gehört. Und er sagte, dass du . . .«

»Genug jetzt! Es gibt noch viel zu tun!«

»Rote Zimmer!«, erinnert Valentina sie.

»Ich sagte schon, dass Blut ein mächtiges Symbol ist. Ein Symbol kann in einem Ritual zu einer Waffe werden. Aber jedes Ritual ist an die vier Naturelemente gebunden. Diese vier lenken die Magie, sowohl gute als auch bösartige Magie.

Elemente sind launenhaft. Es sind Kräfte, die sowohl durch das Gute wie durch das Böse gebraucht werden können. Erde, Wasser, Luft und Feuer. Das sind die vier Elemente der Hexerei. Jedes hat seine eigenen Rituale und seine eigenen Dämonen.«

»Meintest du das mit ›sie‹?«

Oma nickt. »Es sind Mächte der Finsternis. Aber Finsternis ist das Fehlen von Licht. Sie sind auch abhängig von der Kraft der Elemente. Wenn es kein Licht gäbe, dann könnte es auch nicht fehlen. Finsternis kann nicht ohne das Licht bestehen, es sind zwei Schalen einer Waage.«

»Die Waage des Guten und des Bösen. Die im Gleichgewicht gehalten wird durch Wesen wie Sir James. Und den weißen Raben.«

Oma tut so, als höre sie nicht hin. »Die Finsternis braucht Rituale, um Macht über die Elemente zu bekommen«, sagt sie, »wie auch weiße Hexen das tun. Ein Ritual ist eine Beschwörung von Mächten, die du dir unterwerfen willst. Die mächtigste Waffe in einem Ritual ist Blut. Deshalb muss ich von dir mehr wissen über die roten Zimmer, Valentina. Sind sie rot angestrichen oder sind sie rot von wirklichem Blut? Denk gut nach, erinnere dich ganz genau, bevor du mir antwortest.«

Valentina denkt nach, sie schließt die Augen und . . . gleich ist sie wieder in diesem Zimmer.

»Halte die Augen geschlossen«, sagt Oma. »Schau dich im Zimmer um. Erzähl mir, was du siehst!«

»Aber dies ist ein Traum«, sagt Valentina mit geschlossenen Augen. »Ich sehe, was ich im Traum sah. Es ist wie ein Film.«

»Erzähl!«, sagt Oma. Ihre Stimme klingt rau und kratzend.

Valentina öffnet für cinen Moment die Augen. Der weiße Rabe sitzt auf Omas Schulter, seine Flügel sind gespreizt und bilden über Oma Hennie einen weißen Mantel mit einem hohen Kragen. Valentina schließt die Augen wieder.

»Das Zimmer ist rot. Jede Wand, die Decke, der Fußboden, alles ist rot gestrichen.«

»Nicht die Augen öffnen«, sagt Oma. »Guck weiter hin, Valentina. Blut. Wo ist das Blut?«

»Ich sehe kein Blut.«

»Aber du sagtest doch, dass in dem Zimmer Blut war.«

»Ja, das war, als ich . . . durch den Spiegel schaute.«

»Durch welchen Spiegel? Wie sieht er aus?«

Valentina blickt sich in Gedanken im Zimmer um.

»Ich . . . ich bin im Spiegel und vor mir im Zimmer ist noch so ein Spiegel. Es gibt verschiedene. Ich sehe, dass sich in dem Spiegel gegenüber etwas bewegt.«

»Komm zurück, Valentina, öffne die Augen!« Omas Stimme hört sich ganz weit weg an.

»Der Spiegel ist ein Dreieck mit der Spitze nach unten.«

»Komm zurück, Valentina!« Omas Stimme ist ein Flüstern, fast unhörbar.

»Ich sehe das Blut. Es ist auf seiner Brust. Er steht vor mir. Rob steht vor dem Spiegel, er . . .«

ZWEITER AKT

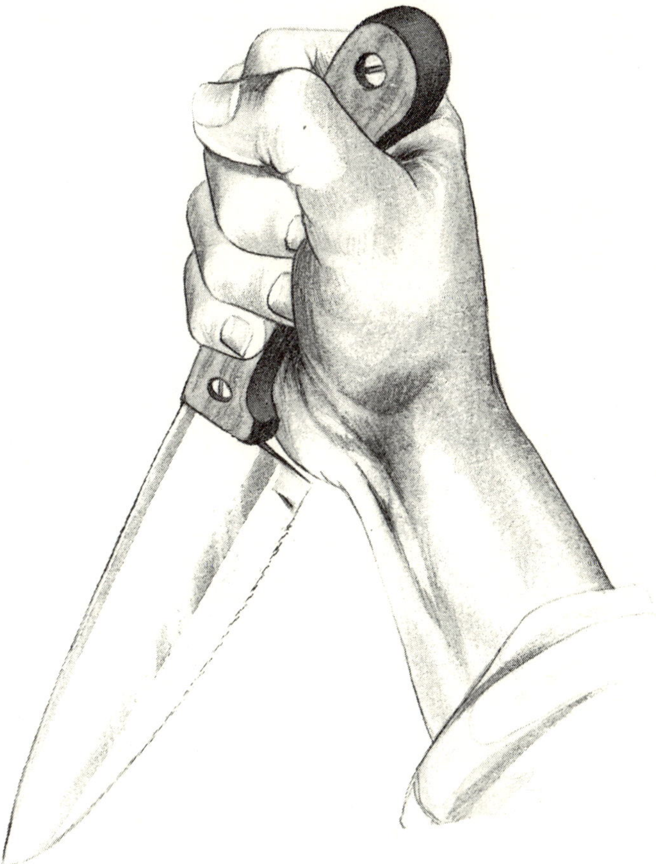

8. IM THEATER

Valentina wird wild durcheinander gerüttelt. Sie öffnet die Augen. Oma steht vor ihr, hält sie an der Schulter fest und schüttelt sie hin und her. Dann lässt sie sie los.

»Puh, da bist du wieder. Für einen Moment dachte ich, dass ich dich verloren hätte!«

»Aber ich hab doch nur erzählt, was ich sah«, sagt Valentina. Sie schüttelt überrascht den Kopf. Warum macht Oma so viel Aufhebens? Es scheint, als müsse sie immer weiter mit dem Kopf schütteln, und dann beginnt sich vor Valentinas Augen alles zu drehen.

Oma geht zum Schrank und bringt eine Flasche mit zwei kleinen Gläschen zum Vorschein. Valentina sieht, dass auf Omas Stirn Schweißperlen stehen. Oma schenkt eine dunkelbraune Flüssigkeit in die Gläschen ein. Es sieht aus wie Sirup, verbreitet aber einen scharfen Geruch. Oma gibt Valentina ein Gläschen. »Hier, trink schnell aus, dann fühlst du dich besser. Nicht riechen, sondern in einem Zug runter damit!«

Valentina trinkt und fängt an zu husten. Mit Erstaunen sieht sie, dass Oma ihr Gläschen genießt und sich danach die Lippen leckt. Dann setzt Oma die Flasche wieder zurück. »Das brauchte ich«, sagt sie. »Eins pro Woche kann nicht schaden!«

Valentina verzieht das Gesicht. »Igitt! Was ist das für ein fieses Gebräu, Oma?«

»Oh, ein harmloses Getränk, ein bisschen Genever, einige Kräuter, um Geschmack dran zu geben, und ein Sud aus Eidechsenschwänzen. Und wag es nicht, alles wieder auszukotzen, Valentina! Wenn du eine weiße Hexe werden willst, wirst du im Leben noch ganz andere Sachen kosten müssen.«

Valentina schluckt. Das Blöde ist, dass sie nicht weiß, ob Oma einen Scherz macht oder nicht. Aber sie fühlt sich tatsächlich plötzlich besser, stärker.

»Was ist da mit mir passiert, Oma?«

»Du hast Energie verloren. Sie wurde durch die Spiegel abgezapft. Und du hast mir auch ganz schön Angst gemacht, Kind. Ich sah das Zimmer fast so, wie du es gesehen hast. Aber du hast mehr gesehen, nicht wahr?«

Valentina stützt beide Hände auf den Tisch. »Im Zimmer ist ein Junge, Oma. Er heißt Rob.«

Oma nickt. »Ja, den Namen hast du bereits erwähnt. Er ist der Junge mit dem Blut auf der Brust. Er ist derjenige, der nicht lebt und nicht tot ist.«

»Es ist nur ein Traum, oder nicht?«, fleht Valentina. Sie möchte nichts lieber, als dass Oma sie darin bestärkt. Aber Oma schüttelt den Kopf.

»Es ist mehr als ein Traum, Valentina. Ich wollte, ich könnte dich beruhigen, aber das kann ich nicht. Ich weiß nicht, was das rote Zimmer bedeutet, aber wohl, was die Spiegel bedeuten. Das Dreieck mit der Spitze nach oben ist ein Symbol des Allmächtigen, Gottes, des Guten. Genau wie das Pentagramm, der Stern mit den fünf Spitzen. Aber wenn die Spitze nach unten gerichtet ist, wird es zu einem Symbol für das Böse. So ist das auch mit den Spiegeln im Zimmer deines Traums. Sie sind bösartig.«

»Wie können Spiegel bösartig sein? Es sind doch nur Gegenstände.«

»Es sind Pforten. Pforten, die für dich aufgestellt wurden. Jeder Gegenstand, der Kräfte erworben hat, kann bösartig werden. Was auch immer du noch träumen wirst, Valentina, geh niemals durch die Spiegel, selbst im Traum nicht!«

Valentina wartet, aber das ist alles, was Oma noch zu sagen bereit ist.

Als Valentina weg ist, geht Oma nach oben, in das Zimmer, in dem Valentina schläft, wenn sie bei ihr übernachtet. Oma geht langsam durch das Zimmer, sie sieht das gemachte Bett, das geschlossene Fenster. Überall liegt Staub, Oma ist nicht so versessen aufs Putzen. Dann sieht Oma die Spuren im Staub auf dem Fußboden, die Abdrücke kleiner Pfoten mit Krallen und die kleine Beule in den Bettlaken, als habe da etwas Kleines ein Nickerchen gemacht.

Oma bleibt in der Mitte des Zimmers stehen. Mit ihrer rechten Hand macht sie ein Kreuzzeichen in umgekehrter Reihenfolge. Dann hebt sie beide Hände hoch, die Handflächen nach oben, und legt sie über ihrem Kopf zusammen, während sie einige unverständliche Worte ausspricht. Es klingt ein wenig wie: »R'ffaghn crrh't ssh'zatherghafn.«

»MIAAAUUU!«

Sie schaut zum geschlossenen Fenster. Dort leuchten zwei Katzenaugen auf.

»Du bist also zurückgekommen«, sagt Oma, »ich dachte mir schon, dass es etwas geben muss, was mir die Kleine nicht erzählt hat. Immer Sachen für sich behalten, das hat sie von mir!«

Die Katzenaugen schauen sie an, ohne zu zwinkern.

»Ja, du wirst ihr nichts verraten. Aber ich will helfen. Sie hat alle Hilfe nötig. Valentina ist noch so jung!«

Ein Mund erscheint unter den Augen, ein Mund, der nicht menschlich ist, der Reißzähne einer Bestie hat und Lippen wie Seide.

Die Lippen bewegen sich, die Klänge sind nicht menschlich, aber Oma Hennie kann sie verstehen.

»Große Hexenmeisterin Hennie, du sollst dich nicht einmischen. Das ist meine Aufgabe. Du darfst nur dann helfen, wenn es absolut nötig ist.«

»Aber Valentina ist nicht stark genug, sie weiß nicht genug. Ich muss ihr noch so viel beibringen!«

»Du bist viel zu vorsichtig, lässt sie aber Risiken in Kauf nehmen, deren Gefahren sie nicht mal erahnen kann.«

Der augenlose Rabe taucht auf und nistet sich gemütlich auf dem Bett ein.

Die Katzenaugen richten sich auf den Vogel. »Weißt du, jedes Mal, wenn ich in dieser Gestalt bin, hab ich das große Verlangen dich anzufallen und aufzufressen!«

»Versuch das mal, garstiger Katzenkopf! Dieser Schnabel ist lang und scharf!«

»Jungs, hört auf mit dem Streit!«, sagt Oma Hennie.

Die Katzenaugen wenden sich wieder ihr zu. »Valentina muss selbst lernen. Das ist die einzige Art für eine weiße Hexe. Mit Hinfallen und Aufstehen, durch Fehler, aus denen sie lernen kann. Das hast du selbst mitgemacht! Du weißt, wie das ist.«

Oma nickt. »Ja, das weiß ich nur zu gut. Es dauerte lange und war sehr schmerzhaft!«

»Erwachsenwerden ist immer schmerzhaft. Aber es lohnt die Mühe!«

»Wie willst du das wissen?«, sagt der weiße Rabe höhnisch.

Die Katzenaugen zwinkern einen Moment. »Du kannst es auch nicht wissen. Aber du hast Recht. Ich kann es nicht wissen. Ich bin zeitlos. Vielleicht bin ich ein bisschen eifersüchtig auf Hennie, auf Valentina, auf die Gebundenheit an Leben und Zeit. Aber ich bin nun mal nicht so wie ihr.«

Der weiße Rabe schüttelt den Kopf. »Recht hast du, Bruder. Aber rechne mich nicht zu den Zeitlichen. Ein bisschen Respekt unter Kollegen, bitte!«

»Du hast mit Valentina gar nichts zu tun, verdammt noch mal!«

Der weiße Rabe krächzt beleidigt und verschwindet.

Oma nickt. »Ich verstehe. Aber beschütze sie!«

Die Katzenaugen zwinkern erneut, dann ist der Kater weg. Oma hat ihm kein Versprechen entlocken können.

»Und putz dir beim nächsten Mal die Pfoten ab, bevor du dich auf Valentinas Bett zum Schlafen hinlegst!«

»Na, das sieht ja ordentlich aus!«, sagt Vickie. Sie stehen vor dem Gebäude im Lageschelwall. Vickie blickt auf das Schild mit dem Namen »Theater Nosferatu«. Die Flügeltür steht einladend offen. Seitlich des Eingangs befinden sich große offene Fenster. Sie sehen das Foyer mit der Kasse, links und rechts Tische und Stühle. Der Teppich ist rot. Zwischen den Fenstern und der Tür sind große Vitrinen mit Werbeplakaten. Darauf lesen sie:

ERÖFFNUNG IN KÜRZE

DIE ROTEN ZIMMER DES TODES
EINE GESCHICHTE UM MYSTERIEN UND MORD

»Hier ist es also«, sagt Freddie. »Gehen wir hinein?«

»Deshalb sind wir doch hier!«, sagt Anton. »Lass uns mal schauen!«

Die drei gehen nach innen. Der Teppich dämpft ihre Schritte. Die Kasse ist nicht besetzt. Rechts ist ein Geländer, dahinter eine Anzahl Ständer mit Kleiderbügeln, die Garderobe. Innen ist es dunkel. Durch die offene Tür fällt zwar Tageslicht herein, aber das scheint von der Finsternis innen aufgesogen zu werden. Anton stößt Freddie an. »Guck mal, starke Kerzenleuchter!«

Jetzt sieht Freddie sie auch: An den Seitenwänden sind in regelmäßigen Abständen Kerzenleuchter angebracht. Sie sehen etwas seltsam aus. Freddie schaut genauer hin: Die Leuchter werden von Armen aus schwarzem Metall gehalten, die aus der Wand kommen.

»Klasse, oder?«, sagt Anton. »Aber die Idee haben sie geklaut aus einem alten französischen Film mit Jean Marais, ›Die Schöne und das Biest‹. Das war noch ein Film, ganz anders als die Disney-Version!«

»Ich finde die Idee aber etwas unheimlich«, sagt Vickie. »Ist euch nicht auch so kalt? Man kommt sich hier drinnen vor wie im Winter. Sie werden hier doch für eine Heizung sorgen müssen, wenn sie Gäste haben wollen!«

»Daran ist gedacht«, sagt Anton und zeigt auf eine Anzahl Radiatoren, die ordentlich hinter hölzernen Paneelen versteckt sind! Das Foyer ist größer, als man erwartet, wenn man das Theater nur von außen sieht. Es ist schmal, geht aber tief nach hinten durch. Am Ende des Foyers ist wieder eine Flügeltür, vor der ein rotes Band gespannt ist. Das muss der Zugang zum Theater sein.

»Ich kann mich an den Buchladen nicht erinnern«, sagt Anton. »Das muss schon lange her sein, vielleicht war ich damals noch gar nicht geboren.«

»Davon ist schon lange nichts mehr übrig geblieben«, sagt Freddie. »Sogar von den Mietwohnungen, die hier eingerichtet wurden, ist nichts mehr da. Die waren reif für den Bagger.«

»Ich finde es hier unheimlich«, sagt Vickie. »Hier ist niemand. Warum bringen sie eine Anzeige heraus, wenn hier niemand ist?«

»Aber ich bin hier!«, sagt eine Stimme.

Neben der Kasse geht eine Tür auf und ein alter Mann kommt in das Foyer. Er ist klein und läuft etwas vornübergebeugt. Sein Haar ist wüst und grau und er hat einen ungepflegten kurzen Bart. Er trägt einen altmodischen Maßanzug mit einer Krawatte, deren orange Farbe grell gegen die grauen Streifen seiner Jacke absticht.

»Hallo, ich bin Lode Cedrics«, sagt er. »Ich bin der Inhaber dieses Theaters. Nun ja, von dem, was einmal Theater werden soll, denn solange nicht gespielt wird, kann man wohl schlecht von einem echten Theater sprechen. Und wer seid ihr?«

»Wir haben die Anzeige gelesen«, erklärt Freddie. »Ich bin Freddie und das sind meine Freunde Vickie und Anton. Wir dachten, wir könnten einfach mal reinschauen.«

Der alte Mann nickt. »Natürlich«, sagt er, »und ihr wollt

alle Theater spielen? Ich hatte nicht gedacht, dass es so viele Interessenten gibt.«

Freddie guckt verdattert. »Sind denn schon so viele andere vor uns hier gewesen?«

Der alte Mann lacht. »Natürlich«, sagt er, »aber das macht nichts. Ich muss doch auswählen können. Viele kommen, aber nur wenige sind auserwählt, wie das Sprichwort sagt. Wer in der Welt des Theaters etwas erreichen will, muss dafür etwas übrig haben.«

»Lass uns wieder gehen«, sagt Vickie leise. »Das wird nichts. Was wissen wir schon von der Schauspielerei?«

Der alte Mann steht nun direkt bei ihnen und mustert sie von Kopf bis Fuß. »Das würde ich so nicht sagen, junge Dame«, sagt er. »Glaubt ihr denn, dass Schauspieler mit einem Stempel ICH BIN SCHAUSPIELER auf der Stirn geboren werden? Vergesst es, denn die besten Schauspieler sind oft Menschen, die keine Erfahrung haben. Die spielen ohne Anspruch, die geben sich selbst, vollkommen natürlich.«

»So wie wir also«, sagt Anton, aber er bekommt sogleich einen kräftigen Stoß von Freddie in den Rücken. Cedrics sieht das nicht oder tut zumindest so, als sähe er es nicht.

»Ihr habt also meine Anzeige gelesen und wollt in meinem neuen Stück mitspielen.« Dann lacht er einen Moment gackernd. »Neues Stück, das ist gut. Tatsächlich ist es mein allererstes Stück. Genau deshalb will ich, dass es gut wird. Aber kommt mal eben mit in mein Büro, da können wir in Ruhe reden.«

Die drei folgen ihm zur Tür neben der Kasse. Sie gelangen in ein kleines Zimmer, das bis oben hin mit allem Möglichen voll gestopft ist. Überall liegen Stapel von Papier, manche unordentlich auf dem Fußboden. In den Ecken stehen Kisten und Schachteln aus Karton. Aus manchen quellen Kleidungsstücke hervor. Zwei Wandregale aus Metall liegen voller Perücken, Hüte und Masken. In der Mitte des Zimmers steht ein kleiner Schreibtisch mit einer elektrischen Schreibmaschine. Daneben liegen zwei Stapel Papier, einer links, einer rechts.

Cedrics schlurft träge hinter den Schreibtisch und setzt sich auf den Stuhl. »Ich kann euch keinen Stuhl anbieten, denn dafür gibt es keinen Platz«, sagt er. »Ich werde euch die Sache vorstellen, wie sie ist. Das habe ich auch bei den anderen so gemacht, die schon früher hier waren. Dann entscheidet ihr selbst, ob ihr interessiert seid oder nicht. Dies hier«, er zeigt auf die beiden Stapel Papier links und rechts der Schreibmaschine, »dies ist mein Theaterstück. Links ist die Hälfte, die ich schon geschrieben habe, rechts liegt ein Stapel Blankopapier. Darauf schreibe ich den Rest, sobald ich weiß, wer in meinem Stück mitspielt.«

»Was für eine ungewöhnliche Art, ein Theaterstück zu schreiben«, sagt Anton. Sofort merkt er, dass er so etwas besser nicht hätte sagen sollen, weil es sich nach Kritik anhört. Aber anscheinend stören Antons Worte Cedrics nicht.

»Ganz recht, junger Mann«, sagt Cedrics. »Aber in meinem Theater spielen wir Stücke, die anders sind als die in anderen Theatern. Weißt du, was der Name meines Theaters bedeutet?«

»Ja«, sagt Anton sofort, »Nosferatu. Der Vampir. Wohl ein ungewöhnlicher Name für ein Theater.«

Cedrics lacht einen Moment. »Das war nicht ganz richtig.

Nosferatu bedeutet ›Spuk der Nacht‹, der Untote. Aber es bedeutet auch: Er, der auferstanden ist vom Tode. Ich habe dieses Theater vom Tode auferstehen lassen. Ein Theater muss Leben bekommen durch eine Geschichte, durch Schauspieler, durch Publikum.«

»Sie meinen, dass das Theater vom Tode auferstehen muss, wie ein Vampir?«

»Ja, ganz genau«, sagt Cedrics, »deshalb suche ich junge Schauspieler. Ich schreibe ein Gruselstück, ein Mordmysterium. Ich weiß, wie es ablaufen muss, aber ich passe meine Geschichte meinen Schauspielern an. In meinem Stück kommt kein einziger Erwachsener vor. Es ist für Erwachsene, aber alles dreht sich um Kinder. Hat einer von euch schon jemals auf der Bühne gestanden? In der Schule oder bei einer Laienspielgruppe oder so etwas?«

Vickie, Freddie und Anton schauen sich an.

»Also nein!«, sagt Cedrics. »Gut so. Das ist vielleicht das Beste. Ich suche Menschen, die sich selbst spielen können. Das wollt ihr also. Aber wisst ihr auch, dass dies viel Zeit kosten wird? Ihr müsst natürlich noch zur Schule und Proben dauern lange. Wenn ich euch gut genug finde, wärt ihr dann bereit hier jeden Abend zu proben? Natürlich darf die Schule auf keinen Fall darunter leiden! Denkt daran! Sonst bekomme ich Probleme mit Eltern und Lehrern, und das will ich bestimmt nicht! Versteht ihr?«

»Ja, natürlich«, sagt Freddie. »Deshalb sind wir hier!«

Cedrics nickt. »Schön«, sagt er. »Ein Stück aufzuführen, besonders mit Jüngeren, ist ein großes Risiko, aber das will ich gern in Kauf nehmen. Ich darf euch auch keine Gage in Geld ausbezahlen, weil ihr noch zur Schule geht. Aber wenn ich euch annehme, bekommt ihr eine Vergütung in Form von Geschenkbons, die ihr in allen Geschäften von Greyshuysen einlösen könnt. Ihr arbeitet also nicht für nichts, wenn ihr gut genug seid.«

Cedrics schweigt plötzlich, er klappt die Kiefer aufeinander und dreht seinen Kopf um. Er schaut hinter sich, dann hoch.

Was macht er jetzt?, fragt sich Vickie. Es scheint hier noch kälter zu sein als im Foyer. Sie friert. Sie sieht ihren Atemhauch als weiße Wölkchen aus dem Mund kommen.

Dann passiert etwas höchst Seltsames. Das Wölkchen ihres Atems dreht sich und formt ein kleines Händchen, das einen Finger ausstreckt und ihr zuwinkt. Aber bevor Vickie Freddie und Anton darauf aufmerksam machen kann, ist es bereits wieder verschwunden.

Cedrics starrt noch immer nach oben, als ob er nach etwas lauschen würde, das nur er allein hören kann. Es scheint, als habe er sie völlig vergessen. Er lächelt und kichert plötzlich. Es klingt verrückt aus dem Mund des alten Mannes. Dann schaut er wieder zu den Kindern, als ob er plötzlich wach würde.

Er kramt aus einem Stapel Papier in einer Schublade ein paar Blätter heraus. »Dies sind einige Probeszenen.« Er übergibt jedem eine. »Es sind kleine Stücke. Lernt sie auswendig. Samstag ist das Vorsprechen. Kommt dann vorbei, sagen wir, so gegen drei Uhr? Dann sehen wir weiter, nachdem ich gehört habe, was ihr könnt.«

Er nickt, das Gespräch ist vorbei. Als sie nach draußen gehen, begrüßt Vickie die Wärme des Spätsommers. Sie fühlt sich bis auf die Knochen vor Kälte erstarrt. Hinter sich, in

seinem beklemmenden Zimmer, hören sie Cedrics wieder kichern, lauter und immer lauter.

»Der Kerl ist übergeschnappt!«, sagt Freddie.

»Das weiß ich nicht«, sagt Anton, »aber bescheuert ist er bestimmt!«

9. AUTOR ZU BESUCH

Endlich ist es so weit, das Warten hat ein Ende. Paul van Loon kommt in ihre Schule. Darauf freuen sich die Schülerinnen und Schüler schon seit Monaten. Die Lehrerin hat ihnen damals erzählt, dass sie den Schriftsteller zum Anfang des neuen Schuljahres einladen würde.

Einige sind schon ein bisschen enttäuscht. Der Autor sieht völlig normal aus. Er ist um die 1,80 groß und trägt eine kurze Lederjacke über einem Oberhemd. Sein Haar ist blond und kurz nach hinten gekämmt. Das einzig Ungewöhnliche ist seine schwarze Sonnenbrille, die er keinen Moment von seiner Nase nimmt.

»Puh«, sagt Freddie leise. »Ich hatte was ganz anderes erwartet. Wenn man *Gruselbus 1* und *2* gelesen hat, denkt man doch, dass der Autor ein bisschen wie Jack the Ripper aussehen muss, ganz verrückt gekleidet und unheimlich. Vor diesem Typen kann man doch keine Angst bekommen?«

»Ich weiß nicht«, flüstert Vickie, »ich würde ihm nicht so gern spätabends in einer stillen Straße begegnen. Hast du bemerkt, dass er seine Zähne nicht sehen lässt, wenn er spricht? Und wie blass er ist, als würde er selten einen Sonnenstrahl an seine Haut kommen lassen. Und warum nimmt er die Sonnenbrille nicht ab? Ich würde gerne mal seine Augen sehen!«

»Na, nach seiner Lesung frage ich ihn einfach, ob er rote Augen hat«, sagt Freddie angeberisch. Aber so ganz sicher ist er sich nicht, ob er die Frage tatsächlich stellen wird. Schließlich hat dieser Paul van Loon schon eine ganze Menge unheimlicher Gruselbücher geschrieben. Ein Schriftsteller, der so was schreiben kann, muss doch wohl irgendwo zumindest eine kleine Macke haben.

Aber die Lesung läuft gut an. Paul van Loon erzählt und die Schüler hängen an seinen Lippen. Er trägt zunächst ein Kapitel aus dem neuen Roman vor, den er gerade schreibt, eine ganz gruselige Geschichte über ein schleimiges Wesen, das sich in der Kanalisation verborgen hält, durch das System von Abflussrohren in Häuser eindringt und in der Wanne auftaucht, um Menschen, die ein Bad nehmen, an den Zehen zu knabbern. »Aber an dem Buch arbeite ich wohl noch ein Jährchen«, erzählt Paul, »und dann dauert es noch ein Jahr, bis es erscheint. Um es lesen zu können, müsst ihr noch etwas Geduld haben.«

Paul van Loon erzählt von seiner Jugendzeit, wie er einmal dachte, er würde in niederländischen Grachten Krokodile sehen. Darüber, wie er dazu kam, ein Buch wie *Gesicht im Nebel* zu schreiben, und über die Nachforschungen, die er führen musste, um das *Gruselhandbuch* zusammenzustellen. Und über seinen Augenstern, sein Töchterchen Manisha, die ständig quengelt, dass er ein Buch wie *Wölfe in der Stadt* schreiben muss. »Und wer weiß, vielleicht mach ich das auch noch mal«, seufzt Paul, »aber ich muss noch so viele andere Bücher schreiben. Ich habe lange gezögert, mich an *Gruselbus 2* zu setzen, aber die Leser schrieben immer wieder Briefe und fragten nach dem Buch. Also hab ich's gemacht, und was, meint ihr, ist die Folge? Jetzt schreiben alle und fragen, ob ich einen *Gruselbus 3* verfassen werde.«

Die Stunde fliegt vorbei, vor allem, als Paul noch eine zweite Gruselgeschichte vorliest. Dann dürfen die Schülerinnen und Schüler dem Autor Fragen stellen.

Vickie spornt Freddie an: »Jetzt mal los, frag ihn. Frag ihn, ob er ein Vampir ist.«

Freddie scharrt etwas unbehaglich unter seinem Stuhl mit den Füßen hin und her. »Sofort«, sagt er. »Sofort.«

»Du traust dich nicht«, sagt Anton.

»Und wenn er ja sagt?«, murrt Freddie. »Gehst du dann mit einem Hammer und einem Pflock hinter ihm her?«

»Das würde ich nicht tun, junger Mann«, sagt Paul van Loon grinsend. Unbemerkt ist er durch die Klasse gegangen und steht jetzt genau vor Freddie. Van Loon lächelt freundlich, aber Freddie kann nur die kleinen weißen Zähne sehen, die Paul jetzt plötzlich bloßlegt, und sein eigenes Gesicht, das sich in den dunklen Brillengläsern des Autors widerspiegelt. Freddie will was sagen, aber er kann kein Wort herausbringen. Er schnappt nach Luft wie ein Fisch auf dem Trockenen.

»Weißt du«, sagt Paul van Loon, »unter meinem Hemd trag ich einen Kettenpanzer, eine Spezialanfertigung aus geflochtenem Metall. Da kriegst du keinen Pflock durch.« Dann richtet er sich auf und blickt sich in der Klasse um. »Aber ihr glaubt doch wohl nicht wirklich an Vampire, oder doch?«

»Nein, natürlich nicht!«, rufen die Kinder im Chor, sogar Freddie und Anton.

»Schön«, nickt Paul van Loon zufrieden, »das hör ich gerne. Deshalb sage ich immer in meinen Lesungen: Solange jeder glaubt, dass es keine Vampire gibt, kann ich mich sicher fühlen!«

Valentina zeigt auf. »Herr van Loon, darf ich etwas anderes fragen?«

Van Loon sieht sie an – und dann scheint er einen leichten Schock zu bekommen. Er richtet sich in seiner vollen Länge auf und schiebt dann wahrhaftig seine Brille ein wenig nach unten. Er hat grelle, blaugraue Augen, mit denen er Valentina anstarrt.

»So, so, hier kommen Fiktion und Wirklichkeit zusammen«, murmelt Paul vor sich hin. »Wie heißt du, junge Dame?«

»Valentina Hexibell!«

Van Loon lächelt. »Ein passender Spitzname für jemanden, der schon ein Stück der Hölle gesehen hat«, sagt er. »Seltsam, wie der Zufall manchmal spielt. Bei dem letzten Zusammentreffen unserer Gruselgesellschaft . . . Aber nein, darüber darf ich nicht sprechen.«

»Aber jeder weiß doch jetzt, dass es sie gibt, Herr van Loon«, sagt Anton, »und dass Sie der Vorsitzende sind.«

Van Loon kichert ein wenig. »Sag ruhig Paul zu mir, junger Mann. Nun ja, ich verrate eigentlich kein Geheimnis«, sagt er, »aber bei unserem letzten Treffen, und natürlich sage ich nicht, wo dieses stattfand, war ein anderer Autor, der eine schöne Idee hatte. Er war dabei, ein Buch zu schreiben über ein Mädchen mit demselben Namen. Eine ganz verrückte Idee wohl, etwas über einen in Stücke gehackten Zauberer, der wieder zum Leben erwachte. So etwas kann natürlich nicht sein, oder doch, Valentina?« Paul fängt laut an zu lachen, als er sieht, wie bestürzt Valentina guckt. »Nun, wenn ich ihm erzähle, dass es dich wirklich gibt, versinkt Eddy C. in den Erdboden. Aber ich schweife ab. Was wolltest du wissen, Valentina?«

Kann ich mich trauen, es zu fragen?, denkt Valentina. Aber sie muss wohl. Anton hat ihr nicht helfen können. Er hat all seine Gruselbücher durchforstet. Es gibt eine Spukgeschichte von H. G. Wells, die *Das rote Zimmer* heißt, und in der merkwürdigen TV-Serie *Twin Peaks* kam ein rotes Zimmer vor, das eine Art Zwischenstation zum Leben nach dem Tod darstellt, aber Valentina will mehr wissen.

»Welche magischen Kräfte haben rote Zimmer im Zusammenhang mit dem Übernatürlichen?«, fragt Valentina. »Ich meine, nicht nur so in Gruselgeschichten. Sie haben doch das Handbuch geschrieben, also wissen Sie auch eine Menge über wirkliche Gruselsachen.«

Van Loon nickt nachdenklich. »Das stimmt, Valentina«, sagt er. «Und deshalb frage ich mich, warum mir jemand wie du eine solche Frage stellt. Kennst du das Closed-Room-Mystery‹ , das Rätsel des verschlossenen Raumes, Valentina?«

Valentina schüttelt den Kopf.

»Das ist ein Name für eine spezielle Art von Detektivromanen, die in der ersten Hälfte unseres Jahrhunderts sehr populär waren«, erzählt van Loon. »Es ging dabei immer um einen Mord, der in einem völlig verschlossenen Raum verübt wurde. Alle Fenster und Türen waren von innen verschlossen. Niemand befand sich in diesem Raum, nur die Leiche. Der Detektiv musste nun herausfinden, wie und von wem ein solcher Mord verübt werden konnte. Rote Zimmer sind etwas anderes. Sie sind ein sehr seltsames Phänomen, weil sie nicht nur viel Anstrengung und Arbeit kosten, sondern auch eine große Kenntnis übernatürlicher Kräfte. Ein rotes Zimmer, Valentina, ist eine Spukfalle.«

»Das versteh ich nicht!«, sagt Valentina.

»Ein rotes Zimmer wurde von berühmten Geisterjägern benutzt«, sagt van Loon. »Von Gelehrten, die beweisen wollten, dass es Geister gibt. Sie bauten ein kleines, völlig viereckiges Zimmer, ganz in Rot. Denn Rot ist die Farbe des Blutes und – wie der Titel einer bekannten Vampirgeschichte lautet – ›Das Blut ist das Leben‹. Sie überzogen also so ein Zimmer von innen mit der Farbe des Lebens und ließen eine Öffnung zum Zimmer frei. Dann lockten sie den Geist in das Zimmer, durch Magie, durch alte Sprüche und andere Sachen, über die ich lieber nicht spreche. Manchmal wurde nämlich keine Farbe benutzt, um dieses Zimmer rot zu streichen, wenn du mich verstehst. Ein Spuk ist ein Toter, der noch an dieser Erde hängt und nicht ins Jenseits einziehen kann. Alles, was ihn an etwas Irdisches, an wirkliches Leben erinnert, zieht den Spuk also an wie ein Magnet. War es gelungen, den Spuk in das rote Zimmer hineinzulocken, wurde es sofort völlig verschlossen.«

»Und danach?«, fragt Valentina. »Haben die Geisterjäger Erfolg gehabt?«

Van Loon kratzt sich am Kinn. »Nun, diese Frage ist schwer zu beantworten, Valentina. So ein Zimmer ist völlig abgeschlossen. Wie soll man da wissen, ob man wirklich einen Geist gefangen hat?«

»Aber man könnte doch das Zimmer wieder öffnen?«, ruft Anton.

»Ja«, sagt van Loon, »das haben einige natürlich gemacht. Aber wie die aussahen, als man sie später fand, nein, das erzähle ich lieber nicht. Ein gefangener Spuk kann gehörig böse werden!«

Mehr will van Loon nicht sagen. Vor allem, als noch mehr Fragen zu der mysteriösen Gruselgesellschaft kommen, deren Vorsitzender er ist. Van Loon wimmelt alle Fragen dazu ab und behauptet, dass es ihm nicht gestattet sei, darüber in der Öffentlichkeit zu sprechen. Und dann ist die Lesung vorbei.

Der Autor bekommt einen Strauß Blumen und einen herzlichen Applaus seiner begeisterten Zuhörer. Er ist gerade aus der Klasse heraus, als der Direktor eintritt.

»Oh, ist unser Autor bereits gegangen?«, fragt er. »Ich wollte mich noch persönlich bei ihm bedanken!«

»Aber Sie müssen ihn doch gesehen haben?«, sagt die Lehrerin. »Er ist gerade rausgegangen! Sie müssen ihm auf dem Gang begegnet sein!«

»Nein«, sagt der Direktor überrascht, »da war niemand. Ich hab ihn übrigens auch nicht hereinkommen sehen!«

Anton schaut aus dem Fenster. Er gibt Valentina einen leichten Stoß in die Seite.

»Du musst da mal hingucken«, sagt er. »So etwas gibt's doch nicht am helllichten Tag!«

Draußen flattert eine einsame Fledermaus am Fenster entlang und verschwindet dann.

10. MIAAAUUU

An diesem Abend gehen Valentina und Anton ins Kino, das im Norden der Stadt liegt, nahe der U-Bahn-Station. Es gibt vier Säle, in denen alle zwei Stunden ein anderer Film gezeigt wird. Valentina hatte keine große Lust, aber Anton drängte immer wieder. Als er sagte, dass er auch für sie bezahlen wollte, ist Valentina schließlich doch mitgegangen. Nicht wegen des Geldes, aber sie wollte sehen, ob Anton tatsächlich das Geld rausrücken würde. Denn wenn es etwas gibt, womit Anton geradezu knauserig umgeht, dann ist es sein Geld.

Außerdem hat Valentina schon Lust, mal einen Abend lang einfach zu lachen, denn dazu ist sie in der letzten Zeit nicht gekommen.

Anton hat gesagt, dass es sich um eine Komödie handelt, aber nach den ersten Minuten ist Valentina klar, was für eine Komödie es ist. »Braindead« heißt der Film. Eine alte Frau, die ihren Sohn unter der Knute hält, wird von einer Art Ratte im Zoo gebissen. Dann fängt die Frau an sich aufzulösen, beim Essen verliert sie ein Ohr, das in den Pudding fällt.

»Igitt! Was ein fieser Kram«, sagt Valentina, »wo hast du mich nur reingeschleppt?«

»Das wird echt Spitze«, sagt Anton. »Ich hab den Rest gelesen. Wenn du Angst bekommst, halte nur meine Hand fest.«

Er greift nach ihren Fingern und kneift kurz hinein. Valentina stößt seine Hand weg.

»Genieß ruhig deinen fiesen Film«, sagt sie. Sie findet ihn überhaupt nicht schön, sondern eklig, unheimlich und blöd. Kurz darauf spürt sie wieder Antons Hand auf ihrer. Was hat er vor? Weil er jetzt so eine dufte Jacke trägt, muss er doch nicht glauben, dass ...

Auf einmal macht es klick in Valentinas Kopf. Sie könnte sich wohl an die Stirn schlagen. Wie kann sie so blind gewesen sein? Die Art, wie Anton immer um sie herumschleicht in der Schule, seine neue Jacke, die Tatsache, dass er sie ins Kino eingeladen hat.

Sie schaut zur Seite. Antons Hand liegt auf ihrer, warm und sanft. Schon ein angenehmes Gefühl. Aber Anton guckt mit Glotzaugen auf die fiesen Geschehnisse auf der Leinwand, als sei das das einzig momentan wirklich Wichtige auf dieser Erde. Valentina richtet ihren Blick wieder missmutig nach vorn.

Anton schaut zwar zu, aber in seinen Gedanken ist er nicht beim Film. Er traut sich nicht, Valentina von der Seite anzublicken, aber er spürt ihre Hand unter seiner. So warm, so behaglich. Anton hat sich noch nie so gut gefühlt. Er sitzt neben dem Mädchen seiner Träume im Kino und darf ihre Hand halten. Bei jemandem wie Valentina ist das schon ein Riesenerfolg. Wenn er seinen Kopf jetzt etwas näher an ihren bringen würde ... Aber das traut er sich nicht.

Der Film wird unheimlicher. Eine Gruppe lebender Toter versucht die Hauptperson zu fassen, aber der Typ findet einen Rasenmäher und rückt ihnen damit zu Leibe. Blut und Gliedmaßen spritzen umher, ein wahres Fest für Kannibalen.

Vorsichtig setzt sich Anton etwas um und legt seinen Arm um Valentinas Schulter. Er zieht sie, ganz langsam, ein wenig zu sich heran. He, das fühlt sich prima an, sie lässt es zu. Er spürt die Wärme ihrer Haut durch ihre Bluse. Sie fühlt sich so sanft an. Anton ist im siebten Himmel. Ein toller Horrorfilm und Valentina in seinen Armen! Er lässt seine Hand vorsichtig etwas sinken und bekommt einen Schlag auf seine Finger.

»Flossen weg!«, schnauzt Valentina ihn an.

Anton zieht seine Hand zurück, lässt aber seinen Arm auf ihrer Schulter liegen. Das zumindest lässt sie zu. Vorsichtig sein, denkt er. Nur die Ruhe!

Was denkt er sich wohl, was er sich erlauben kann?, denkt Valentina. Doch das Gefühl von Antons Arm auf der Schulter ist ihr angenehm. Schließlich mag sie Anton sehr gern. Er ist zwar oft ein wenig nervig und seine Leidenschaft für diese Art bescheuerter und fieser Filme geht über ihren Verstand, aber sonst ist er ein guter und netter Freund. Will ich, dass er mehr wird als ein Freund?, überlegt Valentina. Besser, ich denke schnell darüber nach! Sie ist etwas durcheinander. Sie findet Anton nett, okay. Und weiter? Sie denkt an Vickie und Freddie, wie sie sich verhalten, jetzt, wo sie miteinander gehen. Die beiden passen gut zusammen, aber sie und Anton? Nein, da hat Valentina einige Bedenken. Ein guter Freund, ja, das schon, aber das wär's dann auch. Das wird natürlich ein Problem, denn es ist klar, dass Anton mehr als ein guter Freund sein will.

Valentina schließt einen Moment die Augen und in ihren Gedanken taucht ein anderes Bild auf. Das Bild eines hübschen Jungen, der sie aus einem dreieckigen Spiegel anschaut:

Rob. Ein Junge, den sie eigentlich überhaupt nicht kennt, von dem sie nichts weiß, außer seinen Namen. Und die Tatsache, dass er tot ist, aber doch lebt.

Das wird mir alles etwas zu viel, denkt Valentina, wie kann ich mit so was weiterleben? Sie versucht das Ganze auf Abstand zu sehen. Sie zwinkert mit den Augen und plötzlich ist sie woanders. Sie sitzt ganz oben, an der Decke des Kinos. Sie schaut nach unten und sieht sich selbst im Halbdunkel, Anton neben sich. Das bin ich, denkt sie, und das ist Anton. Wir sitzen da, und dann? Valentina bekommt kein innerlich warmes Gefühl, so wie sich das gehört, wenn man sich verliebt. Es kribbeln keine Schmetterlinge in ihrem Bauch. Sie zwinkert mit den Augen und verschwindet aus dem Geist eines Tieres, durch dessen Augen sie gerade noch geguckt hat.

Sie denkt wieder an Rob und eine intensive Wärme strömt durch ihren Körper. Seine Augen, seine Nase, sein Mund. Die Art, mit der er sie anschaute.

Ich bin verliebt, denkt sie plötzlich. Welch eine absurde Idee. Ich bin verliebt in ein Traumbild!

Nein, kein Traum. Die Realität versetzt ihren Gedanken unmittelbar einen Dämpfer. Was oder wo Rob auch ist, er ist nicht nur ein Traum. Was sie gesehen hat, gibt es irgendwie.

Vielleicht hat sie alles falsch verstanden, vielleicht ist er überhaupt nicht tot. Wie sollte er sonst Kontakt zu ihr haben können?

Spukfalle, sie denkt wieder an die Worte von Paul van Loon. Ein rotes Zimmer ist eine Spukfalle. Das würde bedeuten, dass Rob ein Spuk ist und dass er in so einer Falle gefangen ist. Das Blut auf seinem Hemd. Aber wenn man einen Spuk sehen kann, wenn man mit ihm sprechen kann, dann ist er irgendwie materiell, mehr als ein Spuk. Dann existiert er. Gibt es Rob wirklich oder ist er eine Illusion?

Valentina muss die Wahrheit wissen und die kann sie nur in dem Theater finden.

Anton hat ihr von dem seltsamen Gespräch mit dem Eigentümer des Theaters Nosferatu berichtet, der ein Stück um die Schauspieler, die er nehmen wird, schreiben will. Vielleicht muss ich mich da einmal umsehen, denkt Valentina. Aber ihre Zweifel bleiben. Die Erinnerung an ihre erste Begegnung mit dem Theater Nosferatu ist ihr nicht sehr angenehm. Was sich dort verborgen hält, ist etwas, was sie nicht kennt, nicht begreifen kann. Wenn sie Rob wieder sehen will, und bei dem Gedanken allein bekommt sie weiche Knie, braucht sie Hilfe. Hilfe von jemandem, der sich in dieser Art Sachen besser auskennt. Die Frage ist, ob dieser Jemand bereit sein wird ihr zu helfen.

Auf der Leinwand brechen irgendwelche Riesenmonster aus einem Haus aus. Valentina hat längst den Faden verloren, die Story interessiert sie auch nicht mehr. Antons Arm lastet schwerer auf ihrer Schulter, er beugt sich zu ihr. Und, seltsam genug, Valentina lässt ihn gewähren. Sie ist nicht verliebt in Anton, aber irgendwie fühlt sie sich . . . geschmeichelt, neugierig. Der Kinosaal ist dunkel, gemütlich, trotz der fiesen schlürfenden Geräusche, die von der Leinwand kommen. Anton ist ein Freund, der verliebt in sie ist. Und Valentina hätte gern jemanden, der etwas für sie übrig hat, jemanden, der Zeit für sie hat.

Anton küsst sie auf den Mund. Ganz kurz und flüchtig, als ob er selbst Angst vor dem hätte, was er tut.

Valentina zieht sich zurück. Sein Mund ist hart und

trocken, nicht so, wie sie erwartet hat. Das ist nicht, was sie will, ein trockener Kuss in einem blöden Kino. Anton kann ihr nicht geben, was sie will. Sie steht auf, befreit sich aus Antons Arm.

»Guck ruhig allein weiter und genieß den Film!« Während sie dies sagt, weiß sie, wie gemein sich das anhört, aber es ist ihr schnuppe. Sie muss hier weg, weg aus dieser Dunkelheit, sie muss irgendwohin, wo sie allein sein kann. Und zwar so schnell wie möglich.

Sie rennt aus dem Kino. Da kommt schon der Bus. Als Anton kurz danach aus dem Kino rennt, fährt der Bus gerade ab, Richtung Greyshuysen.

»Zu dumm!«, sagt Anton. »Was ist bloß los mit diesem Mädchen?« Dann geht er aber schnell ins Kino zurück, um den Schluss des Films nicht zu verpassen.

Oma Hennie sitzt in ihrem Zimmer, die Lichter sind gedämpft. Sie sitzt am Tisch, der übersät ist mit Büchern und Pergamentfetzen. Drei weiße Kerzen verbreiten ein flackerndes Licht. Sie liest in den Büchern, macht sich Notizen, entziffert alte Sprüche. Auf jeder Ecke des Tisches steht ein Tontöpfchen, in dem Kräuter brennen, die einen scharfen Geruch verbreiten. Oma Hennie ist die einzige lebende Person in dem Zimmer, aber sie ist nicht allein. Um sie herum bewegen sich Schemen in langen weißen Gewändern. Zwölf Schemen. Auch Oma Hennie trägt ein weißes Gewand und scheint die Dreizehnte im Bunde zu sein. Zu diesem Anlass hat sie sogar ihre Zähne im Mund behalten. Das ist auch beim Sprechen mancher Zauberformeln bequemer. Sie runzelt die Augenbrauen. »Dies ist alt«, sagt sie, »das ist etwas, gegen das wir noch niemals gekämpft haben!«

»Alt, viel älter«, flüstern dürre Stimmen um sie herum. Die weißen Gewänder gleiten schemenhaft durchs Zimmer, die Gesichter unter den weißen Kapuzen sind ab und zu mal kurz zu sehen, hohle Augen, straff gespannte Haut. Oma Hennie kennt sie alle, kennt jeden der Anwesenden, in jeder Kapuze erkennt sie das vertraute Gesicht eines Freundes oder einer Freundin. Der Hexenring ist vollzählig, dreizehn weiße Hexen, zwölf schon längst begraben, aber nicht völlig tot, und Oma Hennie, die Dreizehnte.

»Wie kann das Kind einer solchen Macht gegenübertreten?«, flüstert Oma Hennie. »Sie ist noch so jung, so unerfahren.«

Die Stimmen flüstern: »Das waren wir alle. Wir alle mussten lernen. Hennie, du bist zu alt, du hast die Kraft nicht mehr. Sie ist jung, sie ist stark. Und sie hat den Familiar. Er wird ihr helfen. Und sie wird jede Hilfe brauchen!«

»So wie ich dir immer geholfen habe, Schatz«, sagt der weiße Rabe. Er hängt kopfüber an der Decke, seine Klauen haben sich in dünne Finger mit Saugnäpfen verwandelt, mit denen er sich festhält.

»Basil, halt deinen Schnabel, ich arbeite!«

Die Kerzen flackern. Die weißen Gestalten gehen durch Tisch und Stühle. »Ach, wie vermisse ich doch ein leckeres Tässchen Tee«, flüstert eine von ihnen. »Na, ein Gläschen Wein wäre auch nicht schlecht«, sagt eine andere, »aber das alles steht uns nicht mehr zu.«

»Aber sie hat keine Ahnung von dem, was ihr gegenübersteht«, sagt Oma Hennie.

»Die bekommt sie schon«, flüstern die Stimmen. »Das Böse hat kein Alter, ebenso wenig wie das Gute.«

Oma Hennie liest die Namen vor, die sie aufgeschrieben hat, die Namen, die ihr die Gefährten genannt haben.

»Osiris, Horus, Isis, Anubis, was haben sie damit zu tun?«

Basil öffnet seinen großen Schnabel. Etwas fällt heraus und landet mit einem lauten RUMS auf dem Tisch. Es ist ein ekliger großer schwarzer Käfer. »Ein Skarabäus. Ein ägyptischer Totenkäfer«, sagt Oma Hennie laut. »Also haben sie etwas damit zu tun!«

Über den Tisch krabbelt plötzlich eine Gruppe von Skarabäen. Es sieht aus, als kämen sie aus dem Tisch. Oma Hennie fegt sie mit der Hand weg, aber die Käfer verschwinden wieder, bevor sie auf den Boden fallen.

Sie schaut hoch. »Und, Basil, wo steckst du mit all deiner Hilfe?«

»Die hab ich dir gerade gegeben: ein Zeichen«, sagt Basil. »Du kennst die Regeln, den Rest musst du selbst herausfinden!«

»Ja«, seufzt Oma Hennie. »So wie Valentina das auch muss!«

Der Bus fährt an der Haltestelle vorbei, an der Valentina eigentlich aussteigen muss. Sie hat keine Lust nach Hause zu gehen und Mama erklären zu müssen, warum sie so früh schon wieder zurück ist. Sie will auch nicht zu Vickie, denn die fragt natürlich, wie es mit Anton war. Und darauf hat sie jetzt auch keine Lust.

Eigentlich müsste ich Vickie vor dem Theater warnen, denkt Valentina. Aber ich kenne die Zusammenhänge selbst noch nicht. Vielleicht droht ihnen ja überhaupt keine Gefahr.

Am liebsten würde sie zu Oma Hennie gehen und ihr ein paar ernst gemeinte Fragen stellen, aber Oma Hennie will doch, dass Valentina alles selbst lernt. Mein Erbe: eine weiße Hexe zu sein, denkt Valentina böse. Aber niemand will mir zeigen, wie ich das anstellen soll. Gut, dann mach ich es eben auf meine Art, passt nur auf! Ich werde meinem Namen Hexibell schon gerecht werden!

Der Bus biegt rechts ab. Oh nein!, denkt Valentina. Jetzt hab ich auch noch den verkehrten Bus genommen. Dieser fährt durch den Park in den Süden der Stadt. An der nächsten Haltestelle steigt sie aus. Jetzt steht sie auf dem Bürgersteig des breiten Weges, der durch den Park führt. Aber das kommt ihr ganz gut aus. Sie ist nicht so erpicht auf nächtliche Spaziergänge durch einen verlassenen Park. Erst recht nicht, nachdem ihr Anton erzählt hat, was er da schon vor längerer Zeit erlebt hat. Aber dieser Weg ist gut beleuchtet, es fahren ständig Autos entlang und es ist noch nicht so spät. Eigentlich ist dieser Ort perfekt für das, was Valentina vorhat.

Sie setzt sich auf eine Bank, ganz entspannt. Sie denkt nicht mehr an Anton und seinen blöden Film, sie versucht auch nicht, an Rob zu denken, aber sie merkt, dass das schwierig ist. Valentina versucht ihren Geist völlig leer zu machen, ein Windhauch kühlt ihre erhitzten Wangen.

Valentina zwinkert mit den Augen. Zwei-, dreimal. Sie schweift aus mit ihrem Geist, als strecke sie eine suchende Hand aus, und stößt gegen eine Mauer aus weißem Licht, die kurz aufflammt und sich dann auflöst in Dunkelheit.

»Miaaauuu!«

11. EIN GESCHENK VON SIR JAMES

Valentina öffnet die Augen. Ein mausgrauer Kater sitzt vor ihr auf dem Boden und sieht sie aufmerksam an.

Doch dann scheint er für einen Moment sein Interesse an Valentina zu verlieren und die Spitze seines Schwanzes lecken zu müssen.

»Sir James!«, flüstert Valentina.

»Unter anderem! Stehe zu Diensten, junge Frau«, flüstert eine Stimme in ihren Gedanken.

Valentina begreift es nicht. Sie zwinkert mit den Augen. »Nicht!«, flüstert die Stimme von Sir James wieder in ihrem Geist. »Das klappt jetzt nicht mehr!«

Valentina wird zornig. »Warum nicht? Das ging doch früher auch! Warum schließt du mich aus?«

»Du willst es dir zu einfach machen, Hexibell. Das ist nicht Sinn und Zweck der Sache. So lernst du es nie. Übrigens, da du jetzt weißt, dass ich mehr bin als eine Katze, ist es auch nicht mehr dasselbe. Du würdest zu neugierig werden auf andere Seiten meines Katerdaseins, zum Beispiel ob ich hinter süßen Kätzchen her bin.«

»Sir James!«

»Tja, ich kann nicht sagen, dass ich auch nur ein Mensch bin. Ich bin nun mal ein Kater. Weißt du, ich habe früher schon gesagt, dass mir diese Gestalt sehr gut gefällt. Sie ist sehr muskulös, geschmeidig, sie steht mir gut. Was willst du sonst noch hören?«

»Ich will nichts hören! Ich will Hilfe!«

Sir James legt sich hin und leckt seine rechte Vorderpfote. »Wer sich selbst hilft, hilft einem guten Freund. Du musst Hilfe nicht bei anderen suchen, Valentina, du musst deine eigenen Gaben und Kräfte entdecken und lernen sie zu gebrauchen.«

»Aber du bist doch mein Familiar. Du musst mir helfen!«

Sir James stellt sich hin und biegt seinen Rücken. Er spitzt die Ohren.

»Hör ich da nicht das liebliche Klagen eines Kätzchens mit einem braun-weißen Näschen? Ich glaube, ich werde anderswo erwartet.«

»Wag es nicht, mich allein zu lassen! Was denkst du wohl!«

»Weißt du, Valentina, ich mag dich wirklich, wenn du zornig bist. Das verschafft dir so eine animalische Aura. Wenn du jetzt ein Kätzchen wärst, dann würde mich hier keiner mehr wegbekommen.«

Valentina weiß einen Moment nicht, was sie sagen soll, so wütend ist sie. Was bildet sich die blöde Katze eigentlich ein? Sie wird sie . . . Sie wird sie . . .

»Wag es nicht, an meinem Schwanz zu ziehen!«, zischt die Stimme von Sir James. »Denke daran, Valentina, ein Familiar ist kein Haustier, sondern ein Gefährte, und in deinem Fall noch viel mehr: ein Lehrmeister. Aber ich unterrichte dich auf meine Art und wann es mir passt!«

»Es . . . es tut mir Leid«, sagt Valentina, Worte, die sie viel Mühe kosten. Aber sie meint es so. Plötzlich erinnert sie sich, dass sie mit einem Wesen spricht, das vielleicht Jahrhunderte alt ist, einem Wesen, von dessen wahrer Art sie sich keine Vorstellung machen kann.

»Entschuldigung angenommen. Ich bin manchmal auch etwas aufbrausend. Aber wie ich schon sagte, du musst deinen eigenen Talenten vertrauen, Valentina, und das wirst du nie tun, wenn du immer nur mich in Anspruch nimmst. Wer ist übrigens dieser Bursche, an den du fortlaufend nicht denken willst?«

»Dieser Bursche? Ich weiß nicht, wen du meinst.«

»Ach nein? Ich habe manche menschlichen Eigenschaften immer charmant gefunden. Du siehst so rot aus wie eine Tomate. Ha, ich hab's: Er heißt Rob!«

Plötzlich schweigt Sir James. Die Stille in Valentinas Geist ist so total wie eine Wolke aus Dunkelheit. Dann spürt sie eine Kälte in dieser Dunkelheit, eine schmerzende, harte Kälte. Valentina kann plötzlich nicht mehr atmen, ihre Brust tut weh, etwas Hartes dringt nach innen und kerbt und schneidet und saugt. Valentina tritt mit ihren Füßen, sie ringt um Luft. Es ist, als schnüre ein eisernes Korsett ihre Brust zu, als brenne eine Kälte, die sie noch nie gefühlt hat. Sie spürt ihre Finger steif und hart wie Stahl werden, sie prickeln, gleich darauf verwandeln sie sich zu Eiszapfen und drohen abzubrechen. Die Kälte lähmt ihre Zunge, ihren Kiefer, lässt ihre Augäpfel erstarren, die sich anfühlen, als würden sie bersten. Sie fühlt, wie sie treibt, sie ist ganz unter Wasser.

»Grrrraaaaauuuuwww!« Ein greller, wüster Schrei, eine instinktive Wut. Sir James springt hoch, seinen Kiefer aufgesperrt und seine Nägel ausgefahren. Seine Krallen haken sich in Valentinas Gesicht, sie reißen durch Haut und Fleisch, Blut fließt über ihre Wangen.

Valentina schnappt nach Atem, plötzlich strömt wieder

Luft in ihren Mund, in ihre Lungen. Sie atmet tief durch, ruckweise und stoßend, die Kälte fließt aus ihrem Körper weg. Ihre Wangen schmerzen, sie fühlt daran, es klebt, Blut haftet an ihren Fingerspitzen.

»Du hast mich gekratzt!«, flüstert sie.

»Entschuldigung, ich konnte in dem Moment nicht groß nachdenken!«

Valentina muss kurz sitzen bleiben, ihre Arme und Beine fühlen sich träge an, wie schwere Gewichte. Du hast mich gerettet, denkt sie. Sie weiß zwar nicht, warum, aber sie ist sich sicher, dass Sir James sie so besser versteht als mit Worten. Obwohl ich nicht weiß, vor was du mich gerettet hast. Was ist passiert?

»Ein Angriff. Sie haben versucht dich hereinzulegen und ich war einen Moment unaufmerksam. Ich hatte den Angriff nicht kommen sehen, weil ich eine Sekunde an die schwarz-weiße Katze denken musste. Deine Schuld, weil du an Rob gedacht hast!«

»Aber wer sollte mich angreifen wollen? Und warum?«

»Du bist eine weiße Hexe oder wirst hoffentlich mal eine. Du bist eine Quelle neu aufkommender Energie. Das spüren sie, er spürt das. Du bist eine Gefahr für sie.«

»Er, sie? Wer?«

»Das weißt du gut genug, Valentina, du bist schon da gewesen. Der Platz, wo jetzt das Theater Nosferatu steht.«

»Wie kann mich ein Platz angreifen?«

»Nicht ein Platz, aber das, was sich dort befindet. Die Zwischenwanderer, die Blutflügel. Oh, sie haben so viele Namen!«

»Blutflügel? Vampire? Ist dort ein Nest von Vampiren, die in Särgen auf ihre Opfer warten?«

»Vampire?« Sir James lacht abschätzig. »Oh ja, die gibt es auch, aber nicht an diesem Ort. Was sich in diesem Theater verbirgt, ist viel älter und viel schlimmer!«

»Dann werde ich meine eigenen Fähigkeiten brauchen müssen«, sagt Valentina. »Das wollte ich eigentlich mit dir zusammen machen: in das Theater eindringen!«

»Nein, das kann ich nicht«, sagt Sir James. »Deshalb hab ich mich gegen den Doppelblick gewehrt. Ich kann da nicht hinein!«

»Aber ich dachte, du könntest alles!«

»Niemand kann alles, Valentina. Es gibt . . . Dinge, über die ich jetzt nicht sprechen darf, aber die mir momentan nicht gestatten dort hineinzugehen. Die anderen sind sehr stark. Warte bis morgen, ihr Angriff ist missglückt, sie sind etwas geschwächt und morgen werden sie dich nicht erwarten. Dann gehe, aber nicht in deinem eigenen Körper!«

»Ich verstehe. Ich bin so müde!«

»Der Angriff hat deine Energien aufgesaugt. Geh nach Hause. Geh schlafen. Auf dem Kissen liegt etwas für dich!«

»Was denn?«

»Sieh es als ein kleines Geschenk an. Ich hab es in einem Geschäft . . . sagen wir, mitgehen lassen. Musste ich wohl, ich konnte es nicht bezahlen. Aber weißt du noch, wie dich der Armreif mit den Runen von Oma Hennie im Kampf gegen Greys beschützt hat? Das Geschenk von mir ist etwas Ähnliches. Trag es mit einer Kette um deinen Hals, immer, Tag und Nacht! Ich weiß nicht, wie sehr es dir helfen wird, es ist nur ein billiges Ding, kein echtes, wie ich es mal getragen habe. Aber vielleicht hilft es doch. Und jetzt muss ich mich entschuldigen, ich habe eine Verabredung.« Sir James dreht sich um und verschwindet in den Sträuchern.

Später findet Valentina in ihrem Zimmer einen kleinen silbernen Anhänger auf ihrem Kissen. Sie nimmt ihn auf. Er hängt an einer Kette: ein Kreuz, dessen oberster Balken durch eine Ellipse ersetzt wurde. »Wo hab ich das schon mal gesehen?«, denkt Valentina. Sie weiß sicher, dass sie diesem Zeichen schon früher mal begegnet ist, aber sie kann sich nicht daran erinnern. Und wie ist Sir James hier reingekommen? Valentina beschließt, sich darüber jetzt nicht mehr den Kopf zu zerbrechen. Sie legt die Kette mit dem Kreuz um den Hals, platziert Duffie neben sich auf dem Kissen und versucht zu schlafen. Aber das will ihr nicht recht gelingen. Zu viele Gedanken kommen ihr in den Sinn. Sie hat wieder mit dem Bösen, das im Theater haust, Bekanntschaft gemacht. Sogar Sir James hat sie gewarnt, dass diese Macht sehr groß und sehr bösartig ist.

»Wie kann ich dagegen etwas ausrichten?«, fragt sich Valentina.

12. KALTE FINGER

Vickie spaziert durch die stille Straße. Nirgendwo ist ein Zeichen von Leben sichtbar, alle Lichter sind gelöscht. Sie schaut unruhig über die Schulter zurück.

»Schon so spät«, sagt sie laut, »ich hätte schon längst zu Hause sein müssen. Hör ich da etwas?«

Sie blickt sich erneut um, aber hinter ihr ist niemand zu sehen. Plötzlich steht eine dunkle Gestalt vor ihr, sodass sie dagegenläuft.

»Oh, Entschuldigung!«

Ein Mann schaut sie schweigend an. Er trägt eine lange Jacke über einem dunklen Pullover, eine schwarze Skifahrermütze verbirgt sein Gesicht. Vickie sieht nur die Augen, die sie kalt durch zwei Löcher in der Maske anstarren. Der Mund ist ein dünner roter Streifen. Vickie macht einen Schritt zurück.

Die dunkle Gestalt geht einen Schritt vorwärts. Vickie hält ihre Tasche mit beiden Händen fest. »Darf ich vorbei?«, fragt sie. »Was wollen Sie von mir?«

Der Mann grinst, der rote Spalt in der Maske bewegt sich. Er streckt seine linke Hand nach Vickie aus.

»Ich hab kein Geld!«

Der Mann brummt und springt vorwärts. Vickie lässt ihre Tasche auf den Boden fallen, sie dreht sich um und will schnell wegrennen, aber der Mann greift nach ihrem Arm und schleudert sie zu Boden. Vickie schreit laut auf.

»Hier kann dich niemand hören!« Die Stimme des Mannes klingt dumpf. Seine rechte Hand verschwindet in der Tasche seiner Jacke und kommt mit einem großen Schlachtermesser wieder zum Vorschein. »Nein! Bitte nicht!«, schreit Vickie.

»Ich opfere dich im heiligen Namen der Göttin Isis«, sagt der Mann, »hier an den Füßen der Sphinx werden sich die Schakale fett fressen an deinem toten Fleisch!« Er nimmt das Messer hoch.

Vickie rollt sich über den Boden und lacht schallend. »Höööör auuuuuf, ich kann nicht mehr, ich lach mich kaputt!«

»Na ja, was soll man auch aus so einem idiotischen Text machen?« Der Mann wirft das Pappmesser auf den Boden und zieht die Mütze ab.

»Uff, so fühlt man sich besser«, seufzt Freddie mit hochrotem Gesicht. »Unter dem Ding schwitzt man sich kaputt. Du kannst dir nicht vorstellen, wie warm das ist!«

Vickie rollt noch immer glucksend vor Lachen auf dem Boden ihres Zimmers. Sie sind jetzt schon zwei Stunden dabei, ihre Rollen für das Theaterstück zu lernen, aber es klappt nicht besonders gut. Keiner von beiden kann bei dem, was sie spielen müssen, ernst bleiben.

Freddie kniet sich neben ihr hin und greift nach dem Pappmesser. Er stochert mit der stumpfen Spitze in Vickies Seite. »Ich werde dich aufschneiden und aufessen!«, sagt er mit drohender Stimme. »Und danach koche ich Suppe aus deinem Fleisch für die alten Götter Ägyptens!« Er denkt einen Moment nach und popelt mit der Messerspitze in seiner

Nase. »Nein, eigentlich lohnt die Mühe nicht. Auf deinen Rippen sitzt nicht genug Fleisch!«

Vickie setzt sich mit wild flammenden Augen gerade hin. »Was meinst du damit, du Fettwanst?«

»Ich bin kein Fettwanst! Das sind alles Muskeln!«

»Nicht ablenken! Was sollte deine Bemerkung gerade?«

»Äh, na ja, du weißt schon!«

»Nein, ich weiß nichts! Erzähl!«

Oha, das läuft mies, denkt Freddie. Hätte ich doch bloß meine große Klappe gehalten. – »Na ja, es gibt Mädchen, die, äh, wie Erica, du weißt schon, wen ich meine!«

»Ja, die Tussi mit den großen Ohrringen und grünem Lidschatten! Was ist mit ihr?«

»Nun, sie hat, ich meine, sie hat, äh, mehr als du, du weißt schon, wo!«

»Ach so? Woher weißt du das?«

Auweia, jetzt geht's voll daneben, denkt Freddie, Er zuckt mit den Schultern. »Das sieht man doch, oder?«, sagt er.

Vickie ist sauer. »Du glotzt hinter ihr her, was? Du bist nicht zufrieden mit mir, du findest mich zu mager!«

»Ich glotz nicht hinter Erica her!«, sagt Freddie beleidigt. »Wenn sie vorbeigeht, kann man einfach nicht vorbeigucken, alles bewegt sich!«

Vickie stellt sich hin. »Oh ja, du meinst bestimmt den mit Tempos ausgestopften Riesen-BH«, sagt sie kühl. »Na ja, meinetwegen sollen dir die Augen aus dem Kopf fallen, Sylvester Stallone, du kannst verschwinden! Sofort! Es ist aus und vorbei!«

»He, könnt ihr nicht ein bisschen leiser sein?«, ertönt eine Stimme von unten. »Ich kann ja nicht mal mehr den Fernseher verstehen!«

»Ja, Paps!«, ruft Vickie zurück.

»Sag, Vickie, das meinst du doch nicht so, ich hab doch nur einen Witz gemacht!«, sagt Freddie. »Du kennst mich doch, du weißt doch, dass ich von Erica nichts will!«

»Ich find es nicht schön, wenn du meinen . . . meinen Umfang kritisierst! Bald sagst du noch, dass dir die Farbe meiner Augen nicht gefällt oder dass du die Art, wie ich lache, nicht haben kannst oder dass ich mein Haar anders tragen muss!«

Freddie zieht die lange Jacke über seinen Kopf und kniet nieder. »Vergib diesem unschuldigen Sünder und niedrigen Sklaven, meine zärtlich geliebte Königin des Nils. Um seiner Worte willen wird er seine Zunge heute Abend dreimal mit Seife waschen!«

»Igitt! Nicht!«, sagt Vickie. »Dann muss ich die auch noch schmecken! Und hör auf mit dem Unsinn, du bist ein miserabler Schauspieler!«

Freddie lugt unter der Jacke hervor. »Heißt das, wir gehen weiter zusammen?«

»Ja, für dieses eine Mal. Aber kein Wort mehr über, du weißt schon!«

»Über Erica?«

»Unter anderem. Aber es stimmt wohl, dass du wirklich nicht spielen kannst, Freddie. Wir haben die Szene nun schon wohl zehnmal geprobt und jedes Mal muss ich mich schütteln vor Lachen. Du spielst so . . . na ja, du spielst es nicht realistisch genug!«

»Ich kann mich nur schwer in die Rolle reinversetzen. Und du hast auch den falschen Ausdruck im Gesicht. Du siehst keinen finsteren Mörder mit einem Messer vor dir!«

»Nein, das kann ich auch einfach nicht. Ich weiß, dass du unter der Maske steckst und dass das Messer aus Pappe ist. Und dann fange ich an zu lachen!«

»Ja, und dabei soll ich dann ernst bleiben! Ich glaube nicht, dass sie uns beim Theater nehmen werden«, sagt Freddie. »Und ich hätte das so gerne gemacht. Aber es ist auch ein blöder Text. Im Namen von Isis und der ganze Rest mit dem ägyptischen Getue. Wer will sich so einen Unsinn angucken? Und wo gibt es in Holland Schakale, die einem das Fleisch von den Beinen reißen?«

»Komm, wir probieren es noch einmal«, sagt Vickie. »Ich hab diesen blöden Text nicht geschrieben! Es sind ja nur ein paar Seiten.«

»Wenn wir die ganze Geschichte kennen würden, dann könnten wir vielleicht alles begreifen und es besser spielen!«

Vickie stupst ihn auf die Nase. »Es ist nur ein Test, Freddie. Wenn wir ihn bestehen, hören wir wohl den Rest. Ich glaube, dass die Geschichte sich in Ägypten und hier abspielt.«

»Ach ja? Wo ein Kerl mit einer modernen Skifahrermütze Menschen im Namen von alten Göttern ermordet, schön ist das! Freitag, der 13., Teil 17 oder so. Ich hatte mir das Theaterstück anders vorgestellt. Man kann ja nicht mal dabei lachen!«

»Wir lachen ja wohl genug!«

»Ja, sicher, Isis. Wer oder was ist Isis? Und hier, etwas weiter, das musst du hören: ›Der Hohepriester richtet sich auf vom Leichnam seines Opfers. »Göttliche Skarabäen, erfüllt eure Aufgabe. Isis, halte auf deiner Wachstafel fest, was ich tat, Anubis, sammle deine Scharen!«, ruft er aus und leckt das Blut von seinem Messer.‹ Isis, Anubis, was für ein Unsinn ist das?«

»Freddie, das sind ägyptische Namen, aber was sie bedeuten, weiß ich auch nicht. Und Skarabäen sind die kleinen schwarzen Käfer, die man manchmal auf Ringen sieht. Die sind aus Ägypten, aber ich weiß auch nicht, was all die Namen bedeuten. Theater bedeutet manchmal, dass man einfach den Text lernen muss. Man muss nicht versuchen den zu verstehen. Jemand, der ein Theaterstück schreibt, ist bestimmt klüger als du und wird wohl wissen, was er meint.«

»Oh, schön! Danke!«

»Gut, klüger als wir eben, denn ich kapier ihn auch nicht. Aber wir müssen einfach das kurze Stück auswendig lernen und spielen. Wer weiß, was für eine merkwürdige Szene Anton gerade einstudiert.«

»Okay, wir versuchen es noch einmal. Also, wir sind in einer einsamen Straße. Die Dame, das bist du, geht in dieser Straße spazieren. Der Hohepriester alias Herr Skimütze wartet auf sie.«

Freddie zieht die Mütze wieder über seinen Kopf. Vickie geht durchs Zimmer bis zur Tür. Gut, denkt sie, jetzt bin ich wieder in der verlassenen Straße.

»Warte einen Moment«, sagt Vickie. »Ich mache nur die Nachttisch- und die Schreibtischlampe an und die Deckenleuchte aus. Dann entspricht es der Szene schon eher.«

Vickie hat Recht. Das Licht ist jetzt besser. Sie spaziert durch die verlassene Straße, wie es im Text steht, mit kleinen Schritten, sonst ist sie zu schnell am anderen Ende des Zimmers. Vor sich sieht sie den Schreibtisch und darüber den kleinen Spiegel, in dem sie ein Mädchen schreiten sieht. Plötzlich bleibt Vickie stocksteif stehen. Das Mädchen im Spiegel hat nicht ihr Gesicht.

»Na, wo bleibst du, mir wird's ungemütlich«, klagt Freddie. Das Mädchen im Spiegel kommt näher, hinter ihr ist eine Mauer aus roten Steinen.

»Freddie, schau in den Spiegel über meinem Schreibtisch. Schnell! Guck!«

»Ich guck, aber ich sehe nur den Spiegel«, sagt Freddie. »Machen wir weiter oder nicht?«

»Nein! Du kannst es von der Stelle, wo du stehst, nicht sehen. Komm her zu mir! Schnell!«

»Was ist denn jetzt schon wieder?«, murrt Freddie, aber er geht dann doch zu ihr. »So, da bin ich, ich gucke, ich seh einen Spiegel und in dem Spiegel sehe ich uns«, sagt er. Er legt seinen Arm um Vickies Schulter und zieht sie zu sich heran. »Guck, da stehst du und da steh ich, sind wir kein hübsches Paar?«

»Aber siehst du sie denn nicht? Freddie, jetzt im Ernst! Was siehst du in dem Spiegel?«

Freddie zieht sich die Mütze vom Gesicht. »Mit dem Ding seh ich die Hand vor Augen nicht!«, sagt er. »Ohne genauso wenig. Ich seh, was ich gerade gesagt habe. Du und ich, uns beide!« Er gibt ihr einen Kuss auf die Wange, aber Vickie stößt ihn weg. »Lass das, Freddie, jetzt nicht. Siehst du sie denn nicht in dem Spiegel?«

Wen, Erica?, will Freddie gerade sagen, aber er schluckt seine Worte noch rechtzeitig herunter. »Wen soll ich denn sehen? Ich kapiere nichts mehr!«

»Ein Mädchen mit langen blonden Haaren und blauen Augen. Es trägt ein hellblaues Kleid und ich sehe es im Spiegel. Ich sehe es an der Stelle, an der ich stehen müsste!«

»Du träumst«, sagt Freddie, »du bist wach und träumst. Seit

wann träumst du von Mädchen? Ich hab gedacht, du würdest nur von mir träumen!«

»Sie steht im Spiegel«, flüstert Vickie. »Sie guckt uns an, sie sieht uns, Freddie, ich fühle, dass sie uns sieht! Jetzt streckt sie ihre Hände aus, sie fühlt an irgendwas. Sie ist hinter dem Spiegel, sie fühlt an dem Glas von der anderen Seite. Sie ballt die Fäuste, sie klopft gegen das Glas, sie ruft etwas, sie blutet an den Händen. Es ist Blut auf ihrer Brust!« Vickie fängt an zu schluchzen. »Freddie, auf ihrem Kleid ist Blut!«

Freddie dreht sich um und drückt auf den Lichtschalter. Die grelle Deckenleuchte geht an. »Hör auf mit dem Unsinn, Vickie! Du machst mir Angst. Bist du krank?«

Vickie blinzelt mit den Augen. »Sie ist weg!«, sagt sie. »Der Spiegel ist leer! Guck, da stehen du und ich wieder!«

»So wie es sich gehört«, sagt Freddie. »Ich hab gesehen, wie du mit Valentina gesprochen hast. Hat sie dir wieder von ihren unheimlichen Geschichten erzählt?«

»Aber ich habe das Mädchen gesehen, Freddie!«, sagt Vickie. »So wirklich, wie ich dich jetzt sehe!«

»Nein, Vickie, du hast ein Traumbild gesehen. Ich stand neben dir und habe nichts gesehen! Nur den blöden Spiegel und uns!«

»Das muss etwas zu bedeuten haben!«, sagt Vickie. »Ich sah ein Mädchen in einem Zimmer, voll mit roten Steinen. Aber du hast uns gesehen, im selben Spiegel!«

»Hör auf, Vickie! Das ist alles Blödsinn! Das ist nur ein Spiegel, ein ganz normaler billiger Spiegel. Guck nur!« Er geht zum Spiegel, beugt sich über den Schreibtisch und tippt auf die Glasoberfläche des Spiegels.

Der Spiegel bewegt sich, stülpt sich nach vorn und bildet

eine Hand. Eine kleine Mädchenhand, mit gestreckten Fingern. Die Finger greifen nach Freddies Hand, einen kurzen Moment spürt er sie, eiskalt, oh, so kalt!

Der Spiegel wird rot, grellrot, dann weiß wie Eis. Es ertönt ein knackendes Geräusch. Freddie reißt seine Hand los und die Mädchenhand ist plötzlich verschwunden.

Der Spiegel ist zerborsten. Drei Risse laufen über ihn und formen ein Dreieck mit der Spitze nach unten. Als seien sie in das Glas geschnitten.

Freddie macht einige Schritte rückwärts.

»Was hast du jetzt gemacht? Du hast meinen Spiegel zerbrochen. Wie soll ich jetzt meine Haare kämmen?«, fragt Vickie. »Aber du hast dich ja geschnitten! Du blutest!«

Freddie guckt auf seine Hand. An seinen Fingerspitzen befinden sich Blutstropfen. Er nimmt sein Taschentuch und wischt sie weg. Er hat keine Schnitte in seinen Fingern. »Es ist nichts«, sagt er und steckt das Taschentuch schnell wieder weg.

»Aber ich hab gesehen, dass du Blut . . .«

Freddie schüttelt den Kopf. »Ich will nichts mehr davon hören«, sagt er. »Ich hab nichts gesehen, ich hab mich nicht geschnitten!«

Etwas knarrt unter seinen Füßen. Er nimmt seinen Fuß hoch. Da liegt etwas Kleines, Schwarzes. Er bückt sich. Es ist ein großer Käfer, ellipsenförmig und schwarz mit krummen Füßen.

»Wo kommt der denn her?«

Vickie schaut hin. »Igitt, so groß«, sagt sie. »Aber das ist ein Skarabäus, so einer kam auch in unserem Text vor. Was stand da noch wieder? Die Skarabäen sollen . . .«

»Lass nur«, sagt Freddie.

»Aber ein Skarabäus ist ein Aaskäfer, jetzt erinnere ich mich wieder, dass ich das mal gelesen habe«, sagt Vickie. »Die leben hier nicht. Skarabäen findet man nur in Ägypten. Sie fressen Leichen!«

Freddie nimmt sein Taschentuch und rollt damit den toten Käfer ein.

»Dies ist kein Skarabäus«, sagt er. »Skarabäen gibt es in den Niederlanden nicht. Ich werf ihn unterwegs in einen Abfalleimer.«

Er will nach Hause, in sein Bett, nicht mehr daran denken, was passiert ist.

Vor allem nicht an die kalten, oh, so kalten Finger, die seine Hand einen Moment lang berührt haben. Die Finger aus dem Spiegel.

13. DU BIST KEIN MENSCH

Am nächsten Tag betritt Valentina ein Juweliergeschäft. Sie hat sich daran erinnert, wo sie den Anhänger, den sie um den Hals trägt, schon mal gesehen hat. Jetzt trägt sie ihn verborgen unter ihrem Pullover, denn vielleicht hat Sir James ihn gerade in diesem Geschäft mitgehen lassen. Valentina hat ein paar Symbole gesammelt und mit einfachen Strichen auf ein Blatt gezeichnet.

Eine Dame mit einer schwarzen Hornbrille kommt in den Verkaufsraum zu ihr. »Ja, junge Dame, kann ich Ihnen helfen?«

Junge Dame, denkt Valentina und sie fühlt sich größer werden. »Ja, ich hoffe es«, sagt sie mit ihrer besten Kleinmädchen-Stimme.

»Ich muss vor der Klasse ein Referat halten, über Zeichen, Sie wissen schon, Symbole und so etwas. Jetzt hab ich in Ihrem Schaufenster gesehen, dass eine ganze Menge solcher Symbole für Ringe oder Anhänger benutzt werden. Ich weiß nicht, vielleicht können Sie mir sagen, was einige davon bedeuten. Das würde mir sehr helfen!«

»Aber natürlich, junge Frau«, sagt die Dame, »wenn ich kann, gerne. Ich verkaufe Juwelen, kein Wissen, aber in meiner Branche lernt man schon einiges kennen. Über welche Symbole möchtest du etwas wissen?«

»Ich habe hier ein paar gezeichnet.« Valentina reicht der Dame den Zettel.

Die Geschäftsfrau setzt ihre Brille zurecht. »Mal sehen. Oh ja, das sind tatsächlich welche, die oft verwendet werden. Dieses hier, ein Stern mit sechs Spitzen, das ist jüdisch, ein Davidsstern. Während des Dritten Reiches in Deutschland und im Krieg war das natürlich kein so angenehmes Zeichen. Damals mussten die Juden einen solchen Stern auf ihre Kleidung nähen oder er wurde auf ihre Haustür gepinselt. Aber davon hast du ja bestimmt schon gehört. Dieser Stern mit den fünf Zacken, das ist ein Glücksstern. Man darf ihn natürlich nicht umgekehrt tragen, denn dann wird er zu einem Pentagramm. Das ist der Stern mit der Spitze nach unten.«

Die Geschäftsfrau lacht einen Moment.

»Das Pentagramm gilt als ein wichtiges Symbol in der Hexerei und schwarzen Magie«, sagt sie. »Darüber könntest du in deinem Referat wohl einiges bringen. Sieh mal, im Mittelalter gab es Zauberer, die dachten, sie könnten mit einem Pentagramm Dämonen aufrufen. Der Dämon erschien dann im Pentagramm, und wenn man auf jeder der fünf Spitzen eine weiße Kerze brennen ließ und die Linien nirgendwo durchbrochen waren, dann war man sicher vor dem Dämon. Nicht nur das, jetzt konnte man ihn auch zwingen Wünsche zu erfüllen. Manchmal wünschte ich mir, dass so ein Trick auch heute noch gelingen würde.«

Lieber nicht, denkt Valentina, nicht nach dem, was ich mit mittelalterlichen Dämonen schon erlebt habe!

»Und das hier, ein Kreuz, ein Anker und ein Herzchen. Glaube, Hoffnung, Liebe bedeutet das, die Grundlage für eine gute Ehe. Wenn ein Junge dir das einmal gibt, Mädchen, dann hoffe, dass er es auch ernst meint.«

»Wahnsinn, Sie wissen ja eine ganze Menge über Symbole und ihre Bedeutung!«

Die Dame lächelt. »Und was haben wir noch? Der Kreis, der ein Kreuz umschließt, dessen Seitenarme nach unten zeigen. Das ist ein universelles Friedenssymbol, Flower Power und so, galt in den sechziger Jahren als sehr modern. Aber dies hier ist viel älter, das Kreuz mit einem Kreis oben drüber. Das ist ein Anch. Er wurde in den letzten Jahren mit all dem Interesse für New Age und alte Religionen wieder sehr populär.«

»Stellt es auch etwas Besonderes dar?«

»Ganz bestimmt. Er ist ägyptisch, der untere Teil des Kreuzes stellt den Menschen dar, er bedeutet Glauben an die Götter, denn die Menschen in Ägypten hatten ziemlich viele, und der obere Teil, der Kreis, vergegenwärtigt die Sonne. Der Anch ist ein Symbol für Leben in jeder Form, denn für die Ägypter war die Sonne, die auch Re genannt wurde, Gott allen Lebens. Können Sie damit etwas anfangen, junge Dame? Ich habe nicht gesehen, dass Sie etwas aufgeschrieben hätten!«

Valentina lächelt. »Ich hab ein gutes Gedächtnis! Herzlichen Dank, mit dem, was Sie mir erzählt haben, werde ich ein Superreferat abliefern!«

Leben, denkt sie, als sie draußen ist, ein Symbol für Leben, ein Symbol des Sonnengottes? Anch? Was hat das alles zu bedeuten? Warum glaubte Sir James, dass ich diesen Anhänger tragen sollte? Vielleicht weiß Anton mehr über diese Dinge, denkt sie. Obwohl, über rote Zimmer konnte er auch nicht viel berichten!

Zwei Kilometer von der Stelle, wo Valentina sich befindet, stöhnt Lode Cedrics über seiner Schreibmaschine. Nein, nicht *seine* Maschine, obwohl er sie selbst gekauft und bezahlt hat, es ist die Maschine, auf der die Stimmen ihn zwingen zu arbeiten. Lode will nach draußen, weg aus dem Theater mit seinem modrigen Geruch. Er will auf die Straße, die Sonne sehen, die frische Luft und auch den manchmal üblen Gestank des Flusses Lageschel einatmen, sich unter Menschen bewegen. Unter Menschen, die leben, die lachen!

Hier, in seinem eigenen Theater, fühlt er sich, er, der Eigentümer, allein und gefangen. Eigentümer, denkt er bitter, nein, ich bin der Sklave dieses Theaters und der Stimmen. Damals ist ihm die Idee, das verfallene Gemäuer zu kaufen und zu einem Theater umzubauen, phantastisch vorgekommen! Mit dem Theater Nosferatu sollte ein Traum Wirklichkeit werden. Lode Cedrics wollte schon immer ein Theater haben. Aber dieser Traum wurde zu einem Alptraum. Lode konnte nicht wissen, was ihn erwartete, als er das Haus kaufte.

Im Gegenteil, als er die Geschichten der früheren Bewohner hörte – das Haus war damals noch ein Mietshaus –, über Spukerscheinungen und seltsame Geräusche, fand er das ganz prima. Ein Theater aus einem Haus zu machen, von dem man behauptete, es spuke in ihm, das schien gerade interessant. Jetzt hat Lode Angst vor dem Theater und vor dem, was sich in ihm verbirgt.

Der Stapel Papier links neben der Schreibmaschine ist rasch gewachsen. »Ich kriege noch einen Krampf in den Fingern«, sagt Lode, »ich muss mal einen Moment aufhören. Es geht vorwärts, das Stück wird langsam fertig.«

»Aber es ist noch nicht vollendet«, flüstern die Stimmen um ihn herum. »Du hast uns noch nicht in die Wirklichkeit geschrieben, Lode Cedrics.«

»Aber ich bin so müde. Das alles laugt mich aus und macht mich völlig kaputt!«

»Natürlich«, besänftigen ihn die Stimmen schnell und kichern einen Moment. Lode weiß, dass sie Spott mit ihm treiben. Er hörte die Stimmen zum ersten Mal, als der Umbau gerade abgeschlossen war, und sie sind seitdem geblieben. Erst dachte Lode, dass er sich die Stimmen einbilden würde, aber jetzt weiß er es besser.

»Du musst an dem Stück weiterarbeiten, Lode. Es hat viel zu lange vor sich hin geschmort. Das Stück muss fertig werden, sodass die Schauspieler es aufführen können. Ohne Skript gibt es kein Theaterstück. Und du brauchst Schauspieler!«

»Ich muss alles haben«, seufzt Lode. »Ein Stück, Schauspieler, Techniker für die Beleuchtung und den Ton, Leute, die sich um den Vorhang und das Bühnenbild kümmern, Spezialeffekte, Platzanweiser, eine Toilettendame, Garderobenfrauen, eine speziell komponierte Musik, ein kleines Orchester und vor allem Publikum. Ich muss Werbung machen in den Zeitungen, vielleicht einen Radiospot. Prospekte für alle Haushalte in Greyshuysen. Ich brauche Publikum, sonst gibt es kein Stück!«

Die Stimmen kichern. »Das Stück genügt, Lode, das Stück und die Schauspieler. Du brauchst keine Werbung. Für Publikum sorgen wir und unser Publikum braucht keine Garderobe oder Getränke!«

»Aber dies ist ein Theater!«, sagt Lode Cedrics. »Dies ist

mein Theater, Theater Nosferatu. Ich hab es gekauft und renoviert. Ich will Zuschauer, ein gutes Stück!«

Klamme Finger streicheln seinen Nacken und seine Schläfen. »Du hast es gekauft und aufgebaut, weil und wie wir das wollten. Du brauchst nur ein gutes Stück, ein Stück, das wir dir diktieren!«

»Aber ich kapiere nicht, worum es geht. Meine Finger werden so müde vom Schreiben und ich selbst auch! Ich möchte am liebsten schlafen. Mein Geist ist so müde, ich kann nicht mehr klar denken!«

»Die Müdigkeit eines Genies, Lode. Gute Theaterstücke zu schreiben kostet Energie. Wenn das Stück geschrieben ist, brauchst du nur noch Schauspieler. Und die kommen am Samstag. Weißt du noch? Um vorzusprechen. Du musst sie alle nehmen, du brauchst sie alle, aber wir brauchen nur einen.«

»Wen denn?«

Die Stimmen zischen wie Schlangen. »Wir wollen das Mädchen mit den roten Locken, Lode, die kleine weiße Hexe. Wir brauchen sie für die Vollendung dieses Stücks!«

»So ein Mädchen habe ich nicht gesehen!«

»Aber es wird kommen, sei beruhigt, dafür sorgen wir schon!«

Lode wird sauer auf die Stimmen. Er begreift nicht, was sie wollen. »Ihr lügt mich an. Ich weiß nicht, was ihr vorhabt, Himmel, ich weiß nicht einmal, wer oder was ihr seid. Nichts, was ihr sagt, stimmt!«

Lode steht auf und schaut sich wütend um, aber natürlich ist nichts zu sehen. »Vielleicht werde ich nur verrückt!«, sagt Lode laut. »Man sieht es schon: Hier stehe ich, mutterseelenallein in diesem Zimmer, und spreche zu Stimmen über Sachen, die ich nicht sehen kann. Ihr seid überhaupt nicht hier! Ich bilde mir nur ein, dass ich euch höre! So fängt das Verrücktwerden an, hab ich mal gelesen. Man hört Stimmen, man riecht Sachen, die nicht da sind, und bevor man es weiß, spricht man zu Stimmen und glaubt, dass es unsichtbare Dinge gibt. Ihr existiert nur in meinem Geist!«

Das Zimmer ist ganz ruhig, nichts bewegt sich, nichts flüstert.

»Seht ihr?«, ruft Lode triumphierend. »Ich höre euch schon nicht mehr. Ich hab mich selbst geheilt. Ich mache mit meinem Theater, was ich will!«

Während er diese Worte herausschreit, ertönt ein fernes Geräusch, scharrend wie Zähne, die übereinander mahlen und dabei kleine Stückchen abbrechen.

Die scharrenden Geräusche nähern sich, sie kommen aus allen Richtungen, aus dem Theatersaal, aus den Wänden, aus dem Boden. Die Zimmerwände bewegen sich, sie wogen, als würden von der anderen Seite Meereswellen gegen sie schlagen. Dann scheinen sie Staub zu sein: Sie geben nach, reißen auf. Etwas wankt langsam in das Zimmer und kommt auf Lode zu. Ein abscheulicher Gestank von verrottetem und verbranntem Fleisch strömt in Lodes Nase. Das wankende Etwas bleibt vor dem Schreibtisch stehen und hebt einen dünnen Arm. Bei dieser Bewegung fallen schwarze Käfer herab, die flink über den Boden davonlaufen. Der ganze Körper der dürren Gestalt ist in Bewegung, ein schwarzes Wimmeln bedeckt ihn fast völlig, sogar den Kopf. Als die Gestalt den Mund mit den breiten Kiefern öffnet, strömt die schwarze Masse sogar über die bloßen Zähne.

»Kennst du mich noch?«, fragt das Wesen. Die Stimme klingt hoch und hat einen flötenden Klang, die gekrümmte lederartige Zunge klatscht gegen den Knochen des Gaumens.

Lode schüttelt den Kopf. Er kann nichts sagen. Er will seine Augen schließen, um diesen Alptraum nicht sehen zu müssen, aber unsichtbare Hände legen sich kalt von hinten an seine Schläfen, kalte Finger halten seine Augenlider geöffnet.

»Schau ihn an! Schau uns an!«, flüstern die Kichermonster in seinen Ohren.

Die Gestalt lacht flötend. »Ja, schau mich an! Ich weiß, dass es schon lange her ist, aber du kennst mich doch? Du hast mich noch nicht vergessen?«

»Oh nein!«, stammelt Lode. In seinem Gehirn scheinen dunkle Bereiche aufzureißen, plötzlich fängt er an, sich an bestimmte Dinge zu erinnern. »Aber ich will mich nicht an dich erinnern«, flüstert Lode, »ich will dich vergessen! Ich hab dich vergessen können, all die Jahre! Ich hab mich selbst verpflichtet dich zu vergessen!«

»Und das ist dir auch gut gelungen, bis ich stark genug geworden war, um dich zurückzuholen. Das war einfach, du selbst wolltest an diesen Ort zurückkehren, an dem du dich selbst eines großen Verbrechens schuldig gemacht hast. Das schlimmste Verbrechen, das jemand begehen kann!«

»Nein!«, sagt Lode bestimmt. »Du hast das schlimmste Verbrechen begangen, du hast mich gezwungen. Das Abscheuliche, was du getan hast, hat mich dazu genötigt, ich wollte ein Ende machen!«

Die Gestalt hält den Kopf ein wenig schief, als höre sie aufmerksam zu. Sie atmet pfeifend durch große Nasenlöcher. »Oh! So denkst du darüber. Aber so war es in Wirklichkeit nicht, und das weißt du auch!« Die Gestalt klappt die Zähne aufeinander und zerquetscht einige der schwarzen Käfer. Sie spuckt Teilchen und Füßchen wieder aus. »Verdammte Biester«, sagt sie. »Kannst du dir vorstellen, wie das ist, wenn einem schon fünfzig Jahre diese Viecher in Mund, Nase und Augen stecken? Ich hab lernen müssen damit zu leben . . . nein, ich kann schwerlich sagen ›leben‹, nicht wahr? Sie gehören nun mal zum Ritual, aber angenehm ist was anderes. Auf jeden Fall . . .« Die Gestalt hebt eine Hand hoch und stößt einen Finger in ihren eigenen Kopf. »Auf jeden Fall hab ich dir nicht befohlen, mir mit einer Spitzhacke den Schädel einzuschlagen!«

»Du warst ein Monster!«, sagt Lode. »Ich hab getan, was ich tun musste! Ich hab mich all die Zeit schuldig gefühlt, aber ich würde es wieder tun. Deshalb will ich alles vergessen, dich, den Buchladen, deine verfluchten roten Zimmer und vor allem dich! Du bist kein Mensch, du bist ein Dämon!«

Die Gestalt macht eine spöttische Verbeugung. »Du tust mir zu viel Ehre an. Mensch? Oh ja, ich war einmal ein Mensch, aber das bin ich in der Tat seit fünfzig Jahren nicht mehr. Ich bin jetzt mehr als ein Mensch, und in Kürze, nach dem Ritual, werde ich ein Gott sein! Aber das ändert nichts an der Tatsache, dass du mich erschlagen hast. Du bist ein Mörder, und daran will ich dich kurz erinnern! Arbeite nicht gegen mich! Du hast bereits gemerkt, wie ich Menschen manipulieren kann!«

»Diese Gabe hattest du damals schon«, seufzt Lode. »Du warst ein so charmanter und freundlicher Mann. Jeder glaubte dir, was auch immer du erzähltest.«

»Ich fand es immer schon aufregend, Menschen etwas

weiszumachen«, fährt die Gestalt fort. »Einfach um zu sehen, ob es klappt. Charisma nennt man das, es ist wie ein Naturtalent. Du hast alles geglaubt, was ich dir erzählte. Es war so einfach, dich zu betrügen. Ich hab dich damals gehen lassen, aber jetzt, da sich die Zeit für das Ritual nähert, musste ich dich zurückholen. Ich war schon überrascht, als ich feststellte, dass du alles vergessen hattest, aber jetzt ist es Zeit, der Wirklichkeit ins Auge zu sehen!«

»Nein, das will ich nicht!«, schreit Lode Cedrics.

»Wenn du versuchen solltest mir in die Quere zu kommen, werde ich die Polizei auf dich lenken«, sagt die Gestalt mit knirschender Stimme. »Mein Geist ist stark genug. Dann werden sie suchen, in den Zimmern und in der Vergangenheit, und sie werden mich finden. Von da an wird es nur ein kleiner Schritt sein bis zu dir und dann gehst du lebenslänglich als Mörder ins Gefängnis!«

»Das wird dir niemals gelingen, Hendrik Vemsra!« Es ist das erste Mal, dass Lode den Namen der Gestalt ausspricht, die ihm gegenübersteht. Er fühlt sich etwas stärker, er merkt, dass sich die Gestalt nicht ganz so sicher ist.

»Vielleicht werden sie mir dann sogar eine Medaille geben für das, was ich getan hab, weil ich einen Unhold wie dich beseitigt habe!«, sagt Lode. »Weißt du, 1945, als die Widerstandsbewegung auf der Suche nach dir war, hätten sie das wahrscheinlich selbst genauso erledigt, am liebsten ohne jede Form von Prozess!«

Die Gestalt grinst spöttisch. »Aber natürlich fanden sie mich nicht, dafür hattest du doch schon gesorgt, mein guter alter Freund. Aber warum hast du es eigentlich gemacht? Natürlich verdientest du ganz gut bei der Arbeit, die du für mich erledigt hast. Ich bezahlte dich bar, aber auch mit Ringen, Gold- und Silberschmuck. Du wusstest doch, dass diese von den Toten kamen.«

Lode schüttelt heftig den Kopf. »Ich wusste schon, dass das Geld den Juden gehört hatte und wie es in deinen Besitz gekommen war«, sagt er, »aber ich hatte immer angenommen, du würdest ihnen helfen sich zu verstecken und aus dem Land herauszukommen. Ich wusste nicht, dass du sie an die Gestapo ausliefertest. Das las ich später in den Zeitungen, als sie nach der Befreiung auf der Suche nach dir waren. Wie viele sind durch deine Schuld in den Gaskammern umgekommen?«

Die Gestalt zuckt die Achseln. »Ich hatte nichts gegen Juden. Alles, was ich wollte, war ihr Geld, ihre Juwelen. Nicht um mich selbst zu bereichern, ich hatte kein Interesse an irdischen Reichtümern, sondern für das Ritual!«

»Mit dem Blutgeld hast du mich die roten Zimmer für dein verfluchtes Ritual bauen lassen!«

Die Gestalt stochert in ihren Nasenlöchern, pflückt ein widerliches Tierchen heraus und spießt es auf einen langen, messerscharfen Nagel auf. »Wenn es nicht wegen der Juden war, warum hast du mich dann umgebracht? Wolltest du mein Geld?«

»Nein, ich war zufrieden mit dem, was ich verdiente. Ich arbeitete für dich, ich arbeitete für meine Mitbürger, ich arbeitete für die Deutschen. Ich war einfach ein Bauunternehmer. Ein Mensch muss arbeiten, um leben zu können. Was ich mit dir tat, das tat ich wegen der Kinder.«

»Der Kinder? Wie konntest du das wissen?«

»Zufall! Du warst nachlässig, du hattest ein paar Aufzeichnungen über das Ritual in einem der Zimmer, die ich umbaute, rumliegen lassen. Ich hatte kurz darin geblättert, aber ich dachte, dass es einfach ein paar Notizen waren aus einigen der alten Bücher über Okkultismus und Hexerei, in die du ständig deine Nase stecktest. Ich widmete ihnen nicht viel Aufmerksamkeit. Bis sie das Mädchen und diesen Jungen aus dem Wasser holten. Bis ich las, was mit ihnen gemacht worden war. Da erinnerte ich mich an die Notizen in deiner Handschrift. Und ich hatte den Jungen im Geschäft gesehen. Was dann geschah, passierte einfach. Ich konnte nicht mehr klar denken, es war alles so abscheulich!«

Die Gestalt kichert, sie schlägt klappernd mit ihren Knochenhänden gegen das Becken.

»Oh, wie lustig!«, schreit sie. »Oh, wie gigantisch ulkig!« Die Gestalt tanzt im Kreis durchs Zimmer. Stücke schwarz versengten und zu Leder getrockneten Fleisches fliegen umher, es saust sogar ein losgerissenes Fingerglied durch die Luft.

»Du bist plemplem«, sagt Lode, »du bist untot, aber die Jahre, dein verfluchtes Ritual haben dich plemplem gemacht! Die Kichermonster haben dich völlig in ihrer Gewalt. Sie haben hier die wahre Macht, sie sind es, die mir befehlen das Stück zu schreiben!«

Die Gestalt bleibt stehen. »Oh, denkst du das wirklich? Armer dummer Kerl! Du kapierst es nicht! Du kapierst überhaupt nichts! Oh, wie lustig! Aber das macht auch nichts, die irdischen Kenntnisse sind zu begrenzt, um begreifen zu können, was ich bezwecke! Du kapierst nicht mal, was das Ritual eigentlich ist! Oh, ich seh es an deinem Gesicht, ich merke es an dem, was du sagst! Du glaubst, dass es sich um eine Art Blutopfer handelt, ein heidnisches Opfer für tote

Götter. Aber davon stimmt nichts! Du sagst, du hättest getan, was du fühltest tun zu müssen! Korrekt ausgedrückt! Du wirst nie begreifen, wie korrekt deine Worte sind! Also, du denkst, dass wir beide Gefangene der Mächte in diesem Hause sind? Welch ein Unsinn! Jede Macht, die sich hier befindet, kommt von mir, wurde durch mich aufgerufen. Jede Macht kommt aus meinem Geist. ›Denn das Blut ist das Leben!‹, schrieb einmal Marion Crawford, eine mehr oder weniger bekannte Autorin von Gruselgeschichten. Falsch! Falsch! Kennst du folgendes Nachtgebet? ›Und wenn ich sterbe, bevor ich wach werde, bitte ich den Herrn, meine Seele aufzunehmen!‹ Nicht das Blut, sondern der Tod ist das Leben! Der Tod ist ein Übergang in eine folgende Phase und diesen Übergang habe ich geschaffen. Und ich bin dank des Rituals zurückgekommen!«

»Zurückgekommen als was?«, fragt Lode spöttisch. Sein Herz klopft in seiner Brust, aber eigenartig, er hat keine wirkliche Angst mehr vor Henrik Vemsra, vor der untoten, aber sich bewegenden Gestalt, die vor ihm steht und die behauptet, so mächtig zu sein!

»Schau dich doch an!«, fährt Lode fort. »Was bist du? Ein Skelett, an dem verkohltes Fleisch hängt. Die Aaskäfer, die dein Ritual aufgerufen hat, haben dich von innen zerfressen, und was übrig blieb, ist eine Marionette. Du machst keinem Angst, du bist lächerlich, Vemsra! Es gibt Kräfte in diesem Haus, aber du beherrschst sie nicht. Sie beherrschen dich, du denkst nur, dass du der Boss bist, aber du hast etwas aufgerufen, das stärker ist als du selbst. Vielleicht halten sie dich gerade noch zu ihrem Spaß am Leben!«

Vemsra hält den Kopf schräg. »Er kapiert es immer noch

nicht, der dumme Junge. Sollen wir es ihm mal zeigen? Ja, warum nicht!« Die Gestalt macht etwas mit den Händen, sie zeichnet blitzschnell seltsame Zeichen in die Luft. Die Luft zischt, es entsteht Rauch, als entflamme ein Brand. Die Luft franst auseinander, wie aufgerollt, und Lode weicht zurück. Er schüttelt den Kopf, Speichel rinnt aus seinem Mund. Dies kann nicht wahr sein, so etwas kann es nicht geben! Er will seine Augen schließen, aber unsichtbare Krallen halten sie offen. Er kann kein einzelnes Detail verpassen, kein einziges Grauen ignorieren!

Die Gestalt, die einmal Hendrik Vemsra hieß, steht in der Mitte der Hölle, die sich vor Lodes Augen öffnet, und lacht gackernd. »Schau hin! Schau genau hin! Siehst du meine Diener? Guck nach den Kichermonstern, jetzt, wo du sie einmal siehst, wie sie sind. Die Kichermonster, die Zwischenwandler, die Blutflügel, die Nachtkrallen, nein, nicht sie haben mich gerufen! Ich habe SIE aufgerufen, sie hierher gebracht, um mir zu dienen! Schau und sieh meine Welt! Schau, und du weißt, wer ich bin! Vemsra? Ja, so kanntest du mich, so nannte ich mich, bis ich meinen wahren Namen kennen lernte, bis ich ihn durch das Ritual bekam! Ich bin RE, Re, der Gott des Lebens. Eine Art Leben, wie es diese Erde noch nicht kannte! Und über diese Erde voller Schlappschwänze wie du wird dieser Re herrschen! Unsterblich, allmächtig, ein Gott, wie ihn diese Erde noch nicht erlebt hat!«

Lode schnappt nach Luft. Farbige Punkte tanzen vor seinen Augen. In seinem Arm und seiner Brust flammt ein scharfer Schmerz auf. Ein Herzanfall, denkt Lode, ich kann es nicht mehr sehen! Ich kann es nicht mehr verarbeiten! Ich sterbe!

Und er fühlt sich glücklich. Der Tod wird diese Visionen wegwischen, der Tod soll ihm Ruhe und Frieden bringen und Vergebung für das, was er getan hat.

Aber die Gestalt, Vemsra, Re, streckt einen Arm nach ihm aus. Der Arm wird länger und länger, reicht durch das ganze Zimmer, und dann bohren sich die Finger in Lodes Brust. Er spürt, wie die kalten Finger sein Herz berühren und der Schmerz weicht.

»Oh nein, sterben wäre zu bequem«, schnaubt Re. »Das Ritual ist noch nicht vollzogen, das Stück muss noch gespielt werden!«

»Warum?«, keucht Lode.

Re antwortet nicht. Die abscheuliche Vision vor Lodes Augen rollt sich auf in einen Mantel von gnädiger Finsternis. Unsichtbare Hände greifen Lode unter die Ellbogen und lassen ihn auf seinen Stuhl niederplumpsen. Re geht rückwärts weg, die Dunkelheit schluckt ihn auf. Noch einmal hallt seine Stimme wider: »Schreibe!«

Dann ertönt ein Geräusch von einer krächzenden Tür, die sich langsam schließt.

14. BÖSE TRÄUME

Hallo, Valentina, komm herein!« Anton lächelt vergnügt. »Ich freu mich dich wieder zu sehen!«

Ja, das wird wohl so sein, denkt Valentina. Sie begrüßt kurz seine Eltern, dann geht sie in sein Zimmer. Das hängt noch immer voll mit unheimlichen Dingen. Anton hat anscheinend irgendwo zwei Zombie-Masken auf einem Trödelmarkt gefunden und grellgrün angemalt, dazu noch ein Rot, das wie Blut aus den Mündern läuft. Die Gummihand hängt nicht mehr an der Decke, jetzt liegt sie auf dem CD-Spieler, die Finger gespreizt wie eine dicke rosa Spinne.

»Ich meine, nachdem du aus dem Kino weggegangen bist, und in der Schule wolltest du nicht mit mir reden.« Anton wird rot, er fängt an zu stottern. »Ich dachte, du wärst sauer auf mich, ich hab doch nichts falsch gemacht, ich meine . . .«

»Es war ein Scheißfilm!«, sagt Valentina. »Aber nein, ich bin nicht sauer auf dich. Ich hatte einfach keine Lust, jemanden zu sehen. Ich hatte eine ganz schlechte Nacht.«

»Doch nicht wegen mir?« Plötzlich fängt Anton an den Gastgeber zu spielen. »Möchtest du etwas trinken?«

»Ich hätte Lust auf ein kleines Bierchen!«

»Was? Aber, das hab ich nicht, ich wusste nicht, dass du . . .«

»War nur ein Witz, Anton. Eine Cola oder Limo wäre prima!«

»Oh. Ja, natürlich!« Kurz darauf kommt Anton mit zwei Gläsern zurück. Valentina nimmt einen kleinen Schluck. Anton redet einfach weiter. »Freddie und Vickie machen auch so auf Abstand, als ob was im Busch wäre. Ich dachte, dass du vielleicht mehr wüsstest, aber du hast mir auch den Rücken gekehrt.«

Valentina zuckt mit der Schulter. »Freddie und Vickie sind schon eine Zeit lang auf Abstand, seit sie miteinander gehen. Vielleicht sind sie sich selbst genug, wie man so sagt, und brauchen uns nicht mehr. Vielleicht hatten sie gestern Knatsch oder so, ich hab keine Ahnung. Das wird schon wieder.«

Valentina weiß jetzt, was sie machen muss. Sie will Anton bestimmt nicht verletzen, er ist ein guter Freund, und das will sie auch so halten. »Jeder hat mal seine Launen, Anton. Ich kenn das von mir selber. Wenn meine Mutter mich über die Frau, mit der mein Vater jetzt zusammenwohnt, voll labert, bin ich auch so. Ich will keine Nerverei!«

»Aber wenn du solche Probleme hast, kannst du immer zu mir kommen, Valentina. Das weißt du doch. Dafür sind wir Freunde!«

»Ja, und ich will nicht, dass das anders wird, Anton. Du bist ein sehr guter Freund, und ich will, dass das so bleibt. Das musst du mir glauben.«

Anton nickt etwas betreten. »Ja, ein guter Freund. Und das ist alles, Valentina?«

»Das ist mir genug und ich würde mir wünschen, dass es auch für dich genug wäre. Ach, Anton, ich bin nicht so wortgewandt! Ich will es mal so sagen: Ich finde dich nett, du bist mein Freund, aber ich bin nicht in dich verliebt!«

Einen Moment lang schwimmt das Gesicht von Rob vor ihren Augen. Ist das nicht der wahre Grund?

Valentina steht auf. »So! Jetzt kannst du meinetwegen sauer auf mich sein. Schick mich weg!«

Anton hält sie auf. »Nein, nein, warum sollte ich sauer sein? Es ist nicht deine Schuld, wenn du nicht mit mir, na ja . . . Wir sind Freunde und wir bleiben Freunde!«

»Aber du bist doch verliebt in mich!«, sagt Valentina und könnte sich dafür die Zunge abbeißen. Das hätte sie nicht sagen sollen.

Anton kratzt sich an der Nase und greift dann zu einer Sprache, die er aus Büchern kennt und die er benutzt, wenn er sich in die Enge getrieben fühlt. »Äh, Valentina, sollten wir dieses Gespräch als nicht geführt betrachten? Ich finde diese Situation eher peinlich.«

Worte von Erwachsenen, denkt Valentina, also *ist* er verliebt in mich!

»Gute Freunde!«, sagt sie noch einmal mit Nachdruck. »So halten wir es, Anton. Wir haben zusammen schon 'ne Menge mitgemacht und jetzt gibt es wieder was Neues!«

»Was Neues? Hast du jemanden kennen gelernt?«

Oh nein, nicht schon wieder!, denkt Valentina. Haben alle Jungs so eine verrückte Gehirnwindung, die dafür sorgt, dass sie immer auf die gleiche Sache zurückkommen?

»Ich meine das Theater Nosferatu!«

»Ach das«, sagt Anton etwas enttäuscht. »Na, am Samstag gehen Freddie, Vickie und ich wieder dorthin. Ich muss auch noch etwas auswendig lernen. Ist wohl ein ganz verrücktes Stück. Freddie muss irgendeinen bescheuerten Mörder spielen mit einem großen Messer. Vickie ist das Mädchen, das ermordet wird, einfach auf der Straße.«

»Feines Stück«, sagt Valentina. »Und wen verkörperst du?«

»Ich muss einen Geist spielen.« Anton lächelt vergnügt. »Genau was für mich natürlich. Ich bin ein Junge, der früher von demselben Schurken ermordet wurde. Ich kehre aus dem Totenreich zurück, um ihm als Geist zu erscheinen, sodass er seine Taten bedauert und mit dem Morden aufhört. Ich muss ein Hemd tragen mit einem großen Blutfleck auf der Brust, ich heiße Rob und . . .«

Valentina springt auf und wirft ihr Glas um. »Was? Was? Wie wirst du heißen?«

»He! Du hast deinen Pullover bekleckert. Ich hol dir ein Wischtuch!«

»Lass nur! Wie musst du heißen? Rob?«

»Ja, was ist daran so Besonderes?«

Langsam passt alles zusammen, denkt Valentina. Ich dachte, ich würde allein davor stehen, aber sie sind alle betroffen. Die Macht in diesem Theater sucht uns alle!

»Anton, setz dich!«, sagt sie. »Wir müssen ernsthaft miteinander reden!« Sie greift unter den Kragen ihres Pullovers und zieht die Kette mit dem Anhänger heraus. »Kennst du dieses Zeichen, Anton?«

Anton nimmt es in die Hand. »Ja, natürlich«, sagt er, »das ist ein altes magisches Symbol. Ägyptisch. Man findet es auf vielen Papyruszeichnungen. Es ist ein Anch, das Symbol des Sonnengottes Re. Der Kreis stellt die Sonne dar. Wenn man ihn trägt, sorgt er für ein langes Leben, Glück, Fruchtbarkeit, so sagt man. Hast du es von jemandem, äh, bekommen?«

Da sind wir wieder, denkt Valentina. »Ja, von Sir James!«

»Sir James? Aber der ist doch verschwunden! Den hast du doch seit der Nacht auf dem Friedhof nicht mehr gesehen!«

»Sir James ist zurückgekommen, Anton. Darüber müssen

wir reden. Er hatte einen guten Grund, aus der fremden Welt, in die er gegangen war, zurückzukehren. Und das hat etwas mit dem Theater Nosferatu zu tun. Was dort passiert und was dort passieren wird!«

»Ich begreife gar nichts!«, sagt Anton. »Es ist ein ganz normales Theater und wir dürfen dort mitspielen. Du würdest auch eine Rolle bekommen, wenn du mitgehen würdest. Der alte Chef sucht Jugendliche. Er ist ein bisschen seltsam, aber ganz okay. Vielleicht darfst du einen weiblichen Dracula spielen!«

»Weibliche Vampire haben keine roten Haare«, sagt Valentina, »und hör jetzt auf mit dem Unsinn, Anton. Ich meine es todernst. Ich habe schon mehr von dem Theater Nosferatu gesehen als du, Freddie und Vickie. Dabei bin ich noch nicht einmal drinnen gewesen. Soll ich's beweisen?«

»Wovon redest du eigentlich?«

Dann erzählt Valentina Anton fast alles von dem, was sie mitgemacht hat, die Träume von den roten Zimmern (aber sie verschweigt wohl, wie sehr sie das Gesicht von Rob getroffen hat) und ihre Begegnung mit Sir James und was danach passierte. »Unglaublich, phantastisch!«, sagt Anton. »Aber was hat das alles zu bedeuten? Wir haben nichts Spukartiges bemerkt in dem Theater. Dieser Herr Cedrics ist einfach ein anständiger alter Mann, manchmal etwas verwirrt, aber er will wirklich ein gutes Stück herausbringen. Geh am Samstag mit, dann triffst du ihn selbst!«

»Ich weiß auch nicht, was das alles bedeutet«, seufzt Valentina, »denn ich bin keine Hellseherin.« Beim Aussprechen dieser Worte hat sie plötzlich ein ganz eigenartiges Gefühl. Es sind keine Worte, keine Bilder. Aber sie weiß mit absoluter Sicherheit, dass sie nicht mit Anton und den anderen in das Theater gehen darf. Das Theater ist eine Falle, eine dunkle Bestie, die mit offenem Maul darauf wartet, dass sie hineinläuft. Ritual. Das Wort flammt in ihrem Kopf auf. Mit diesem Wort sieht sie andere Dinge, Tiere. Ziemlich verrückt. Tiere? Ritual? Das Stück ist ein Ritual. Der alte Mann, den sie noch nicht gesehen hat, Anton und die anderen spielen eine Rolle darin. Und ich auch, denkt Valentina, aber nicht mit ihnen zusammen. Aber wann? Das seltsame Gefühl ebbt weg.

»He, was hast du?«, fragt Anton.

Valentina kehrt in die Wirklichkeit zurück. »Mir wurde eben so . . . schwindelig, glaube ich!« Aber sie weiß, dass es mehr war. Ein Vorgefühl. Doch Hellseherei? Das Gefühl ist weg, sie kann sich kaum noch erinnern, wie es war, aber jede Zelle in ihr weiß, dass sie nicht mit in das Theater gehen darf!

»Ist schon vorbei«, sagt sie rasch. »Was ich fragen wollte: Sir James hat mir diesen Anch gegeben als Schutz, so wie Oma Hennie mir das eiserne Armband gegeben hat, um Greys zu bekämpfen. Der Anch ist ägyptisch. Weißt du mehr darüber? Über diesen Re und so?«

»Nein, eigentlich nicht. Das ist alles Mythologie, du weißt schon, wie bei den Griechen und Römern, eine ganze Reihe Geschichten über alte Götter, Kulte. Bei den Göttern Ägyptens änderten sich ab und zu der Name und die Bedeutung. Es gab Osiris, den Gott der Fruchtbarkeit und des Todes, aber Re als Sonnengott war auch der Gott des Lebens. Shu galt als der Gott des Windes und der Kraft und Isis herrschte als Königin der Unterwelt. Es gab Menschen, die zu Göttern wurden, andere vermählten sich und bekamen neue Götter.

Auf die Dauer waren es so viele, dass man sie nur mühsam auseinander halten konnte.«

Valentina atmet tief durch. »Die Sphinx ist doch auch ägyptisch. Ein Löwe mit einem Menschenkopf. Gibt es in dieser Mythologie auch etwas mit Tieren, Anton?«

»Na, die alten Ägypter beteten eine ganze Menge Tiere an, die meisten galten als heilig oder hatten eine besondere Bedeutung. Der Gott Horus hatte den Kopf eines Falken und Mut den eines Geiers. Thot hatte den Kopf eines Ibis, eines Stelzenvogels, der nur dort vorkommt. Eine komplizierte Angelegenheit, von der ich nicht so viel weiß. Aber all die Götter hatten eine bestimmte Aufgabe. Wenn jemand starb, musste er vor einem Gericht erscheinen, wo alle Götter anwesend waren. Dann wurde die Seele des Toten gewogen, um zu sehen, ob er gut genug gelebt hatte.«

Valentina schüttelt den Kopf. »Das macht uns auch nicht klüger. Wir müssen mehr über das Theater wissen. Wie machen wir das?«

»Nun, am Samstag gehen wir doch hin. Dann können wir uns beim Vorsprechen umsehen!«

Da gehe ich bestimmt nicht hin!, denkt Valentina. »Ja, macht das! Aber was ich meine, ist, dass wir etwas über die Geschichte des Hauses wissen müssen. Ich weiß noch, dass es früher ein altes Mietshaus war, und wer sagte noch, dass dort früher eine Buchhandlung war?«

»Das können wir herausfinden!« Anton ist sehr bemüht, Valentina behilflich zu sein. »Wenn du ins Rathaus gehst, ins Katasteramt, da kannst du sogar Baupläne sehen, die viele Jahre alt sind.«

»Oh, und das darf jeder so einfach?«

»Na ja, wenn ich sage, dass ich ein Referat über Architektur oder so etwas halten muss, dann klappt es schon. Ich werde das morgen sofort machen, nach der Schule!«

»Das würde uns weiterhelfen. Aber ich will auch wissen, was in dem Gebäude passiert ist.«

»Tja, dann müsste man für ein Referat in alten Zeitungsarchiven stöbern dürfen. Die bekommst du nicht so einfach zu sehen. Die meisten Artikel sind auf Mikrofilmen gespeichert. Um darin etwas zu finden, das dauert eine Ewigkeit, es sei denn, es gibt einen Index. Aber dein Vater arbeitet doch für Zeitschriften und so! Der hat doch ganz einfach Zugang zu solchen Informationen. Ich meine, ich weiß wirklich nicht, wie das alles gelagert und bewahrt wird, aber wo sie jetzt alle mit Computern arbeiten, muss es doch bequemer sein, etwas zu finden. Guck mal, ob dein Vater dir nicht helfen kann!«

»Ja! Genau das werde ich tun!«, sagt Valentina.

Vickie spaziert durch eine verlassene Straße. Sie kennt die Straße, und doch wieder nicht, hier und da sieht sie ein Geschäft oder ein Haus, das sie wieder erkennt, und dann denkt sie, es ist diese Straße, aber der Name fällt ihr nicht ein. Dann sieht sie Geschäfte, die bestimmt nicht in Greyshuysen stehen, sondern in der Großstadt. Deshalb weiß Vickie, dass sie träumt. Ich träume eine hübsche Einkaufsstraße, denkt sie, in der alle tollen Geschäfte zusammen sind. Aber es ist nicht schön, dass die Geschäfte so schlecht beleuchtet sind. Vickie steht vor den Auslagen, aber sie kann kaum etwas erkennen von dem, was es zu kaufen gibt. Verrückt, man sollte glauben, dass Geschäfte Reklame machen wollen. Aber dies ist ja nur ein Traum!

Vickie findet es immer schön zu träumen, besonders wenn sie weiß, dass sie träumt. Sie weiß dann, dass alles passieren kann, aber dass es doch nicht echt ist.

Wie das Theaterstück, das sie mit Freddie einstudiert. Ungeheuer spannend, aber es ist nur ein Spiel.

»Ich suche ein Buch«, sagt jemand. Vickie dreht sich um. Ein Mädchen steht vor ihr, es muss ungefähr so alt sein wie Vickie.

»Kein Problem«, sagt Vickie, »da ist eine Buchhandlung, gleich um die Ecke. Komm mal mit!«

Sie gehen um die Ecke und kommen an den Lageschel. »Hier, in dieser Straße«, sagt Vickie, »Lageschelwall Nummer 7. In der Buchhandlung haben sie alles. Was suchst du?« Aber sie bekommt keine Antwort. Vickie dreht sich um, doch das Mädchen ist weg.

»Dumme Gans«, sagt Vickie. »Jetzt bin ich den ganzen Weg zur Buchhandlung mitgegangen und jetzt ist sie verschwunden. Dann geh ich eben selbst hinein.«

Das Geschäft ist alt, sehr alt. Eine Flügeltür, eingeklemmt zwischen zwei Schaufenstern, in denen alte Drucke liegen und ganz dicke Bücher, die bestimmt muffig riechen.

Vickie drückt die beiden Türen auf, eine Klingel ertönt. Ein Mann kommt nach vorn. Es ist so dunkel in dem Geschäft, dass sie sein Gesicht nicht sehen kann. Wie will er Bücher verkaufen, wenn man nicht mal die Titel lesen kann?

Aber ja, dies ist ein Traum, erinnert sich Vickie wieder. Das darf ich nicht vergessen!

»Vergiss es nicht! Vergiss es nicht!«, flüstert jemand in ihr Ohr.

»Ich suche ein Buch«, sagt Vickie.

»Ich habe alle Bücher«, sagt der Mann. »Wie heißt das Buch?«

»Die roten Zimmer des Todes«, flüstert die Stimme in Vickies Ohr und sie wiederholt die Worte.

»Oh, die junge Dame ist eine Kennerin«, sagt der Mann. Er tritt weiter vor und jetzt sieht sie sein Gesicht. Ein schmales und dunkles Gesicht mit scharfen Wangenknochen, einem schmalen Kinn und ganz dunklen Augen. Der Mann ist nicht so alt und hat eine braune Hautfarbe. Ein etwas orientalischer Typ.

Der Mann nickt und plötzlich bekommt Vickie Angst. Was macht sie hier in dieser sonderbaren Buchhandlung? Es gibt überhaupt keine Buchhandlung in dieser Straße von Greyshuysen. Sie träumt, natürlich, sie träumt, aber der Traum fängt an unheimlich zu werden, und so etwas mag Vickie nicht.

»Komm mal mit! Ich habe genau, was du suchst!«

Vickie hat Angst, aber sie fühlt sich gezwungen dem Mann zu folgen, durch das dunkle Geschäft, nach hinten, wo er eine kleine Tür öffnet. »Du suchst ein sehr seltenes Buch«, sagt er, »und die seltenen Bücher lagere ich unten, im Keller. Komm mal mit, Peggy, komm nur mit!«

»Aber ich heiße Vickie und nicht Peggy!«, sagt Vickie, aber der Mann hört nicht hin. Ihr Herz klopft schnell und laut, doch sie geht mit nach unten, über eine schmale Treppe, und dann erreichen sie den Keller. Der steht voll mit großen Regalen, aber die sind alle leer.

»Wo ist mein Buch?«, fragt Vickie.

»Hier!«, sagt der Mann. »Du suchst ein Buch, das noch geschrieben werden muss. Es heißt ›Ritual‹. Ich werde es mit

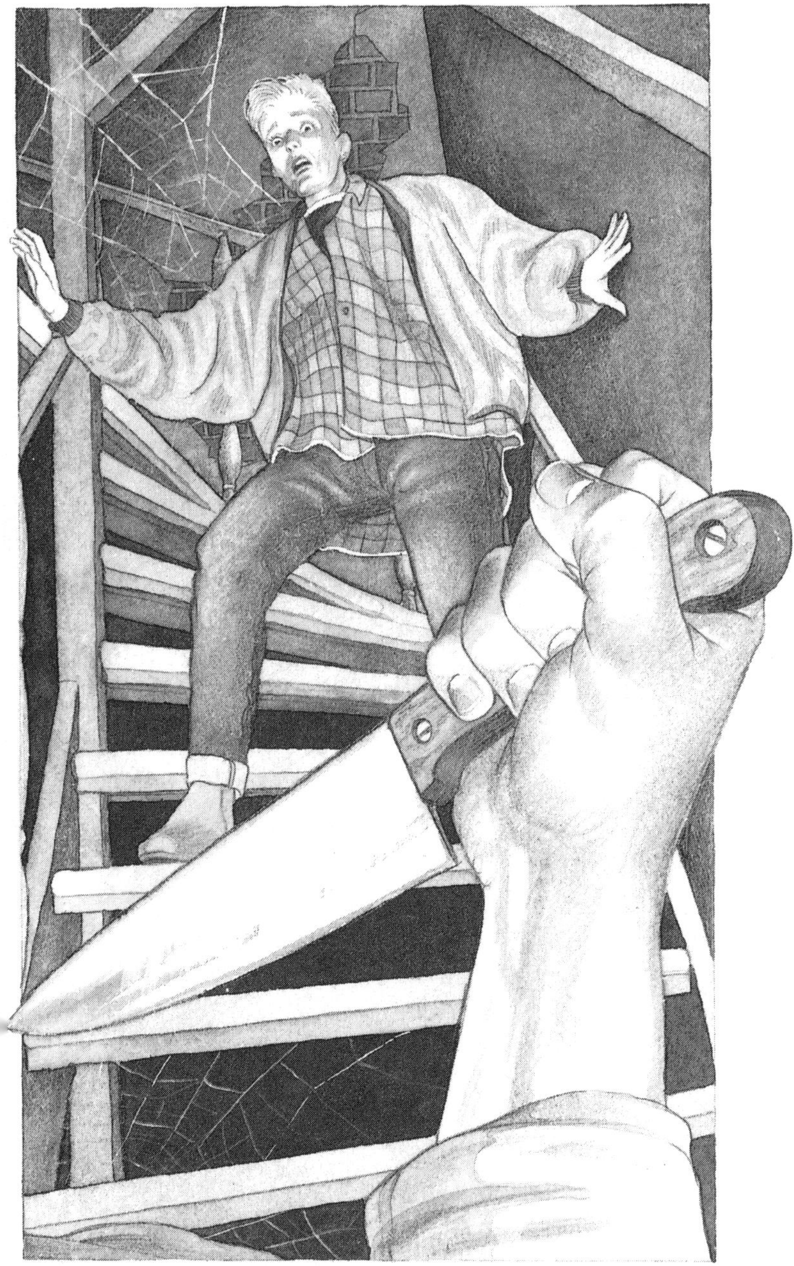

dir schreiben. Ich hole das Buch aus dir heraus!« Plötzlich schwingt er ein großes Messer.

Vickie dreht sich um und rennt weg, die Treppe wieder hoch. Aber sie landet nicht in der Buchhandlung, sie ist plötzlich in einem roten Zimmer. Alles ist rot, die Wände, die Decke, der Fußboden, und hinter sich hört sie, wie der verrückte Kerl mit seinem Messer näher kommt. An den roten Wänden sind Spiegel, dreieckige Spiegel, und darin sieht Vickie sich selbst, aber sie ist nicht mehr Vickie. In den Spiegeln sieht sie das Mädchen, das sie im Spiegel ihres eigenen Zimmers gesehen hat. Der Mann mit dem Messer ergreift Vickie, sie spürt seine raue Hand, sie fühlt das scharfe Messer und in den Spiegeln sieht sie, dass das Mädchen erstochen wird.

Mit einem Schrei wird Vickie wach. Sie glaubt, dass sie geschrien hat, aber im Haus ist alles ruhig. Sie ist nass von kaltem Schweiß!

15. TASTEN DURCH WÄNDE

Im roten Zimmer kniet Peggy unter einem Spiegel, die Hände halb verborgen in der Wand. Ihre Finger tasten durch die Mauer bis auf die andere Seite und für einen Moment spürt sie eine Berührung. Oder glaubt, dass sie sie spürt, sicher sein kann sie sich nicht. Manche Wände kann sie so durchstoßen, andere stoßen sie ab. Sie weiß nicht, wie das genau funktioniert, aber eines weiß sie sicher: Sie ist hier nicht allein. Irgendwo ist noch jemand in so einem roten Zimmer. Sie hat schon herausgefunden, dass es mehrere gibt. Durch die Wände links und rechts von ihr kann sie manchmal teilweise hindurch, durch diese Wand nur nah bei den Ecken. Der mittlere Teil wehrt sie ab, vielleicht ist etwas anderes dahinter. Wenn sie gegen die Wand pocht, klingt es hohl, aber das ist bei den anderen auch so. Hinter der Wand muss auf jeden Fall ein Zimmer sein, das sie nicht erreichen kann. Die anderen Zimmer hat sie auch noch nicht ganz betreten können, immer blieb ein Teil dessen, was nun ihr Körper ist, in ihrem Raum und hielt sie fest. Die Zimmer, die sie gesehen hat, waren leer. Aber was ist, wenn hinter jedem Zimmer noch weitere Zimmer sind?

Und jetzt hat sie schon wieder das Mädchen und den Jungen gesehen, durch den Spiegel, als sie sich ganz intensiv mit ihren Gedanken ausbreitete. Aber sie hat ihnen Angst gemacht. Peggy fragt sich, was die beiden wohl auf der anderen Seite des Spiegels gesehen haben. Haben sie sie gesehen?

Peggy zieht ihre Hände zurück. Die Mächte, die sie hier schon so lange gefangen halten, werden schwächer. Peggy hat keine Ahnung, wie lange sie schon hier ist, aber etwas verändert sich. Sie hat das Gefühl, dass schon Jahre vergangen sind. Auch mit ihren Gedanken spielen kann sie nicht, denn Peggy hat keine Erinnerungen. Das Einzige, woran sie sich erinnert, ist das Aufwachen in diesem Zimmer. Das muss in dem Moment passiert sein, als sie gestorben ist. Davon ist Peggy überzeugt. Vielleicht hat sie einen Bruder, eine Schwester, Eltern. Am Anfang hat sie sich den Kopf darüber zerbrochen, aber es tat weh und brachte nichts. Das Sterben hat alles aus ihrem Gehirn gelöscht. Und doch, manchmal hat sie sonderbare Eindrücke, als ob etwas will, dass sie sich an etwas Bestimmtes erinnert. So wie jetzt, da sie ganz intensiv in den Spiegel guckt, zu diesem Jungen und dem Mädchen, die eine Art Komödie spielen mit einem Pappmesser. In dem Moment wurde etwas wach in Peggy, das Messer machte ihr große Angst, auch wenn es aus Pappe war. In dem Moment ist Peggy zurückgewichen von dem Spiegel und hatte das Gefühl, als würde etwas aus ihr herausgezogen, ein Bild, ein Gedanke. Aber es war sofort wieder vorbei.

Vielleicht wurde die Macht, die sie gefangen hält, auch angegriffen durch die Zeit, vielleicht wurde sie ebenfalls älter und schwächer. Vielleicht kommt der Tag, an dem ich alle Mauern überwinden kann, denkt Peggy, weg aus den roten Zimmern. Aber was werde ich draußen finden?

Dieser Gedanke macht ihr noch mehr Angst.

16. AUF DER BÜHNE

Ich hab die Zeichnungen des Gebäudes selbst nicht zu sehen bekommen«, sagt Anton, »die liegen in irgendeinem Archiv und müssen besonders beantragt werden. Dafür hätte ich einen Antrag der Schule gebraucht, um nachzuweisen, dass es sich um ein Schulprojekt handelt, und den hatte ich natürlich nicht. Aber eine Dame war so freundlich, mir ein paar Sachen über das Gebäude herauszusuchen.«

Sie sitzen in Valentinas Zimmer. Valentina hört aufmerksam zu. Anton glüht vor Eifer, er hat ein paar Blätter Papier bei sich, voll gekrakelt in seiner unleserlich Handschrift.

»Na, ich höre, mach weiter!«, sagt Valentina.

»Der Lageschelwall war früher nicht größer als ein gepflasterter Spazierpfad«, sagt Anton. »Das Gebäude, das heute die Nummer 7 ist, wurde um 1913 errichtet. Es war eine kleine Brauerei und hatte nur ein Stockwerk, aber wohl zwei große, tiefe Keller, in denen die Kessel standen. Die Brauerei ging Pleite und das Gebäude stand leer, bis es 1938 von einem gewissen Hendrik Vemsra angekauft wurde. Er ließ das Gebäude renovieren und eröffnete ein Antiquariat.« Anton schaut Valentina an.

»Daran erinnerte sich die Dame noch«, sagt er. »Sie erzählt sehr gerne von ihre Jugendzeit. Sie sagte, dass dieser Vemsra ein Inder war oder so was, ein großer, schlanker Mann mit durchdringendem Blick und brauner Hautfarbe. Sie fand ihn etwas unheimlich, denn er spezialisierte sich auf alte Bücher über Okkultismus, Magie, Hexerei und alte Götterkulte. Er verkaufte auch Tarotkarten, mit denen man die Zukunft vorhersagen konnte, und magische Kräuter und Amulette.«

»Das ist interessant«, sagt Valentina. »Weißt du noch mehr? Das passierte doch alles, lange bevor wir geboren wurden.«

»Das Beste kommt noch«, sagt Anton stolz. »Dieser Buchhändler, Vemsra, ließ am Gebäude auch Veränderungen vornehmen. Die großen Keller wurden dicht gemacht. Er behielt nur einen als Lagerraum für seine Bücher. Dann kam die deutsche Besatzung. In dieser Zeit wurde dort eine richtige Straße angelegt mit anderen Häusern. Dieser Vemsra muss ein übler Typ gewesen sein. Er lieferte Juden an die Gestapo aus und stahl ihre Besitztümer. Nach dem Ende der Besatzungszeit wollte man ihn vor Gericht bringen, aber Vemsra war verschwunden. Er wird wohl ins Ausland geflüchtet sein.«

»Und das Gebäude?«

»Das Haus wurde beschlagnahmt und 1945 wurde es verkauft. Der neue Eigentümer spekulierte darauf, dass der Wert steigen würde, aber das klappte anscheinend nicht. Auf jeden Fall passierte bis 1958 nichts mehr mit dem Haus. Dann wurde es zu einem Mietshaus umgebaut. Aber niemand blieb dort lange wohnen, frag mich nicht, warum. 1992, nachdem es wieder ein paar Jahre leer stand, wurde es von Lode Cedrics, dem heutigen Besitzer, gekauft. Dieser baute es zu einem Theater um. Die Zeichnungen gab es, ich durfte sie kurz sehen. Zu verrückt, Valentina, die Dame sagte, dass sie nicht kapiere wie man mit solchen Plänen jemals eine Baugenehmigung kriegen würde. Die Keller sind wieder geöffnet und auch unter dem Theater wurde ein großer Raum angelegt. Aber der hintere Teil wurde nach oben, das musst du dir vorstellen, zu einem Dreieck hochgezogen!«

Valentina runzelt die Augenbrauen. »Wie meinst du das, Dreieck?«

»Valentina, ein Dreieck ist ein altes Symbol für Macht«, sagt Anton. »Nun, der Theatersaal ist gebaut wie eine umgekehrte Pyramide, vier dreieckige Mauern mit den Spitzen nach unten.«

»Verrückt! Und was kann das bedeuten?«

»Keine Ahnung, aber morgen werde ich es selbst sehen. Hast du schon was von deinem Vater gehört? Du wolltest ihn doch bitten, ein paar Informationen zu besorgen!«

»Ich hab ihn angerufen, aber er war nicht zu Hause. Ich hab's seiner Freundin gesagt. Sie wird ihm die Nachricht weitergeben, sobald er nach Hause kommt.«

Anton lächelt vergnügt. »Das Merkwürdigste hast du noch nicht gehört. Weißt du, wer der Bauunternehmer war, der 1938 für Vemsra die Umbauarbeiten durchführte?«

»Wie soll ich das wissen?«

»Lode Cedrics. Der Mann, der jetzt der Besitzer ist!«

Am nächsten Tag stehen Anton, Vickie und Freddie vor dem Theater Nosferatu. Anton hat erzählt, dass Valentina sich nicht wohl fühlt und nicht mitkommen wollte. Bei Tageslicht sieht das Theater überhaupt nicht unheimlich aus. Einfach ein altes Gebäude, das man wieder etwas auf Vordermann gebracht hat.

Lode Cedrics wartet bereits auf sie. »Aha, da sind meine Schauspieler!«, ruft er fröhlich. »Kommt herein!«

Im Foyer brennen die Lampen. »Wie ihr seht, wird es sehr schön«, sagt Cedrics. »Es muss noch etwas Farbe und so dazukommen, um es ganz frisch zu machen, aber unser Stück ist ja auch noch nicht fertig, nicht wahr? Haha! Ach ja, wenn jemand von euch mal dringend muss, die Toilette ist neben der Garderobe und sie funktioniert schon, also kein Problem, he? Geht einfach hinter mir her, ich zeig euch jetzt, wo ihr auftretet!«

Sie folgen ihm durch die zweite Flügeltür in den Theatersaal. Als sie eintreten, stockt ihnen der Atem. Der Raum ist sehr groß und sogar Anton, der schon eine Vorstellung hat, wie es hier aussehen könnte, ist völlig aus der Fassung.

Vor ihnen liegt ein schmaler Gang, der zu einer dreieckigen Bühne führt, deren Spitze auf sie gerichtet ist. Davor sehen sie den Orchestergraben, der im Boden eingelassen ist, und ganz vorn auf der Bühne den Souffleurkasten. Die Stühle für die Zuschauer stehen schräg vor den hervorragenden Seiten der dreieckigen Bühne und steigen zu den Wänden hin an. Sie sind tatsächlich dreieckig, mit der Spitze nach unten, wie auf der Bauzeichnung, denkt Anton. »Was sind das für Türen, hier links und rechts vom Eingang?«, fragt er.

»Das braucht ihr jetzt noch nicht zu wissen, das kommt vielleicht später. Die Tür rechts führt zu den Umkleideräumen. Links ist nur ein schmaler Gang. Beide Gänge treffen sich hinter der Bühne. Die beiden Türen links und rechts vorne sind die Notausgänge, sie führen zur Rückseite des Theaters auf die Edgar-Allan-Poe-Straße.« Cedrics lacht gackernd. »Ich finde das witzig: ein Hinterausgang zu einer Straße mit dem Namen eines berühmten Autors von Gruselgeschichten!« Dann wird er wieder ernst. »Ihr habt die Szenen, die ich euch mitgegeben habe, doch gut einstudiert?« Sie nicken alle drei. »Gut, dann auf die Bühne, als hervorragende Schauspieler. Wir spielen ohne besondere Kostüme und Schminke. Du, junger Mann, wie heißt du noch wieder, darfst anfangen!«

Anton hat Lampenfieber. Er findet das Gefühl schon ziemlich eklig, so ganz allein auf der großen Bühne zu stehen. Die Scheinwerfer brennen in seinen Augen, vor sich sieht er nur Dunkelheit. Er weiß wohl, dass Vickie, Freddie und Cedrics irgendwo auf ihren Stühlen sitzen, und das macht ihn nervös. Er verspricht sich einige Male und fängt wieder von vorne an. Nach dem fünften Mal hört er Cedrics zweimal scharf in die Hände klatschen. »Das genügt. Nicht so berauschend, junger Mann, aber man kann daran feilen. Ich werde dir einen anderen Text mitgeben. Du musst schon etwas härter an deiner Rolle arbeiten! Und nun dieser junge Mann und die junge Dame, äh, Freddie und Vickie, ja?«

Anton setzt sich in die vorderste Stuhlreihe, außerhalb des Scheinwerferlichts. Da zu sitzen findet Anton doch schöner, als im Rampenlicht auf der Bühne zu stehen. Unglaublich, wie warm es ist, wenn man da drinsteht. Ich glaub nicht, dass diese Bretter mir die Welt bedeuten, denkt Anton.

»Also, dann mal los«, flüstert Freddie, »und nicht aus der Rolle fallen!«

»Ich werd's probieren«, sagt Vickie, »aber lass mich nicht lachen, sonst ist alles aus!« Freddie hat sein Messer vergessen und fuchtelt etwas unbeholfen mit einer leeren Faust herum.

Vickie spürt, dass sie wieder lachen wird. Oh nein, denkt sie, ich muss ernst bleiben. Ich bin ein einsames Mädchen, das allein durch die Straße geht, und da steht ein maskierter Kerl, der mich überfällt.

In seiner Hand hat er ein Messer. Er schwingt es hoch, kommt auf sie zu, streckt eine Hand nach ihr aus. Vickie wankt zurück und schreit.

»Prima! Prima!«, ruft Cedrics im Zuschauerraum. »Das nenne ich richtig agieren!«

Vickie blinzelt mit den Augen. Sie hat sich so in ihre Rolle vertieft, dass sie für einen Moment einen echten Angreifer sah. Jesus, ich wusste nicht, dass ich es so gut kann, denkt Vickie.

Dann sieht sie, dass auch Freddie überrascht guckt. Er schüttelt einen Moment den Kopf. »Bist du noch da, Vickie?«, flüstert er sanft.

»Natürlich! Weiter, spiel weiter!«

Freddie kommt drohend auf sie zu, aber er hat einen seltsamen Ausdruck im Gesicht. »Eben sah ich jemand anders«, sagt er, »ein anderes Mädchen, da, wo du jetzt stehst!«

»Was flüstert ihr da? Wir sind hier nicht in der Schule! The show must go on! Weiterspielen!«, ruft Cedrics im dunklen Saal.

Das ist meine Chance, denkt Anton. Seine Augen haben sich schon an die Dunkelheit gewöhnt, er sieht Lode Cedrics einige Reihen höher sitzen. Der ist durch das Spiel von Freddie und Vickie in den Bann gezogen, das Anton selbst nur stümperhaft findet. Anton steht ganz leise auf und schleicht durch den Mittelgang.

»Wo gehst du hin, Anton?«

»Ich muss mal eben, na, Sie wissen schon! Bin sofort zurück!«

»Mach das«, sagt Cedrics, »denn gleich möchte ich dich noch einmal auf der Bühne sehen!«

Anton gleitet nach draußen, huscht aber sofort zurück. Cedrics schaut bereits wieder zur Bühne. Sein Gesicht wirkt angespannt, manchmal bewegt sich seinen Kiefer und seine Augen blicken sich angstvoll um. Er scheint etwas sagen zu wollen, kann es aber nicht.

Verrückter Kerl, dieser Cedrics, denkt Anton. Anton schleicht zur rechten Seitentür. Die geht mühelos auf, kein Scharnier quietscht. Anton gelangt in einen dunklen, unbeleuchteten Gang. Tastend geht er weiter, bis er eine andere Tür bemerkt. Die öffnet er. Innen ist ein Lichtschalter, aber als er auf diesen drückt, sieht er nur ein kleines kahles Zimmer mit weißen Wänden. Weiter im Gang stößt er noch auf zwei weitere Räume, beide völlig leer. Beruhigt kehrt Anton zurück und nimmt wieder Platz.

Freddie schwingt seine Hand, in der er sich ein Messer vorstellen muss, und geht auf Vickie zu. Aber dann passiert dasselbe wie vorhin. Vickie wird etwas größer, ihr Gesicht wird schmaler, ihr Haar bekommt eine andere Farbe und wird länger. Plötzlich trägt sie ein Kleid. Ich träume, denkt Freddie. Was bedeutet das?

Das Mädchen wankt zurück, blickt ihn mit vor Schreck geweiteten Augen an. Freddie will sie beruhigen. »Dies ist nur ein Theaterstück«, sagt er und dann sieht er Vickie wieder. Er springt nach vorn mit dem nicht existierenden Messer und sticht zu. In diesem Moment ist es wieder das fremde Mädchen, das er sieht, sie fällt nieder, mit Blut an ihrem Kleid.

Freddie bleibt überrascht stehen, er guckt auf seine Hand,

in der er ein blutiges Messer hält. Er lässt das Messer fallen, und als er dies tut, verschwindet es ins Nichts.

Vickie setzt sich gerade hin und schaut ihn einen Moment angstvoll an. Es ist, als erkenne sie ihn nicht wieder.

Cedrics applaudiert.

»Das war prima! Wir machen eine Pause. Ich hab ein paar Getränke in die Garderobe gestellt.«

Freddie hilft Vickie auf die Beine. »Was ist passiert?«, fragt sie leise.

»Ich weiß es nicht«, sagt Freddie. »Einen Moment dachte ich, du wärst jemand anders!«

»Und ich sah einen anderen Mann an deiner Stelle«, sagt Vickie. »Freddie, hier passiert etwas ganz Eigenartiges! Ich habe Angst!«

»Kommt ihr noch?«

»Ich fühl mich nicht gut! Ich muss kurz zur Toilette«, sagt Vickie.

Freddie folgt Cedrics und Anton in die Garderobe, wo sie einen ordentlichen Schluck Cola trinken.

Vickie betritt die Toilette, schließt die Tür und setzt sich. Sie fühlt sich ein bisschen schwindelig. Was passierte da auf der Bühne? Sie sah diesen fremden Mann und Freddie sagte, er habe ein Mädchen gesehen. Ein anderes Mädchen. Freddie ist doch nicht verliebt in eine andere? Nein, bestimmt nicht. Aber wen hat er dann gesehen? Könnte es das Mädchen sein, das sie im Spiegel gesehen hat, als sie in ihrem Zimmer geprobt haben? Gibt es da einen Zusammenhang?

Vickie drückt die Toilettenspülung. Bald hat sie ihre Tage, vielleicht fühlt sie sich deshalb so schwindelig.

Es hängt ein kleiner Spiegel an der Wand, sie blickt kurz hinein und fährt sich durchs Haar.

Ihr Haar ist länger geworden und hat eine andere Farbe. Ihr Gesicht ist schmaler, die Augen sind geweitet und ängstlich. Es ist das Gesicht des Mädchens, das sie schon mal gesehen hat. Es blickt voller Angst nach etwas, das hinter Vickie steht. Vickie dreht sich um. Etwas kommt durch die Wand, etwas Großes und Dunkles, das einem Mann gleicht, nur ist er ganz mager und kein Fleisch sitzt mehr auf den krallenden Händen, die nach Vickie greifen.

DRITTER AKT

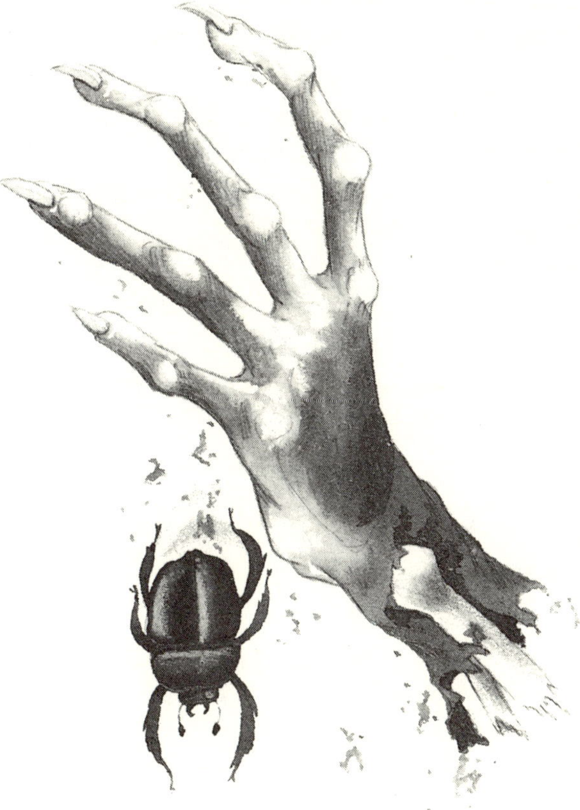

17. VICKIE IST VERSCHWUNDEN

Ich hole den neuen Text«, sagt Lode Cedrics, »den müsst ihr einstudieren und nächste Woche proben wir wieder, vielleicht Mittwochabend, ich muss eben in meinen Terminkalender schauen. Bin sofort zurück.«

Lode geht in sein Büro, wo Re ihn erwartet, groß und dunkel, mit neuen Befehlen.

»Es sind Durchbrüche in den Zimmern!«, schimpft Re. »Meine Kräfte nehmen ab, und das ist deine Schuld! Das Ritual muss vollendet werden, so schnell wie möglich! Sorg dafür, dass du ganz schnell die beiden lästigen Jungen loswirst!«

»Ich steig aus!«, sagt Lode. »Ich hab schon viel zu viel getan für dich, ich mach bei diesem Spiel nicht mehr mit!«

Re schaut ihn spöttisch an. »Du bist weniger als Fliegendreck!«, sagt er. »Und du solltest mir gehorchen!« Ein kalter Finger tippt an Lodes Stirn.

»Ich gehorche!«, sagt Lode Cedrics.

Kurz darauf kehrt Lode zu Anton und Freddie zurück. »Es tut mir Leid«, sagt er. »Die Texte sind noch nicht ganz ausgedruckt. Kommt morgen kurz vorbei, dann geb ich sie euch. Wir proben heute nicht mehr, es wird zu spät. Geht ruhig nach Hause.«

Freddie und Anton blicken sich befremdet an. Was ist los

mit Cedrics? Er sieht bleich aus und schwitzt. Anton zuckt die Schultern und setzt seine leere Getränkedose ab. »Okay«, sagt er, »aber wir warten noch kurz auf Vickie, sie ist noch auf der Toilette.«

»Das ist nicht nötig«, sagt Lode Cedrics. »Ich hab sie gerade gesehen. Sie erinnerte sich plötzlich daran, dass sie noch irgendwohin musste, was sie ganz vergessen hatte. Sie ist schon zu Hause. Sie sagte, dass sie morgen wegen der Texte noch einmal herkommt.«

Als sie draußen sind, sagt Freddie: »Da glaube ich nichts von! Das ist nicht Vickies Art. Die geht ganz bestimmt nicht ohne mich weg!«

»Ach, Frauen sind manchmal schwierig«, sagt Anton. »Man weiß nie, was sie genau meinen!«

»Hast du das auch schon gemerkt?«, fragt Freddie. »Na ja, sie fühlte sich nicht besonders gut. Das hat sie manchmal. Aber ich gehe doch mal kurz bei ihr zu Hause vorbei. Ich seh dich später!«

»Ich geh noch eben zu Valentina«, sagt Anton.

Freddie grinst. »Anton auf Freiersfüßen. Viel Glück!«

»Es ist nicht, was du denkst!«, sagt Anton.

»Nein, natürlich nicht!«, sagt Freddie und lacht noch lauter.

»Hallo, komm rein! Wie war die Probe? Seid ihr angenommen worden?«, fragt Valentina, als Anton klingelt.

»Na ja, ich bin nicht so sicher«, sagt Anton und erzählt, was passiert ist.

Valentina schaut auf. »Das ist verrückt. So ist Vickie doch nicht. Vielleicht hat sie Ärger mit Freddie. Mein Vater hat einen Stapel Papiere geschickt.«

»Geschickt?«, fragt Anton und hält sofort den Mund, als er sieht, dass Valentina einen Moment zusammenzuckt. »Ja, per Express«, sagt sie kühl. »Anscheinend hatte er keine Zeit, sie mir selbst zu bringen.«

»Vielleicht hat er wirklich Stress«, sagt Anton und beschließt dann, dass es wohl besser ist, das Thema zu wechseln.

»War etwas Interessantes dabei?«

»Na und ob!«, sagt Valentina. »Sieh nur!« Sie zeigt ihm einen großen Packen Fotokopien von alten Zeitungen. Anton liest die Titel und das jeweilige Datum.

Nazi-Kollaborateur verschollen. Polizei sucht Antiquar Vemsra.

Buchhandlung war Tor in den Tod für viele untergetauchte Juden.

»Was bedeutet das? Das ist von 1945!«

»Du musst jetzt nicht alles lesen«, sagt Valentina. »Das habe ich bereits getan. Es läuft auf das hinaus, was du mir schon erzählt hast. Vemsra ist tatsächlich verschwunden. Nach späteren Artikeln vermutet man, dass er von Mitgliedern des Widerstands ergriffen wurde, dass sie ihn verurteilt und getötet haben. Aber das ist nur eine Vermutung, denn er wurde nie gefunden. Das könnte die Erklärung dafür sein, dass nicht sehr lange nach ihm gefahndet wurde. Vielleicht dachten die Beamten, dass Vemsra wohl seinen verdienten Lohn erhalten habe. Deshalb wurde das Gebäude auch beschlagnahmt und öffentlich zum Verkauf angeboten.«

»Aber das erklärt nicht die seltsamen Erscheinungen, die du gesehen hast, und das Auftauchen von Sir James!«

»Es gibt noch mehr!«, sagt Valentina. »Lies mal!«

Zwölfjähriges Mädchen verschwindet spurlos. Peggy Daamstra zuletzt in der Nähe des Lageschels gesehen.

Leiche eines vermissten Mädchens trieb im Lageschel. Polizei steht vor einem Rätsel.

Peggy Daamstra wieder gefunden. Das Mädchen, das vor zwei Wochen verschwand, wurde mit Messerstichen getötet.

»Und noch was!«, sagt Valentina.

Zweites Opfer des mysteriösen Mörders? Rob Snijders bereits drei Wochen vermisst.

Leiche des vierzehnjährigen Jungen von Fischern im Lageschel gefunden.

Anton schaut auf das Datum. »Das spielte sich alles ab, bevor Vemsra verschwand«, sagt er. Valentina nickt. »Ja, und sowohl Peggy als auch Rob wurden vor ihrem Verschwinden in seiner Buchhandlung gesehen. Das brachte die Polizei auf die Spur von Vemsra, und so erfuhr sie auch den Rest. Aber das ist noch nicht das Ende. Hier.« Sie zeigt die letzten Zeitungsschnipsel.

Haus des vermutlichen Kindermörders ist verhext, erklären Zeugen.

Spukt der Geist des Mehrfachmörders Vemsra noch in dem, was einst seine Buchhandlung war? Mieter weigern sich, weiterhin dort zu wohnen.

»Ich hörte flehende Stimmen und sah ein Mädchen und einen Jungen in blutiger Kleidung«, erklärt frühere Bewohnerin des Mietshauses auf dem Lageschelwall Nr. 7. »Ich bleibe keinen Augenblick länger in diesem verhexten Haus!«

»Und davon gibt es mehrere«, sagt Valentina. »Niemand wollte dort wohnen bleiben. Alle beklagten sich über flehende Stimmen, seltsame Erscheinungen und Träume!«

»Ein Übel, das schon viele Jahre sein Unwesen treibt«, sagt Anton. »Das könnte erklären, warum Sir James zurückgekommen ist. Er ist doch eine Art Wächter.«

»Aber warum ist er dann jetzt nicht hier und erklärt uns, was wir tun müssen?«

Es klingelt.

Freddie. Er ist völlig aufgeregt. »Vickie ist nicht zu Hause«, sagt er. »Sie ist überhaupt nicht nach Hause gekommen!«

Dann erzählt Freddie von den seltsamen Erlebnissen mit dem Spiegel bei Vickie zu Hause und bei der Probe auf der Bühne. Valentina greift nach ihrer Jacke.

»Wir gehen ins Theater!«, sagt sie. »Ich glaube, dass sie es überhaupt nicht verlassen hat!«

Valentina, Anton und Freddie stehen vor dem Theater. Die Flügeltür ist geschlossen. Valentina klopft an die Tür, aber von innen kommt kein Lebenszeichen. »Was machen wir jetzt?«

»Lass uns die Polizei holen!«, sagt Anton.

»Vielleicht ist es dann schon zu spät«, sagt Valentina. »Ich weiß nicht, was dieser Cedrics plant, aber bestimmt nichts Gutes!«

»Und er war doch ein so freundlicher alter Mann«, sagt Freddie. »Man kann wirklich niemandem mehr trauen!«

Freddie bückt sich und rüttelt einen Stein aus der Straße los.

»He, das geht nicht!«, sagt Anton.

»Not bricht Gesetz und Stein bricht Glas!«, schimpft Freddie und schleudert den Stein durch das rechte Fenster. Ein Scherbenregen fällt klirrend nach innen. Freddie zieht einen

Schuh aus und schlägt die restlichen Glassplitter aus dem Rahmen. Dann klettert er hinein. Kurz darauf geht die Flügeltür auf. Valentina und Anton zögern noch.

»Los, beeilt euch, wir müssen Vickie finden!«

»Was ist das für ein Krach? Was macht ihr hier?« Lode Cedrics kommt zum Vorschein. »Haut ab! Schnell!« Seine Stimme hat sich verändert und bebt. Er droht nicht, er scheint sie anzuflehen! »Geht weg! Nach Hause! Ihr dürft nicht hier sein! Sonst werden sie euch auch in ihre Hände bekommen!«

Freddie packt Cedrics an seiner Jacke und schüttelt ihn hin und her. »Wo ist Vickie?«, schreit er.

»Lass das! Er ist ein alter Mann!«, sagt Anton.

»Halt den Mund!«, sagt Freddie. »Vorwärts, Cedrics! Wo ist meine Vickie?«

»Ich kann nichts dafür! Sie haben mich in der Hand!«, jammert Cedrics. »Ihr könnt nichts für sie tun! Er hat sie! Er! Er! Vemsra!«

»Vemsra? Aber der ist verschwunden! Oder tot!«

Cedrics schüttelt den Kopf. Er kann damit nicht mehr aufhören. Er sagt nichts mehr und starrt bebend vor sich hin. Freddie lässt ihn los.

»Dann suchen wir sie selbst!«, sagt er und rennt auf die Saaltür zu.

»Da darfst du nicht rein!«, schreit Cedrics plötzlich. Er springt nach vorn, um Freddie zu packen, aber Valentina stellt ihm ein Bein. Cedrics strauchelt, fällt vornüber und sein Kopf landet mit einem lauten Schlag auf dem Boden. Er bleibt still liegen.

Die drei stoßen die Türen auf und gehen in den Theatersaal.

Sie verteilen sich über den ganzen Raum und suchen. Anton durchkämmt den linken Gang, der tatsächlich hinter der Bühne endet. Dort ist aber weiter nichts. Freddie geht zuerst in die Toilette und danach in die Zimmer des rechten Gangs. Nirgendwo eine Spur.

»Sie muss hier sein!«, ruft Valentina. »Irgendwo muss es einen versteckten Zugang geben, aber wo? Los, Anton, du bist doch immer so klug, wo ist er?«

Anton zuckt verzweifelt mit den Schultern.

»Ich hab keine Ahnung«, sagt er. »Dies Gebäude scheint von einem Verrückten gebaut worden zu sein!«

»Den Schurken bring ich um!«, ruft Freddie.

»Warte damit noch etwas«, sagt Anton. »Erst müssen wir Vickie finden. Wir wissen nicht mal, wer sie hat. Vielleicht ist sie nicht mal mehr in diesem Theater!«

»Doch!«, sagt Freddie bestimmt. »Du hast doch gesehen, wie Cedrics aussah. Kommst du denn mit deinen Fähigkeiten nicht weiter, Valentina?«

»Ich wüsste nicht, wie«, schreit Valentina. »Ich kann mich nicht in Tiere verwandeln, die gibt es hier nicht. Und ich spüre, dass hier etwas Schlimmes passieren wird. Vielleicht hat sich dieser Vemsra doch die ganze Zeit hier versteckt!«

»Ja, warum nicht?«, sagt Anton. »Vielleicht hat er all die Jahre in den Kellern gewohnt und Spuk veranstaltet, um die Bewohner wegzuekeln.«

»Wenn wir nicht schnell sind, ist Vickie verloren«, sagt Valentina. »Er wird sie ermorden. Fragt mich nicht, warum, aber er wird sie umbringen, da bin ich sicher! Genau wie er vor fünfzig Jahren das Mädchen und Rob ermordet hat!«

»Warte mal«, sagt Anton. »Dieser Junge, das Mädchen, jetzt

Vickie. Zwei Opfer, und Vickie ist als drittes vorgesehen. Die Spiegel, in denen du diesen Jungen gesehen hast, waren dreieckig, drei, drei. . . Moment mal! Wie ist hier die Bühne gebaut?«

»Na ja, dreieckig, mit der Spitze nach vorn, auf uns zu!«

»Die Spitze nach vorn, das bedeutet nach Süden, also auf einer Landkarte nach unten. Und, Freddie, was sagte ich, als Lode uns den Saal zeigte?«

Freddie greift Anton im Nacken und hebt ihn hoch. »Hör auf, das kluge Bürschchen raushängen zu lassen!«, brüllt er. »Oder ich schlag dich zusammen. Ich will Vickie zurück, der Rest ist mir egal! Ich weiß nicht mehr, was du gesagt hast, aber wenn du eine Idee hast, dann lass sie gefälligst raus!«

»Dreieckig.« Anton schluckt. »Der ganze Saal besteht aus dreieckigen Wänden. Wie eine Pyramide, die auf der Spitze steht.«

Freddie blickt sich um. »Ich seh keine Spitze!«

Valentina zieht Anton von Freddies Händen weg. »Würg ihn jetzt nicht! Wir brauchen ihn noch!«, sagt sie. »Er hat Recht, dieser Saal wird nach oben hin größer. Vier Wände, aber eine Pyramide hat vier Seiten. Vier Seiten, die alle dreieckig sind. Und wir sind in der Mitte. Die Spitze dieser Pyramide befindet sich irgendwo unter uns. Wo früher die Keller waren.«

»Gut, gut, aber wie kommen wir da hin?«

Anton schluckt einen Moment. »Der Eingang muss logischerweise im Zentrum sein«, sagt er. »Wir haben alle Seiten erkundet, die Umkleideräume, das Foyer, da ist nichts, alles führt einfach zum Notausgang.«

Valentina streckt ihre Hand aus. »Da!«, sagt sie.

»Das kann doch nicht sein«, sagt Freddie. »Nicht im Orchestergraben!«

»Nein, Dummkopf, auf der Bühne selbst. Der Kasten, in dem der Souffleur sitzt. Schau dich nur um, der Kasten befindet sich genau in der Mitte des Saales!«

Sie klettern auf die Bühne. Der Kasten ist kaum dreißig Zentimeter hoch und zur Bühne hin offen.

»Unheimlich düster da drinnen«, sagt Freddie. »Wie kann da jemand drinsitzen? Ich sehe keine Treppe oder so was!«

»Bist du sicher, dass es hier ist?«, fragt Anton.

Valentina schüttelt den Kopf. »Ich weiß es nicht. He! Ich rieche etwas Brennendes!« Im nächsten Moment stößt sie einen Schrei aus und springt auf. Rauch kringelt aus ihrer Bluse und sie riecht verbranntes Fleisch. Schlimmer, sie riecht ihr eigenes verbranntes Fleisch. Sie reißt ihre Bluse auf und zieht die Kette mit dem Anch von ihrem Hals. Er ist rot glühend und hat einen Kreis in ihre Haut gebrannt. Es tut verdammt weh, aber langsam ebbt der Schmerz weg. Der Anch wird wieder kälter und hinterlässt auf Valentinas Haut keine Brandspur mehr. Aber jetzt weiß sie es mit absoluter Sicherheit.

»Hier ist es!«, sagt Valentina. Sie setzt sich und lässt ihre Füße und Beine in das dunkle Loch gleiten. »Wer mich liebt, der folge mir!«, sagt sie und wirft sich blindlings in die Dunkelheit!

18. PUBLIKUM DES GRAUENS

Der Raum ist riesig groß und dreieckig. Jede Wand misst gut dreißig Meter in der Breite und drei Meter in der Höhe. Der Raum befindet sich genau neun Meter unter der Bühne und zum Teil sogar unter den Gebäuden an beiden Seiten des Theaters und der Straße. Dieses Zimmer wurde nur aus dreieckigen weißen Steinen gemauert, auch der Fußboden und die Decke. In der Mitte des Raumes ist in den Boden ein großes Dreieck aus Onyx, einem schwarzen Stein, wie eine Bühne eingelassen.

Jede Seite dieses Steines ist genau drei Meter lang. In jeder Ecke steht eine Kupferschale auf drei Füßen, in denen ungewöhnliche Blätter brennen. Sie verbreiten einen scharfen, aber nicht unangenehmen Geruch.

In der Mitte des schwarzen Dreiecks liegt Vickie. Sie atmet, ist aber bewusstlos. Auf ihrer Stirn hat sie eine hässliche Beule, die schon anfängt blau zu werden. Um sie herum wimmeln hunderte von Skarabäen. Mal nähern sie sich, weichen dann aber wieder zurück. Vickie lebt, sie ist noch kein Futter für die Aas fressenden Totenkäfer.

Über ihr steht mit gespreizten Beinen die untote Gestalt, die sich selbst Re nennt. Re hält in der rechten Hand ein großes gebogenes Schwert mit einem goldenen Handgriff und einer Klinge aus schwarzem Stein, in die Hieroglyphen gemeißelt sind. In seiner Linken hält Re eine Papyrusrolle, aus der er Worte laut vorliest.

Nirgendwo im Raum ist eine Tür zu sehen. Der Rauch aus den Schalen fängt an das Zimmer zu füllen und es scheint, als würde es größer. In dem Maße, wie der Rauch dichter wird und Re lauter deklamiert, tauchen immer mehr schemenhafte Gestalten im Saal auf. Sie sagen nichts, sie tun nichts, sie setzen sich an die Wand, sie schauen zu, sie warten ab. Sie sind das Publikum des ersten und einzigen Schauspiels im Theater mit den blutroten Zimmern.

Re schaut sie nicht an, aber er sieht aus den Augenwinkeln, dass sie kommen. Er weiß, wer sie sind, was sie sind und warum sie hier sind. Er vollzieht das Ritual, die Sterne stehen in der richtigen Position, nach mehr als fünfzig Jahren. Die Zeit ist erfüllt, endlich kann er das Ritual vollenden. Würde er zu seinen Zuschauern hinüberblicken, würde das bedeuten, dass er ihr Wesen erkennt, und wenn er das macht, verschafft er ihnen Macht über sich. Und er hat all die Jahre gerade daran gearbeitet, das Ritual so zu vollziehen, dass er hier der Einzige ist, der Macht hat. Wie mächtig seine Zuschauer auch mal gewesen sind, jetzt ist er hier der Boss. Und das lässt er sie merken!

Das große Schwert in seiner Hand muss das Ritual vollenden. Drei Opfer, drei herausgeschnittene Herzen, dreimal auf das Dreieck vergossenes Blut.

Valentina fällt durch die Dunkelheit. In den ersten Sekunden stockt ihr der Atem, sie fühlt, wie ihr Magen hochkommt, und glaubt, sie müsse sich übergeben. Alles ist dunkel. Sie spürt nichts, berührt nichts. Hier ist keine Treppe, hier ist

nichts, nur ein bodenloser Brunnen. Plötzlich bekommt sie Angst. Ich falle und werde zerschmettert, denkt sie, und wer soll dann Vickie helfen?

Dann spürt sie die . . . Verschiebung? Sie hat kein Wort dafür. Etwas verändert sich in ihrem Körper, als würden ihre Knochen plötzlich andere Stellen einnehmen: Sie fühlt ihren Fuß an ihrem rechten Ohr und ein Finger stößt aus ihrem linken Nasenflügel hervor. Es ist, als würde sie auseinander gezogen und dann wieder anders zusammengesetzt werden. Einen Moment lang tut es weh, aber es geht schnell vorbei. Dann spürt sie, dass sie langsamer fällt. Es ist kein Fallen mehr, eher ein Gleitflug, sie schwebt, als hinge sie an einem Fallschirm.

Sie fühlt, wie sie durch Materie gleitet, schmeckt den Geschmack von Stein und Staub, sinkt durch ein rotes Zimmer, dessen Anblick mit den dreieckigen Spiegeln ihr schon vertraut ist. Dann ist sie wieder in der Dunkelheit, tiefer, tiefer.

Und dann kommt sie mit einem harten Schlag auf einem steinharten Boden wieder zu sich selbst. Der Schlag raubt ihr einen Moment den Atem. Noch bevor sie begreift, wo sie ist, hört sie zwei andere Körper unsanft auf dem Steinboden landen.

»Sie hätten wohl für einen Airbag sorgen können«, hört sie die vertraute Stimme von Anton. »Scheiße, Mann! Das tut weh! Wo sind wir hier?« Das ist Freddie.

Valentina öffnet die Augen und steht auf. Anton und Freddie sind nicht weit von ihr auf dem weißen Steinfußboden angekommen.

Im Raum hängt ein seltsamer Geruch, er ist voller Rauch.

Durch den Rauch sieht Valentina undeutliche Gestalten, die an der Wand des Saales lehnen. Drei Wände, ein dreieckiger Raum, aber darauf verwendet sie keine Aufmerksamkeit. Sie sieht nur die Gestalt, die sich über Vickie beugt. Das Wesen dreht sich zu ihr um, schaut sie aus leeren Augenhöhlen an, in denen ein teuflisches Licht brennt.

»So, so, Besuch«, sagt Re mit klappernden Zähnen. »Willkommen. Je mehr Menschen, desto mehr Freude, würde ich sagen. Ihr kommt unangekündigt, obwohl nicht ganz unerwartet!«

»Was ist denn das?«, fragt Freddie.

»Sag's nicht! Ich will es lieber nicht wissen«, sagt Anton. »Wie komm ich hier so schnell wie möglich wieder weg?«

»Er hat Vickie entführt!«, sagt Freddie. »Ich brech ihm das Genick!« Er macht einige Schritte vorwärts und streckt seine großen Hände nach Re aus. Der lässt Freddie ganz nah an sich herankommen, peitscht dann seine linke Hand nach vorn und gibt ihm eine Ohrfeige. Freddie wird durch den Raum geschleudert und landet nach einigen Metern dröhnend an der Wand. Zwei Zuschauer ducken sich zur Seite, als Freddie vorbeifliegt. Er setzt sich schwankend hin, sieht dann, zwischen wem oder was er gelandet ist, und kriecht schnell wieder in die Mitte des Raumes.

»Was sind das?«, fragt er. Er schüttelt den Kopf. »Ich bin verrückt! Das kann nicht sein!«

»Nicht drüber nachdenken«, sagt Valentina. »Das finden wir schon heraus. Bleibt aber vorläufig aus der Nähe dieses Kerls!«

»Sehr vernünftige Bemerkung, junge Dame!«, sagt Re. »Ich hab euch schon willkommen geheißen und ich kenne euch bereits. Anton und Freddie, die Mitspieler in meinem Theaterstück. Schön, dass ihr gekommen seid, um die Vollendung zu sehen. Du, Mädchen, bist natürlich Valentina. Oh ja, ich habe schon Bekanntschaft mit dir gemacht, obwohl noch nicht bei lebendigem Leibe. Eigentlich verstehe ich nicht, wie ihr hereingekommen seid, aber das werde ich später wohl hören. Der magische Schutzschirm, den ich rund um mich aufgebaut habe, scheint nicht intakt zu sein. Drinnen seid ihr, aber herauszukommen, das ist eine andere Frage. Gleich werde ich mich gütlich tun an eurem Fleisch und Blut, wenn ich alles aus euch herausreiße und ihr dabei schreit vor Angst und Pein!«

»Woher kennst du mich?«, fragt Valentina.

Das Wesen zuckt mit der Schulter. Einige Skarabäen fallen auf den Boden und scharren sich an seinen Knochen wieder hoch. »Du bist doch vor einer Weile bereits in der Nähe des Theaters gewesen? Aber damals hattest du einen Freund bei dir. Oh ja, ich bin das Theater. Ich bin seine Wände und Türen, seine Augen und Ohren!«

»Du bist nichts!«, sagt Valentina. »Du bist ein untotes, fieses Wesen, das einmal Hendrik Vemsra hieß! Ein Wesen, das tot hätte bleiben müssen!«

»Aber nicht doch, was für eine unfeine Sprache für ein so hübsches junges Mädchen. Wenn wir die Dinge schon beim Namen nennen wollen, dann heiße ich einfach Re. Tot? Ja, das hast du schnell durchschaut, he? Aber doch nicht so tot, wie du denkst! Schau mal!« Er führt einige hüpfende Tanzschritte aus. »Hast du einen Toten jemals so etwas tun sehen?«

»Der ist völlig durchgeknallt!«, sagt Freddie.

»Tot zu sein kann das Gehirn angreifen!«, flüstert Anton.

»Ja, es verrottet!«, sagt Valentina.

Re steht plötzlich still und bohrt in dem Loch, wo seine Nase zu sitzen hätte. »Vertrau niemals nur deinen Augen, Valentina! Ich habe nicht tot zu sein, nur weil mir jemand vor ein paar Jahren den Schädel eingeschlagen hat. Übrigens, Valentina, wir vergessen die Höflichkeit. Warum sagst du dem Publikum nicht guten Tag?«

Valentina schaut sich um. Sie hätte das besser nicht getan. Was sie sieht, kann sie nicht ruhiger stimmen.

»Was sind das für Wesen?«, fragt Freddie. »Jesus, da sitzt jemand mit dem Kopf eines Habichts, und daneben, das sieht aus wie ein übergroßer Fuchs mit großen Zähnen.«

»Kein Fuchs, ein Schakal!«, sagt Anton. »Anubis, der ägyptische Gott, der die Toten auf seiner Waagschale wiegt. Und das Habichtstier ist Horus, der Falkengott, der die Herzen der Toten wiegt.«

»Dann erzähl mir mal nicht, wer das Geiertier ist«, sagt Freddie.

»Wenn du mich so fragst, handelt es sich um Mut«, sagt Anton.

Re wendet sich ihnen zu. »Darf ich bitten, meine jungen Herrschaften«, sagt er. »Ich weiß, dass diese Situation für euch ungewohnt ist, aber seid bitte etwas ehrfurchtsvoller zu den großen Göttern von einst.«

»Wen meinst du? Elvis oder Jimi Hendrix?«, fragt Freddie. Anton gibt ihm einen Stoß. »Halt den Mund oder er schleudert dich noch einmal durch den Saal. Weißt du denn nichts von Geschichte und alten Götterkulten und so?«

»Ich kenne sie nur, wenn sie Speedmetal auf elektrischen Gitarren gespielt haben«, sagt Freddie. »Warum sollte ich auch?« Aber er hält doch den Mund. Freddie ist sich schon die ganze Zeit sicher, dass er träumt, das kann nicht anders sein. Da sitzt ein Typ mit dem Kopf eines Straußenvogels oder so was und da sitzt eine Frau mit einem Krokodilmaul voller Zähne. Neben ihr hängt etwas, das wie eine Wolke voller Blitze aussieht. Das kann ich nicht mehr ernst nehmen, denkt Freddie. Bei meinem Sprung in dieses Loch muss ich etwas eingeatmet haben, irgendeine Art von Droge oder so, und jetzt bin ich high.

Freddie weiß wirklich nicht, was das alles bedeutet, aber er weiß wohl, dass er das, was er um sich sieht, absolut nicht mag!

Vor allem nicht, als eines der Wesen, das hinter ihm sitzt – es sieht aus wie ein riesiger Käfer mit Menschenaugen –, kurz mit seinen Krallen in seinem Rücken stochert. Als würde es nach dem zartesten Stück suchen.

»Thot, Isis, Mut, Shu, sie alle sind hier in diesem Raum«, sagt Anton. »All die alten Götter Ägyptens. Das ist unglaublich! Wir müssen träumen!«

»Ja, das dachte ich auch schon«, sagt Freddie. »Deshalb mach ich mir auch keine Sorgen mehr darüber. Wir treten das Ding mit dem Messer in sein Hinterteil, packen uns Vickie und hauen ab!«

»Ach ja? Wie denn?«, fragt Anton. »Siehst du hier eine Tür?«

»Nein!«

»Ich würde es nicht unbedingt einen Traum nennen«, sagt Valentina. »Ein Alptraum, das würde eher passen!«

»Ein bisschen mehr Respekt, Valentina!«, sagt Re. »Ich hab dem hier sehr viel Zeit gewidmet, all meine Zeit eigentlich.

Ihr seid willkommen als Zuschauer, aber versucht nicht, das Ritual zu stören! Das könnte euch eine Menge Ärger einbringen!«

»Was meint er?«, fragt Freddie.

»Wenn ich ihn richtig verstanden habe«, sagt Anton, »will er Vickies Herz herausschneiden. Das hat wahrscheinlich etwas mit den anderen Kindern zu tun, die er schon umgebracht hat. Dann wird er unsterblich oder so was, aber da er schon tot ist und doch noch lebt, versteh ich das Ganze nicht so richtig!«

»Idiot!«, schimpft Valentina.

»Das hört sich auch nicht sehr höflich an, Valentina«, sagt Re, »aber darüber werden wir gleich noch reden, wenn das Ritual vollzogen ist. Das Ritual ist das Theaterstück, in dem die Schauspieler wirklich leben und sterben. Das riesige Theater, das man in den alten Göttergeschichten veranstaltete, hat mich immer gefesselt. Die Seelen der Toten, die von Göttern mit Tierköpfen gewogen werden und so. Ich fing an mich darin zu vertiefen und ich lernte so viel! Ein Theaterstück ist ein Ritual und jedes Ritual hat ein Ziel.«

»Und damit machen wir jetzt Schluss!«, sagt Freddie. Er springt nach vorn und wird sofort wieder zurückgeschleudert. Er greift nach seiner Nase. Sie blutet.

»Ihr könnt mich nicht erreichen«, sagt Re. »Meine Energie ist viel zu groß, sie bildet einen Schild, den ihr nicht durchbrechen könnt. Und selbst wenn ihr mich berühren könntet, was würde es nützen? Glaubt ihr, dass ich wirklich das bin, was ihr hier seht, dieses skelettartige Etwas, das kaum noch wie ein menschliches Wesen aussieht? Oh, eine Zeit lang war ich so, über Jahre nach meinem Tod, und ich fand die Gestalt ganz okay. Theater ist ja schließlich ein Spiel mit Masken und Vermummungen. Ihr hättet die Gesichter der Leute im Mietshaus sehen sollen, als ich mich manchmal zeigte!«

»Die Mieter«, sagt Valentina, »hörten weinende Kinderstimmen! Hast du dich so kindisch benommen?« – Vielleicht hätte ich das besser nicht gesagt, denkt sie sofort, aber wie immer platze ich einfach damit raus. Ich und meine große Klappe. Aber vielleicht kann sie jetzt einen Vorteil daraus ziehen. Re ist ein Angeber, er will sich selbst wichtiger erscheinen lassen, als er ist.

Re tut so, als habe er nichts gehört. »Ein Theater ist eine Lüge«, sagt er. »Und das Ziel ist, dass das Publikum die Lüge glaubt. Doch was ihr seht, sind Staubteilchen, die ich mit meinem Willen zusammenpresse zu einer Form, die hier steht und zu euch spricht. Aber ich bin überall um euch herum, in den Wänden, im Boden, ich bin das Theater selbst. Warum, glaubt ihr, musste mein sich ach so sträubender Freund Lode es Theater Nosferatu nennen? Ich bin das Gebäude. Glaubt ihr, ihr könntet es besiegen? Nicht doch. Und haltet jetzt mal den Mund, damit ich das Ritual vollziehen kann!«

»Valentina, wir müssen was unternehmen!«, ruft Freddie.

»Das weiß ich auch«, sagt Valentina. »Aber weißt du, was? Der Schuft ist auf alles vorbereitet!«

»Aber was machen dann die anderen hier?«, fragt Anton besorgt. Das Wesen mit dem Geierkopf schaut ihn verführerisch an. Die Krokodilfrau leckt ihre Zähne mit einer großen, flachen Zunge, die gespalten ist wie die einer Schlange. Anton schaudert es.

»Wenn er sich selbst spielt, dann hat er auch gewollt, dass

alle hier sind«, sagt Valentina. »Und dafür muss es einen Grund geben!«

In den Gestalten entlang der Mauer entsteht Bewegung. Aus dem Nichts erscheinen Mumien. Sie sind bandagiert mit zerlumpten Fetzen und bewegen sich ungelenk. Sie tragen Krüge aus Ton und Gold mit Getränken, die sie den Wesen anbieten.

»Schön, das Spiel hat gerade erst begonnen und schon gibt's eine Pause«, sagt Anton.

Andere Mumien tragen flache Schüsseln, auf denen kleine Snacks liegen: frittierte Heuschrecken, in Öl gebackene Sandwürmer, knisternde Skorpionfüße. Auf einigen Schalen liegen Skarabäen, die noch leben und versuchen sich davonzumachen, aber die gierigen Klauen der Götter sind schneller. Sie, die die Toten auffraßen, werden nun selbst verspeist. Eine der Mumien watschelt auf Anton und Freddie zu und bietet ihnen ihre Leckerbissen an. Anton wird ganz bleich und lehnt mit einem matten Lächeln ab.

»Deshalb sind sie hier! Sie sind das Publikum«, sagt Anton. »Ein Theaterstück braucht doch ein Publikum! Anscheinend sind wir als Schauspieler auserwählt und er selbst hat sich sein Publikum geschaffen, die Schatten alter Götter, die ihn mal begeistert haben!«

In diesem Moment hören sie ein lautes Krächzen wie von Scharnieren, die jahrelang nicht geschmiert wurden und plötzlich wieder in Bewegung kommen.

19. EIN PENTAGRAMM GEGEN MONSTER

Eine Geheimtür, ausgezeichnet versteckt zwischen den weißen Ziegeln, geht geräuschvoll auf und gibt den Blick frei auf einen düsteren Hang. Lode Cedrics kommt herein. »Du hast bestimmt vergessen, dass ich das alles gebaut habe, du Schuft!«, ruft er. »Jetzt, da ich mein Gedächtnis wiederhabe, erinnere ich mich an jedes Geheimnis dieses verfluchten Baus!«

Eine Geheimtür, mit einer Treppe nach oben, denkt Valentina. Dann hat er gelogen, als er sagte, dass dieser Raum keinen Ausgang hat! Wo lügt er noch? Ein Theaterstück ist eine große Lüge, hat er gesagt. Was verbirgt er sonst noch vor uns?

Re lacht verächtlich. »Sieh an, ein neuer Besucher. Aber was willst du hier, alter Trottel? Weißt du nicht, auf was du dich da einlässt?«

»Wenn ich könnte, würde ich dir einen Tritt in den Hintern geben!«, sagt Lode.

Das Anch glüht an Valentinas Brust. Sie weiß, was sie tun muss. Sie weiß nicht, wie, aber plötzlich dringt es zu ihr durch! Sie handelt instinktiv. Zeichen und Symbole sprechen eine eigene Sprache und in der Hexerei weisen sie den Weg, wenn man das richtige Gespür dafür besitzt. Es ist eine

Naturkraft, ein instinktives Empfinden dessen, was richtig ist und wann es richtig ist.

Es scheint, als sei das Erscheinen von Lode das fehlende Teilchen in einem Puzzle gewesen, das ihr Gehirn unbewusst zusammengesetzt hat.

»Freddie, stell dich links von mir hin!«, ruft Valentina. »Lode, du dahin, in die Ecke mir gegenüber. Anton in diese Ecke, ganz rechts von mir. Schnell, schnell, Freddie, heb die Arme, zeig mit dem rechten Arm auf mich und mit dem linken auf Anton. Lode, den rechten Arm auf Freddie und den linken zu Anton!«

»Was ist das für ein Blödsinn?«, murrt Freddie, aber er geht doch zu der Stelle, die ihm Valentina angewiesen hat.

Jetzt nur hoffen, dass es funktioniert, denkt Valentina. Sie streckt die Arme, die Finger eng aneinander, mit dem linken Arm zeigt sie auf Freddie, mit dem rechten auf eine Stelle, wo niemand steht. Valentina schließt die Augen, sie blinzelt zweimal, dreimal.

»Komm jetzt!«, fleht sie. »Ich brauche dich jetzt wirklich! Du hast mich hier reingezogen! Jetzt komm schon!«

Stille.

»Miaaauuu!«

An Valentinas rechter Seite taucht Sir James auf. Er biegt seinen Rücken und setzt sich gerade hin. »Das finde ich wirklich nicht gut«, sagt er. »Jedes Mal, wenn ihr Probleme habt, muss ich dazugeholt werden. Ich hatte so eine nette Verabredung. Na ja, wenn die Pflicht ruft!«

»Was treibt sie da?«, fragt Freddie. »Warum steh ich hier wie ein Idiot, mit ausgestreckten Armen, und Vickie muss da liegen?«

»Wie soll ich das wissen?«, raunzt Anton ihn an. »Mich hat's auch nur zufällig hierher verschlagen. Ich hab das Gefühl, als sei jeder Knochen in meinem Leib gebrochen!«

»Ein Pentagramm!«, sagt Lode plötzlich. »Sie formt ein Pentagramm, einen fünfzackigen Stern, mit dem man dämonische Kräfte bezwingen kann. Wir zeigen so aufeinander, dass wir einen fünfzackigen Stern bilden. Ein Pentagramm, mit der Spitze nach oben. So wie wir jetzt stehen, wenn wir die seltsame Katze mitrechnen, bilden wir ein Pentagramm, in dem das Dreieck mit der Spitze nach unten liegt. Wir bekämpfen ihn mit seinen eigenen Waffen. Valentina kämpft gegen ihn!«

Re lacht laut, ein gackerndes Geräusch. »Und was glaubt ihr damit zu erreichen, du dummer Narr? Glaubst du, dass euer Pentagramm mächtiger ist als das Dreieck, das tausende von Jahren älter ist? Ein Pentagramm, von dem auch noch Lode ein Teil ist? Was für ein Unsinn! Lode ist immer in meiner Macht gewesen. Sogar damals, als er mich umgebracht hat. Auch das war mein Plan. Ich hatte die Notizen liegen lassen, damit er sie las! Ich hab ihn selbst so verrückt gemacht, dass er mich ermordete. Ein Gott, der das ewige Leben erreichen will, darf sich nicht selbst töten. Also habe ich Lode gewählt. Er war meine Marionette. Ein lebender Mensch kann das Ritual nicht vollziehen, ich musste tot sein, um es durchführen zu können. Also brachte ich Lode so weit, mich zu erschlagen. Ich legte selbst die Spitzhacke hin!«

»Ja, wenn man sterben will, kann das verdammt schnell gehen«, murmelt Freddie.

»Danach hielt ich ihn stets in meiner Macht. Er verbrannte meinen Körper und schloss die Zimmer ab. Jahre später, als die Buchhandlung abgebrochen wurde, sorgte ich dafür, dass Lode den Auftrag bekam und dass die roten Zimmer nicht entdeckt wurden, bis ein neues Mietshaus darüber gebaut wurde. Und wieder nach so vielen Jahren war er meine Spielfigur, als ich ihn das Theater bauen ließ!«

»Du hast mich all die Jahre benutzt!«, ruft Lode.

»Natürlich!«, sagt Re. »Dafür warst du doch da! Deshalb hatte ich dich erwählt! Eine Marionette zu sein, die mir zu dienen hatte. Du dachtest, du seist sicher, du wolltest alles vergessen, aber all die Jahre hatte ich dich in meiner Macht! All die Schuldgefühle, die dich plagten, weil du mich umgebracht hast, Unsinn! Ich hatte dich verpflichtet mich zu ermorden! Du warst nur eine kleine Figur in einem großen Theaterstück!«

»Du Ungeheuer!«, ruft Lode. Er springt nach vorn und wird sofort durch eine unsichtbare Kraft zurückgeschleudert. Die alten Götter, oder ihre Schattenbilder oder was sie auch sonst sein mögen, murren untereinander. Sie werden unruhig.

Valentina ist sich plötzlich nicht mehr so sicher, dass es sich nur um Schattenbilder handelt. Sie hört Zähne klappern, Flügel rascheln, Nägel über weiße Steine schaben. Warum tun sie plötzlich so aufgeregt? Sie schauen nicht auf Re, sondern auf Sir James.

»Die ganze Angelegenheit fängt an mich zu langweilen. Wir wollen zur Sache kommen«, sagt Sir James. »Lode, würdest du wieder deinen Platz einnehmen? Danke!«

Sir James spaziert auf hohen Pfoten nach vorn. Zur selben Zeit fängt Vickie an sich zu bewegen. Sie öffnet die Augen. Sir James geht direkt auf sie zu. Vickie setzt sich aufrecht hin und schaut sich um.

»He! So einfach geht das nicht!«, sagt Re.

Dann steht Sir James bei Vickie. Er streckt eine Pfote aus und berührt sie. Ein grelles Licht blitzt durch den Raum, es ist eine kleine runde Sonne, die kurz aufflackert, fünf Spitzen bildet, ineinander fällt zu einem Dreieck und kurz rund wird, wie eine bleiche Sonne mit grellrotem Rand. Dann verschwindet das Licht mit einem Seufzer im Nichts.

Vickie sitzt nun an der Stelle, wo zuvor Sir James stand.

Sir James hat sich verändert. Sein mausgraues Fell ist dunkler geworden. Er erscheint magerer, sein Kopf dicker und seine Augen größer. Er sitzt nun im Zentrum des schwarzen Dreiecks und wächst fast bis zur Größe Res. Es ist, als sauge er durch seine Pfoten das Schwarz aus dem Dreieck: Sie werden schwarz. Das Schwarz steigt, bis Sir James pechschwarz ist. Seine Augen strahlen grellgrün, die Pupillen ähneln zwei Schlitzen von pechschwarzem Stein. Das Dreieck unter ihm ist gelblich geworden, ein Gelb, das überfließt zu Gold. Die drei Seiten geben ein pulsierendes Licht ab.

Die alten Götter applaudieren, mit Krallen und Flügelspitzen. Das Krokodilwesen klatscht seine Klauen mit Schwimmhäuten klappernd gegeneinander und schlägt mit seinem dicken Schwanz auf den Boden.

Re lacht. »Du glaubst bestimmt, dass du stark bist! Ha! Du bist nichts! Einfältige Katze, vielleicht warst du mal stark und wurdest angebetet im alten Ägypten, aber in dieser Welt bist du nur eine Straßenkatze! Geh Mäuse fangen!« Er streckt die Spitze seines Schwertes nach unten und berührt den goldenen Rand des Dreiecks. Es folgt ein zischendes Geräusch und das Schwert schlürft das Gold auf. Stolz hebt Re das Schwert, es strahlt hell wie eine Sonne. »Kommt jetzt zu mir, meine

Diener!«, ruft Re. Er schwingt das flammende Schwert hoch über seinem Kopf durch die Luft, und wo das Schwert die Luft durchschneidet, entstehen Risse, durch die eine enorme Dunkelheit sichtbar wird. Re zeichnet ein Spinnennetz von schwarzen Rissen um sich in das Nichts, und dann kommen sie zum Vorschein.

Die Kichermonster, die Zwischenwandler, die Blutflügel. Die Gesellen Res aus der Dämmerzone, die er so gut kennt. Manche sind so groß wie ein Panter, andere so klein wie Käfer. Wesen mit mehr Augen, Pfoten und Zähnen, als Valentina für möglich gehalten hätte. Manche fliegen mit monströsen Flügeln, andere bewegen sich hüpfend fort auf missgestalteten Pfoten, deren Gelenke falsch herum stehen. Sie schimpfen, sie zischen, sie kichern und sie bilden einen Kreis um Re und Sir James. Sie berühren Re ehrerbietig mit ihren Klauen und Tentakeln. Manche hinterlassen schmierige Spuren. Eins macht vor Aufregung einfach auf den Boden.

Re steckt das Schwert mit der Spitze in den Grund, wo es hochgereckt stehen bleibt. Er streckt beide Arme seitwärts, die Handflächen nach unten, die Finger gespreizt.

»Kommt, meine Kinderchen!«, sagt er. »Kommt! Wir werden zusammen das Tor zur Ewigkeit öffnen!«

In den Wänden ist ein brausendes Geräusch, als ob sie selbst fröstelten. Steine beginnen zu zischen und zu schmelzen. In jeder der drei Wände schmelzen Steine weg und durch sie hindurch sehen sie drei brennende dreieckige Spiegel erscheinen. Weißes Licht wirbelt in den Spiegeln und dann geht von jedem Spiegel ein Strahl zu den beiden anderen, sodass sie aufs Neue ein Dreieck aus weißem Licht formen. Re steht genau im Zentrum dieses Dreiecks. Er hält seine Hände gerade von sich gestreckt, hebt aber die Fingerspitzen hoch. Er winkt. »Kommt, Kinderchen!«, sagt er. »Kommt zu eurem Vater!«

Eine Mädchenstimme weint, eine Jungenstimme protestiert wild. Zwei Gestalten kommen durch die Spiegel, als würden sie herausgezogen. Peggy und Rob. Sie schweben durch den Raum, weggeführt von den Strahlen aus den Spiegeln. Re packt beide bei der Hand, die zwei krümmen sich zusammen.

»Meine kleinen Sklaven, meine Quellen des Lebens«, sagt Re mit einem Grinsen. »Ihr dachtet, ihr würdet Hilfe bekommen, he? Ihr dachtet, dass ich nicht wusste, dass ihr durch die Spiegel Botschaften nach draußen schmuggelt! Nun, dann seht euch nur eure Retter an, bevor ich sie endgültig vernichte!«

»Lass uns doch gehen!«, fleht Peggy. »Gib uns Ruhe! Du Schuft!«, sagt Rob. »Du gemeiner Schuft!«

Aber keiner der beiden scheint die Kraft zu haben, sich aus dem Griff von Res Krallen zu befreien. Der Kreis der Monster um sie herum wimmelt und kribbelt und geifert und zischt zufriedene Geräusche. Ein dreikugeliges Wesen mit Nadeln auf dem Bauch kugelt sich vor Vergnügen.

Rob blickt zur Seite, seine Augen schauen Valentina voller Verzweiflung und flehentlich an. Hilf uns! Rette uns!

Was kann ich tun?, denkt Valentina. Sie blickt zu den anderen. Lode sitzt zusammengesunken auf dem Boden. Anton glotzt mit hervorquellenden Froschaugen. Freddie sitzt auf dem Boden und hält Vickie fest, er streichelt ihr Haar und flüstert ihr ins Ohr.

Peggy und Rob schweben in der Luft, ihre Körper sind

durchscheinend wie Glas. Sie scheinen zu schrumpfen, immer mehr zu verschwimmen, während Re anfängt zu glühen. Er ist dabei, ihre Energie aufzusaugen, sich selbst noch stärker zu machen.

»Sir James, unternimm was!«, ruft Valentina. Aber Sir James sitzt nur da wie ein Standbild.

Valentina blickt sich verzweifelt um. »Anton, Freddie, Lode, das Pentagramm! Macht es neu! Jetzt! Sofort!« Aber sie reagieren nicht, sie wirken so apathisch, als wären sie erlahmt durch das, was sie sehen und mitmachen.

Re schaut spöttisch in Valentinas Augen. »Das Spiel wird nach meinen Regeln gespielt, kleines Mädchen!«

Valentina packt die Wut. Kleines Mädchen, kleines Mädchen, was denkt er wohl, wer er ist? Sie richtet sich auf, stellt sich auf die Zehenspitzen, sie will so groß sein wie dieses Scheusal. Gedanken blitzen durch ihren Geist. Dies ist Theater, er entstellt die Wirklichkeit, und dafür braucht er die Energie, die er anderen stiehlt. Aber man kann auch Energie bekommen, wenn man handelt.

Sir James wendet seinen großen Kopf zu ihr und lächelt zufrieden, als lese er ihre Gedanken. Vielleicht macht er das ja auch.

Valentina blinzelt mit den Augen, zwei-, dreimal. Diesmal formt sie in ihren Gedanken ein Pentagramm, sie teilt ihren Geist in fünf Richtungen. Ihr Geist ist wie eine weiße Flamme, die sich bedingungslos in das Gehirn ihrer Freunde bohrt. Valentina strahlt ihre Energie zu ihnen aus, zusammen mit ihren Befehlen.

»Steh auf. Nicht nachdenken! Machen! Steh auf. Heb die Arme hoch, streck deine Finger aus. Forme den Stern, der uns retten muss! Form den Stern, für uns selbst, für Peggy, für Rob!«

Freddie lässt Vickie los und gehorcht. Anton atmet tief durch und hebt seine Arme hoch. Auch Lode gehorcht. Aber Vickie ist zu benommen, sie weiß nicht mal mehr, was da passiert. Valentina dringt noch tiefer in Vickies schlummernde Gedanken, für einen Moment ist sie beschämt, weil sie so einfach in die Gedanken ihrer besten Freundin blickt – oh, läuft das so mit Freddie? –, aber sie kann nicht anders. Sie verschließt Vickies Gedanken und bohrt ihr einen Befehl ein. Valentina strahlt ihre Lebensenergie in Vickie hinein wie einen elektrischen Strom. Valentina spürt, dass sie müde wird und schwach, aber Vickie krabbelt wankend wieder hoch, sie hebt die Arme, und als sie ihre Finger streckt, vollendet sie das Pentagramm. Eine Flamme sprüht in Valentinas Kopf auf, so grell, dass sie einen Moment lang nichts denken und sehen kann. Plötzlich fühlt sie ihre Freunde alle in ihrem Geist, Anton, Vickie, Freddie, Lode, sie weiß plötzlich, wie sie sich fühlen, wie sie denken, es ist eine Sturzflut, und sie begreift auch, dass die anderen dasselbe erleben. Jetzt sind sie eine Einheit, ein strahlendes Pentagramm im dreieckigen Raum.

Sie öffnet die Augen. Blaues Feuer schlängelt sich zwischen ihren gestreckten Fingern und bildet ein brennendes Pentagramm in der Luft um Re, Rob, Peggy und Sir James.

Re brüllt wütend. »Das gelingt dir nie!«, kreischt er. »Fasst sie, meine Freunde, ergreift sie und zerreißt sie, alle!« Die Kichermonster und Zwischenwandler drehen sich um und kommen auf sie zu. Nägel und Klauen, blutunterlaufene Augen und geifernde Mäuler. Sie berühren das Pentagramm. Die Ungeheuer heulen auf und kriechen zurück. Aber sie kommen wieder. Jedes Mal, wenn sie an das Pentagramm aus blauem Licht herankommen, verbrennen Funken ihre Haut, doch sie kommen stets zurück. Sie sind so viele und es kommen immer wieder neue dazu aus den schwarzen Rissen im Nichts.

»Ich werde so müde!«, stöhnt Anton. Lode wankt schon auf seinen Beinen. Auch Valentina fühlt ihre Kraft schwinden, ihre Beine sind schlapp, sie wird benommen. Ich kann das nicht aushalten, denkt sie, Re wird gewinnen. Vier Kinder und ein alter Mann gegen eine Legion von Monstern. Wir haben keine Chance!

Peggy weint herzerweichend, aber es strömen keine Tränen über ihr Spukgesicht. Ihr Kummer ist wie ein grauer Schleier, der sich um sie legt. Rob ist wütend, aber er hat keine Kraft in der Hand von Re, die Wut verfärbt seinen Körper, aber sogar diese Energie saugt Re auf. Peggys Kummer, Robs Raserei, alles macht ihn stärker. Die Ungeheuer aus Res Dämmerwelt drängen vorwärts, sie scheuern ihre Schuppen gegen das Pentagramm, sie brechen noch nicht durch, aber durch ihre Berührungen schwächen sie es. Hier und da sticht schon eine Klaue oder ein scharfer Nagel durch den Schutzschirm.

20. KATZEN DER GÖTTER

Gleich bricht jemand von uns zusammen, denkt Valentina, dann ist das Pentagramm durchbrochen und wir sind alle verloren.

Da öffnet Sir James sein Maul. Rotes Feuer schlängelt sich zwischen seinen Zähnen. Sie bilden Buchstaben, nein, es sind Zeichen, die Valentina nicht kennt. Sir James spricht in einer Sprache, von der niemand weiß, wie sie ausgesprochen werden muss, er spricht in Hieroglyphen, altägyptischen Bildzeichen, die er mit seiner Zunge in die Luft schreibt.

Ein Strom von Bewegung fließt durch die zuschauenden Gestalten an der Wand. Sie berühren sich, sie sprechen nicht – vielleicht können sie das überhaupt nicht –, aber sie teilen sich durch Berührungen einander mit. Kralle tippt vorsichtig an Schuppe, Flügelspitze streichelt Nagel.

Das Wesen mit dem Kopf eines Schakals kommt plötzlich nach vorn. Langsam und würdig. Durch den Rauch im Raum sieht Valentina es nur sehr schemenhaft. Das Wesen nähert sich ihr, es hat den rechten Arm erhoben. Es hat die Hände eines Menschen und in der rechten Hand hält es eine Waage. Eine sehr alte, goldene Waage mit zwei kleinen Schälchen. Wie klein, denkt Valentin, zu klein? Die linke Waagschale hängt durch. In dem Schälchen liegt etwas Schwarzes und Dunkles, das sich bewegt, es krümmt sich zusammen und dehnt sich aus. Das Wesen streckt seine Linke nach Valentina aus.

Valentina weicht zurück, sorgt aber dafür, dass das Pentagramm nicht unterbrochen wird.

»Was willst du?«, fragt sie.

Sir James dreht den Kopf. Seine grün leuchtenden Augen schließen sich, ein-, zwei-, dreimal.

Sir James ist in ihrem Kopf, in ihrem Geist, in ihrem ganzen Körper, er ist ein Teil von ihr, einen ganz kurzen Moment nur. Gerade lang genug, um ihr zu sagen, was sie zu tun hat.

Valentina schließt die Augen. Sie zwinkert mit den Augenlidern, zwei-, dreimal. Sie öffnet ihren Geist, sie öffnet ihr Herz für das Wesen, das vor ihr steht. Dadurch öffnet sie das Pentagramm für das Wesen, sie öffnet den Geist all ihrer Freunde für dieses Wesen. Wie sehr sie einander lieben, wie gerne sie diesen Re vernichten wollen. Es gibt keine Geheimnisse. Wenn man den Geist öffnet, muss man alles preisgeben, auch Dinge, die man niemals jemandem erzählen würde. Aber während sie dies macht, hört sie von Anton, wer das Wesen ist.

Anubis, der Schakal, der die Bilanz zieht, er, der die Seelen der Toten wiegt. Er, der entscheidet, ob sie das Jenseits verdienen. Anubis, der alles wissen muss, all das Gute und all das Böse, das ein Mensch jemals begangen hat.

Als sie sich öffnet, erwartet Valentina einen Tauscheffekt, erwartet auch den Geist dieses Wesens, dieses Anubis lesen zu können, aber es ist genauso, als wenn sie versuchte, Sir James zu »lesen«, sie stößt auf eine Mauer von Nichts-Sein, die keine wirkliche Leere ist, aber eine Leere, die so vollkommen ist, dass sie alles verbirgt. Dieses Wesen ist so anders als sie, dass sie sich keine Vorstellung von seinem Geist machen kann.

Anubis berührt den Anch, der auf Valentinas Brust hängt, und reißt ihn los. Er legt den Anch auf die andere Schale der Waage. Eine beifällige Bewegung geht durch die Glieder der alten fremden Götter.

»Das ist nicht fair!«, ruft Re. »Sie ist von dieser Welt, aus dieser Zeit, ihr habt nicht das Recht, mich mit dieser Welt zu vergleichen!«

Anubis wendet sich Re zu. Er nimmt den Anch aus der Waagschale und berührt damit das Pentagramm. Der Anch schmilzt zu einigen Silbertropfen, die sich durch das Pentagramm ausbreiten. Es wird zu Silber, so strahlend, dass sie kurz die Augen schließen müssen. Überall, wo das Silber entlang den Strahlen des Pentagramms dahineilt, erscheinen große schwarze Gestalten. Es sind Katzen, große, magere Katzen mit einem schmalen Kopf und sehr großen Augen. Die Katzen bilden eine Mauer zwischen den Kindern und den Kichermonstern, den Zwischenwandlern und den Blutflügeln. Sie machen nichts, sie sitzen nur da, statisch und würdig, mit dem Schwanz rund um ihre Pfoten, und mit ihren großen grünen Augen starren sie Re an. Dann öffnen sie ihr Maul und wie bei Sir James kommen rote Flammen heraus, die Zeichen bilden. Sie fliegen durch die Luft wie Dolche, sie haken sich fest in Re, in seinem Gesicht, auf seinen Gliedmaßen, brennende Zeichen.

Re kreischt, er lässt Rob und Peggy los. Er schlägt nach den Zeichen, als wolle er sie löschen, als würde ihr Feuer ihn aufzehren. Mit lautem Scheppern bersten die drei Spiegel in den Wänden. Ein Luftstrom zieht durch den Raum und reißt Rob und Peggy mit sich. Sie kippen durch die Luft, werden dünner, Valentina sieht noch eben Robs Gesicht, seine Augen – diesen Blick wird sie nie vergessen –, und er verzieht seine Lippen zu einem Kuss, und dann sind sie weg.

Anubis guckt auf seine Waage. Die Schalen sind noch im Gleichgewicht. Im leeren Schälchen liegen zwei funkelnde Diamanten.

Es kommen Risse in die Wände. Große Risse, die die Mauern aufsplittern. Das Dreieck unter Re zerbirst. Er kreischt, er greift nach dem Schwert und hält sich daran fest. »Das ist nicht fair!«, brüllt er. »Dies ist mein Spiel, es muss nach meinen Regeln gespielt werden!«

Das Dreieck reißt auf und aus der Öffnung kommt etwas hoch, eine Gestalt, die nur aus schwarz gebleichten Knochen besteht.

»Nein!«, kreischt Re. »Nein! Das bin ich nicht!«

Das kommt aus der untersten Stelle der Pyramide, denkt Valentina, das ist das, was noch übrig ist von dem, was sich Re nennt.

Die Gestalt berührt Re, sie verschmilzt mit ihm, die zwei werden eins. Die Gestalt windet sich, sie kratzt, sie versucht sich festzuhalten, aber eine unsichtbare Kraft hebt sie hoch, sodass sie mitten im Raum in der Luft schwebt.

Steinbrocken fallen aus den Wänden und dahinter sehen sie die Zimmer aus roten Steinen. Ein Geräusch erfüllt den Raum wie ein riesiger Seufzer. Schemenhafte Gestalten kommen aus den Zimmern, Gesichter von Männern und Frauen, von Kindern. Sie kommen aus den roten Zimmern, aber in diesem Raum lösen sie sich in nichts auf.

Anubis schaut auf seine Schale. Immer mehr glitzernde Edelsteine füllen die rechte Waagschale, die nach unten sinkt.

Valentina begreift, wer diese Schemen sind, Gesichter, die gefangen waren in den roten Zimmern dieses höllischen Theaters. Die Opfer, die Re zu verantworten hat, die Menschen, denen er das Geld abgeschwindelt und die er dann den Nazis ausgeliefert hat.

Re sinkt erneut nieder und steht mit gespreizten Beinen über dem Loch im Boden. Er zieht das flammende Schwert aus dem Grund. »Aber ihre Energie ist immer noch in mir«, ruft er. »Ich bin immer noch Re, der neue Sonnengott!«

Eine Bewegung von Abscheu geht durch die Schemengestalten entlang der Wand.

»Ja, seht nur, ihr machtlosen Götter von dazumal«, ruft Re. »Ich bin noch nicht geschlagen. Alle Energie dieser Toten ist in mir. Du kannst mich nicht vernichten. Jeder Edelstein ist ein Herz, das mir gehört. Du kannst sie nicht gegen mich benutzen.«

»Aber du hast das meine nicht!«, ruft Lode. »Du hast meins benutzt in deinem teuflischen Spiel, Vemsra. Aber es gibt alte Gesetze, so alt wie deine Macht. Du hast mich wie eine Marionette behandelt, du hast mein Schuldgefühl missbraucht. Auge um Auge, Leben um Leben. Ich gebe dir mein Leben, Vemsra. Mein eigenes Leben, um dein dämonisches Leben zu vernichten.«

Lode Cedrics zerbricht das Pentagramm und springt nach vorn. Er durchbricht den Kreis der schwarzen Katzen und Ungeheuer und streckt beide Hände aus. Er berührt Re, greift nach den verkohlten Knochen und versucht sie auseinander zu reißen. Ra sticht mit dem Schwert zu und Lode sinkt auf dem Boden zusammen.

Anubis dreht sich würdevoll um. Aus der Gruppe der zuschauenden Gestalten tritt das Wesen mit dem Habichtskopf vor. Horus, der Gott des Herzens. Seine kleinen schwarzen Augen blicken auf die Schale. Dann drückt er mit seinem Schnabel die Schale mit den Edelsteinen nach unten.

Re kreischt vor Wut. Das Pentagramm flackert auf und verschwindet zusammen mit dem Kreis schwarzer Katzen. In der Waagschale passiert auch etwas. Die Edelsteine fangen an zu brennen, greller, heller, und dann erscheint die Sonne im Raum, eine kleine flammende Sonne, die über den Schalen schwebt. Es herrscht eine Totenstille, in der nur das Knistern der Sonnenflammen zu hören ist. Und die Stimme der Flamme, eine Stimme, die ungeheuer laut und zugleich geräuschlos ist, eine Stimme, die knistert wie Feuer und sanft ist wie ein samtener Flügel. Dann ertönt eine Stimme, die nie ein Menschenohr gehört hat, eine Stimme, die sagt: »Ich hätte es wissen können, dass ich es wieder selbst erledigen muss. Ich hasse es, wenn mein Name missbraucht wird!«

21. NOCH KEINE DREIZEHN

Die Sonne, der echte Re, der wirkliche Sonnengott, blitzt vorwärts, ein Feuerball, der Vemsra an der Brust trifft und quer durch ihn hindurchgeht.

Re kreischt, er lässt das Schwert los und fällt in das Loch, das an der Stelle des schwarzen Dreiecks entstanden ist. Einen Moment hält die Totenstille im Raum an. Dann fängt das Kichern an, das Flüstern. Die von Vemsra aufgerufenen Ungeheuer schärfen ihre Krallen an den Steinen, sie kichern einander zu und gleiten in das Loch, Re hinterher.

»Nicht hinsehen, es ist besser, dass man nicht sieht, was mit ihm passiert«, hört Valentina in ihrem Geist. Das ist Sir James. Sie schaut sich um, die Wesen an der Wand setzen sich in Bewegung, sie machen irgendwas. Was? Dann kapiert sie es. Sie applaudieren. Und währenddessen werden sie schemenhafter, sie bewegen sich auf die Sonne zu, die über dem Loch hängt. Als sie sie berühren, verschwinden sie darin, Stück für Stück.

»Schnell, die Treppe hoch!«, ruft Valentina. Freddie hält Vickie fest, Anton kommt hinterher. Valentina rennt zu Lode, aber Sir James stellt sich dazwischen.

»Lass ihn!«, sagt er. »Er hat sein Leben für euch gegeben. Lass ihn!«

Der Leichnam von Lode Cedrics steigt vom Boden hoch,

er schwebt aus sich selbst nach oben, auf die Sonne zu, als würde sie ihn anziehen.

Die vier rennen zur offenen Tür und klettern die schmale Treppe hoch. Hinter ihnen beginnt der Raum zu schmelzen, die Steine werden flüssig, wie Sirup fließen sie ineinander. Ein fieser Geruch von Verwesung steigt auf. Valentina blickt sich noch einmal um. Das Letzte, was sie sieht, ist der schwebende Lode, dessen Körper von der Sonne aufgenommen wird.

Sie gelangen in ein rotes Zimmer, von dem alle Wände bersten. Sie stapfen durch die Risse, finden den weiteren Aufgang der Treppe und kommen so in den Seitengang mit den Umkleideräumen und dann in den Saal. Sie rennen zum Ausgang. Die Mauern rings um sie herum bewegen sich, stürzen aber nicht ein.

Die Türen stehen offen, sie hängen lose in den Angeln.

Auf die Straße, in die frische Abendluft. Erst dann schauen sie sich um. Freddie, Vickie in seinen Armen. Anton, der zögernd eine schützende Hand auf Valentinas Schulter legt.

Und Sir James, wieder eine graue Straßenkatze, die neben ihnen steht und zusieht, wie das Theater Nosferatu schmilzt. Die Mauern sinken langsam ineinander, als seien sie aus Gelee. Es ist seltsam, Steine zu sehen, die zu Brei schmelzen.

»Er war das Theater«, hört Valentina in ihren Gedanken. »Mit allem machte er sein Spiel, aber nur für sich selbst. Das gab ihm den Rest.«

»Was ist mit ihm geschehen?«, fragt Valentina.

Sir James schüttelt den Kopf. »Das solltest du besser nicht wissen. Auch andere spielten ein Spiel mit ihm, doch das hatte er nicht begriffen. Er dachte, er würde sie beherrschen, die Wesen, die er mitbrachte aus der Dämmerzone, die

Kichermonster, die Zwischenwandler, die Blutflügel. Aber sie sind Dämonen, man kann sie nicht beherrschen. Sie waren größere Lügner als Vemsra. Er dachte, er könne ihr Meister sein, so lange er ihnen das gab, was sie wollten: Angst und Tod. Aber als er seine Macht verloren hatte, wurde er einer von ihnen. Er wurde ihre Beute, für alle Ewigkeit. Nein, man sollte besser nicht wissen, was sie mit ihm taten. Er wird wie sie werden, für alle Zeit gequält durch den Verlust des Lebens, niemals in der Lage, selbst etwas zu sein.«

»Aber all die anderen, die an der Mauer standen. Und du, Sir James, du und die anderen Katzen, die erschienen sind.«

»Was ich war, das brauchst du nicht zu wissen, Valentina. Ich habe dir bereits gesagt, dass ich viele Gestalten gekannt habe in meiner Funktion als Wächter. Im alten Ägypten war die Katze ein heiliges Tier, deshalb hab ich eine Anzahl Kollegen zu Hilfe gerufen. Aber die anderen, da frag lieber nicht nach. Der falsche Re hatte sie aufgerufen durch Magie, aber darüber waren sie gar nicht so erfreut. Sie fühlten sich gezwungen. In den Dimensionen zwischen Leben und Tod gibt es viele Reisende, viele Götter. Manche sind echt, manche werden geschaffen, und selbst ich wusste nicht, wer was ist. Vemsra rief sie auf, indem er ägyptische Magie benutzte, er wollte Zuschauer und er war ehrgeizig, er rief die mächtigsten Zuschauer auf für dieses Spektakel. Das war ein Fehler von ihm. Diese Zuschauer mögen ein gutes Theaterstück sehr gern, aber der Schluss gefiel ihnen nicht. Also beschlossen sie, es ein bisschen ihren Vorstellungen anzupassen. Sie waren auch etwas beleidigt, weil er den größten von ihnen allen nicht eingeladen hatte. Das konnte er natürlich nicht, denn um diese Macht zu haben, musste erst das Ritual vollendet sein. Also kam der wirkliche Re, der Sonnengott, selbst und Vemsra blieb auf der Strecke.«

»Und fiel in die Grube!«, sagt Freddie.

»Das kannst du wohl sagen!«, seufzt Valentina.

»Ich kann's nicht glauben! Das müsst ihr sehen!«, sagt Anton. Theater Nosferatu, Lageschelwall Nr. 7, gibt es nicht mehr. Ein Haufen geschmolzener und geronnener Steine liegt zwischen den angrenzenden Häusern.

»Und darunter?«, fragt Freddie plötzlich. »Das Loch, in das er fiel, was ist damit passiert?«

Valentina antwortet, aber tatsächlich ist es Sir James, der durch ihren Mund spricht. »Was darunter war, ist für alle Zeit beendet, abgeschlossen von dieser Welt.«

»Und Peggy? Und Rob?«, fragt Valentina.

»Sie sind weg«, sagt Sir James. »In die Richtung, in die sie mussten. Ihr habt sie befreit.«

Valentina denkt an Robs Augen. Kann ich die je vergessen? Das will ich nicht. Das muss ich auch nicht, denkt sie.

»Nein«, sagt Sir James in ihren Gedanken, denn dies sagt er nur zu ihr. »Vergiss ihn nicht. Er wird dich auch nie vergessen. Aber ihr wart nicht füreinander bestimmt, Valentina. Du lebst, du bist im Hier und Jetzt! Rob gehört zur Vergangenheit!«

Anton legt einen Arm um Valentinas Schulter. »Vielleicht können wir jetzt nach Hause gehen?«, sagt er. »Es gibt so viel, worüber ich nachdenken will.«

»Und ich habe noch anderswo eine Verabredung«, sagt Sir James. Sie spazieren zur Bushaltestelle.

Sir James ist verschwunden.

Valentina fühlt sich leer, müde.

Werde ich mich immer so fühlen?, fragt sie sich. Nach jedem Kampf, als wäre ich total kaputt? Ist das der Lohn für meinen Einsatz?

Sie begreift plötzlich, dass noch mehr passiert ist. Sie haben nicht nur einen Kampf ausgefochten und gewonnen, zum ersten Mal ist sie eins gewesen mit ihren Freunden, hat sie ihren Geist geteilt mit anderen. Jedes Geheimnis, das einer von ihnen je hatte, kennen die anderen nun auch, so wie sie alles weiß von ihnen.

So wie sie alle Gefühle von allen kennt.

Sie bleibt plötzlich stehen, als sie eine federleichte Berührung auf ihren Lippen fühlt. So flüchtig! Ein Lebewohl, ein Abschied.

Rob. Dann ist er weg.

Freddie und Vickie sind schon weitergelaufen. Sir James ist verschwunden. Anton steht da noch etwas unglücklich bummelnd herum.

»Ich komme, Anton!«, ruft Valentina. Als sie nahe bei ihm ist, nimmt sie seine Hand. Es tut gut, die Hand eines lebendigen Wesens zu spüren, warm und sanft.

Es sind noch keine dreizehn, denkt Valentina plötzlich, aber es ist ein Anfang. Wir haben zu viert einen Hexenring gebildet!

EDDY C. BERTIN ÜBER SICH SELBST

Ich wurde vor einer ganzen Menge an Jahren (26. Dezember 1944) in Deutschland geboren, aber ich wohne so ungefähr mein ganzes Leben in Gent, Belgien. Ich war immer verrückt aufs Lesen, vor allem auf spannende Geschichten, und ich habe in meiner Jugend auch ziemlich spannende Sachen mitgemacht. Als meine Großmutter gestorben war, hörten wir drei Nächte lang ihre Schritte auf dem Dachboden. Ich hab immer fürchterliche Angst gehabt auf den Dachboden zu gehen. Vor allem nach der Nacht, als ein kleines, dunkles Ding von diesem Boden nach unten kam und versuchte mich zu packen. Ich hab nie gewusst, was das für ein Ding war, aber ich bin davon tagelang krank gewesen. Vielleicht will ich lieber gar nicht wissen, was es gewesen ist. Später hab ich darüber Geschichten geschrieben. So muss man es machen mit Dingen, vor denen man Angst hat.

Ich interessiere mich auch sehr für Ringe. Ich trage immer acht Ringe, vier an jeder Hand. Jeder Ring hat seine eigene Geschichte und seine eigene Bedeutung. Rechts trage ich einen Ring aus Silber mit einem lebensgroßen Auge. Diesen Ring bekam ich vor Jahren in London als Geschenk von meiner Frau. Jetzt kann man überall nachgemachte Ringe mit einem Auge kaufen, aber das Auge in meinem Ring ähnelt verteufelt dem Auge eines echten Toten. Deshalb ist es mein »drittes Auge«, das Auge der Weisheit, das Auge, mit dem ich Dinge sehen kann, die gewöhnliche

Menschen nicht sehen! Manchmal dient es auch als »böses Auge«, vor allem, wenn mir Menschen im Bus blöd kommen. An derselben Hand trage ich auch einen Ring mit einer Spinne, deren Leib aus einem roten Stein besteht. Ich ekele mich vor Spinnen, und genau deshalb finde ich es schön, so einen Ring zu tragen. Er stammt aus einem Geschäft, in dem man ganz speziellen Schmuck für Heavymetal-Bands macht. Die Ringe werden dort auf Skeletthänden ausgestellt. Links trage ich meistens einen Ring mit einem großen Mondstein, einen Ring, der Glück oder Unglück bringt. Ein guter Freund hat mir den Ring aus Indien mitgebracht und ihn mir geschenkt. Später hat der Freund Selbstmord verübt. Dieser Ring ist also viel mehr als einfach nur Schmuck. Links trage ich auch einen Ring mit einem roten Stein. Wenn man genau hinsieht, erkennt man, dass der ganze Ring die Form eines Drachen hat. An derselben Hand trage ich noch einen Ring mit blauen Steinen, der aus einem Indianerreservat kommt. Indianische Magie ist sehr mächtig, wie ihr vielleicht wisst. Und Magie ist wichtig für einen Autor.

Ich halte auch sehr viel von Wortspielen, bei denen man einen Moment nachdenken muss. Viele Leser fragten mich, was der Name Ebbelbuez in »Valentina und Die dreizehnte Nacht« denn zu bedeuten habe. Nun, wenn man die Buchstaben umstellt, bekommt man »Beelzebub«. Das ist ein anderer Name für den Teufel selbst und Ebbelbuez Greys glaubte ja, dass er der Teufel sei.

Manche Leser fragen mich auch, wo Greyshuysen liegt, aber das kann ich natürlich nicht verraten. Wenn ihr zufällig dorthin kommt, müsst ihr nicht nach dem Theater Nosferatu suchen. Wie ihr in diesem Buch gelesen habt, gibt es das jetzt nicht mehr. Und das ist auch gut so. Es gibt noch genug andere gruselige Orte. Aber dorthin bringe ich euch im nächsten Buch über Valentina Hexibell.